TRINITY

1 - Body

AUDREY CARLAN

Traduit de l'anglais
par Raphaëlle Pache

EDEN

Publié pour la première fois par Waterhouse Press, LLC
sous le titre *Trinity T1 - Body*.
Couverture : Shutterstock / Studio City

ISBN : 978-2-8246-1476-2
Code Hachette : 61 6154 0

Collection dirigée par Christian English & Frédéric Thibaud
Catalogues et manuscrits : city-editions.com/EDEN

Dépôt légal : Juin 2019

Pour ma mère, Regina... Parce que tu n'as jamais connu ton « tout est bien qui finit bien ». Tu me manques chaque jour que Dieu fait.

1

Moi, j'aspire juste à une vie normale. Une vie sans douleur. J'ai éprouvé plus de douleur, physique comme émotionnelle, au cours de mes vingt-quatre années d'existence que la plupart des femmes n'en subissent en toute une vie. Les gens tiennent pour acquise la facilité avec laquelle ils courent, sans jamais se soucier que ça ne se termine par une fin abrupte qui vous consume. Je les envie, ces gens, et je suis bien décidée à être comme eux un jour. Ma nouvelle devise, c'est de vivre pour demain. Chacune de mes décisions m'emmènera vers un avenir empli de lumière, qui ne pourra jamais être terni par la dure réalité et les imprévus. Je suis la créatrice de mes rêves. Je ne suis plus la poule mouillée qui se laisse blesser.

Si je suis ici aujourd'hui, dans ce bar, c'est parce que j'occupe le poste de responsable des collectes de fonds pour l'une des associations caritatives en faveur des femmes les plus importantes des États-Unis. Après un long voyage et deux escales en route, je m'enfonce dans les coussins moelleux du fauteuil qui se moulent à mes courbes. Un coup d'œil à la ronde me confirme dans mon choix de tenue – blazer de travail et jean sombre. Un look décontracté, rehaussé toutefois par mes escarpins vertigineux qui laissent entrevoir deux orteils et un collier de perles.

Je suis ici dans une sphère bien plus élevée que la mienne. Les hommes et les femmes en costumes immaculés et robes de cocktail s'agglutinent en petits groupes pour profiter des happy hours. Ce n'est pas mon genre, cet endroit. Si le comité de direction de la fondation En lieu sûr ne se tenait pas dans cet hôtel, je serais à la maison, dans un pyjama douillet, à siroter du vin sur le canapé tout en regardant un film romantique avec Maria, ma colocataire.

Les sillons profonds du rebord arrondi du comptoir sont parfaitement sculptés dans un motif alambiqué. Le bar est rétroéclairé, ce qui fait briller de mille couleurs chaque bouteille d'alcool, tels les rayons du soleil à travers un cristal. Les rayons de lumière s'éparpillent, transformant l'arrière du comptoir en une œuvre d'art plutôt qu'en une série d'étagères chargées de boissons alcoolisées. Une haute échelle grimpe de part et d'autre, permettant au barman d'atteindre les breuvages de « l'étagère du haut » – ces trucs qui coûtent plus de cent dollars la bouteille, peut-être même le verre, et que l'on dispose ainsi sur les étagères d'honneur.

Un rapide examen de la liste des vins me rappelle à ma position dans la vie. Habitant en pays viticole, j'ai plutôt une bonne idée de ce qui est bon, correct ou carrément du vinaigre. Sur cette carte, tous les prix sont indiqués à la bouteille, et la moins chère approche la centaine de dollars – pas du tout en rapport avec mon salaire, quoi.

Derrière le bar, un petit bonhomme poilu me sourit, en essuyant la zone devant moi à l'aide d'un linge humide, avant d'y poser un dessous de verre.

— Que puis-je vous servir ?

Son accent trahit une pointe de chicago-italien.

— Euh, je ne sais pas trop. Vous avez du vin au verre ?

— Vous n'êtes pas d'ici, je me trompe ?

Sa question est aimable et sans détour, j'opte donc pour l'honnêteté.

— Non, je suis là pour affaires.

— Super, je vais vous trouver quelque chose, conclut-il en abattant sa main sur le bar. Blanc ou rouge ?

— Blanc, s'il vous plaît. Et merci.

Ce bar, c'est quelque chose. J'hésitais à descendre, mais je suis contente d'avoir surmonté mes réserves. Ma fatigue liée au voyage commence à se dissiper. Le serveur pose devant moi un verre qu'il a servi généreusement au-dessus de la limite réglementaire de vingt-cinq centilitres. Je lui offre un large sourire, qui sans doute lui montre toutes mes dents. Il y répond de même et s'en va servir un autre client.

Des haut-parleurs cachés jaillit la voix mélodieuse d'Amy Winehouse, qui chante en sourdine qu'elle n'est pas assez bien pour son homme. Les gens discutent. Je prends une gorgée de mon vin et suis assaillie par les notes douces et beurrées du chardonnay. Il me rappelle un petit vignoble que mes âmes sœurs et moi avions visité l'année passée à Napa. Son vin était tout aussi suave au palais. C'est le goût de l'argent. J'espère juste que l'addition ne dépassera pas les vingt dollars. Autrement, ma petite folie du jour aura un goût amer.

Pivotant sur le côté, je contemple le mélange éclectique d'art contemporain couplé à des rampes de spots tamisés. Un impressionnant piano d'un noir immaculé est installé dans un coin. Une lumière douce l'éclaire, comme dans l'attente de quelque âme esseulée pour taquiner ses touches d'ivoire. Un homme pose la main sur la surface brillante, interrompant ma transe. Remontant le regard le long de ce bras, je le découvre attaché au corps d'un homme doté du visage le plus incroyable que j'aie jamais vu. Sa photo pourrait aisément orner la couverture de n'importe quel magazine de mode. D'épais sourcils bruns intensifient ce que je devine être des prunelles sombres. Ses pommettes sculptées se soulèvent tandis qu'il renverse la tête en arrière dans un rire. Il est la quintessence du grand, du ténébreux et du beau, dans le costume noir d'encre porté par, je pense, l'une des carrures les plus parfaites qu'il m'ait été donné de voir. Il est sublime.

J'ausculte son corps, depuis ses chaussures sur mesure en cuir jusqu'au pantalon coupé de la plus exquise façon, ceint autour d'une taille mince de cette manière sexy que l'on voit uniquement chez les hommes qui honorent le grand écran de leur présence. J'avale mon vin, laissant la brûlure de ma gorgée trop généreuse réveiller ma conscience alors que mes yeux poursuivent leur voyage jusqu'à un torse très large. Sous le tissu soyeux, j'imagine un torse et des abdominaux ciselés. Sa cravate est desserrée. Il vient probablement de terminer sa journée de travail, pressé de retrouver les copains pour une bière dans le centre de Chicago.

Non, il y a quelque chose qui cloche. Il est trop élégant pour une bière. Ça, ce serait plutôt pour le genre de types avec lesquels je sors en général. Cet homme-là, monsieur Superman, il est bien trop classe. Son verre contient un liquide couleur miel qui confirme l'excellence de son goût. Un scotch ou un whisky on the rocks.

Au moment où il sirote sa boisson, il est la sexytude personnifiée. J'imagine que l'alcool fort lui brûle la gorge sur son passage. Je parie aussi qu'il lui réchauffe le ventre et apaise les épreuves de la journée. Je le suppose avocat d'entreprise ou banquier. Il avait peut-être un rendez-vous dans cet hôtel et il fait du relationnel avec les hommes qui l'entourent. Encore mieux, si ça se trouve, ils essaient de l'impressionner. Oui, sans doute plutôt dans ce sens-là.

Je m'attarde sur son visage et découvre avec sidération qu'il a le regard rivé sur moi. Je veux détourner les yeux, en vain. C'est comme s'il me retenait captive de son regard intense. Une chaleur me vrille les tripes tandis que nos regards se croisent et que nous dansons l'un autour de l'autre, évaluant, envisageant. J'essaie à nouveau, sans y parvenir, de regarder ailleurs. Au bout de ce qui m'apparaît comme une éternité, il hausse l'un de ses sourcils bruns et un sourire narquois se dessine sur ses lèvres.

« Sublime » n'était pas le mot exact. Il est splendide. De longs doigts rabattent ses cheveux bruns en arrière, qui retombent en vagues sexy – je donnerais tout pour y glisser mes doigts aussi. Un frisson me parcourt le dos et nous continuons notre bataille de regards. Et juste au moment où je suis sur le point de m'évanouir à force de retenir mon souffle, il détourne les yeux. Comme on jette du sable sur une flamme. Le feu s'éteint. Fini. Froid. Ne restent plus que des cendres.

Nom de Dieu, c'était quoi, ça ?

La fatigue de la journée doit me jouer un tour. Jamais je n'avais reluqué un homme aussi longuement, et surtout pas avec une telle attention. *Je parie qu'il est doué au lit.* Une pensée qui volette soudain à mon esprit et que j'étouffe. Ce sont des dragons, les pensées de ce genre. Heureusement qu'il a détourné les yeux. Et, mieux encore, qu'il n'a pas entendu l'appel silencieux des sirènes l'attirant vers moi afin d'assouvir le désir qui pulse à travers chaque pore de ma peau. Il lui suffirait d'une allumette pour que je m'enflamme aussi vite qu'un tas de feuilles sèches.

De toutes les fibres de mon être, je m'oblige à pivoter vers le bar et à me concentrer sur n'importe quoi à part cet homme. Délicatement, je trace le contour de mon verre de vin, histoire de voir si je vais pouvoir le faire chanter sur la douce musique qui imprègne la pièce. Un sentiment de satisfaction éclôt en moi quand je parviens, à force de cercles, à tirer un minuscule couinement pour accompagner les paroles de la chanson.

— Chouette tour, fait une voix grave derrière moi.

De ces voix qui s'installent dans votre ventre et vous chatouillent de l'intérieur.

Je pivote si vite que mon verre part en glissade à travers le comptoir. Un bras preste passe devant moi, le rattrapant avant qu'une seule goutte ne s'en échappe. Je suis coincée entre un torse large et le bar dans mon dos. Réflexe instinctif, je pose les deux mains à plat contre la surface dure devant moi. Mon nez se retrouve dans une chemise impeccable. Un mélange de bois de santal et d'agrumes imprègne l'air de sa fragrance entêtante. Je prends une profonde inspiration, aspirant le goût de la nature et de l'homme. Son odeur me rappelle que ça fait bien trop longtemps que je n'ai pas eu de contact aussi intime avec le sexe opposé.

Tout à coup, un grondement détruit mon petit coin de paradis. Le torse contre lequel je suis piégée est en train de rigoler. Je le repousse légèrement et le mur se déplace pour révéler une paire d'extraordinaires yeux bleu des mers du Sud. Tout à l'heure, la lumière m'a joué des tours : ils ne sont pas sombres du tout. Je le détaille trait après trait. Des prunelles bleues aux pommettes sculptées, jusqu'à la moue en forme de cœur. Le Superman sexy est là, pile devant moi, et il me regarde. Un halo de lumière derrière lui accentue chacun de ses traits délectables. Il… rit.

Je plisse le nez, pousse plus fort sur son torse afin de m'assurer un peu d'espace vital. En quelques secondes, cet inconnu m'a complètement envahie et emprisonnée comme un animal, il a sauvé ma boisson et il m'a privée de la capacité de parler.

— Vous avez perdu votre langue ?

— Non !

Je lève les yeux au ciel. Même moi, j'ai perçu le ridicule de mon exclamation.

En riant, il désigne le siège libre à côté de moi.

— Je peux ?

Sur quoi il s'assied sans attendre de réponse.

— Non, vous ne pouvez pas. J'attends quelqu'un.

Réponse parfaitement raisonnable, quoique mensongère, et qui fonctionne toujours quand un importun tente de s'installer à côté de moi.

— Il n'aura qu'à s'asseoir sur le siège de l'autre côté de vous, fait-il, toujours souriant.

Maudit soit son visage si sexy. Je pourrais l'admirer pendant des jours sans discontinuer et je ne comprendrais toujours pas comment Dieu a pu créer créature aussi parfaite. Bon, c'est sans doute tout ce qu'il a pour lui.

D'un ton sec, il appelle le barman qui accourt.

— Quelle impolitesse ! Vous traitez toujours les gens comme des chiens ?

Je ne sais même pas pourquoi j'ai ouvert la bouche. J'aurais mieux fait de l'ignorer, de finir mon verre et de partir. Mais non, il fallait que je titille le Superman sexy.

Il me dévisage, malgré le barman qui attend patiemment. Bizarre, pour un barman. Pourquoi il n'intervient pas pour demander à Superman ce qu'il veut boire ? Lequel fouille mon visage de ses yeux océan et parle au serveur sans le regarder. Encore cette impolitesse !

— Sam, je vais en prendre un autre. Et elle aussi.

Il montre mon verre quasi vide.

— Oui, monsieur Davis. Tout de suite.

Le barman s'incline presque avant de courir préparer les verres.

— « Monsieur Davis » ? J'en déduis que vous venez ici souvent ?

— Chase Davis et oui, je suis le propriétaire de cet hôtel. Je tiens à vérifier comment tournent mes investissements.

Mes joues me brûlent. Sans que je sache déterminer si c'est sous l'effet de l'embarras ou de l'irritation. Peut-être un peu des deux. En plus d'être d'une beauté confondante, il est prétentieux. Un trait de caractère que je n'apprécie guère.

— Pardon si je vous ai paru malpoli, mais il fallait que je parle à Sam de manière à attirer son attention. Je voulais vous commander un autre verre avant que vous ne filiez.

Oui, ça se tient.

— Et pourquoi est-ce que vous tenez à m'offrir un verre, monsieur Davis ?

— Chase, vous pouvez m'appeler Chase.

— J'ai l'impression que vous êtes plus habitué à ce qu'on vous donne du « monsieur Davis », je lui fais remarquer sur le ton le plus séducteur de ma palette. Vous appréciez le respect que ça vous confère ?

Bon sang, mais d'où est-ce que je sors ces conneries ? Ça me dépasse. J'ai l'impression de jouer à un jeu que je n'ai jamais pratiqué, sans avoir la moindre idée si je gagne ou si je perds. Quelque chose chez cet homme taquine mes défenses, alors je pique et je frappe, mais ça n'est pas inconfortable. C'est plus comme si j'avais envie de le provoquer.

— Dans ma vie professionnelle, oui, « monsieur Davis » est plus approprié. Dans la sphère privée, cette conversation par exemple, j'aimerais beaucoup que vous m'appeliez Chase.

Ses prunelles scintillent et, quand il sourit, il m'offre une rangée de dents blanches bien alignées. À couper le souffle.

Je hoche la tête, sans trop savoir comment continuer la joute. Tout en lui exsude la confiance et le contrôle, c'est dans son essence, et moi, je me flétris sous la pression de sa proximité. Il a beau être le Superman sexy, on dirait qu'il est en train de devenir ma kryptonite.

— Pour répondre à votre question, je vous offre un verre, histoire d'avoir l'occasion d'apprendre à vous connaître mieux.

Dans mon ventre, ça frissonne pendant qu'il contemple mon visage, avant de poser les yeux sur ma poitrine. Je remercie le ciel d'avoir opté pour un haut moulant sous mon blazer : il accentue mes seins, tout en laissant juste la place qu'il faut à l'imagination. Merci à What not to wear pour la veste ajustée et la technique du petit haut sexy.

Je me passe la langue sur les lèvres et mords celle du bas en tâchant de trouver quoi dire ou faire. Il inspire et je vois son torse large se soulever. Ses yeux bleus s'emplissent de couleurs et ses pupilles se dilatent.

— Comment vous appelez-vous ? demande-t-il.

— Gillian Callahan, mais mes amis m'appellent Gigi.

— Je vous appellerai Gillian ou mademoiselle Callahan, réplique-t-il en saisissant ma main, qu'il porte à ses lèvres pour y déposer un baiser. Les petits noms, ça se mérite. Je préfère choisir ceux que j'emploie.

Le ton rauque de sa voix propage des ondes de désir animal partout à travers moi. Mon Dieu, ce type est le sexe incarné. Ça suinte de ses paroles, du scintillement de ses yeux et du sourire narquois attaché à ses lèvres délicieuses. J'ai envie de les embrasser, de les mordre et de les savourer, ces lèvres. Dans cet ordre. Il tire sur sa cravate et en défait complètement le nœud. D'une pichenette, il détache les deux boutons du col, révélant une bande de peau joliment hâlée. Je me penche plus près de lui, hypnotisée par ce morceau de chair. Follement, j'ai envie de m'approcher pour y donner un coup de langue. Juste pour goûter, rapidement. C'est tout ce qu'il me faut.

— Vous appréciez ce que vous voyez, Gillian ?

Avant que mon cerveau se reconnecte et censure ma réponse, j'ai bêtement hoché la tête. Avec la repartie d'une adolescente en plein crush, une réponse spirituelle et étayée m'échappe :

— Oh oui.

— Hmm, vous m'en voyez ravi. Et si nous poursuivions cette conversation ailleurs ?

En l'espace d'une seconde, ses prunelles passent du bleu caribéen au noir. Une grande main s'égare sur mon genou et son pouce y dessine un symbole de l'infini. À chaque légère pression de sa peau sur mon jean, je ressens son contact comme s'il me marquait au fer rouge. L'excitation me parcourt les membres, jusqu'à ce que ses paroles s'écrasent enfin autour de moi.

— Pardon. Comment ?

Je bondis au bas de mon siège, ce qui nécessite pas mal d'efforts sachant que mes jambes se sont changées en gelée. Qu'on poursuive dans un endroit plus confortable ? Genre je suis une prostituée prête à sauter au lit avec un homme, sexy en diable, certes, mais dix minutes seulement après l'avoir rencontré ? Non, je ne suis pas de ces filles-là. Enfin, je pourrais, sauf que ce n'est pas l'impression que j'ai envie de donner.

Son visage se tord en une grimace perplexe. Il tend la main vers moi, mais je recule et lui échappe. Les grands bonshommes qui essaient de m'attraper, ça a tendance à provoquer des crises de panique en moi.

Il plisse les paupières.

— Vous avez envie de moi, je le vois très clairement. C'est écrit en gros sur votre si beau visage, vous ne savez pas masquer vos émotions.

Des picotements de peur me parcourent l'échine et me remontent jusque dans la nuque où mes poils se hérissent. Je secoue la tête.

— Vous vous méprenez. Je dois y aller. Ravie d'avoir fait votre connaissance.

Sur quoi je fais volte-face, reprends mes esprits et pars vers la sortie du bar de l'hôtel.

— Gillian, attendez ! appelle-t-il derrière moi.

J'hésite à passer à la course, mais je sais que je suis en sécurité ici. Nous sommes dans un hôtel cinq étoiles en plein centre de Chicago, il y a des gens partout. Sur une profonde inspiration, je me tourne vers l'homme le plus beau sur terre. Le surnommer Superman, ça ne lui rend pas justice. Il est juste… parfait.

Quand il me rattrape, il me tend une carte blanche.

— Voici ma carte professionnelle. Mon numéro de portable y est inscrit au dos. Je ne suis pas sûr d'avoir compris ce qui vient de se passer, mais j'aimerais vous revoir.

Aucune chance.

— J'y réfléchirai.

Il incline la tête d'une façon qui m'amène à penser qu'il n'a jamais été éconduit par aucune femme avant. Non, probablement pas. Il faut vraiment être folle à lier pour refuser une partie de jambes en l'air avec cet inconnu si sexy, mais moi, je vis pour demain, pas pour aujourd'hui.

Lentement, un sourire se dessine sur ses lèvres. Il se penche en avant et pose les deux mains sur mes avant-bras dans un geste presque timide. Je dois faire appel à tout mon self-control pour ne pas céder à la panique. C'est moi qui initie les contacts avec autrui, tel est le mécanisme que j'ai mis en place pour supporter les rapports humains. Je ferme les yeux tandis qu'il s'approche et dépose un baiser sur ma joue.

Le bois de santal et les agrumes imprègnent l'air qui entoure son imposante silhouette. Dieu qu'il sent bon.

— En attendant qu'on se revoie, chuchote-t-il à mon oreille.

Puis il laisse courir ses lèvres le long de ma mâchoire jusqu'à mon menton, avant de s'écarter.

Je pourrais fondre sur place. Sur un clin d'œil, il fait demi-tour et retourne au bar.

*

Idiote. Idiote. Idiote.

Je me répète ce mot en boucle en ôtant mes escarpins, que je jette à travers la chambre. Pauvres chaussures, leur splendeur ne mérite pas ce traitement. Seulement voilà, il faut que j'expulse mon agressivité d'une manière ou d'une autre. Me cogner la tête contre une surface dure m'apparaît comme très séduisant au moment où je vous parle. C'est soit la commotion cérébrale, soit le mauvais traitement sur chaussures.

Pfff. Pourquoi je ne peux pas être juste normale ? Entrer dans un bar. M'asseoir. Prendre un verre. Rencontrer un bel homme. Flirter. Il m'invite à sortir. C'est ainsi que ma rencontre avec Chase aurait dû se dérouler. Mais non. Pas pour Gigi Callahan, la fille brisée de San Francisco. Le type ose une suggestion ostensiblement sexuelle et je m'écroule comme un saule pleureur. Pire, je décampe tel un pauvre petit animal effrayé. J'aurais dû rester et lui renvoyer sa proposition multipliée par dix.

Ce n'est pas comme si j'étais une prude ou une sainte. J'ai été draguée des tas de fois en vue de relations sexuelles. Je l'ai même envisagé à une ou deux reprises. Pourtant, avec lui, c'était comme si je ne réussissais pas à connecter mon cerveau assez longtemps pour aligner deux phrases. Mon absence de filtre l'a poussé à l'action, à l'instar d'un feu vert. Ce gars couche probablement avec une femme différente chaque nuit. Avec son visage et son corps d'Adonis, qui ne rêverait pas de sauter dans son lit ? Nom de Dieu, si je n'étais pas une telle poule mouillée, je serais en train de lui gratouiller la jambe comme un gentil toutou en ce moment, à implorer une caresse.

Chase. Le simple fait de penser à lui noue mon ventre et mouille ma culotte. *Aaahhh !*

Je m'affale sur le lit et fixe le plafond, dépitée. Quand est-ce que je vais apprendre à contrôler mes peurs ? Peu importe. Je suis ici pour me concentrer sur mon travail avec En lieu sûr, un point c'est tout. M'enfin, peut-être qu'à force de faire le bien pour les autres, je vais rencontrer quelqu'un qui fera le bien pour moi. Par exemple quelqu'un de grand, de brun aux yeux couleur de l'océan. Et aux mains chaudes.

Idiote. Idiote. Idiote.

Mon portable vibre sur la table au bout du lit et me tire de ma rêverie. C'est ma colocataire. Merci, mon Dieu !

— Ria ! Je suis tellement contente que tu appelles, je hurle dans le combiné.

— *Mi amiga* ! Qu'est-ce qui ne va pas ? Je ne te reconnais pas.

Maria De La Torre est l'une de mes meilleures amies filles et ma colocataire. Toutes les deux, nous avons traversé l'enfer et tirons les mêmes bagages. Au fil des années, nous sommes devenues particulièrement protectrices l'une envers l'autre. Son amour et son soutien m'ont permis de survivre à de nombreuses nuits de larmes et de haine de moi-même. Et j'ai été son roc à peu près aussi souvent. Ensemble, et grâce à de nombreuses séances de thérapie, nous avons appris à gérer et à nous montrer plus ouvertes quant à nos sentiments. Je reste renfermée, mais il y a tout de même une poignée de gens soigneusement choisis dans mon monde à qui j'accorde ma confiance. Maria en fait partie.

— Meuf, j'ai rencontré un homme, je lâche dans un soupir, dégoûtée de moi-même.

Ma remarque la fait rigoler.

— Ben alors, pourquoi on dirait que ton chien vient de mourir ?

— Je ne sais pas. Il est différent. Très intense.

C'est un euphémisme.

Maria soupire au bout du fil.

— Gigi, ne me dis pas que tu as encore rencontré un de ces salauds qui n'ont qu'une idée en tête, coucher avec toi. C'est vrai, quoi, tu es tout à fait baisable, mais il faut que tu arrêtes d'attirer ces *pedazos de mierda* !

Elle me fait rire. Selon Maria, tous les hommes sont des merdes. Inutiles. Son usage intempestif de l'espagnol la rend incroyablement attachante. C'est une caractéristique unique, et qui m'en a appris pas mal sur sa langue maternelle.

— Il n'est pas comme ça. Enfin, à la vérité, je ne sais pas grand-chose de lui si ce n'est qu'il est torride. Et là, je te parle du niveau star de cinéma, « Homme le plus sexy de l'univers » du magazine *People*, tu vois le genre. Les femmes du monde entier doivent quitter leur culotte sans poser de question pour lui.

D'ailleurs, il doit le savoir, ce sale arrogant.

Maria glousse.

— Miam. Et donc, tu vas le faire ?

— Faire quoi ?

— Quitter ta culotte pour lui, bécasse, fait-elle en riant de plus belle, sur un ton qui dit aussi : « Mais qu'est-ce que tu peux être nunuche, ma pauvre fille ! »

— Non ! Je l'ai rencontré, j'ai discuté avec lui et puis

je me suis enfuie. Je me suis complètement ridiculisée. Je doute qu'il ait envie de me revoir.

C'est vrai. En plus, s'il avait connaissance de mon passé, il prendrait ses jambes de Superman sexy à son cou et déguerpirait dans la direction opposée.

— *Cara bonita*, non. Je suis sûre que tu n'as pas fait ça.

Je grimace. Elle m'a toujours appelée « joli minois », c'est son petit nom à elle. Et elle me donne encore plus de ce gentil surnom quand elle sent que je suis déprimée ou que j'ai besoin d'être encouragée.

— Il t'a proposé un plan, il t'a demandé ton numéro ?

Une lueur d'espoir s'allume au loin.

— Ben oui, en quelque sorte. Il m'a donné sa carte professionnelle avec son numéro de portable au dos. Et m'a demandé de l'appeler.

À dire vrai, il me l'a même donnée après mon comportement ridicule, donc peut-être qu'il est vraiment intéressé. Cela étant, qu'est-ce que ça révèle de lui ? Je me suis comportée comme une frappadingue, pourtant le gars tente une ouverture comme s'il me sollicitait. C'était déplacé, quand même.

— Tu vois, il s'est manifestement passé quelque chose. Alors, tu vas le faire ? demande-t-elle d'une voix pleine d'espoir. Tu mérites de t'amuser un peu pendant que tu es à Chicago. En plus, c'était quand, la dernière fois que tu as pris ton pied, hein ?

Sa question est rhétorique. Elle sait que ça remonte à des mois.

— Ria ! Je viens de le rencontrer. Tu me suggères de sauter au lit avec lui ?

Cette fille n'a pas de limites. Même si je ne peux pas dire que la pensée n'a pas fait discrètement son chemin dans mon esprit. Surtout quand il a desserré sa cravate gris argent, pour révéler une bande de peau affriolante.

— Oui, exactement ! Tu as besoin d'une bonne baise !

(Sa grossièreté me tire un hoquet.) Tu es à cran, ces derniers temps, poursuit Ria. Tu avoues toi-même que c'est le genre de mec avec qui les femmes rêvent de coucher. Réfléchis-y, au moins. Tu es jeune, *mi amiga* ! Comporte-toi enfin comme une nana de vingt-quatre ans, et pas de quarante-quatre.

— Oui, tu n'as pas tort, je concède avec un long soupir. Je vais y songer. Bon, je te rappelle demain après ma première réunion du conseil d'administration, d'accord ? Je vais aller me coucher, histoire de filer à la salle de sport de bonne heure demain matin.

Un bâillement bruyant me fait réaliser à quel point je suis vannée. N'empêche, Maria a raison : je suis beaucoup trop coincée. Ma dernière relation, si on peut appeler ça comme ça, remonte à Daniel le froussard.

Non, c'est injuste. Ce n'est pas vraiment qu'il était froussard. Il était juste trop sensible pour moi. Il me traitait comme une princesse et pleurait devant les comédies romantiques. Moi, je pleure rarement. En plus, au lit, il était d'un ennui mortel. Seulement intéressé par la position du missionnaire, jamais il ne déviait de la norme. Il a flippé le jour où j'ai suggéré qu'il me prenne par-derrière. Sa voix choquée résonne encore dans mon cerveau : « Tu veux être baisée comme une pute, Gigi ? Sans déconner, mais qu'est-ce qui cloche chez toi ? » Le simple fait de repenser à ce connard me donne la nausée. J'ai besoin d'un homme qui sache s'y prendre avec une femme. Un homme qui m'excite, me fasse jouir régulièrement sans avoir peur de se faire mal. Daniel ne m'a jamais donné beaucoup de plaisir, mais pas une fois il ne m'a touchée avec colère non plus.

La voix dégoûtée de Ria me ramène à l'instant présent.

— Beurk ! Tu n'arrêtes pas d'aller au sport. Enfin, Bree serait fière de toi. Pour ma part, je vais m'attabler devant un bon gros dîner bien gras avec Tommy. Les choses se réchauffent entre nous, je pense que je vais enfin l'amener à me mettre dans son lit !

Voir Maria flatter gentiment un homme, c'est du tout nouveau. La plupart des mecs se battent pour l'approcher, pas l'inverse.

— L'attente rend l'expérience encore meilleure, je lui rappelle. Profite de l'attention qu'il te porte. Au moins, lui, il a vraiment envie d'être avec toi, pas juste de te sauter dessus.

En même temps que je ris, j'entends son grognement frustré.

— Mais je veux qu'on saute sur *mis huesos*, moi !

— Eh bien, bonne chance sur ce point. Bon dîner. Le voyage m'a épuisée, et on a deux heures d'avance ici, je lui signale avec un autre bâillement sonore.

— Bonne nuit, *cara bonita. Te quiero. Besos.*

— Je t'aime aussi. *Besos.*

Je branche mon téléphone au chargeur et enfile une chemise de nuit. Après avoir brièvement passé mes SMS en revue, je décide de rédiger un message groupé aux filles et à Philip. Mes autres âmes sœurs seront contentes de savoir que je suis saine et sauve dans la Ville des vents. Quant à Philip, il pète les plombs s'il n'a pas de mes nouvelles. Un rapide SMS indiquant que je les contacterai demain après la réunion du conseil, et je suis prête à aller au dodo.

La journée de demain me rend nerveuse, vu que je n'ai jamais participé à une réunion du conseil d'administration pour la fondation En lieu sûr. J'espère les impressionner avec les statistiques de ma campagne et les résultats de mes levées de fonds pour l'année écoulée. Je ferme les yeux, ralentis ma respiration et laisse mes nerfs à vif se détendre. Je m'endors en rêvant à des yeux bleu des mers du Sud et des mains puissantes qui, par leurs caresses, m'entraînent dans l'oubli.

2

Mon cœur bat fort, mes muscles hurlent et un fin voile de sueur s'écoule dans la vallée entre mes seins. Chacune de mes inspirations ressort en souffle court et bruyant. Je suis proche, toute proche, encore un tout petit peu plus et j'y serai. L'euphorie me rattrape et je pousse juste ce qu'il faut de plus pour basculer par-dessus bord. La transe du coureur. Dieu du ciel, ce que c'est bon. Mes pieds frappent le tapis roulant et je souris, victorieuse. Une expiration sonore s'échappe de ma gorge, proche du gémissement. Je ferme les yeux pour mieux savourer cet instant de pur bonheur, le plaisir d'être complètement vivante.

— Incroyable, chuchote quelqu'un derrière moi.

Dans un sursaut, je suis tirée de mon nirvana. Mon pied heurte le caoutchouc de travers et je me sens tomber. Dans une tentative inutile, je tends les bras vers les barres métalliques du tapis, mais mes doigts humides glissent et mon corps s'envole en arrière, je trébuche, agitant les membres dans tous les sens. Une paire de bras puissants m'attrape par la taille et me soulève de la machine. Je me retrouve écrasée contre un mur compact de muscles d'acier.

— Attention, Gillian ! Vous auriez pu vous blesser sérieusement !

Le regard inquiet de Chase Davis fouille mon visage. Trop sidérée pour répondre, étourdie et désorientée, je reste muette. Mon cœur bat comme un beau diable, mes jambes sont faibles, en coton, et ma respiration haletante. Ahanante même. Je me cramponne à la peau de son dos pour recouvrer mon équilibre. De sa main droite, il me caresse le visage tandis que de la gauche, il maintient fermement son étreinte autour de ma taille. Sans ça, je ne serais pas certaine d'être capable de tenir debout toute seule.

— Ça va ?

— Euh, oui. Je pense.

Secouant la tête, je monte les mains sur ses épaules pour me stabiliser. Elles rencontrent un morceau de peau humide et nue, et mon corps comprend trop bien à quel point Chase est proche. Nos corps sont collés l'un à l'autre, en fait. Son ventre touche le mien, peau contre peau, à chacune de mes profondes inspirations. Il est chaud partout, de ses abdominaux musclés à ses épaules puissantes. La sueur coule sur son front et dégouline jusqu'à son cou. L'envie me prend de lécher une goutte de sueur, juste histoire de voir quel goût il a.

Avec ses bras passés autour de moi, je me sens en sécurité, comme si rien ne pouvait me faire de mal, pas même lui. C'est une sensation à laquelle je ne suis pas habituée, mais à laquelle j'aspire du plus profond de mon âme. J'ai toujours cru ne plus jamais devoir ou pouvoir les éprouver, ces sensations-là, après le traumatisme auquel j'ai survécu.

— Vous vous sentez bien ? Vous m'avez filé une sacrée frousse.

Il continue à me soutenir pendant qu'autour de moi, la vie reprend des contours plus nets. Il me caresse la joue de la pulpe du pouce et je lève les yeux vers les siens. Je ne m'attendais pas à un tel niveau de sollicitude, ni au pli soucieux qui lui barre le front. Il n'est peut-être pas l'homme super sûr de lui que j'imaginais, la belle gueule au discours mielleux. À contrecœur, je me rends compte qu'il existe une forte probabilité pour que les mâles dominants n'utilisent pas tous leur force à blesser les autres.

Son pouce effleure ma lèvre inférieure. Je halète et ses yeux virent au sombre. Il passe la langue sur les lèvres, son étreinte se resserre autour de ma taille, le contact de sa main s'affirme dans mon dos. Il va m'embrasser. *Oh, mon Dieu.*

Instinctivement, je m'écarte aussitôt de lui, je recule de quelques pas et me plie en deux pour inspirer de grandes goulées d'un air béni. Puis, après un coup d'œil vers lui, je me redresse. Son regard interroge le mien et un sourire narquois orne son beau visage.

Le gars était bel et bien sur le point de m'embrasser. Je le sais. Est-ce que j'avais envie qu'il m'embrasse ? *Oh que oui !* s'écrie une petite voix en moi. Dans ce cas, pourquoi diable est-ce que je l'ai repoussé ?

Alors que je redescends de mon délire paniqué, je peux enfin le contempler dans toute sa gloire. Et punaise, quelle vision ! *Gloria, gloria, alléluia !* Je dis « amen », messieurs dames. Waouh. Non, mais waouh, quoi.

Il porte un pantalon de survêtement gris bas sur les hanches et rien d'autre. Il se penche pour ramasser le T-shirt qu'il a dû lâcher en me rattrapant. Son torse est nu et j'en profite au maximum. Le gars est dans une forme incroyable. Ses épaules et son torse sont larges, puissants, tout en muscles et tendons. Il est taillé dans un V parfait, avec une taille fine et des abdos impeccables. Oui, le bonhomme fait de la muscu… beaucoup de muscu.

Une touffe de poils bruns sous le nombril dessine une ligne en direction de son pantalon de survêtement. *Oh, là, là, ce que je ne donnerais pas pour passer les ongles dans cette ligne de poils qui plonge plus bas, plus bas…*

Je réalise soudain qu'il attend encore ma réponse et lâche le premier truc qui me passe par la tête.

— Tu es bien. (Son expression choquée atteint mon cerveau lessivé et je me reprends :) Enfin, euh… merde. Je veux dire, je vais bien.

Son rire éclate à travers la salle, ce qui me rappelle où je me trouve. Je balaie des yeux la salle de sport de l'hôtel. Je serais mortifiée si quelqu'un d'autre avait assisté à ma chute qu'on ne saurait qualifier de gracieuse. Bon, apparemment, Chase et moi sommes seuls. Avec un grognement, je me dirige vers le lieu de ma honte et frappe sur le bouton « Stop » plus violemment que nécessaire. Le tapis s'arrête dans un couinement. Passer ma frustration sur du matériel de sport ne va pas suffire à soulager ma fierté égratignée. Alors je pivote, les mains sur les hanches dans une posture agressive. Chase est adossé à l'un des piliers près de nous, les bras croisés. Complètement à l'aise d'exposer ainsi sa peau nue et dorée.

Son regard prend une lueur amusée pour accompagner son sourire sexy et son visage si content de lui. Manifestement, il trouve la situation amusante, ce qui m'irrite au plus haut point. Et puis, pourquoi est-ce qu'il n'a même pas pris la peine de renfiler son fichu T-shirt ? C'est gênant. Je n'arrive pas à penser à autre chose qu'à passer ma langue sur lui, à commencer par la délectable bande de peau luisante située juste au-dessous de l'os de sa hanche. Quand j'en aurai fini avec cette partie, je m'attaquerai au vaste espace de son torse, depuis la clavicule jusqu'au nombril et plus bas.

Bon Dieu, je suis frustrée, aussi bien sexuellement que mentalement. Maria avait raison. J'ai besoin d'une bonne partie de jambes en l'air. Ça rend la proposition de Chase d'hier soir encore plus tentante. Je lâche un soupir bruyant et retire l'élastique qui retenait ma queue-de-cheval. Mes cheveux auburn tombent sur mes épaules.

Chase m'observe d'un œil d'aigle, suivant chacun de mes mouvements maladroits. Je remonte mes cheveux à nouveau et les ramasse dans un vague chignon au sommet de mon crâne. Son regard scrute ma silhouette, sans qu'il ne dise rien. La chaleur que je perçois dans ses prunelles d'acier est torride, tandis qu'il passe en revue chaque parcelle de mon corps, de la pointe de mes baskets Nike à mon visage, en passant par mes mollets et mon short de sport moulant, mon ventre nu et ma brassière. Je tremble sous son inspection. Quels défauts me trouve-t-il ?

— Vous êtes une très belle femme, Gillian.

Je relâche ma respiration – je n'avais même pas réalisé que je la retenais.

— C'est très aimable à vous, surtout après ma chute de tout à l'heure.

Je baisse les yeux vers mes pieds en grimaçant. Tout à coup, il n'y a rien de plus intéressant au monde que la virgule de mes Nike. En deux enjambées, il est à côté de moi et me prend le menton d'une main pour lever mon visage vers lui. Ses prunelles couleur d'eau sont inflexibles.

— Il va falloir que vous appreniez à accepter les compliments.

J'opine du chef, instinct de préservation en alerte rouge. Quand un homme se saisit d'une femme, c'est pour une raison précise. Il fouille mon regard encore quelques secondes avant de lâcher mon menton. Mes mains, toujours à ma taille, se serrent en deux poings et mon ventre se vrille. Je suis sur le point de filer en bonne et due forme quand son pouce effleure ma pommette, à peine un frôlement. La dernière fois qu'un homme m'a fait ça, c'était pour vérifier le résultat de son œuvre.

Respire, Gigi. Je m'étais promis de recommencer à faire confiance aux hommes. De me laisser toucher à nouveau par eux. Chase a l'air dominateur, en apparence, pourtant je ne pense pas qu'il cherche à me faire peur. C'est ma propre insécurité qui surgit pour gâcher de jolis moments tels que celui-là, les transformer en quelque chose qu'ils ne sont pas. Je m'oblige à me détendre et prends une inspiration, histoire de me clarifier l'esprit.

— Bien. Maintenant, j'aimerais qu'on se voie ce soir.

J'incline la tête tandis que mon esprit tente de comprendre le sens de sa phrase.

— Vous me suggérez… un rendez-vous ?

Je l'observe attentivement. Le coin de sa bouche qui se retrousse en un petit sourire. Fatal. À tel point que l'envie me prend de le voir s'étirer sur son visage, encore et encore, de préférence avec son corps nu également sous mes yeux.

Il agite le marcel qu'il a toujours à la main, l'ajuste et tend ses longs bras au-dessus de sa tête pour l'enfiler. J'ai l'impression que ça se déroule au ralenti. Je contemple ses muscles qui roulent et s'étirent tandis qu'il passe le T-shirt sur les vastes plaines de son torse. Mon corps bourdonne, mes tétons durcissent et frottent légèrement contre le tissu extensible de ma brassière de sport.

— En quelque sorte, oui. Hélas, j'ai pris un engagement pour le dîner, mais après, j'aimerais partager un verre avec vous. Je vous enverrai une voiture à 21 heures.

Moi, j'en suis restée à son corps.

— Vous faites beaucoup de sport, je commente, sous le charme.

Son regard transperce le mien.

— Quand je ne suis pas dans une relation, j'ai besoin de faire de l'exercice.

Large sourire.

Ma culotte est humide. Je prends une lente inspiration et me passe la langue sur les lèvres.

— Et quand vous êtes dans une relation ?

Oh, Gigi, tu tends le bâton pour te faire battre...

Il enveloppe ma nuque dans sa grande paume. J'inspire et tords la tête du côté opposé, lui présentant la colonne blanche de mon cou en offrande. Un geste instinctif. En général, je fuis dès qu'un homme pose les mains sur moi avant que je ne sois prête. La sienne glisse le long de mon cou, sur mon épaule, la pointe de ses doigts dessine un trait léger de plume le long de mon bras. Il est encore moite de sueur après mon sport, mais Chase ne semble pas s'en formaliser. Tout le contraire. Ses yeux sont sombres, ses paupières lourdes tandis qu'il zoome sur ma bouche. Sa langue rose émerge, à peine, juste pour humecter ses lèvres parfaitement pleines. La chair de poule me hérisse le bras.

Sa main s'immobilise sur mon poignet, dont il caresse lentement le pouls en formant une série de huit. Sans relâche. Une éternité. Son contact me rend nerveuse, excitée et à cran. Chase aime toucher, et souvent. Chose à laquelle je ne suis pas habituée. C'est pratiquement un inconnu, pourtant mon corps se cambre, se tend vers le sien comme s'il l'avait toujours connu. *Traître*.

— Quand je suis dans une relation, je suis trop occupé à baiser ce qui m'appartient pour songer à faire du sport.

Ses paroles se déposent tout au fond de mon ventre, comme une soupe bien chaude par une journée froide. Un nouveau voile de sueur humidifie ma peau, une chaleur torride s'allume dans mon corps.

Il veut coucher avec moi ?

Non. Tout au fond de ma conscience, quelque chose s'allume, qui me rappelle mes objectifs. Je me suis fait la promesse solennelle qu'aucun homme ne me ferait plus jamais tourner la tête. Fini. Et me voilà suspendue à chacune de ses paroles, chaque inclinaison de son visage parfait, perdue dans ses yeux. Nom de Dieu, ça ne me ressemble pas. J'ai retenu la leçon. Le passé m'a appris qu'on ne peut pas faire confiance aux hommes. Ils n'ont qu'une idée, et une seule en tête. Le contrôle. En revanche, qu'est-ce que j'ai contre le sexe ? Ou plutôt, la « baise ». Car c'est bel et bien ce qu'il cherche.

Je n'ai jamais été dans une relation uniquement basée sur les besoins physiques. Franchement, l'idée me terrifie. Je fais quoi s'il a « besoin » de me coller contre un mur pour me prendre de force ? Pas question. Dès l'instant où j'ai rencontré cet homme, ma libido est passée en surchauffe. Je ne pense plus qu'à une chose : l'effet que cela ferait d'être enveloppée, consumée par ce spécimen d'homme parfait.

Je suis consciente que c'est dangereux, qu'il pourrait me briser très facilement, et pourtant je continue à le désirer au-delà de toute raison. C'est illogique. Je suis officiellement en train de perdre les pédales. Complètement dingo.

— Juste un verre, je finis par répondre à sa requête première.

Le sourire de Chase devant mon assentiment pourrait éclairer une pièce entière. Une rangée de dents parfaites scintille et brille sous la lumière dure des néons de la salle de sport.

— J'enverrai mon chauffeur à 21 heures précises, juste devant l'entrée de l'hôtel. Ne soyez pas en retard, je déteste les retardataires, m'indique-t-il. À présent, j'adorerais rester discuter un peu plus… (il hausse les sourcils, me détaille à nouveau de la tête aux pieds, se mordille la lèvre)… et contempler votre corps à demi nu, mais hélas, je dois y aller.

Avant que j'aie le temps de répliquer quoi que ce soit, il tourne les talons et s'éloigne à grands pas, laissant la salle de sport et une rousse médusée dans son sillage. Je continue de fixer la sortie des yeux longtemps après qu'il l'a franchie. *J'ai rêvé ou c'est vraiment arrivé ?* Qu'y a-t-il chez Chase Davis qui me stupéfie à ce point ? Est-ce aussi simple qu'une folle attirance ? Impossible. Une connexion, peut-être ? Mon amie Bree m'expliquerait que c'est un coup de l'univers, pour nous forcer à être ensemble.

J'occupe les quelques minutes suivantes à repasser en revue nos deux rencontres. Tout à ma rêverie, je profite de la vue que m'offrent les fenêtres sur Chicago. À couper le souffle. Cet hôtel, c'est vraiment le grand luxe. Les clients peuvent admirer la ville entière tout en brûlant des calories sur un tapis de course ou un elliptique.

« Trop occupé à baiser ce qui m'appartient. » Ses paroles tracent un sentier torride à travers mon subconscient. Et si je lui appartenais ? Cette simple pensée me réchauffe le ventre. Je serre les cuisses afin de relâcher un peu de la pression qui s'y accumule.

Manifestement, l'homme a réussi. Si l'on prend en compte le costume coupé avec soin qu'il portait hier soir, l'autorité qu'il dégage et le fait qu'il va m'envoyer un chauffeur ce soir… Sans compter, petit détail, qu'il est propriétaire de cet hôtel de luxe. Oui, décidément, le genre d'homme capable de s'occuper de lui. *Et de moi.*

Cela dit, je n'ai pas besoin qu'on s'occupe de moi. Ma mère m'a appris, il y a longtemps, à ne jamais compter sur un homme. « Regarde dans le miroir, Gigi. Tu vois cette personne ? C'est la seule sur laquelle tu peux compter dans ce bas monde. N'attends jamais qu'un homme soit tout pour toi. Il y échouera lamentablement. Si tu veux quelque chose, tu dois aller le chercher. »

Elle avait raison. Les hommes n'ont rien fait d'autre que de m'infliger des souffrances et m'empêcher d'atteindre mes buts et mes rêves. Alors c'est fini. L'alarme de mon téléphone portable retentit sur le tapis de course. Je dois me préparer à la réunion du conseil d'administration. Il est 6 h 30 et j'ai rendez-vous avec mon patron dans une heure. Je me hâte de quitter la salle de sport. Plus question de repenser à Chase.

Après une douche éclair, je me sèche, enfile la tenue que j'ai préparée pour la réunion et me regarde dans le miroir en pied de ma chambre. J'ai choisi une jupe crayon ajustée noire qui me descend juste au-dessus des genoux et me va comme un gant. Je pivote afin de m'observer de dos. La fente au centre de la jupe remonte jusqu'à mi-cuisses. Respectable et féminine à la fois. J'ai accordé la jupe avec un chemisier vert émeraude, sans manches, qui se boutonne sur le devant et cache mes seins d'une éventuelle attention déplacée. J'ai remonté mes cheveux en un chignon élégant, laissant une mèche retomber délicatement en travers de mon front, telle une bande de rouge feu sur une toile blanche. Je glisse mes pieds en collants dans des escarpins Guess en daim noir, talons de douze centimètres. Ils ont cette coupe séduisante jusqu'au niveau de l'arche du pied qui me donne la sensation d'être naturellement sexy, malgré l'élégance de mes vêtements. Revêtue de mon blazer assorti, je quitte la chambre.

*

Mon patron, Taye Jefferson, m'attend dans le Starbucks du hall de l'hôtel, assis de biais sur l'un des petits fauteuils, un gobelet en polystyrène à peine visible entre ses grandes mains. Directeur des contributions de la fondation En lieu sûr, Taye est un Afro-Américain de taille XXL, la quarantaine bien entamée. J'adore travailler avec lui. Il me traite d'égal à égale et déteste les béni-oui-oui. Il tient à savoir ce que je pense et apprécie sincèrement mes opinions. Nous formons une super-équipe qui a remporté de nombreux succès. Cela ne fait que deux années que j'ai intégré l'entreprise, où je suis passée du poste d'assistante à celui de directrice. En si peu de temps, nous avons réussi à construire un partenariat fluide dans notre travail caritatif.

Il jette un coup d'œil à sa montre et relève les yeux vers moi, avec un large sourire.

— Pile à l'heure comme toujours, Gigi. Une femme selon mon cœur.

— Hum, hum, c'est ce que tu dis à toutes les dames, surtout à madame Jefferson, je le taquine.

Le sourire de Taye s'élargit. Chaque fois qu'on mentionne son épouse, il a ce sourire nunuche. Il aime sincèrement son épouse. Ce que je ne donnerais pas pour avoir un homme qui m'apprécie comme ça ! Hélas, ça ne risque pas d'arriver. Un homme bien ne voudrait pas d'une femme avec mon passif – « matériel endommagé », comme dirait Justin.

En face de Taye, une autre tasse attend, accompagnée d'un muffin croustillant qui m'a l'air délicieux.

— C'est pour moi ?

Il hoche la tête.

— Histoire de te souhaiter la bienvenue aux réunions du conseil, où tu produiras le meilleur effet sur les gros bonnets.

Je bois une gorgée. Le liquide chaud et crémeux affole mes papilles. J'ai envie de me prosterner devant les dieux de Starbucks pour les remercier de concocter un mélange aussi parfait d'expresso, de crème et de vanille. Un délice.

— Mmm, Taye, tu connais mes goûts. Merci. (Je coupe un morceau du muffin craquant et mords dedans. Aussi délicieux que le *latte*. Enfin, presque.) Alors, quel est le plan pour ce matin ? je demande la bouche pleine.

Assez loin des meilleures manières, mais Taye est habitué. Nous formons plus une famille qu'un tandem « patron et subordonnée ». Je me sens à l'aise en sa compagnie. Les hommes grands et costauds me mettent en général mal à l'aise. Taye, en revanche, m'a toujours donné la sensation opposée. Avec lui, je me sens en sécurité. Un peu comme quand les bras de Chase m'ont enlacée ce matin. Il farfouille dans son attaché-case et me tend quelque chose.

— J'ai justement reçu le planning hier soir de la part de la secrétaire du président. On est programmés juste après le déjeuner. Le bureau du président prend la parole d'abord, puis les gens du Développement commercial passeront en revue les derniers projets de nouvelles affiliations. Ensuite déjeuner, les gens des Contributions et le service Bénévolat évoqueront leurs cas les plus récents. Demain, on aura le Marketing, la Finance et les items plus généraux.

— Tu as des tuyaux à partager avec moi ? J'ai peur de me ridiculiser complètement. Ce matin, j'ai trébuché sur le tapis de course.

Il me jette un regard soucieux.

— Et ça va ? Tu t'es blessée ?

— Seule ma fierté en a pris un coup. Un homme m'a rattrapée.

Chase. Il ne cesse de remonter à la surface de mon esprit. C'est officiel : je suis dingo. Taye continue à me dévisager. Il incline la tête sur un côté, dans l'une de ses attitudes censées signifier : « Vas-y, mon enfant, raconte à papa », qui me poussent en général à vider mon sac. Pas cette fois. Je lui tapote la main avec affection.

— Non, ça m'a juste secouée, déjà que j'étais nerveuse pour aujourd'hui.

— Tu n'as qu'à faire ce que tu fais toujours, me répond-il, souriant, en sirotant son café. Tu les éblouis avec tes statistiques et les chiffres de nos campagnes. Tu as le don de tout transformer en or, dès qu'il s'agit de mailing et de collecte de fonds numérique. Il te suffit de leur expliquer ce que tu as modifié et les résultats obtenus. (Je hoche la tête.) Sois toi-même.

Là, je lève les yeux au ciel.

— Oh, voyons, Taye. Tu me sers ce cliché ? Toi ? « Sois toi-même » ? Tu n'as pas mangé tes céréales ce matin, mon grand ?

Il se cale contre son dossier en riant.

— Faut que je travaille sur mes discours d'encouragement. Bon, tu es prête ? Il est 7 h 50. Si je me souviens bien, le président ne supporte pas les retardataires.

Tiens, tiens, ça me rappelle quelqu'un d'autre qui m'a conseillé de ne pas être en retard, récemment. Je me demande comment réagirait Chase si je ne me pointais pas ou si je contrevenais à son ordre d'apparaître à 21 heures précises.

Nous ramassons nos affaires et nous approchons des nombreux ascenseurs. La salle du conseil est au troisième étage, à l'instar des autres salles de réunion et de convention.

— Lors la dernière réunion du conseil d'administration à laquelle j'ai assisté, m'explique Taye, le président a obligé un membre à attendre dehors jusqu'à la première pause dans le planning. Ensuite, le gars a dû s'excuser devant tous les participants pour son retard.

Il appuie sur le numéro 3 du panneau éclairé à l'intérieur de la cabine et nous nous élevons.

— Tu déconnes ? Le président traite les collègues comme des gamins mal élevés ?

— Eh bien, il est à la fois président et fondateur. Il est riche à millions et contribue chaque année à la moitié du budget de notre fondation. Quarante millions par an.

Je siffle. L'ascenseur tinte. Nous sortons dans le couloir

et un panonceau sur pied indique : « Réunion du conseil d'administration de la fondation En lieu sûr ». Une flèche pointe vers le fond du couloir.

— Quarante millions de dollars ? Punaise !

C'est une somme obscène. Une personne qui donne un tel paquet d'argent à une fondation ne peut pas être complètement mauvaise. Les gens ne filent pas des millions à une œuvre caritative s'ils n'ont pas un grand cœur, surtout pour un travail tel que le nôtre, tellement personnel – on protège et on vient en aide aux femmes battues. Je secoue la tête avant de retourner à mon indignation.

— Ça ne lui octroie pas le droit d'humilier quelqu'un en public.

— Exact. C'est un salopard, aucun doute, mais un salopard salement riche. Tu sais qu'il paie le séjour de tous les membres du conseil ? Dans cet établissement grand luxe ?

Je me demandais justement comment une organisation de charité avait les moyens de s'offrir un hôtel aussi chicos.

— À ce qu'on dit, il ne veut pas être vu dans un hôtel bas de gamme. Ça risquerait de nuire à son image.

Je ne parviens pas à réprimer une grimace.

— Beurk, ça m'a vraiment l'air d'un con, ce type.

Taye éclate de rire. Je suis encore plus stressée que tout à l'heure, avec la description du barbare qu'il vient de me faire. Nous nous dirigeons vers la porte ouverte au bout du couloir. Plusieurs hommes et femmes en costume sombre, dans diverses nuances de noir et de gris, sont agglutinés autour de la porte d'entrée. Une ambiance funéraire qui fait d'autant plus ressortir le vert émeraude que j'ai choisi.

Taye me présente à quatre hommes et deux femmes en l'espace de quinze secondes. Je leur serre la main en souriant poliment.

Il m'introduit dans une vaste pièce où d'autres individus, eux aussi en costume sobre, sont déjà assis et se préparent à la réunion. Nous trouvons des cartons libellés à notre nom et prenons place.

— Gigi, je vais installer les ordinateurs portables, si tu veux bien aller nous chercher une autre tasse de café, me demande Taye en désignant une table à l'écart, où se trouvent des cafetières. Je prendrai un déca.

Sur un hochement de tête, je m'approche de la table en prenant bien garde de marcher lentement, le menton droit, pour tâcher vaillamment de masquer ma nervosité. C'est la première réunion à laquelle je suis conviée depuis ma promotion au poste de directrice des contributions. Je tiens à faire bonne impression. Mon avenir au sein d'En lieu sûr en dépend.

Je remplis deux petites tasses de déca. Chaque récipient est orné d'un liseré doré. Je parie que c'est de la véritable porcelaine. Tout dans cet hôtel semble haut de gamme, et même si c'est le président qui paie la note, je trouve ça un peu superficiel. Pivotant sur moi-même, mes cafés à la main, je fonce droit dans un mur de torse massif. Heureusement, comme je tenais les tasses sur le côté, je ne les renverse pas.

Lentement, je lève les yeux, prête à m'excuser, quand je suis frappée par l'odeur si particulière et entêtante du bois de santal et des agrumes. Oh non ! Des prunelles aigue-marine plus belles qu'un ciel azur se plantent dans les miennes. Leur beauté me coupe le souffle. Un mélange équilibré d'excitation et de peur hurle dans mes veines. Deux mains solides me retiennent par la taille. Sa présence m'enveloppe et le reste de la pièce disparaît pour ne plus contenir que lui.

— Mademoiselle Callahan, comme on se retrouve.

Un sourire satisfait orne ses traits ciselés.

Et moi, je suis dépitée qu'il ne m'ait pas appelée par mon prénom.

3

— C'est une plaisanterie !

Chase se saisit des deux tasses de café et les donne à un serveur de l'hôtel qui traînait par là.

— Mettez ceci près des plaques nominatives de mademoiselle Callahan et de monsieur Jefferson, lui indique-t-il.

Vu qu'il connaît manifestement Taye, et désormais moi, il savait forcément qui j'étais lors de notre première rencontre au bar hier soir. À aucun moment il n'en a pipé mot. Un mélange de frustration et de colère fait rage en moi.

Chase me prend la main et la porte à ses lèvres sensuelles. Un courant électrique me traverse à la seconde où elles entrent en contact avec mes phalanges. Ses yeux si expressifs s'assombrissent, ses pupilles se dilatent. Je jurerais avoir senti un infime coup de langue entre mon majeur et mon annulaire, en même temps que le baiser. Je lâche un hoquet et il hausse les sourcils. Il m'observe attentivement, envoyant des signaux complètement contradictoires.

Et quand j'entends un « mmm » lâché dans un souffle, je me perds dans la sensation de sa proximité. Son corps dépasse le mien, presque nain face à lui, de quinze bons centimètres, malgré mes talons. Je zoome sur le morceau de chair toujours pressé contre ma main. Autour de nous, l'air est brûlant et, à nouveau, j'inhale son philtre d'amour boisé-fruité. Enfin, il me libère tandis que Taye nous rejoint.

— Gigi, je vois que tu as rencontré monsieur Davis, le président du conseil d'administration.

Le charme est rompu.

Hasardant un coup d'œil en direction de Chase, je suis certaine que ma perplexité est lisible dans mes yeux écarquillés. *Je suis fichue !*

— Vous êtes le président du conseil ?

Fermant les yeux, je tente de rassembler les pièces du puzzle. Bon sang, mais comment j'ai pu ne pas être au courant ? Un détail me revient, qui me frappe comme une gifle sur le front : l'en-tête de l'invitation : « C. Davis, président du conseil d'administration », imprimé de façon bien visible tout en haut. Je pousse un soupir. *Quelle idiote !* J'aurais dû être assez maligne pour relier les points. Maintenant, c'est moi la dinde de la farce.

Chase serre la main de Taye.

— Monsieur Jefferson, ravi de vous revoir. Vous allez bien ?

— Oui, monsieur Davis. Merci. Je suis venu accompagné de Gillian Callahan, notre directrice des contributions, annonce fièrement Taye.

Chase pose les yeux sur moi et me contemple discrètement de la tête aux pieds. Une lueur torride allume son regard bleu.

— Nous nous sommes brièvement rencontrés. J'ai hâte d'assister à votre présentation cet après-midi, mademoiselle Callahan.

Il se comporte comme si rien ne s'était passé entre nous. Enfin, rien ne s'est passé, concrètement… hormis quelques caresses et un presque baiser. Maintenant que je connais son identité, je sais aussi que ce baiser n'aura jamais lieu dans cette vie et que le verre-qui-n'était-pas-un-rencard de ce soir non plus. Je n'en reviens pas de ma chance. Mon homme mystère, mon grand, mon ténébreux, mon bel inconnu est le président du conseil d'administration de ma fondation. J'ai envie de ramper sous un rocher et d'y mourir. Au lieu de quoi, je remonte mes manches. Ce n'est pas le moment de m'effondrer. J'ai traversé des jours bien plus gênants et pénibles au cours de ces dernières années. Ça, c'est juste un nid-de-poule sur la route. Cet homme sexy en diable, c'est juste un chewing-gum sous ma chaussure. Je vais décoller les sentiments qu'il m'inspire et avancer mes pions, mon plan de vie destiné à assurer mon avenir.

Une ravissante blonde tape sur l'épaule de Chase.

— Veuillez m'excuser, monsieur Davis. Il est 8 heures.

Il frappe dans ses mains.

— Parfait. Alors commençons.

Et sur un clin d'œil, il pivote face à la tête de table. Taye me prend par le coude et me guide vers notre table, plus près du fond de la salle. Je tombe assez maladroitement sur mon siège. Chase commence la réunion et je me plie en deux pour prendre des notes en tâchant désespérément de disperser le brouillard de mon esprit, un brouillard où évolue un homme sexy en bas de survêtement et rien d'autre, avec des tablettes de chocolat sur lesquelles on pourrait se casser les dents.

Le reste de la réunion, je le passe à écouter attentivement en faisant de mon mieux pour ne pas regarder Chase. Je me sens déjà mieux, quant à ma décision de refuser son invitation. Dès qu'on annonce quinze minutes de pause, je me précipite hors de la salle. J'ai besoin d'espace.

Entrant dans la solitude des toilettes pour dames, je m'appuie contre le frais carrelage multicolore. La partie lavabos dispose d'une zone où s'asseoir sur de grandes banquettes moelleuses au charme suranné. Un miroir occupe tout un pan de mur. Un imposant lavabo carré se dresse au centre de l'espace, qui n'est pas sans rappeler un abreuvoir ouvragé. J'ouvre l'eau et passe les mains sous le jet froid, les poignets, jusqu'au creux du coude comme ma mère le faisait quand j'étais enfant. Refroidir mes points de pression, l'opération fait des merveilles pour calmer mes nerfs à vif.

Punaise, c'est le président du conseil d'administration. Je me retiens de me cogner la tête contre la glace, histoire de me débarrasser de ma bêtise. *Romps tous les ponts et fuis.*

Derrière moi, j'entends deux femmes entrer dans la zone d'attente en gloussant.

— Tu as vu comme son pantalon lui moule les fesses ? demande l'une d'elles. On voit ses muscles à la perfection.

— Comment veux-tu passer à côté ? Ça donne envie de nouer les jambes autour de ce cow-boy et de le chevaucher jusqu'au matin ! s'extasie l'autre femme avec un accent du Sud.

— Tu devrais peut-être tenter ta chance avec Davis, Claire. Apparemment, il apprécie les grandes blondes.

La première femme rit. Un coup d'œil de l'autre côté de la paroi qui sépare les deux espaces me permet de distinguer Claire Dalton, la membre du conseil d'administration originaire du Texas. L'autre femme, je ne l'ai pas encore rencontrée. Elles rectifient leur coiffure et leur maquillage dans le miroir. Moi, je me colle au mur, hors de leur vue, et continue à les écouter.

— Oui, je vais essayer. Peut-être au cours du dîner de ce soir. Je vais me le draguer, promet Claire avec son accent traînant.

Non, non, non ! j'ai envie de hurler. Minute. S'il en pince effectivement pour la Barbie blonde, il va m'oublier. Mon boulot ne sera plus en péril et ma santé mentale non plus. C'est du gagnant-gagnant.

Mon poste à la fondation constitue plus qu'un simple travail ou une activité dont je tire un salaire. Ces dernières années, j'ai travaillé comme une acharnée tout en bataillant pour reconstruire ma vie après la « période Justin ». Pas question de laisser quiconque m'éloigner de mon objectif. Surtout pas un homme. Même un homme d'une beauté désarmante et qui me fait trembler de désir. Rien d'autre ne compte plus que d'assurer mon avenir. Les deux femmes quittent la zone d'attente. Mes quinze minutes de liberté sont écoulées. Avec un soupir, je redresse les épaules. Je peux y arriver.

En sortant des toilettes, je constate que Claire ne perd pas de temps. Chase et elle se tiennent à moins de trois mètres de la porte des toilettes. Il me tourne le dos et Claire rit en battant ses longs cils. Je me faufile pour les contourner, prenant bien garde à ne pas les interrompre. Une main ferme m'attrape par le poignet et m'oblige à m'immobiliser.

— Mademoiselle Callahan, je peux vous dire un mot ?

Ses yeux me transpercent. Ensorcelée par sa présence, encore une fois, je me retrouve incapable de bouger, à attendre sa requête. C'est pour le moins agaçant, le contrôle naturel que cet homme exerce sur moi.

— Merci pour la proposition, Claire, c'est très aimable, mais je suis déjà pris après le dîner. Je vous prie de m'excuser un moment.

Claire a l'air dépité de se voir ainsi éconduite. Une vilaine envie me vient de lui tirer la langue tandis qu'elle s'éloigne. *Il ne veut pas de toi ! C'est moi qu'il veut.* Non, ce n'est pas l'état d'esprit approprié, là.

Je retire ma main de l'étau de Chase.

— Ne me malmenez pas, je lui chuchote d'une voix irritée.

Ce type n'arrête pas de me toucher. Il faut que ça cesse.

— Je ne voulais pas que vous vous enfuyiez.

Il prend une profonde inspiration. Croisant les doigts, je baisse les yeux vers mes pieds afin de me calmer les nerfs.

— Je souhaitais juste vous rappeler pour ce soir.

Je relève les yeux et croise les siens.

— Vous voulez toujours qu'on se voie ?

— Plus que jamais, affirme-t-il sans hésiter.

Je m'attendais au contraire à ce qu'il en soit arrivé à la même conclusion que moi, à savoir que notre pseudo-rendez-vous était annulé de fait. Nouvelle brusque inspiration, je secoue la tête.

Son regard passe sur mon corps, telle une caresse.

— Rien n'a changé.

Il balaie le couloir des yeux. Le reste du groupe est retourné dans la salle de réunion, nous laissant seuls. Les battements de mon cœur s'accélèrent. Il se penche et ses lèvres effleurent mon oreille. Un frisson me parcourt de la tête jusqu'à la pointe des orteils. Une sensation humide et chaude chatouille mon lobe. Sa langue. Une lame de feu liquide se répand de mon oreille à mon cou, à travers ma poitrine, s'installe dans mon ventre. La zone sensible entre mes cuisses me semble lourde, avide d'être touchée. Je les serre. Un courant de plaisir me parcourt le corps.

— Vous êtes sublime en vert, murmure-t-il. Ça fait ressortir la couleur de vos yeux. Je pourrais aisément m'y perdre.

Les paroles de Chase, sa proximité, son souffle contre mon oreille, tout contribue à me faire tourner la tête. Je me retiens d'une main tremblante posée contre le mur solide de son torse. Je replie les doigts autour de sa cravate et l'attire vers ma bouche. Toute pensée rationnelle a déserté mon cerveau. Je le désire plus que mon prochain souffle. Haussée sur la pointe des pieds, je rapproche nos bouches. Il s'écarte et le tissu soyeux me glisse entre les doigts. La réalité revient brutalement et, une nouvelle fois, le charme est rompu.

J'allais l'embrasser ! Ici même. Alors que tout le monde pouvait nous voir. Doux Jésus, qu'est-ce qui ne va pas chez moi ? Je ne suis pas comme ça. C'est lui. Il me rend folle, aveugle et sexuellement dépravée. Ma peau me picote sous l'effet de la honte.

— Une autre fois, dit-il.

Pourtant, son sourire canaille pousserait n'importe quelle femme à baisser sa culotte. Dieu merci, il y en a un de nous deux qui n'a pas perdu la tête. La mienne a dû rester dans la boîte marquée « Privé » sous mon lit. Chase pose la main dans le bas de mon dos pour me guider vers la salle de réunion.

— 21 heures, me rappelle-t-il.

Sa main retombe au moment où je pénètre dans la pièce pour aller reprendre ma place.

La réunion se poursuit et le directeur du service Développement commercial n'en finit pas d'énumérer les nouvelles affiliations et autres arrangements commerciaux qu'il a négociés cette année.

— Merci, monsieur Howe, pour cette mise à jour, l'interrompt Chase quelque peu abruptement en remarquant que le temps qui lui était alloué est écoulé. Je pense qu'il est l'heure de déjeuner, et qu'ensuite le service des contributions nous fera sa présentation, conclut-il avec un coup d'œil vers Taye et moi.

Taye lui répond par un sourire confiant. Pour ma part, j'essaie désespérément de recouvrer la confiance qui était la mienne avant d'apprendre que mon Superman était le président du conseil. Taye me tapote l'épaule.

— Tu vas être super, me chuchote-t-il.

J'acquiesce en souriant. Quand je lève les yeux, Chase me dévisage sans vergogne, les traits pincés. Il semble évaluer l'échange que nous avons eu, Taye et moi. Quoi qu'il s'imagine, il ne paraît pas content. Je poursuis ma conversation avec Taye, ignorant le regard insistant de Chase jusqu'à l'heure du déjeuner.

Observer Chase en action aujourd'hui, c'est un régal. Les questions qu'il pose à chaque intervenant sont calculées, précises et brillantes. Ses attentes concernant ses pairs et le personnel de la fondation sont élevées. Apparemment autant que celles qu'il a pour lui-même. Un serveur de l'hôtel dépose un plateau d'argent devant moi.

— Le filet, mademoiselle, est poêlé et grillé dans une croûte de fromage bleu, rehaussé d'une purée au bacon fumé d'Hickory et de légumes de saison sautés.

— Merci.

J'ai l'eau à la bouche rien qu'à la vue du plat. Le muffin de ce matin était délicieux, mais il faisait pâle figure par comparaison avec ce festin. Je ne me rappelle pas la dernière fois où j'ai dégusté du filet mignon. Sans doute avant le décès de ma mère. Elle avait toujours adoré les bonnes choses de la vie. Hélas, on n'avait pas trop l'occasion de s'en offrir, avec le petit budget de notre famille.

Dès la première bouchée, le goût m'explose en bouche comme un feu d'artifice du 4 juillet. La texture de la viande est tout bonnement parfaite. Un petit morceau de paradis qui fond en bouche. Je lâche un gémissement de plaisir et ferme les yeux pour mieux apprécier l'expérience. Quand je les rouvre, Chase a les siens rivés sur moi, mais ils ne sont plus de la couleur bleue sublime de l'océan. Ils sont noirs comme la nuit. Ses pupilles sont dilatées, et il serre sa fourchette si fort que ses phalanges ont viré au blanc. Sa mâchoire est à ce point raide et verrouillée que je me demande brièvement s'il est en colère. Il laisse échapper un profond soupir que je sens presque sur ma peau alors que trois bons mètres nous séparent.

Ce regard, je le connais. Je l'ai vu maintes fois dans ma vie. Il est excité. Il secoue la tête et enfonce les doigts au hasard dans ses cheveux, leur donnant cet aspect ébouriffé juste-sorti-du-lit tellement sexy. J'exerce clairement une incidence physique sur lui. Et si je dois absolument éviter tout début de quoi que ce soit avec lui, la tension sexuelle que je perçois en sa présence n'en est pas moins étouffante. Sans cesser de me mordiller la lèvre, je regarde partout, mais en fuyant son regard torride.

— Tu es prête ?

La voix de Taye me fait sursauter.

— Oui, je crois. Les chiffres ne mentent pas. L'heure est venue de les époustoufler, j'enchaîne avec un large sourire à l'attention de mon collègue et ami.

Assise bien droite sur ma chaise, je tourne les yeux vers Chase, assez satisfaite de l'avoir un peu perturbé. Le sourire subtil qu'il me renvoie m'emplit de lumière. Quoi qu'il se passe entre nous, je suis ici pour prouver ma valeur dans cette fondation. Et c'est exactement ce que je vais faire. Taye commence par la liste des nouveaux donateurs majeurs et plusieurs membres du conseil d'administration paraissent impressionnés.

— Au niveau des dons les plus élevés, monsieur Davis, nous suggérons que vous accordiez une rencontre en face à face aux donateurs. Le moment et le lieu seraient à votre convenance, en fonction de votre emploi du temps.

Chase relève le menton dans un mouvement plein d'autorité naturelle.

— Et à quel niveau participeraient ces donateurs ?

— Mademoiselle Callahan et moi avons effectué de nombreuses recherches et obtenu la recommandation d'une organisation philanthropique nationale…

— Venez-en au fait, monsieur Jefferson, l'interrompt Chase. Combien faut-il payer pour avoir le plaisir de ma compagnie ?

Plusieurs membres du conseil ricanent tandis que lui sourit d'un air amusé qui atténue la férocité toute professionnelle de son regard.

— Nous parlons d'une somme à six chiffres. (Quelques personnes hoquettent.) Vous êtes un homme très désirable, monsieur Davis.

Chase hausse les sourcils. Il me jette un coup d'œil, puis revient sur Taye qui continue son laïus.

— Accès direct à l'un des hommes les plus fortunés des États-Unis, c'est une occasion qui peut être de très grande valeur pour quiconque possède ce genre de capitaux. J'imagine qu'au quotidien, on n'a guère accès à vous, n'est-ce pas ? lance Taye en lissant sa veste.

Chase tourne la tête vers un type au format d'armoire à glace posté près de la porte. Je ne l'avais pas remarqué jusqu'à présent. Il est presque aussi large d'épaules qu'il est grand. On dirait un joueur de football de la NFL. Il est stoïque, immobile, les bras le long du corps. Ses cheveux noirs gominés ajoutent à ses traits déjà assez typés mafia italienne. Je me demande ce qu'il fait là et qui il est.

— C'est exact, confirme Chase. En dehors de la fondation, on ne me rencontre qu'en cas de strict besoin.

— Et le don d'une somme à six chiffres permettrait cet accès à vous ?

Tout se joue sur la réponse qu'il va faire à la question de Taye qui se prépare à cet instant depuis trois mois.

— Je suis d'accord, consent Chase.

Je relâche bruyamment mon souffle. Taye l'a eu. Super-coup ! Il a travaillé si dur sur cette offre, et obtenir de Chase qu'il rencontre les plus gros donateurs en face à face constitue la dernière pièce du puzzle. La Leadership Society va aller de l'avant.

— Vous ne le regretterez pas, monsieur Davis.

Taye rayonne.

— Je compte sur vous pour ça, monsieur Jefferson. Très bon travail. J'ai hâte de voir comment cela va fonctionner. Je pense que mademoiselle Callahan a aussi des informations à partager avec le conseil, ajoute-t-il avec un sourire à mon intention.

Ce sourire, en plus de son accord à la requête de Taye, me donne le surplus de confiance dont j'avais besoin. Au cours des trente minutes suivantes, je les éblouis avec des tableaux et autres graphiques rutilants qui montrent dans le détail comment le service des contributions a atteint ses objectifs de revenus pour l'année fiscale en matière de dons caritatifs. Et pas seulement atteints, mais augmentés de quarante-cinq pourcent.

— Mademoiselle Callahan, qu'avez-vous fait pour que ces chiffres grimpent ainsi en flèche ? demande une membre du conseil, tirée à quatre épingles et raide comme un balai.

— Eh bien, madame Conrad, j'ai opté pour une approche différente. (Je me déplace dans la pièce.) La fondation avait pour habitude d'envoyer des mailings au sujet de notre organisation et du travail que nous effectuons d'une manière globale et professionnelle. En revanche, nos contenus manquaient de sincérité. Les histoires des femmes qui ont si désespérément besoin de notre aide au quotidien apportent un aspect plus personnel à notre communication. (Deux participants opinent du chef.) J'ai interviewé certaines des femmes qui avaient subi des violences et avaient eu du mal à voir la lumière au bout du tunnel avant de tomber sur nous. (Je me racle la gorge, mais ma voix tremble et se brise.) J'ai communiqué sur la façon dont nous avons contribué à sauver leur vie. Et ça a beaucoup interpellé les donateurs.

De nouveau, je m'étrangle au souvenir de mon dernier entretien. Avec une femme qui avait été brutalement battue. Elle n'avait pas été en mesure de marcher pendant une semaine après le drame. La fondation l'avait aidée à couper les ponts avec son agresseur et à entamer une nouvelle vie. Je lui avais tenu la main et j'avais pleuré avec elle.

Les larmes me brouillent la vue. Je les essuie avant de prendre une profonde inspiration. Chase se lève, se dirige vers la table des boissons et m'apporte un verre d'eau. Je bois lentement tout en reprenant le contrôle de mes émotions.

Le moment est mal choisi pour revivre le passé. La main de Chase me réchauffe l'épaule.

— Tout va bien ? fait-il en inclinant la tête. Vous avez besoin d'un instant pour reprendre vos moyens ?

Il scrute mon visage, sans masquer sa sollicitude.

Je hoche la tête et affiche le sourire le plus faux de l'histoire des sourires. C'est le mieux que je puisse faire. La dernière chose dont j'aie besoin, c'est de m'effondrer au milieu de la présentation la plus importante de ma carrière.

— Merci, je répète en me raclant la gorge et en redressant les épaules.

— Eh bien, mademoiselle Callahan, je ne pense pas que quiconque ici ait été au courant du fait que vous étiez l'auteur de ces lettres, reprend Chase d'une voix pleine d'adoration. Nous ne savions pas non plus qu'elles parlaient de vraies femmes que la fondation avait sauvées.

Il ne dit pas ça pour gagner l'assentiment du groupe. Ni le mien. En cet instant, je ressens un profond respect pour lui. Hochant la tête, je repose le verre d'eau.

— Alors, je tiens à être le premier à vous féliciter pour un travail excellemment réussi. Je vous en prie, poursuivez votre présentation.

— Merci, monsieur Davis.

Je le regarde retourner à sa place. En s'asseyant, il n'a d'yeux que pour moi. Son intensité m'influence peut-être, mais je suis ravie qu'il voie mon travail et la valeur que j'apporte à l'organisation, et pas seulement une femme avec qui il aurait envie de coucher.

— L'autre domaine sur lequel notre service s'est concentré, c'est la collecte de fonds à distance.

Pendant quinze minutes, je leur balance les résultats de notre campagne d'appels, elle aussi couronnée de succès.

— Si vous vouliez bien compulser ces informations ainsi que les autres possibilités de levées de fonds que nous avons ajoutées, je crois que nous pourrions sauver beaucoup d'autres femmes grâce à l'argent supplémentaire récolté. (Regardant tour à tour chaque membre du conseil, je constate que mes propos ont un impact.) Nous comprenons que les changements importants prennent du temps, et nous remercions les membres du conseil d'administration pour leur aimable attention. Merci.

— Très impressionnant, mademoiselle Callahan. Vous nous avez donné beaucoup à réfléchir pour les semaines à venir, commente Chase, avant d'adresser un regard à ses collègues. Je souhaite que chacun de vous examine attentivement les informations que chaque service a produites aujourd'hui, et revienne à notre prochaine réunion du conseil d'administration avec une liste de questions, de problématiques, et revoie nos décisions initiales concernant les recommandations de notre personnel. Nous voterons à ce moment-là.

Les membres du conseil opinent du chef, prennent des notes, et la secrétaire de séance tape rapidement sa transcription.

Taye me donne un coup d'épaule alors que je me rassieds. Son sourire lui remonte jusqu'aux oreilles, ce sourire rayonnant dont il dit lui-même que c'est le seul moyen de le trouver dans l'obscurité. Sous la table, il me tend sa main, que je tape discrètement. Et nous claquons tous les deux des doigts en silence. C'est notre mini-check, notre version personnelle de la danse de la victoire.

Tandis que la réunion se termine, je rêve d'un bon bain chaud pour conclure une journée intense. Je suis sur le point de quitter la salle avec Taye quand Chase m'attrape par la main et m'attire à ses côtés. Je fais signe à Taye qu'il peut y aller et me sens, comme un aimant, soumise à l'attraction d'un autre aimant. Mon corps vogue vers le sien avec une facilité déconcertante. Je ne le connais que depuis vingt-quatre heures, pourtant l'attirance est indéniable.

— Gillian, j'aimerais vous présenter quelqu'un, dit-il en m'entraînant vers l'armoire à glace vêtue de noir. Voici Jack Porter. Mon garde du corps, chauffeur, mon filet de sécurité. C'est lui qui passera vous chercher ce soir.

— Enchantée de vous rencontrer, je dis en tendant la main.

Au lieu de la prendre, Jack me toise des pieds à la tête. Je ne sais pas trop s'il m'évalue en tant que femme ou s'il vérifie si je n'aurais pas quelque bosse suspecte révélant la présence d'une arme. Je lève le menton dans un geste de défi et pose les mains sur mes hanches.

— Prenez une photo, ça vous restera plus longtemps, je lance à la montagne de muscles.

Il grommelle, mais ne répond pas.

Chase éclate d'un gros rire et m'écarte du patron de la mafia. Le type ne m'a pas adressé deux mots. Étrange compagnie que celle qui flanque Chase.

— Il ne m'a même pas serré la main. Et c'est très impoli de dévisager les gens comme ça.

Chase continue à rire tandis que nous sortons rapidement de la salle, sa main dans le bas de mon dos. Une fille pourrait s'habituer à se laisser conduire par Superman. Si ça se trouve, Lois Lane faisait exprès de s'empêtrer dans toutes sortes de situations dangereuses, juste pour être sauvée par l'homme d'acier. Nous sommes déjà à bonne distance des autres quand je me rends compte qu'il m'emmène dans une autre salle de réunion, plus petite. Jack apparaît et va se poster devant la porte pour en garder l'entrée.

— Chase…, je commence en guise d'avertissement, pas tout à fait à l'aise d'être ainsi entraînée dans une pièce sombre.

— Faites-moi confiance.

Sur quoi il me pousse plus avant dans la pièce. Et sans poser de question, je lui fais effectivement confiance. Sans raison particulière, sans explication. Cet homme n'a fait que me déstabiliser depuis la seconde où nos yeux se sont croisés au bar hier soir. Je devrais me montrer plus circonspecte, mais le sentiment qui prévaut en sa présence, c'est plutôt celui d'être chérie. Je ne sais pas trop expliquer pourquoi ni d'où vient la sensation, en tout cas elle remplace les doutes qui en général contrôlent toutes mes décisions, elle les remplace par autre chose que de la peur.

Quand mes yeux s'adaptent à la pénombre, je remarque une table de conférence de taille normale et quelques confortables chaises de bureau en cuir. Je suis sur le point de demander ce que nous faisons là, quand Chase me saisit par les bras, me fait pivoter et me plaque contre la porte fermée.

Une protestation me monte aux lèvres, mais sa bouche m'empêche de parler. À l'instant où nos lèvres entrent en contact, c'est magique. Je perds toute capacité à penser. Ses doigts s'entremêlent aux miens, paume contre paume. Un courant électrique vrombit entre nos deux mains qu'il remonte au-dessus de ma tête, collant son grand corps contre moi.

La puissance derrière son baiser, la chaleur humide, les doigts qui s'agrippent, le torse qui me colle à la porte, tout est grisant. Comme une voiture de course lancée à grande vitesse sur la piste, qui accélère encore pour franchir la ligne d'arrivée dans une explosion exaltante. La nature interdite de cette passion met mon esprit dans tous ses états, sorte de transe enivrée et enivrante. Constater que je l'ai autorisé à me contrôler me déconcerte, mais c'est trop bon pour que j'arrête. Ses lèvres mordillent et bécotent, une sensation délicieuse me traverse de part en part tel un ricochet, allumant des étincelles de désir animal partout en moi. J'en veux plus. De lui. De sa bouche. Plus, plus.

Je suçote sa langue avec avidité et suis récompensée par un grognement guttural. Chase s'écarte pour reprendre son souffle et replonge, profondément, sans laisser un seul millimètre carré inexploré. Pour ce qui est d'embrasser, le gars sait embrasser. Il a goûté au café, au tiramisu qu'on a mangé pour le dessert et aussi à quelque chose de plus sombre, de plus riche. Mon corps tout entier est en feu. Chacune de mes terminaisons nerveuses est hypersensible, dans l'attente de sa prochaine caresse. Il lâche mes mains et pose l'une des siennes dans mon cou pour m'incliner la tête à sa guise, puis il s'élance à nouveau et prend totalement possession de moi. Je sens le poids de son corps qui me pousse plus fort contre la porte. La longueur épaisse de son érection s'enfonce dans ma hanche.

Sa main gauche dessine un chemin brûlant depuis mon cou, en passant par ma poitrine, pour s'installer sur ma cage thoracique. J'ai envie de lui demander de remonter là où j'ai le plus besoin de lui, mais il me vole mon souffle de sa langue fureteuse. Je ne suis plus capable de rien d'autre que de m'agripper à son dos pour le garder fermement contre moi, frotter mon corps contre le sien, tenter en vain d'apaiser le désir torride qui me déchire. Il passe la pulpe du pouce sur la soie de mon vêtement, au niveau des côtes, décrivant toute une série de petits massages circulaires. Un contact qui m'emplit de désir, du besoin de le prendre, ici et maintenant. Mon cerveau me dit d'arrêter, de le lâcher. De partir. Que c'est trop. Mon corps, en revanche, n'est pas de cet avis. Je me cambre encore plus vers lui, plus proche, plus proche.

De ses deux mains, il enlace ma taille et plaque son érection plus fort contre moi. Je gémis dans sa bouche, me délectant de constater que je lui plais, que je le rends dur. Il me dévore de sa langue, ses dents, ses lèvres. Il baisse une main, remonte l'une de mes jambes et la cale contre sa hanche, où il la maintient. L'angle qu'il a trouvé est magnifique. Il frotte pile à l'endroit qu'il faut entre mes cuisses, me captive à chaque caresse. Le plaisir explose en moi, trempant le morceau de dentelle qui nous sépare. Je suis tout entière concentrée sur la pression et le relâchement de son corps alors qu'il m'emmène vers des sommets de plaisir inimaginables. Profitant de la position de ma jambe, il glisse ses doigts entre mes cuisses, à l'endroit où mon bas est retenu par la fine bande de tissu attachée à une jarretière noire.

— Nom de Dieu, tu portes des bas, lâche-t-il d'une voix étranglée contre ma bouche.

Ses dents mordent mes lèvres gonflées au point où le plaisir et la douleur se mêlent. Je souris contre ses dents. J'ai des secrets sympathiques. Mon penchant pour la lingerie fine est l'un des plus appréciés. Chase revient à la charge, me donne un autre baiser brûlant, tout en pressant son membre turgescent contre mon clitoris. Des picotements de plaisir éclatent dans le petit bouton sensible. Je crains de jouir, là, contre cette porte, comme une vulgaire dévergondée.

Chase dépose une ligne de baisers dans mon cou et je me perds dans la sensation. Son odeur naturelle, de bois et d'agrumes, est plus puissante, car sa peau luit de sueur. Elle est enivrante, elle m'entraîne plus loin encore dans l'abîme qu'est Chase. Je tremble de désir, ma respiration est saccadée, je m'agrippe, je griffe, j'essaie de l'attirer plus fort contre moi. De ne faire plus qu'un avec lui.

Ses lèvres effleurent mon oreille, m'envoyant des frissons dans le dos. J'entends son inspiration tandis qu'il passe la langue le long de la colonne de mon cou, qui goûte, qui dévore. Il gémit et enfonce sans ménagement les dents dans mon épaule. L'excitation monte entre mes cuisses, de plus en plus moite et trempant ma culotte. Aucun homme n'a encore jamais pris possession de moi et de mon corps de cette manière. J'ai envie de mettre tout ça en bouteille, pour pouvoir le pulvériser plus tard sur toutes les surfaces de ma chambre et le revisiter… souvent. C'est inhabituel, effrayant et libérateur à la fois. Je veux le supplier de me donner plus, au lieu de partir en courant. Chase fait ressortir un aspect de moi que je ne connais pas, mais que je suis pressée de libérer.

Il me mordille l'oreille, je sens chacune de ses respirations quand ses mots caressent la peau de mon cou.

— Tu me rends fou.

Il me mord le lobe et je lâche un hoquet. Puis il picore mes lèvres à coups de baisers.

— Je ne vais pas réussir à aller au bout de ce dîner… (Encore un baiser.) Sans penser à toi… (Baiser.) Contre cette porte, dans ces putains de bas… (Baiser.) Et à la manière dont je vais te les enlever avec mes dents.

Son bassin frotte et se presse en rythme contre moi à chaque baiser-ponctuation de sa phrase.

— Oh, Chase…, je geins.

Il enfonce sa langue dans ma bouche tout en se collant à moi exactement à l'endroit où j'en avais le plus besoin. Un cri déchire ma gorge. Je me mords la lèvre, presque jusqu'au sang. Il apaise la douleur avec sa langue. Je descends les mains derrière lui pour malaxer son fessier musclé, le presser plus encore. C'est trop. Il faut que je l'aie.

— S'il te plaît, je le supplie sans honte.

Et je ponctue mon besoin en enfonçant le talon de mon stiletto dans la chair tendre de sa cuisse. Il grimace et siffle entre ses dents.

— J'ai trop envie de te mettre dans mon lit.

Il termine son aveu en scellant sa bouche sur la peau de mon cou. Je suis sûre qu'il va y laisser des marques. Je l'espère presque. Et c'est une première pour moi, ce genre de pensées. Car j'ai eu un homme qui m'en a laissé bien trop, des marques. Des marques que je n'avais pas souhaitées.

Chase accélère le tempo et, à force de frictions, il m'envoie dans l'oubli que seul procure le sexe. Sa queue frotte mon clitoris à la perfection. Toute pensée du passé disparaît. Je suis renvoyée tout droit dans mon brouillard de désir. Le plaisir atteint presque son sommet, encore quelques frottements et je vais m'envoler…

Un coup ferme frappé à la porte derrière moi nous fait tous les deux sursauter. D'un bond, nous nous écartons l'un de l'autre et farfouillons pour rajuster nos vêtements, tels deux adolescents surpris par les adultes.

— Un moment ! lance Chase à la porte close.

Le cœur battant à toute allure, je défroisse ma jupe d'une main tremblante. Nos respirations sont courtes et saccadées. Je tremble et la conscience de ce qui a failli se passer est pareille à un pic à glace enfoncé dans ma poitrine. Le président du conseil d'administration était en train de se frotter à moi contre une porte. *Merde !*

Chase me passe en revue tout en rajustant sa veste de costume et sa cravate. Il attrape la veste par ses deux pans, la secoue et la remet en place avant de la boutonner sur une érection très impressionnante. Je ne peux m'empêcher de grimacer en le voyant me cacher son désir. Il me surprend en train de reluquer son entrejambe et m'adresse un rire malicieux tout en recoiffant ses cheveux aux doigts. Son air un peu débraillé si sexy, il est dû cette fois à une quasi-relation sexuelle.

Chase tend la main et, du bout des doigts, il caresse ma joue, puis me prend le menton pour le relever. Revenant à ma pommette, il m'attire dans un baiser simple mais affirmé.

— Ce soir, je te fais mienne, promet-il.

Sur quoi il ouvre la porte. Son téléphone portable sonne, qui me tire du coma où ces émois sexuels m'ont plongée. D'un geste du poignet, il porte son téléphone à l'oreille et aboie dans le combiné tout en sortant. Non sans jeter un dernier regard en arrière, ponctué d'un clin d'œil coquin que je ressens de la pointe de mes orteils jusqu'à la racine de mes cheveux.

J'attends les minutes requises, jusqu'à ce que je n'entende plus de voix dehors. Si je suis honnête, j'attends en réalité d'être sûre de pouvoir marcher sans devoir me retenir au mur comme une étudiante saoule un soir de fête de fraternité. Je serais mortifiée si quelqu'un me surprenait en train de sortir d'une pièce sombre avec Chase. Je n'ose imaginer ce que les gens penseraient. Sans doute supposeraient-ils que je couche pour réussir ou quelque chose de tout aussi dégradant.

M'aventurant dans le couloir, je vois que Jack m'attend. Il tient mon ordinateur portable, mon sac à main, et me tend mon téléphone.

— Monsieur Davis m'a demandé de vous attendre afin de m'assurer que vous récupériez vos affaires. Il m'a aussi dit de vous donner son numéro de téléphone personnel et a demandé que vous lui envoyiez un SMS pour confirmer que vous avez toujours l'intention de le retrouver. Je l'ai ajouté à votre liste de contacts. Ne le partagez avec personne, conclut-il en guise de mise en garde.

— Merci, je réponds à sa silhouette qui s'éloigne déjà.

Ce type est décidément trop à cran. Je me demande qui a pissé dans ses Cheerios, aujourd'hui.

Comme c'est étrange. Chase a demandé à son propre chauffeur, son garde du corps ou quelles que soient ses attributions, de m'attendre et de s'assurer que je lui enverrais par SMS la confirmation d'un rendez-vous prévu dans moins de trois heures. On dirait que monsieur le président du conseil d'administration est lui aussi quelque peu sujet à un sentiment d'insécurité. Cette pensée me requinque un peu, mais pas beaucoup.

J'ouvre ma liste de contacts et le trouve. Évidemment, le patron de la mafia a entré les coordonnées de Chase dans la forme parfaite, C et D en capitales et tout le toutim. Il a ajouté son numéro de portable, de travail, et la ligne fixe de chez lui. Et son adresse mail. Bon, il faut croire que je n'ai plus aucune excuse pour ne pas le joindre d'une manière ou d'une autre.

Je rédige un texto succinct.

À : Chase Davis
De : Gillian Callahan
Votre armoire à glace m'a transmis vos souhaits. Je vous rejoindrai.

Je reçois aussitôt sa réponse.

À : Gillian Callahan
De : Chase Davis
Je vous attendrai.

La perspective de ce qui va sans doute se passer ce soir me serre le ventre, avec quelques papillons en prime. L'anxiété bouillonne, qui me picote la peau comme pendant une séance d'acuponcture. Je désire cet homme. Je le désire vraiment.

Dans mon lit. En moi. De toutes les façons possibles.

Je suis déchirée. Jamais un homme ne m'a autant excitée, ni ne m'a donné autant envie de lui. Chase fait ressortir chez moi un désir si féroce que je ne peux m'empêcher de vouloir en ressentir la brûlure. Après l'escapade de la salle de conférences, je sais qu'on va mettre le feu aux draps. « Je te veux dans mon lit », a-t-il dit. Une seule phrase qui suffit à me rendre folle de désir et d'impatience. Son envie de moi me porte au bord des larmes. De frustration. Peu importe l'effet négatif que ça aura si les gens l'apprennent, il faut que je l'aie.

Que Dieu me vienne en aide, je suis sur le point de commettre une magnifique erreur.

4

Trois heures se sont écoulées depuis la séance de touche-pipi contre un mur avec l'homme le plus sexy de la planète. Trois heures entières pour me trouver tous les prétextes possibles de me prouver que Chase Davis n'est pas une bonne idée, probablement même une idée fatale à ma carrière.

Certes, il est incroyablement beau et ses baisers me font flageoler les jambes. Il peut me faire monter de zéro à soixante juste par un regard intense lancé à l'autre bout d'une pièce bondée. Combien d'hommes ont cette capacité sur une femme ?

Attirance mise à part, je ne gâcherai pas mes chances de succès auprès de la fondation. Il y a des années, En lieu sûr m'a ramassée à la petite cuillère, m'a ramenée d'entre les morts et m'a redonné vie. Après Justin, je ne peux pas me permettre de laisser dérailler ma vie. Justin. Une révulsion totale et profonde m'envahit à la pensée de ce prénom, qui me donne la nausée. Je compte jusqu'à dix en prenant quelques profondes inspirations. Lentement, la vague de pensées dégoûtantes de Justin reflue et je suis prête à repousser un homme dont le corps a été dessiné par les anges. Chase est une sacrée prise. Peu importe. La fille rejette le poisson à la mer des hommes trop séduisants.

Chase pourrait avoir toutes les femmes qu'il veut. Avec son minois et son compte en banque, il lui suffirait de pointer l'index et de cliquer sur la femme parfaite, elle apparaîtrait aussitôt. Je ne suis personne de spécial, moi. En plus, d'après ce que j'ai trouvé en ligne, il a eu plusieurs joyaux parfaits à son bras rien qu'au cours de l'année passée. J'envie les beautés à la taille mannequin, trophées idéaux pour un homme tel que Chase. Mon moteur de recherche est formel. Sans compter que je ne suis même pas son style. Il préfère les blondes sculpturales au hâle parfait, pas les rousses à la peau pâle et aux courbes trop affirmées.

Ma décision prise, je me dirige d'un pas ferme vers les doubles portes vitrées qui servent de sortie de l'hôtel. Le vent balaie mes cheveux et je resserre mon blazer autour de moi pour me protéger du froid. Tel un fantôme d'un noir brillant, une longue limousine rutilante se gare devant moi. Waouh. Je ne m'attendais pas à ça. Je ne suis jamais montée dans une limousine. La petite fille en moi a envie de pousser un cri de plaisir.

— Mademoiselle Callahan, monsieur Davis vous attend, m'informe Jack, qui tient la portière ouverte.

Je me glisse sur le siège de cuir. Lisse, il est froid sous ma paume. L'intérieur de la voiture est d'un luxe exceptionnel. Panneaux de merisier d'un côté, qui reçoivent une panoplie de verres à alcool et de liquides ambrés dans des décanteurs en cristal. Jack assied son énorme carrure sur le siège conducteur.

— Sentez-vous libre de vous servir un verre.

— Non, merci.

Je m'adosse contre le cuir souple, reposant mes yeux tandis qu'il fait demi-tour dans la rue encombrée. Le centre-ville de Chicago est vivant, rempli des sons de la ville. Les gens s'affairent dans les rues bétonnées, profitant du fouillis de boutiques et de restaurants.

Nous doublons un train aérien, circulant à peu près à la hauteur d'un immeuble de deux étages. J'ai entendu parler du L, mais jamais je ne l'ai vu en vrai. Les gratte-ciel qui jalonnent la ville s'élèvent vers le ciel dans diverses formes et tailles qui me rappellent des empilements de

Lego. San Francisco paraît presque endormie, comparée à ce mélange éclectique de moderne et d'ancien. La plupart des habitants de San Francisco sont des banlieusards qui travaillent dans une ville où ils n'ont pas les moyens de vivre. À 18 heures, ça devient une ville fantôme, tout le monde étant rentré dans sa Baie de ceci ou sa Vallée de cela. Ici, la ville est vivante et palpitante, à l'instar de mon pouls de plus en plus rapide à mesure que nous approchons de notre destination.

— Où allons-nous ? je demande à mon compagnon muet.

— Monsieur Davis a requis votre présence au Sky Lounge, l'un de ses bars. Nous y serons dans moins de cinq minutes.

Son chauffeur, que Chase qualifie d'ami, n'est pourtant pas le type le plus amical au monde. Bon, ça doit faire partie du job. Il est censé être assez flippant pour que personne ne vienne lui chercher des noises. Suis-je supposée rester calmement assise et le laisser me conduire, façon Miss Daisy et son chauffeur ? Ou est-il censé me tenir compagnie ? Par nature, j'aurais envie de discuter, et puis j'aimerais en apprendre plus sur son patron. Merde, c'est mon patron aussi.

— Depuis combien de temps travaillez-vous pour monsieur Davis ?

— Cinq ans, mais je le connais depuis toujours.

Il fronce les sourcils – je ne pense pas qu'il voulait révéler ce détail, à la base.

— Ah oui, vraiment ?

Maintenant, je sais que je vais obtenir au moins un infime aperçu de cet homme énigmatique.

— Nous y sommes.

Habile, il a réussi à éluder ma relance sans beaucoup d'efforts. Je m'oblige à ne pas bouder. Jack sort de la voiture et vient ouvrir ma portière. À ma grande surprise, il tend une main vers l'entrée.

— Par ici, mademoiselle Callahan.

Et il me guide jusqu'à une série d'ascenseurs, où il appuie

sur le bouton d'appel. À la ligne dure de sa bouche, je devine qu'il n'est pas disposé à faire la conversation. Je lève les yeux au ciel et prends une inspiration.

— Vous savez, je peux me débrouiller seule. Si vous m'indiquez l'étage, je trouverai mon chemin.

— Monsieur Davis a demandé que je vous accompagne directement jusqu'à lui.

— Ah. D'accord.

Un maniaque du contrôle.

Pendant la montée jusqu'au soixantième étage, mes paumes deviennent moites et je les essuie contre ma jupe. J'aurais peut-être dû me changer ? Non, ce n'est pas un rendez-vous galant. Me changer pour une tenue plus féminine et plus jolie aurait donné l'impression que j'attends plus. *Le laisser te frotter contre un mur, sa langue au fond de ta gorge, ça a déjà donné cette impression.* Je lâche un soupir et décide d'écarter ces pensées avant qu'elles ne se tordent et se distordent de manière plus pénible.

Je vais m'asseoir aux côtés de cet homme, prendre un verre et lui expliquer que c'est la dernière fois que nous nous voyons en dehors du travail. Ça ne devrait pas être trop compliqué. Avant la réunion du conseil d'aujourd'hui, je ne lui avais même pas jeté un coup d'œil, or je travaille pour la fondation depuis plus de deux ans. Ma décision arrêtée, je me répète que cela doit se passer ainsi. Une relation avec cet homme, ce serait un suicide professionnel. J'ai travaillé trop dur pour tout perdre maintenant.

Nous arrivons à destination et je me passe une main dans les cheveux pour m'assurer qu'aucune mèche ne s'est échappée à cause du vent de tout à l'heure. Je n'ai pas changé de vêtements, mais j'ai détaché mes cheveux et les ai coiffés en boucles douces autour de mon visage. Mon reflet me regarde dans les parois en miroir des portes de l'ascenseur. La touche de rouge vif sur mes lèvres pleines ajoute un côté théâtral à mon apparence. Ma peau pâle, mes cheveux roux et l'émeraude de mes yeux ainsi que de mon chemisier font ressortir le rouge à lèvres rubis dans un contraste parfait. Je me sens effrontée et téméraire, ça me donne le courage d'éconduire le célibataire le plus éligible qui soit. Fermant les yeux, je prends une profonde inspiration et me rappelle que nous venons de deux mondes très différents qui, si on les rapprochait, entreraient en collision et exploseraient. S'il me connaissait vraiment, ainsi que les détails de mon passé, il ne voudrait pas de moi, de toute façon. Sans parler du problème taille XXL lié au fait qu'il est mon patron.

Jack se faufile entre des tablées de gens qui discutent et rient dans l'intimité. Le centre de chaque table est orné de trois verres à vin de diverses tailles remplis d'un liquide bleu, et une bougie délicatement sculptée en forme de fleur flotte à la surface de chacun. Un concept simple mais unique. Cela rendrait superbement, lors d'un dîner de collecte de fonds. Je pourrais même utiliser du colorant alimentaire pour modifier la couleur de l'eau. Je remise l'idée pour plus tard dans un coin de ma tête et balaie la salle des yeux. Elle occupe tout l'étage du bâtiment. Des parois de verre enclosent l'espace du sol au plafond, qui offrent une vue à 360 degrés sur les gratte-ciel de Chicago. De cette hauteur, le spectacle est à couper le souffle, voire étourdissant. Je vacille et Jack pose une main ferme sur mon coude.

— C'est un sol rotatif. Fait pour permettre aux clients d'admirer la vue à 360 degrés dans sa totalité.

— Magnifique.

Plus attentive, je ressens le léger mouvement. Jack continue à me tenir le bras tandis qu'il me conduit au bar, pile au centre de la pièce. Des lumières bleues luisent derrière le verre dépoli. La surface du comptoir est noire et aussi brillante qu'un piano majestueux. Tout ici est du dernier chic. Je vois pourquoi monsieur Mégariche est propriétaire d'un lieu aussi opulent. Autre rappel s'il en fallait de la raison pour laquelle, moi qui vis dans un appartement miteux avec une colocataire, je ne pourrais absolument pas m'intégrer dans un monde pareil.

La présence de Chase agit comme un courant électrique qui me taquine l'échine, soulevant les poils à la base de mon cou avant même que je le voie. Jack me précède de l'autre côté d'un paravent. Chase pivote sur un tabouret de bar, à croire que lui aussi m'a sentie. Aucune préparation, pas même la sérieuse discussion que j'ai eue avec moi-même avant de sortir ce soir, rien ne pourrait m'empêcher de reluquer – zieuter, c'est baiser ? – ce spécimen sublime. Il a ôté sa cravate et sa veste. La chemise d'un blanc immaculé qu'il porte est collée à son torse large et remontée aux manches. Deux boutons sont défaits au niveau du col. À voir ses cheveux, on peut l'imaginer y passer les doigts un million de fois pour leur donner ce style je-sors-tout-juste-du-lit, si mâle et si attirant. Quant à son regard qui m'appelle et son sourire en coin, ils manquent de signer ma perte. Je reste immobile tandis qu'il me passe en revue. Je sens ses yeux glisser sur moi aussi bien que s'il s'agissait de ses mains.

— Mademoiselle Callahan, comme convenu, monsieur, fait Jack en me poussant vers lui.

Le regard de Chase s'adoucit. Il se lève et tire la chaise à côté de lui.

— Merci, Jack. Ce sera tout. Je vous appelle quand nous serons prêts à partir.

Jack s'en va. Sans « au revoir », sans « à tout à l'heure ». Je m'assieds sur le siège que m'offre Chase.

— C'est intéressant, les gens dont vous vous entourez, je commente en désignant Jack qui s'éloigne.

Chase éclate de rire.

— Il est un peu rude aux entournures, mais il fait le boulot. Je lui accorde ma confiance pour assurer ma protection. Quelquefois, il s'en est fallu de peu, mais il s'est montré à la hauteur du défi.

Je ravale la balle de golf qui se coince dans ma gorge à la mention de ces fois où « il s'en est fallu de peu ». J'ai envie de le questionner sur ces expériences, mais préfère tenir ma langue. En apprendre trop sur lui alors que je m'apprête à lui donner du « ça n'a rien à voir avec vous, c'est moi » ne risque pas d'aider.

— Merci d'être venue me retrouver, Gillian. J'étais impatient de vous voir.

Son sourire me met à l'aise, malgré ce que je suis sur le point de lui annoncer – que cette chose, entre nous, ça ne peut pas aller plus loin.

— Aimeriez-vous un verre ?

— Avec plaisir, merci.

Chase fait signe au barman, qui se précipite à toute vitesse.

— Oui, monsieur Davis ? Que puis-je pour vous, monsieur ?

— Une bouteille de Caymus, la sélection spéciale du cabernet sauvignon 2010.

Il ne me demande pas ce qui me ferait plaisir, pourtant ça ne me dérange pas. Ça le met à l'aise de prendre les rênes, et à moi, ça me donne quelques secondes pour réfléchir à ce que je vais bien pouvoir dire.

— J'ai pensé que vous apprécieriez de déguster un vin de chez nous, explique-t-il, tout sourire, en faisant pivoter son siège vers moi.

Comme il l'a fait le soir de notre rencontre. C'était seulement hier soir ? Punaise ! Le temps a décidément le don de s'étirer en sa présence.

— Je vous fais confiance pour choisir quelque chose de délicieux.

— Alors, Gillian, parlez-moi de vous.

Cette fois, c'est tout son corps qu'il tourne vers moi. Il m'accorde son attention pleine et entière. L'espace d'un instant, c'en est presque déconcertant de le voir aussi absolument focalisé sur moi, mais aussi plutôt excitant. Quel effet cela ferait-il d'être le centre du monde d'un homme aussi intense ? Je ne le saurai jamais.

Le barman dépose devant nous deux verres ventrus et s'affaire à ouvrir notre bouteille.

— Que souhaitez-vous savoir ?

S'il continue à me contempler comme si j'étais le truc le plus intéressant de l'univers, j'irais jusqu'à sortir mon journal intime pour le lui lire.

— Tout. (Ses yeux s'allument tandis qu'il tend la main pour enrouler une mèche de mes cheveux autour de ses doigts.) Vous avez des cheveux sublimes. J'adore les rousses.

— Ah oui ? Je croyais que vous préfériez les blondes.

Le commentaire m'échappe avant que j'aie le temps de le retenir. Il fronce les sourcils.

— Qu'est-ce qui a bien pu vous donner cette impression ? demande-t-il, un sourcil haussé.

Autant jouer la carte de l'honnêteté.

— J'ai tapé votre nom sur Internet avant de venir.

— Ah, je vois. Donc vous avez vu des photos de moi avec une blonde à mon bras, lors de tel ou tel événement, et vous en avez déduit que j'avais un type de femmes ?

En prononçant le mot « type », il dessine des guillemets en l'air avec les doigts. Je hoche la tête.

— Ce n'étaient pas mes femmes, reprend-il. Elles ne signifiaient rien pour moi.

Sur quoi il prend le fond de verre que lui a servi le barman pour goûter le vin. Sa main sur le verre délicat me rappelle la façon dont il m'effleurait le cou, léger comme une plume. Un frisson me parcourt. Il fait tournoyer le liquide, le respire avant de le porter à sa bouche et de le goûter. Le breuvage vermillon embrasse ses lèvres pleines. Il émet un « mmm » qui me va droit au ventre. Je croise les jambes et sa main vient couvrir mon genou. Il passe le pouce sur le Nylon soyeux et recommence à y dessiner des huit, symboles de l'infini. Ça me rend folle, pourtant je ne retire pas ma jambe. J'aime trop le contact de ses mains sur moi pour l'arrêter.

— Le vin est très bien, merci, James.

— En commandant ce cépage, vous avez dit « de chez nous ». Vous êtes originaire de Californie aussi ?

Il opine du chef.

— J'ai un chez-moi dans la plupart des villes majeures, mais mon cœur est à San Francisco.

Ses yeux pétillent. Je ris. Petit malin. Ce serait tellement facile de craquer pour lui.

Le barman remplit nos verres à moitié et retourne vaquer à ses occupations. Enfin, je trouve le courage de poser la question qui m'importe vraiment.

— Qu'est-ce que vous vouliez dire en affirmant que ces femmes n'étaient pas les vôtres ?

Il continue de tracer des huit sur mon genou, remontant un peu plus haut à chaque nouveau signe. Une séduction de mes sens lente et tranquille, mais qui fonctionne très bien. Chaque passage caresse mon désir, l'accroît, jusqu'à ce que je ne sois plus qu'une boule de concupiscence.

Il ne répond pas tout de suite à ma question.

— Oh, Gillian, je n'arrive pas à m'empêcher de penser à ce qu'il y a, là-dessous.

Cette fois, c'est sa main tout entière qui agrippe ma cuisse et se fraie un chemin jusqu'à ce que la pointe de ses doigts atteigne le fermoir de ma jarretière. Il lâche un grognement sourd et focalise son attention sur ma jambe.

— Je… euh… je loue leurs services pour m'accompagner à ces événements.

Je ne parviens pas à masquer ma sidération.

— Pourquoi ? Vous pourriez avoir n'importe qui !

— Merci, mais j'ai très peu de temps pour séduire une femme. À l'exception de vous. Vous, c'est différent. (Il secoue la tête.) Complètement différent.

Il exerce une pression sur ma cuisse et je l'imagine en

train de me serrer ailleurs, de préférence avec son sexe fiché en moi. Non, non, non ! Ça n'est pas censé arriver. Je suis censée couper les ponts. Je passe la langue sur mes lèvres soudain très sèches. Ses prunelles virent au noir et je détourne les yeux. Si je regarde dans ses yeux affamés, je signe ma perte.

— Alors vous n'étiez pas avec ces femmes ?

Il vient de me donner un os à ronger. Aucune femme saine d'esprit ne sortirait avec lui sans essayer de se faufiler dans son lit. Ce type est une prise de choix pour toute femme. Pas seulement pour moi.

— Je baisais avec elles, si c'est le sens de votre question.

Nom de Dieu, il est aussi grossier que dangereusement efficace s'il s'agit de m'exciter.

— Mais jamais je n'ai eu de relation suivie avec aucune d'elles, conclut-il.

Je plisse les paupières, car je ne crois pas un seul mot qui sort de cette bouche si sensuelle.

— Gillian, je ne mens jamais. La malhonnêteté est une faiblesse de la pire sorte.

Le sourire qui me tenait captive se change en expression sévère et le ton a viré à l'agacement. Il glisse la main sur l'extérieur de ma cuisse. J'observe son étreinte possessive et constate qu'elle est bien là où elle est, que son contact me semble tout ce qu'il y a de normal. Chaud et sécurisant. Me sentir en sécurité en compagnie d'un homme, c'est une nouveauté pour moi. La panique s'immisce dans mon subconscient et me vrille les tripes. Je ne suis plus capable de regarder sa main sur ma cuisse. Je me saisis de mon verre, pressée de me changer les idées.

Respire profondément, Gigi. Tout va bien. Tu aimes qu'il te touche. Tu veux qu'il te touche. C'est agréable.

— Vous avez eu des relations sexuelles avec ces femmes que vous aviez payées pour assister à une soirée officielle avec vous ? je reformule, incapable de cacher le mépris dans ma voix. Vous savez comment ça s'appelle ?

Il hoche la tête, tout sourire.

— Ça vous choque ? me demande-t-il en inclinant la tête, séducteur.

Il joue avec la bande de mon porte-jarretelles, glissant deux doigts dessous pour les faire aller de haut en bas, repoussant ma jupe jusqu'à une hauteur indécente. Son contact me fait l'effet de lave en fusion, pourtant, je suis incapable de le repousser. J'ai trop envie de cette chaleur si intense, j'ai besoin d'en ressentir la brûlure. Quand il a ses mains sur moi, je me sens vivante.

— Ou… oui, je bredouille, alors que ses mains exercent sur moi leur séduction diabolique. Pourquoi ? je murmure.

— Pourquoi pas ? J'ai parfois besoin d'une escorte pour m'accompagner à une soirée professionnelle.

— Je ne vous demande pas pourquoi vous avez loué leurs services, mais pourquoi vous les avez payées pour coucher !

Je prononce ma phrase à voix basse, afin de m'assurer que les autres clients ne risquent pas de m'entendre. Souriant toujours sans la moindre vergogne, Chase avale une gorgée de son vin. Et se penche tout près de mon oreille.

— Je n'ai pas payé, je ne paierai jamais pour du sexe. J'ai payé pour l'escorte. Le sexe, c'était entièrement leur choix, une option rajoutée par elles.

Il fait courir ses lèvres sur mon oreille, prend une profonde inspiration et pousse un grondement avant de se redresser.

Oh, bon Dieu, merci ! J'ai failli croire qu'il payait des prostituées, une idée aussi ridicule que son besoin de louer les services d'une escorte, d'ailleurs. N'importe quelle femme serait aux anges de sortir avec lui. Il pourrait carrément se présenter à une femme assise, seule, dans un bar, et elle se mettrait en quatre pour le divertir. Je redresse les épaules, prête à mettre les bouts. Il porte la main à mon dos, qu'il caresse de haut en bas. Un geste simple qui me détend. Et je n'ai toujours pas avancé dans mon dessein : lui annoncer que je ne peux pas le voir. Mon esprit s'affole, en quête d'une manière de les conserver, mon boulot et lui. Est-ce possible ?

— À votre tour. Où avez-vous grandi ?

Sa main se promène le long de mon échine, en courbes tranquilles et de plus en plus larges, tel un artiste qui recouvrirait mon désir à l'aide de son pinceau enduit de peinture.

— En Californie du Nord. Sacramento et les villes environnantes, surtout. Je suis allée à l'université d'État de Californie à Sacramento, où j'ai décroché mon diplôme en administration d'entreprises, option marketing, il y a un peu plus de deux ans. Puis j'ai emménagé dans la région de la Baie juste à la sortie de la fac et j'ai été embauchée par la fondation immédiatement. Depuis, je fais de la collecte de fonds.

— Waouh, c'est la version abrégée. Vous avez appris votre spiel par cœur ? me demande-t-il en riant.

— Je n'aime pas parler de moi. Et vous, où est-ce que vous avez grandi ?

Son sourire s'évanouit.

— J'ai passé la majeure partie de ma vie avec mon oncle et mes quatre cousins à Beverly Hills. Et j'ai vécu à Boston durant mes années à Harvard.

Je suis sûre que mes sourcils sont si hauts qu'ils touchent le ciel. Il fait partie du cercle très fermé des gens qui ont fréquenté l'une des universités de la prestigieuse Ivy League, les huit grandes universités privées du nord-est des États-Unis. Mais qu'est-ce qu'il fiche ici avec moi ?!

— Avant d'avoir terminé Harvard, j'ai amassé ma propre petite fortune grâce à des investissements dans des entreprises en banqueroute qui ne m'ont quasiment rien coûté. Mon oncle m'a aidé en finançant ma première acquisition. Puis j'ai reconstruit chacune des firmes de zéro et les ai rendues à nouveau rentables. Après avoir répété l'opération une dizaine de fois, j'ai créé ma propre entreprise et, lentement, mon empire.

Il est fier de ce qu'il a réussi, mais parvient à ne pas le raconter avec arrogance.

— Un phénix qui renaît de ses cendres.

Son regard surpris capte le mien. Il est manifestement ravi, et terriblement beau quand il est heureux.

— Tout à fait, acquiesce-t-il en souriant.

— Pourquoi avez-vous créé la fondation En lieu sûr ?

Ça ne me paraît pas logique qu'il ait créé une fondation, alors qu'il est clairement tourné vers l'argent, celui qu'il gagne, pas celui qu'il donne.

— J'ai perçu un besoin. J'avais les capitaux. Et c'était important à mes yeux.

Haussant les épaules, il détourne les yeux pour la première fois ce soir. Il fait tourner son vin dans son verre, avant de nous resservir du même liquide vermillon. Je vois bien qu'il ne souhaite pas aller plus avant dans les détails.

— Parlez-moi de votre famille. De vos parents.

Un grand froid m'envahit. Mes bras se couvrent de chair de poule.

— Ma mère est décédée d'un cancer il y a quelques années. Quant à mon père, je ne sais pas grand-chose sur lui. Il n'a jamais été présent. De temps en temps, il envoyait un peu d'argent pour aider maman, mais je ne l'ai vu qu'une poignée de fois. Aux dernières nouvelles, il travaillait pour une entreprise de construction qui se déplace de site en site à travers le pays. Je suis fille unique. Mes parents n'avaient pas de frères et sœurs non plus, du coup, je n'ai pas de famille.

Il m'observe comme pour jauger mes émotions.

— Je suis désolé.

Sa main couvre la mienne et il la porte à ses lèvres pour l'embrasser. Un geste bien démodé, pour un homme aussi jeune. Il me fait presque oublier la raison de ma présence ici.

Une douleur profonde s'installe au creux de mon ventre. Je retire ma main et m'apprête à mettre fin à ce pseudo-rendez-vous, ici et maintenant. Je dois lui dire qu'on ne peut pas continuer à se fréquenter.

Derrière moi, une voix sensuelle appelle Chase.

— Monsieur Davis ! Quelle surprise de vous rencontrer ici.

La femme parle avec un fort accent portoricain. Elle me contourne et s'immisce entre Chase et moi. Glissant sa petite main sur l'avant-bras de mon cavalier, elle la pose sur son épaule. Miss Puerto Rico est longue, mince, tout en peau satinée couleur café. Elle porte une bande de tissu moulant en guise de robe, qui lui couvre à peine les fesses. Fuchsia, avec de petites perles brillantes un peu partout. Deux liens de diamants lui entourent le cou pour retenir le minuscule vêtement. Sans grand effort, elle colle son corps à celui de Chase et noue audacieusement ses deux bras autour de ses épaules pour l'attraper par le cou.

— Vous étiez où, je vous ai attendu toute ma vie ?

Chase a l'air médusé de la voir, mais ne la repousse pas immédiatement. Même si notre rendez-vous n'est qu'un verre sans importance, l'attitude de cette femme est déplacée. Se pâmer dans une posture aussi intime au cou d'un homme à côté de qui je suis assise, c'est dégoûtant et ça m'irrite !

— Tatiana ? Je ne m'attendais pas à vous voir ici. Je vous croyais au Pérou.

Il la prend par la taille, peut-être pour l'écarter, peut-être pour l'attirer à lui. Je n'en sais rien et, là tout de suite, je m'en contrefiche. Je les observe avec une fascination malsaine. La femme frotte quasiment son corps contre son entrejambe à lui. Il lui agrippe les hanches et j'ai envie de vomir. Ficher le camp d'ici, c'est la seule chose qui me traverse l'esprit. Me déplaçant sur le bord opposé de mon siège, j'essaie de ne pas bousculer la bimbo bronzée collée à ses cuisses. Quand elle descend sa main à plusieurs reprises sur son torse dans un geste d'amante, je décide que j'en ai assez vu. Rapidement, je fais pivoter ma chaise sur le côté et glisse en bas. Je passe mon sac à mon épaule et m'écarte un peu de la scène qui se déroule sous mes yeux.

— Je dois y aller, Chase. (Il relève brusquement la tête.) Je voulais juste vous dire que ce truc entre nous… (J'agite la main devant lui, qui regarde tour à tour la fille pendue à son cou et moi. Miss Puerto Rico sourit de toutes ses dents et m'adresse un clin d'œil.) Ça ne fonctionnera pas. Vous êtes mon patron. Point barre.

Il écarquille les yeux, sa mâchoire tombe sur un hoquet incrédule. La brunette aux longues gambettes se colle un peu plus à lui et l'embrasse dans le cou. C'en est trop. J'en ai assez vu. Je fais volte-face et me dirige vers la sortie.

— Gillian, attendez !

J'ose un coup d'œil en arrière pour constater que la brune est en train de le bécoter. Ridicule. Il m'invite à un rendez-vous et puis il embrasse une autre femme et se frotte à elle ? Bon débarras. Je n'ai pas besoin de lui ni de son corps trop séduisant. Il essaierait de me pousser à devenir une énième de ses bimbos. Je file vers les ascenseurs aussi vite que mes talons me le permettent. Chase crie mon nom au moment où les portes de la cabine se referment.

Dans quel monde est-ce qu'une chatte en chaleur grimpe sur un homme qui est clairement en rendez-vous avec une autre femme ? Un monde qui ne me convient pas. Un monde où vivent des hommes incroyablement beaux et riches, propriétaires de bars chicos, de limousines, et qui s'offrent les services de défenseurs de football américain comme chauffeurs. Avant que la bimbo ne rompe le charme, je passais bel et bien un agréable moment. Je commençais même à croire qu'il était sincèrement intéressé par moi et voulait apprendre à me connaître. Quelle idiote ! Mais c'est mieux ainsi. Alors pourquoi est-ce que j'ai la sensation qu'on m'a arraché le cœur pour me le servir sur un plateau ? C'est de la folie, à moins que ce soit uniquement mon désir qui parle. Les portes de l'ascenseur s'ouvrent et je sors pour tomber sur Jack.

— Foutez-moi le camp d'ici, je grince entre mes dents en me ruant vers la sortie du bâtiment.

— Mademoiselle Callahan, monsieur Davis a demandé que je vous arrête.

Il m'attrape par le bras. Je me libère d'un mouvement si rapide qu'il recule d'un pas.

— Ne me touchez pas, putain !

Je cours vers la porte et continue dans la rue. Mes enjambées sont longues et ma jupe remonte à chaque pas. Au bout de plusieurs minutes de course, mes poumons sont en feu, mon cœur tonne comme un marteau-piqueur dans ma poitrine. Une douleur perçante pulse juste sous mes côtes. Je m'immobilise net et aspire péniblement quelques goulées d'air précieux en tentant de me calmer. De longues inspirations précipitées me secouent tandis que je m'efforce de recouvrer le contrôle. Quel imbécile, ce type. Je devrais y retourner et remercier la garce de m'avoir évité la peine de cœur qui n'aurait pas manqué d'émailler mon chemin. Dans la poche de mon blazer, mon portable vibre avec colère. C'est Chase. J'appuie sur le téléphone vert et porte l'appareil à mon oreille, sans attendre qu'il prenne la parole.

— Pas besoin de vous excuser ou de m'expliquer quoi que ce soit. Profitez bien de votre rencard !

Surprise moi-même par le ton suraigu de ma voix, je lui raccroche au nez.

Aussitôt, le téléphone sonne à nouveau, mais je l'ignore. Il continue de sonner, encore et encore, jusqu'à ce que j'enfonce le bouton « arrêt » pour éteindre cette saleté.

Dans mon empressement à fuir, je n'ai prêté attention à rien. Je suivais juste mon besoin urgent de m'en aller. De m'échapper. La zone sombre de la ville où je me retrouve n'est pas ce que j'appellerais sympathique. Bon sang, pourquoi faut-il toujours que je me mette dans des situations pareilles ? J'ai fait quelque chose à quelqu'un, dans une vie antérieure, qui m'a affublée d'un karma aussi minable ? Un coup d'œil autour de moi dans la rue et je constate que je suis perdue. Courir aveuglément dans diverses directions afin de ne pas être suivie, ça m'avait paru un bon plan, à la base. Maintenant, beaucoup moins.

Devant moi, un lampadaire illumine une petite zone qui m'apparaît comme le meilleur endroit où m'arrêter pour appeler un taxi. J'appuie sur le zéro de mon clavier et suis mise en relation avec l'opératrice. La femme est de bon conseil, je lève les yeux pour lire la plaque de la rue et lui indiquer où je suis coincée. Elle me met en relation avec une compagnie de taxis, où l'on m'assure que quelqu'un va passer me prendre dans quinze minutes.

Cette soirée est passée de bonne à mauvaise à encore pire en une nanoseconde, j'ai l'impression. La pensée de devoir me trouver dans la même pièce que Chase demain à la réunion, en sachant ce que Tatiana et lui vont faire toute la nuit, me donne envie de vomir. Je range mon téléphone dans ma poche et m'appuie à la clôture grillagée derrière moi pour fouiller dans mon sac à main. Avec un peu de chance, je vais y dénicher une pince à cheveux égarée, histoire d'attacher les mèches humides collées à ma nuque. Une fin assez dingue à ce qui avait commencé comme une journée géniale.

Un crissement de feuilles et un bruit de pas derrière moi font se dresser les petits cheveux dans ma nuque. Sans crier gare, une grande main s'enroule autour de mon cou et me plaque contre le grillage. Le métal s'enfonce dans mon dos tandis que mes pieds battent l'air dans tous les sens. Par réflexe, je me sers de mes deux mains pour desserrer la poigne qui me coupe le souffle, mais impossible de la faire bouger.

— Tu cries, salope, et je te tue, menace une voix d'homme contre mon oreille.

Sa puanteur, mélange de sueur et de cigarette, me révulse. Je me raidis et tremble. Immédiatement, je suis ramenée à un souvenir où Justin me maintenait de force. Je me rappelle son regard vitreux et lointain, juste avant qu'il frappe. La panique me déchire la poitrine, la peur prend possession de mes défenses.

La voix de mon assaillant transperce toute pensée.

— Écoute-moi bien, petite garce. Tu me donnes ton sac maintenant et je ne te tuerai pas.

Mon crâne entre en contact avec le métal dur et froid d'une arme à feu, tandis que son autre main serre la chair tendre de mon cou, me privant de tout oxygène. Je m'étouffe, je m'étrangle sur l'étau qui me comprime la gorge. Oh, mon Dieu, s'il vous plaît, non !

— OK, OK, prenez tout ce que vous voulez, je parviens difficilement à lui répondre malgré la compression de boa qu'il imprime autour de mon cou.

Sa main est pareille à une griffe d'acier, ses ongles s'enfoncent dans ma peau et la percent. Je sens le sang qui coule le long de mon cou en ruisselets, comme les jambes d'un vin rouge qui dansent le long d'un verre que l'on fait tournoyer. La douleur me brûle le cou et la poitrine, des étoiles noires et blanches apparaissent dans ma vision périphérique, comme des flashs d'appareil photo. Je vais mourir. Cette sensation, je me la rappelle trop bien, quand Justin m'avait abandonnée, baignant dans mon sang sur le sol froid de notre appartement, il y a quelques années.

— Vous pouvez prendre tout ce que vous voulez !

La supplique s'échappe de mes poumons dans un sanglot rauque et étouffé. Je lui tends mon sac à main. L'homme serre mon cou si fort que je n'arrive plus à respirer.

— C'est bien, salope ! dit-il par-dessus mon épaule.

Et il m'arrache le sac des mains. Il me relâche le cou juste le temps qu'il faut pour qu'un hurlement à vous donner la chair de poule envahisse la ruelle vide tel un rugissement, au moment même où il me frappe au visage avec le métal dur de son pistolet. Et le monde devient noir.

*

Bip. Bip. Bip.

Quelqu'un éteint l'alarme. Les « bips » continuent, sorte de torture chinoise au compte-gouttes sur les bords émoussés de ma conscience. Mes paupières sont lourdes et mes yeux difficiles à ouvrir. On dirait que mes paupières sont encombrées par de minuscules menottes accrochées à chaque cil. Une odeur écœurante de Javel et d'antiseptique emplit l'air. Un marteau cogne contre ma tête. Bam. Bam. Bam.

Au-dessus de mes yeux, je ressens une pression aussi forte que si on m'avait frappée avec une batte de base-ball. Du bout de mes doigts tremblants, je me tâte le visage. Un large bandage couvre la zone tendre au-dessus de mon œil. Ma pommette fait le double de sa taille normale.

Le souvenir de ce qui s'est passé me ramène brutalement à la réalité et au présent. Oh, là, là. La bile me monte à la gorge, où elle laisse un goût amer. Je me suis fait dépouiller. Sous la menace d'une arme à feu. J'attendais le taxi. J'ouvre les yeux et le brouillard du souvenir se dissipe lentement. Quand je parviens à ouvrir les yeux entièrement, je cille à plusieurs reprises et suis en mesure de regarder autour de moi. La pièce blanche est faiblement éclairée depuis ma tête de lit. En poursuivant son exploration de la chambre, mon regard se pose sur le visage très énervé de Chase Davis. Son imposante silhouette exsude la colère par vagues et je me mets à trembler. J'ai vu ce genre de colère dans les yeux d'un autre homme. Et je n'ai pas du tout envie d'en refaire l'expérience. Il se lève et remonte la couverture autour de moi, bordant les côtés bien serrés. Je dois retenir mon souffle et y mettre toutes mes forces pour ne pas sursauter. La panique monte comme un raz-de-marée au coucher du soleil.

— Comment je suis arrivée ici ? je croasse – ma voix est épaissie par les médicaments.

Il saisit le gobelet en plastique rose posé sur la tablette et porte la paille à mes lèvres. J'aspire. Un paradis. Il repose la tasse et prend place près du lit, les bras croisés dans une posture défensive.

— On vous a agressée. Le chauffeur de taxi vous a trouvée et a appelé les secours.

Chase a les paupières plissées et le menton levé, les dents serrées. Oui, manifestement, il est très en colère.

Les événements de la soirée me reviennent. Les larmes montent et je m'agrippe à la couverture.

— Vous auriez pu vous faire tuer, Gillian, énonce-t-il d'une voix horrifiée, peut-être même émue. Vous avez été accostée, rudoyée et abandonnée dans un quartier malfamé. Je suis vraiment furieux contre vous.

Les larmes me coulent sur les joues, qu'il essuie de la pulpe de ses deux pouces, d'un geste si léger sur ma peau que je le sens à peine.

— Pourquoi est-ce que vous êtes là ?

Ma question le fait grimacer.

— Les infirmières ont fouillé vos vêtements. Ma carte professionnelle se trouvait dans la poche de votre blazer avec votre téléphone portable. Et mon numéro était le dernier dans la liste des appels que vous avez reçus. (Il se lève et arpente la pièce comme un animal en cage.) Vous n'avez pas idée de ce que j'ai ressenti quand on m'a appris que vous aviez été agressée. (Il prend une inspiration saccadée et se passe les doigts dans les cheveux d'un geste brusque.) Et puis je viens à l'hôpital et je vous vois là, comme… comme ça ! Vous auriez pu mourir !

Il soutient mon regard et, dans le sien, je vois une question à laquelle je n'ai pas de réponse.

— Je suis navrée que vous ayez dû abandonner Tatiana pour moi, je marmonne, avant de détourner les yeux.

Je voudrais qu'il s'en aille.

Il me prend par le menton et le tourne délicatement afin de me regarder droit dans les yeux.

— Tatiana ne signifie rien pour moi. Vous, en revanche…

Il lâche un lourd soupir et se renfonce dans le fauteuil. Il est hors de ma portée, maintenant.

— Dites-moi…, je commence, pressée de savoir ce qu'il s'apprêtait à dire.

L'infirmière entre sur ses entrefaites, brisant l'instant :

— Bienvenue dans le monde des vivants, madame Davis.

Je suis sûre que mon visage exprime toute ma confusion. Chase se penche en avant et me prend la main. La sienne est chaude et réconfortante. Je m'accroche à cette ligne de vie comme si elle risquait de disparaître à tout instant.

— Quand est-ce que je vais pouvoir ramener mon épouse à la maison ?

Ce coup que j'ai pris à la tête, il était peut-être plus grave que je pensais ?

— Dès que le docteur l'aura examinée et aura vérifié les points de suture pour vous donner le feu vert. À ce moment-là, vous pourrez rentrer, répond-elle en souriant à Chase, qui a les yeux rivés sur moi. Vous lui avez fait très peur, jeune femme, ajoute-t-elle avec un geste le désignant. (Il hausse les épaules et détourne le regard.) Vous auriez dû voir comment il a débarqué aux urgences, rugissant, exigeant qu'on le conduise à vous sur-le-champ. On aurait dit Superman en vrai.

Elle claque la langue. Cette image me tire un petit ricanement. Chase est bel et bien un Superman en chair et en os. Il exerce une pression sur ma main et l'infirmière nous laisse.

— Votre « femme » ? je demande.

— Ils m'ont demandé si j'étais de la famille, alors je leur ai répondu qu'on était mariés.

— Je croyais que vous ne mentiez jamais. Que la malhonnêteté, c'était une faiblesse ?

Je plonge tout au fond de ses yeux. Il détourne les siens.

— C'est vrai. J'ai eu un instant de faiblesse.

Il refuse de croiser mon regard.

Le médecin entre et m'explique que j'ai une commotion, un hématome à la pommette, cinq coupures en forme de croissant au niveau du cou et quelques points de suture au-dessus de l'œil droit, à l'endroit où l'agresseur m'a frappée avec la crosse de son arme.

Chase me serre la main si fort que je dois me retenir de crier tandis que le docteur passe chaque blessure en revue. Je prends ses mains dans les deux miennes et tapote celle du dessus. Avec son pouce, il dessine le symbole de l'infini sur mon poignet, alors que le médecin explique qu'une commotion est un traumatisme du cerveau qui altère ses fonctions. Les effets sont généralement temporaires, mais peuvent inclure des maux de tête, une perte de concentration, de mémoire, de jugement, d'équilibre et de coordination. Il va falloir me réveiller toutes les deux heures afin de me demander de mémoriser trois mots et de les répéter au réveil suivant. Il nous informe aussi que la police souhaite prendre une déposition.

— Pas ce soir, l'interrompt Chase. Je la ramène à la maison. Elle a eu une soirée traumatisante.

Il m'attire contre son flanc et je m'y pelotonne.

L'infirmière m'apporte une tenue et des pantoufles d'hôpital, que j'enfile dans la petite salle de bains à la place de ma tunique. Quand je reviens, elle tend à Chase le sac contenant mes vêtements souillés de sang. Autant jeter le tout à la poubelle. Je ne porterai plus jamais cet ensemble.

— Gillian, j'ai mis mes gars sur l'affaire. Cet enfoiré ne s'en tirera pas comme ça après le mal qu'il vous a fait.

Sur quoi il m'enlace de ses bras puissants. Au chaud et en sécurité. Dans ses bras, je pose la tête contre son torse et écoute les battements de son cœur. Il devrait me calmer, m'apaiser, mais il fait tout le contraire. Le tsunami d'émotions me balaie alors que les souvenirs de la soirée me reviennent en mémoire. Malgré moi, les larmes se forment et coulent sur sa chemise. De profonds sanglots déchirent ma gorge irritée au moment où la réalité des faits s'abat sur moi. Les bras de Chase me serrent fort, m'offrant sa protection et son réconfort tandis que je pleure.

— Tout va bien, bébé. Je suis là, murmure-t-il en me caressant les cheveux. Je te ramène à l'hôtel.

Je hoche la tête contre son torse, incapable de parler.

Nous quittons l'hôpital et il me fait grimper dans sa limousine. Je ne vois pas le paysage sur le trajet retour. Les antidouleur dont ils m'ont gavée commencent à faire leur effet et je m'appuie lourdement contre la robuste carrure de Chase. J'ai dû m'endormir, car soudain, nous sommes devant l'hôtel et Chase me sort de la limousine dans ses bras. Je me love contre son torse tandis qu'il me porte à travers l'hôtel. Je n'ose imaginer à quoi nous ressemblons ainsi. Heureusement, les gens ne prêtent guère attention à autrui à cette heure de la nuit. Et puis, en réalité, je suis trop dans le coaltar pour m'en soucier.

— Monsieur Davis, puis-je vous procurer un fauteuil roulant ?

— Non, je ne la lâche pas.

Son commentaire m'emplit d'une chaleur confortable. J'entends le tintement de l'ascenseur qui arrive, et bientôt nous nous élevons. Quelques instants plus tard, je suis sur un grand lit confortable. Chase me retire mon pantalon d'hôpital et me passe les jambes sous des draps doux comme la soie et frais comme le lin. De la commode, il sort un T-shirt à col V. À travers un brouillard, je suis des yeux ses gestes, incapable de faire plus que l'observer. Il me passe mon haut de tunique par-dessus la tête en prenant bien garde de ne pas toucher mon visage enflé. Dans mon soutien-gorge en dentelle noire, j'attends qu'il m'enfile le T-shirt.

— Mon Dieu, Gillian. Qu'est-ce que ce salaud t'a fait ?

Sa voix est tendue. Dans mon cou, ses doigts sont légers comme la plume. Écartant mes cheveux d'un côté, il me tourne vers la lumière de la lampe. Il voit les marques que mon agresseur y a laissées avec ses ongles, incrustées dans la peau tendre de mon cou. Alors Chase fait un geste surprenant : il s'approche et dépose une ligne de petits baisers sur toute la surface abîmée de mon cou. Son geste est d'une douceur incroyable. Cet homme est une dichotomie ambulante. Un instant, il se montre exigeant et plein de défi ; le suivant, il n'est que tendresse et délicatesse.

— Plus jamais on ne te fera du mal, Gillian. Je vais m'en assurer, me promet-il entre deux picotements apaisants de ses lèvres contre ma peau.

Son contact me donne un frisson, plus que le traumatisme que j'ai subi. Et une larme traîtresse s'échappe, qui coule sur mon visage.

Il attrape le T-shirt blanc et me le passe en douceur. Le vêtement sent l'assouplissant et la lessive. Je me radosse et pose la tête contre l'oreiller.

— Repose-toi, bébé. Repose-toi. Je te réveillerai toutes les deux heures comme le docteur l'a prescrit.

Il dépose un baiser sur la partie de mon front qui n'est pas couverte par un bandage. Je me sens partir.

— Merci, je chuchote sans ouvrir les yeux. Désolée de te donner tous ces soucis.

— Non, pas de souci. Prendre soin de toi, c'est un plaisir.

5

Fidèle à sa parole, Chase me réveille deux heures plus tard. En revanche, je m'attendais au réveil de l'hôtel, mais pas à des doigts caressants sur mon visage et dans mes cheveux. Un froid glacial traverse la peau sensible de ma mâchoire. J'ouvre les paupières sur une paire d'yeux azur un peu endormis. Ses traits sont différents, à la lumière tamisée de la lampe de chevet, plus réconfortants, moins intenses. Je pourrais m'habituer à les voir au réveil, ces yeux-là. Il a posé un pack de glace contre ma joue enflée, dont le froid me donne un frisson.

— Gillian, comment je m'appelle ? me demande-t-il à mi-voix.

— Chase, je lui réponds, groggy.

À cause des médicaments, j'ai l'impression que ma langue est épaisse et gonflée.

— Tiens, bébé, prends ça.

Il pose deux petits cachets à la pointe de ma langue et me tend un verre d'eau. Depuis quand est-ce qu'il m'appelle « bébé » ?

— Le docteur a dit que ça t'aiderait à désenfler et que ça apaiserait la douleur des points de suture.

J'avale les pilules et me rallonge. Il repose le verre, me remonte les couvertures jusqu'au menton et place la glace sur la table de chevet. Il se met à observer attentivement chaque centimètre carré de mon visage, un air changeant sur le sien. Je lui adresse un sourire rêveur. *Chase est joli.*

— Eh bien, merci, dit-il d'une voix pleine d'amusement.

Je ne m'étais pas rendu compte que j'avais dit tout haut ma pensée, mais je ne la reprends pas. C'est la vérité.

Il plante un baiser sur mes lèvres. Dans sa main droite, il prend le côté de mon visage qui n'a pas été touché. Je lui rends son baiser, ses lèvres satinées glissent sur les miennes. Il continue d'assaillir lentement ma bouche, sans augmenter la pression ni aller plus loin. Il se contente de m'embrasser comme il veut. Comme un homme qui chérit sa femme. C'est un territoire dangereux, celui où nous entrons.

Il passe la langue sur ma lèvre inférieure et je glisse les doigts dans ses cheveux, chatouillant son crâne et augmentant la pression. C'est tout ce qu'il attendait, en termes d'autorisation. Acceptant l'invitation avec gourmandise, il m'avale tout entière. Sa langue franchit la barrière de mes dents pour venir caresser la mienne en longs passages tranquilles. Un gémissement m'échappe dans un souffle rauque. Il a bon goût, très riche et très mâle. Je veux son corps sur moi, qui recouvre toute ma surface de sa peau chaude. Tirant sur ses épaules, j'essaie de le coller contre ma poitrine. Ça ne fonctionne pas. Il est un roc, solide, immuable. Je grogne ma frustration et enroule mes jambes en ciseaux autour de lui pour atteindre mon but. Hélas, Chase fait l'exact opposé de ce que je voudrais et s'écarte.

— Gillian, ce que tu me fais… Jamais je… Disons que je n'y suis pas habitué.

Sur quoi il se redresse complètement et passe de l'autre côté du lit, pour m'y rejoindre. Les draps froissés et la forme en creux de sa tête sur l'oreiller m'apprennent qu'en fait, il a dormi près de moi. Dans mon état médicamenteux, je ne m'en étais pas rendu compte. Je fronce les sourcils, frustrée de ne pas me rappeler le moment précis où il s'est allongé à mes côtés.

— Pas habitué à quoi ?

Je me tourne sur le flanc, la tête sur l'oreiller, et le contemple dans la lumière douce. Il est couché sur le dos, respirant profondément. Son T-shirt blanc s'étire sur son large torse, accentuant les collines et les vallées d'une silhouette parfaitement sculptée. J'ai envie de passer les ongles sur le tissu, histoire de voir comment il réagit. Je le sens songeur, voire soucieux. Au lieu de le toucher, j'attends en gardant mes distances.

— Cette attirance, c'est affolant, commente-t-il, les sourcils toujours froncés.

Je l'observe. Chase est beau à faire fondre la calotte glaciaire. Tout chez lui m'attire. De la pointe de ses cheveux bruns jusqu'à son large torse, en passant par son magnifique visage. Et je ne parle pas des parties auxquelles je n'ai pas encore été présentée. Je ne sais pas trop de quoi il cause, mais ma tête est lourde et je perds la bataille avec mes yeux pour les garder ouverts. Je le sens qui se tourne vers moi.

— Gillian, regarde-moi, ordonne-t-il d'une voix sévère.

J'ouvre les yeux et parviens, au prix d'un énorme effort, à me concentrer sur lui. Mais je me sens partir. Vite.

— Tu peux mémoriser ces trois choses ? Vanille, émeraude et esquimau. Entendu ?

J'ai l'impression que ma tête est un ballon d'eau, rempli à ras bord, quand j'opine du chef.

— Non, répète-les, exige-t-il.

Baissant mes paupières incroyablement lourdes, je tâche de me rappeler la liste avant de glisser dans le pays des rêves.

— Euh… vanille, émeraude et un esquimau, je répète, bonne élève.

Quand je me réveille la deuxième fois, j'ai chaud. Un véritable brasier. Un corps m'entoure, de grandes jambes et des bras m'enserrent. La pièce est plongée dans le noir et des bras puissants me plaquent contre un torse large, m'interdisant presque tout mouvement. Je ne me souviens pas de la dernière fois où je me suis réveillée dans les bras d'un homme. La sensation d'être aussi protégée, à l'abri, en sécurité, ça me fait fondre le cœur. Je sens la respiration de Chase qui s'accélère, sa poitrine se soulever et retomber sous ma joue. Si seulement je pouvais embouteiller cette sensation pour l'éternité.

— Bébé, quels sont les trois mots que je t'ai demandé de mémoriser ? me demande-t-il d'une voix grave et rauque.

— Euh… vert, vanille et esquimau.

Je me pelotonne contre son torse et repars dans le sommeil. Ma tête est si lourde qu'on la croirait lestée par un tas de briques. Je sens Chase se raidir et s'écarter, me privant de mon confortable oreiller.

— Gillian, répète-moi les trois mots dans l'ordre et exactement comme je te les ai énoncés.

Le ton est dur, exigeant. Je fais un réel effort pour me remémorer ce qu'il m'a dicté.

— Ah oui : vanille, émeraude, pas vert, et esquimau, je finis par sortir, sûre de ma réponse mais toujours épuisée.

Un immense soupir quitte son torse, même si son beau visage, que je distingue à peine dans la pénombre de la nuit, reste marqué par l'inquiétude.

— Rendors-toi.

Il m'agrippe dans son étreinte protectrice et je me frotte à son flanc comme une chatte, m'étirant pour trouver pile poil la bonne position, avant de me mettre à ronronner.

Des doigts délicats glissent le long de mon bras, de mon épaule, de mon cou, de mes cheveux, avant de redescendre le long de ma hanche et de ma cuisse nue, un contact qui me réveille. Sa caresse se répète, encore et encore, qui envoie des vagues de désir enivrant dans chacun de mes membres. La sensation est merveilleuse et je roule complètement sur le dos, m'ouvrant à lui de la manière la plus vulnérable. La grande main de Chase glisse sur mon ventre et le recouvre en entier. Il est immense, comparé à moi.

Un pouce égaré dessine des cercles légers au bord de ma culotte. Mon souffle se fait saccadé, trahissant mon excitation. Je sens la chaleur de sa tête à la base de mon cou, son début de barbe qui gratte ma peau. Il me mordille le menton, en droite ligne vers ma bouche. Une fois qu'il l'atteint, je prends ses lèvres dans un baiser enfiévré, sans avoir ouvert les yeux. Sa langue exige d'entrer, je m'ouvre à lui. En cet instant, il n'est rien que je désire plus que Chase partout sur moi. Allongé sur moi. Qui me complète.

Il boit au puits de ma bouche, mord dans ma lèvre inférieure, avant de passer à sa jumelle. Je grogne, j'en veux plus, j'ai besoin de plus. Enfin, il passe une main sous mon T-shirt pour empaumer un sein. Je cambre le dos afin de mieux le presser dans sa paume puissante, adorant les picotements qui se répandent à travers ma poitrine. J'absorbe son haleine mentholée tandis qu'il gémit son plaisir dans ma bouche. Ses doigts pétrissent mes courbes, taquins. Un soulagement incommensurable envahit mes sens quand enfin il baisse le bonnet de mon soutien-gorge pour passer le pouce sur la pointe durcie de mon téton. Un pur bonheur.

Un « Oh, là, là », s'échappe de ma gorge, comme descendu tout droit du paradis. Guttural et rauque. Voilà ce que me fait Chase. Il me change en autre chose, une femme que je ne reconnais pas. Il avale mon cri, comme s'il le mangeait, tout en lèvres, dents et langue.

Du pouce, il tire et pince la pointe avide, la transforme en morceau de chair sensible connecté directement au plaisir qui monte dans mon ventre. Je l'agrippe fort, l'attire contre moi, faufile les mains sous son T-shirt afin de passer les ongles sur la peau fine de son dos musclé. Il en profite pour remonter mon T-shirt et dénuder ma poitrine, écartant le soutien-gorge afin de mieux pétrir mes deux seins avec avidité, titillant les pointes, me rendant folle d'un désir animal. Je prie qu'il ne cesse jamais de les toucher. Je les lui servirais volontiers sur un plateau tous les jours, s'il me promettait ce nirvana à chaque fois.

— Waouh, tu as un corps incroyable ! lâche-t-il, avant d'aspirer mon sein droit dans sa bouche chaude.

Des étincelles s'envolent et la chaleur humide de sa langue envoie des rubans de plaisir rejoindre le désir d'entre mes jambes. Oh, comme j'aimerais qu'il me touche là ! Son autre main accorde le même traitement à mon autre sein, ajoutant à la sensation de plus en plus pressante qui tourbillonne en moi. Mon ventre flambe et j'arque le bassin contre son érection, ravie du grognement sourd qui franchit ses lèvres. Plus il vénère mes seins, plus je pense que je pourrais jouir de ce traitement. Il suçote, il taquine le téton dur de la pointe de sa langue, si bien qu'il luit de salive. Il monte une main à mon cou, l'installe dans ma nuque. Du pouce, il effleure ma joue enflée. Je lâche un hoquet quand la douleur irradie tous les sens, refroidissant mon excitation.

— Merde, oh, bébé, pardon. Merde !

Il recule aussitôt. Mais moi, je l'attire vers moi de toutes mes forces. Malheureusement, c'est un mur. Un mur immuable, avec une ligne sévère qui barre ses traits tout à l'heure tendus par le désir. J'ai des envies de lever les mains au ciel, de battre l'air de mes bras, dans une colère digne des meilleurs soap operas. Il ne peut pas m'allumer comme ça sans éteindre le feu.

Il se rassied et me regarde bouillonner.

— Chase, non. Non, ça va. Ça va, promis, je me sens bien.

Je ponctue ma supplique de baisers réconfortants sur toutes les parcelles que je peux atteindre tout en me hissant sur ses genoux, les jambes nouées autour de sa taille. L'air de rien, j'ai intentionnellement placé mon sexe pile contre son érection rageuse. Il glisse les mains sur mes fesses et m'empoigne fermement, plaquant son sexe dur comme la pierre contre mon clitoris. Je lâche un gémissement, la tête renversée en arrière, dévoilant mon cou.

— Oh oui !

Il remonte doucement la main le long de ma colonne vertébrale et dans mon cou. Je sens la tristesse enfler en lui tandis qu'il touche désormais avec révérence les cinq entailles en forme de demi-lune qui endommagent ma peau. Je suppose, avec les hématomes, qu'elles rappellent la forme d'une main d'homme, mémento physique du supplice que j'ai subi il y a seulement quelques heures.

Dans un frisson, je m'efforce de retenir un mouvement de recul. Plus que tout, j'ai besoin de laisser un homme m'approcher à nouveau. Si ce n'est pour toujours, du moins pour maintenant, cet homme-là. Nom de Dieu, je me suis fait la promesse de ne plus jamais être une victime, et me voilà, couverte d'hématomes, qui ai échappé de justesse à la mort à cause d'un autre agresseur. Chase me rallonge sur le matelas, son regard mélancolique empli de douleur.

— Gillian, je te donnerai ce soulagement, mais nous devons attendre.

Ses mots sont censés m'apaiser. Ils ne font que me frustrer. Je ne suis pas une poupée de porcelaine. Je suis capable de supporter tout ce qu'il ira imaginer, et plus encore.

L'atmosphère est lourde de désir et de confusion, tandis que je scrute attentivement ses traits. Avant que j'aie le temps de réagir vraiment, il glisse une main dans ma culotte et enfonce deux doigts profondément dans mon sexe moite.

Je lâche un cri. L'extase envahit toutes les facettes de mon être. Ses longs doigts poussent haut et loin, envoyant des vagues de plaisir déferler à travers mon corps. C'est ça, exactement ce que je voulais. Que Chase me touche. Son pouce fouille mes boucles et y trouve le petit bouton de nerfs qui se niche là. Il entame dessus une série de frottements parfaits, continuant ses allées et venues avec ses deux doigts, tout en dessinant des cercles juste autour de mon clitoris. Ça me rend dingue. Je cambre le bassin et ouvre les bras sur le matelas, en quête de quelque chose à quoi m'agripper. N'importe quoi, du moment que ça me permette de me raccrocher à ce monde. Je tords les draps entre mes doigts et Chase soulève mon T-shirt, dénudant mes seins pour sa bouche gourmande. Il recouvre un téton et en taquine la pointe, petits coups de langue qui envoient de coquins picotements au cœur de mon excitation.

— C'est tellement bon ! je halète.

Je secoue la tête de droite et de gauche, en essayant frénétiquement de retenir cette sensation. Elle est irrésistible et unique, à l'instar de l'homme qui me la procure. Ses doigts se replient en moi d'une manière délectable, plongeant dans mon centre effervescent. Et au moment où je pense que je ne peux pas en supporter davantage, son pouce resserre les cercles tendus sur mon clitoris en même temps que ses dents mordent mon téton.

Partie. Envoyée en orbite. Le plaisir éclate en moi, la lumière explose derrière mes yeux et le son du tonnerre pulse dans mes oreilles. Je hurle son nom alors que mon corps se met à trembler et convulser dans un orgasme aveuglant.

Chase continue à titiller chacune de mes zones érogènes jusqu'à ce qu'il ne reste plus rien que les tressautements réflexes, les tremblements de muscles trop sollicités.

Ses doigts toujours logés profondément en moi, presque comme s'ils ne voulaient pas quitter ma chaleur, il m'embrasse à coups de langue et de lèvres languides. Je lâche un soupir quand il retire sa main de ma culotte. Ses yeux sont si sombres que j'ai l'impression de regarder dans un trou noir. Ses prunelles azur rivées sur moi tels des lasers, il porte ses doigts à sa bouche et les lèche tranquillement de mon suc. Un ronronnement grave résonne dans ma poitrine et sort de ma bouche. Il hausse un sourcil en une pointe parfaite tout en enroulant sa langue autour de ses longs doigts.

Les yeux écarquillés, je me sens à nouveau emplie d'un désir animal et mes hanches entament une danse lente, dans l'attente impatiente de plus qu'il ne peut m'offrir, je le sais.

— Tu es délicieuse, bébé. J'ai hâte de pouvoir te prendre. Là, goûte.

Il me donne un baiser profond et je sens mon goût sur sa langue. Il y a quelque chose d'incroyablement érotique et d'interdit dans ce geste. Tout en Chase m'apparaît comme érotique et interdit. Quand nous sommes tous deux à bout de souffle, il reste penché au-dessus de moi, soutenant son poids à l'aide des muscles de ses avant-bras. Je m'étire, les orteils tendus et le cou aussi, jusqu'à me sentir relaxée et repue.

— Ça va ? me demande-t-il.

Le sourire canaille et le ton tout aussi coquin me donnent envie de lui sauter dessus. Et je réalise alors qu'il n'a rien eu en retour. Il va pour s'écarter, mais je l'attrape par l'érection manifeste qui tend son caleçon. Oh, là, là, il est impressionnant. Ça va être tellement bon. Je me pourlèche les lèvres, contenant tout juste mon impatience, me préparant mentalement à être soufflée. Mais il retire ma main. L'incompréhension et la vexation se disputent la première place dans mes émotions.

— Et toi ? je lui demande, d'une voix qui n'est pas loin de ressembler à celle d'une enfant.

— C'était pour toi, bébé. Quand tu iras mieux, je te prendrai, je te prendrai bien et fort. Et là, je te ferai mienne. Pour le moment, on attend.

Prononcées à voix haute, ses paroles sont d'une honnêteté brutale et choquante. Je ne pense pas que ses nombreux partenaires d'affaires imaginent cet homme si strict et si propre sur lui doté d'un matériel digne d'une star du porno et des mots qui vont avec.

Quelque peu soulagée, je hoche la tête. Plus que tout, je veux lui donner du plaisir, mais dans ma tête, ça tonne, ça hurle d'être soulagée. Je recommence à trembler et à frémir tandis que l'enfer de la veille me revient en Technicolor. Hélas, même l'orgasme ne pourra pas effacer ces souvenirs. Encore un souci à ajouter à ma liste déjà longue de problèmes. Je l'écarte. Chase grimace, mais il m'embrasse avant de sortir du lit. Il prend le flacon de médicaments, l'ouvre et en fait sortir deux cachets.

— Tu as mal. Je le vois écrit en gros sur ton si beau visage, constate-t-il en me tendant les comprimés ovales.

Chase me trouve belle. Cette pensée me rend tout intimidée.

— Merci. Merci pour… tout.

Je détourne les yeux pour éviter son regard intense. Je ne veux pas qu'il voie combien je suis vulnérable, en cet instant. Battue, en manque de sommeil, groggy à cause des médicaments et repue grâce à l'orgasme qu'il vient de me donner. Tout ça en plus du fait que Chase me trouve belle… C'est trop.

— Gillian, arrête de me fuir. De fuir ça, quoi que ce soit, précise-t-il en nous désignant tous les deux.

Il attend que je réponde. Je ne pense pas qu'il bougera avant que je réagisse. Je prends une profonde inspiration, redresse les épaules et plonge dans ses yeux.

— Je vais essayer.

C'est le mieux que je puisse faire. Laisser entrer un homme dans mon corps, c'est une chose, mais dans mon esprit et dans mon cœur, c'en est une autre, et je me suis promis de ne plus jamais le faire.

Il doit comprendre que c'est tout ce que je suis capable de lui offrir pour le moment, car il baisse brièvement les yeux, serre les mâchoires et hoche la tête. Et me laisse là, repue et sous sédatif sur les draps froissés, pendant que lui se rend à la salle de bains, où il fait couler l'eau de la douche.

Quelque part à l'autre bout de la pièce, mon téléphone sonne. Le son agit tel un marteau-piqueur que l'on utiliserait directement dans mon crâne. Je commets l'erreur stupide de sauter hors du lit pour le récupérer. La commotion me fait vaciller et je manque de m'écrouler au sol. Je me retiens à la commode et jette un coup d'œil en direction de la salle de bains, histoire de m'assurer que Chase ne m'a pas vue perdre presque l'équilibre à nouveau. La dernière chose dont j'aie besoin, c'est d'un autre homme qui pense pouvoir prendre soin de moi. Même si Chase m'a aidée la nuit passée, il n'est pas question que je devienne la petite victime faible à ses yeux. Je trouve mon portable sur la pile de mes vêtements, posés sur un fauteuil près de la grande fenêtre. D'une manière très peu élégante, je m'affale dans ledit fauteuil, très moelleux, et porte l'appareil à mon oreille.

— Allô, je croasse d'une voix toujours rauque à cause de mon agression.

— Gigi, enfin ! Je commençais à m'inquiéter pour toi.

La voix de mon meilleur ami, Phillip, me calme. Un large sourire se dessine sur mon visage, suivi d'une grimace quand la peau tendue tire sur ma joue enflée. Je m'adosse aux coussins afin de prendre une position confortable pendant que je vais vider mon sac. Je suis contente que ce soit lui et pas l'une de mes copines.

— J'ai eu une nuit pénible, je commence. (Comme pour enlever un pansement, je me dis que ce sera moins douloureux si je crache le morceau vite fait.) Phil, j'ai été agressée et j'ai fini à l'hôpital.

Les larmes me montent aux yeux quand je l'entends hoqueter. Comme certaines menacent de couler, je presse les doigts aux commissures de mes yeux afin de canaliser le flot.

— Gigi, tu vas bien ? Tu es toujours à l'hôpital ? me demande-t-il d'une voix grave. Tu veux que je prenne un vol pour venir te soutenir ?

Oh, comme je l'aime, cet homme. C'est un gars bien, lui. Une légèreté m'emplit. Je lui suis tellement reconnaissante.

— Non, non, ça va. Vraiment. On s'occupe de moi. (*Chase s'occupe de moi*, ajoute mon esprit canaille, et je souris.) J'ai eu peur, cela dit. Le type m'a menacée d'une arme.

Un frisson me descend le long de l'échine et je me raidis. Non, je ne laisserai pas cet événement me briser. J'ai traversé pire.

— Oh, mon Dieu, ma puce, qu'est-ce qui s'est passé ?

Je lui raconte toute l'histoire, en omettant le moment où je suis revenue à l'hôtel avec Chase, mon patron. Phillip et moi avons très peu de secrets l'un pour l'autre, mais la situation avec Chase, je souhaite la lui expliquer en face à face, quand il ne sera plus aussi soucieux.

— Phil, ça va. Je suis juste secouée, lui dis-je de ma voix de fille courageuse.

— Je me sentirai mieux à la seconde où je te verrai, Gigi, me dit-il avec douceur.

Je sais que pour lui, c'est difficile d'apprendre que j'ai été blessée. Nous avons été présents l'un pour l'autre depuis qu'il a perdu sa femme, Angela. Il m'a aidée à traverser les bonnes et les mauvaises périodes, y compris ce que Justin m'a fait, et à nouveau après ma séparation d'avec Daniel, il y a six mois.

— J'ai hâte de te voir moi aussi. Je t'appelle dès que je suis rentrée à la maison, promis.

Je presse la tête contre mon bras. Les médicaments me donnent l'impression que c'est une boule de bowling.

— Appelle-moi quand tu atterris, je viendrai te récupérer, suggère-t-il.

Il ne se tranquillisera pas tant qu'il n'aura pas vu de ses yeux que je vais bien. Sauf que je ne vais pas bien, et il s'en rendra compte. Les hématomes et les marques qui me strient le cou ne vont pas aider, en plus. À ce stade, je ne sais pas trop ce qui pourrait arranger les choses.

— Je te dirai. Je dois aller au poste de police et faire ma déposition aujourd'hui.

Je ponctue ma phrase d'un bruyant soupir dans l'appareil. Au temps pour la réunion du conseil d'administration. Je vais devoir appeler Taye avant de me rendre au commissariat. Je dois le mettre au courant de ce qui s'est passé hier soir et lui expliquer pourquoi je ne serai pas présente à la réunion d'aujourd'hui. Il va être furax que je ne l'aie pas appelé hier soir.

— Je vais penser à toi. Tu manques à Annabelle. Elle t'a fait un dessin, ajoute Phil avec un petit rire.

L'angelot qui lui tient lieu de fille, Anabelle, est une lumière dans un monde sombre. Ses boucles blondes et ses yeux bleus cristallins peuvent éclairer n'importe quelle journée. Je prends mes devoirs de marraine très au sérieux, surtout depuis la mort de sa mère dans un accident de voiture, il y a deux ans.

— Elle me manque aussi. Embrasse-la de ma part et dis-lui que j'ai un cadeau pour elle.

— Je t'aime, Gigi.

Je perçois la peur dans sa voix. Une partie de moi voudrait lui cacher ce qui m'est arrivé, mais les points de suture et les ecchymoses sur mes joues induiraient plus de questions et de blessures qu'autre chose. En plus, je lui ai promis de ne jamais lui mentir.

— Je t'aime aussi. On se voit dès que je rentre à la maison, Phillip.

Je raccroche et lâche un soupir. Au prix d'un énorme effort, je me lève et pivote sur moi-même. Chase se tient à mi-chemin de la pièce. Son regard me transperce, ses mâchoires serrées si fort qu'il pourrait se casser une dent.

— Qui est-ce que tu aimes ? lance-t-il d'un ton exigeant, impitoyable.

Je suis prise de court par la rage qui émane de lui. Au son de la voix colérique, je m'affale sur le fauteuil. Mes poils se hérissent et je relève le menton, irritée par son ton accusateur.

— Phillip. Mon meilleur ami.

— Pas ton amant ?

Son regard est de feu. L'espace d'un instant, je suis perdue. Il a une serviette blanche nouée bas sur ses hanches. De l'eau dégouline sur son torse musclé, en ruisselets jusque sur les monts carrés de son abdomen, pour disparaître dans le coton de la serviette au niveau de son bassin. Oh, ce que je donnerais pour être l'une de ces gouttes, là. Je me lèche les lèvres et mordille celle du bas.

— Je t'ai posé une question. J'attends ta réponse, insiste-t-il, glacial.

— Non. Ce n'est pas mon amant.

J'omets de préciser qu'il l'a été, jadis. Bizarrement, je ne pense pas que ce détail détendrait Chase, pour le moment. En plus, c'était il y a une éternité. Presque comme si ça s'était passé dans un rêve oublié depuis longtemps.

— Je ne te partagerai pas avec un autre homme.

Ses mâchoires sont raides, les muscles tressautent sous l'effet de la tension, comme un élastique que l'on tire aux deux extrémités, sur le point de craquer.

— Une fois que je t'aurai prise, tu seras mienne, Gillian. Réfléchis-y avant qu'on aille plus loin.

Sa colère me rend furieuse. Pour qui est-ce qu'il se prend ? Mon chevalier en armure Armani ?

— Phillip est mon meilleur ami. Nous avons traversé beaucoup d'épreuves ensemble et je ne l'abandonnerai pour aucun homme.

Je lève le menton et croise les bras. Chase m'observe, détaché, le regard de glace. Je m'en fiche. Il ne me contrôlera pas. Aucun homme ne me contrôle.

— Je l'aime profondément, mais je ne suis pas amoureuse de lui et je ne le serai jamais. (Voilà, je suis furieuse.) Et tu sais quoi ? Je n'ai pas à me justifier de ma relation avec Phillip. Je ne sais même pas ce qu'il y a entre nous, je conclus en nous désignant.

Sa serviette tombe au sol au moment où il s'approche de moi à grands pas.

Nom-de-Dieu-tout-nu-parmi-les-hommes.

Il a un corps incroyable. Grand, avec de larges épaules musclées qui s'étrécissent sur un torse dur, une taille et des hanches fines, d'épaisses cuisses musclées, des mollets durs et forts. Mais rien de tout ça n'est aussi beau que son sexe, long et épais, à moitié en érection, qui ballote alors qu'il traverse la chambre. Comme s'il se tendait vers moi. J'en ai l'eau à la bouche rien que de le regarder, et je brûle de tomber à genoux pour envelopper de mes lèvres son gland parfaitement rond, en adoration absolue de sa beauté.

— Tu vois ce que tu me fais ? grogne-t-il en m'attirant à lui pour me serrer fermement contre son corps nu.

La puissance de son sexe, désormais en érection complète, s'enfonce dans la chair tendre de mon ventre. Je touche et malaxe tout ce que je peux de peau humide et mâle qui m'entoure. Lâche un gémissement. Ma réaction, intense, est charnelle, animale. Je lui lèche les pectoraux, avalant le goût d'eau fraîche, avec une touche de savon et d'homme. Délicieux.

Chase m'enferme entre le mur de vitre et le fauteuil. Me trouver là, debout contre cette grande fenêtre avec un homme nu dans toute sa splendeur, qui plaque son corps contre le mien, à demi nu, c'est à la fois électrique et surexcitant.

Il me saisit à la nuque et m'embrasse passionnément, me collant contre le dossier du fauteuil. Des mains puissantes m'attrapent les cuisses, pour les relever sans ménagement et me poser les fesses sur le rebord. Je noue les jambes autour de sa taille mince tandis qu'il plaque son érection contre le minuscule triangle de tissu qui me couvre le sexe, avant d'approfondir son baiser. Chase m'entoure, il est partout à la fois. Son parfum de bois de santal et de fruit d'après la douche m'enveloppe aussi, qui m'attire dans le vortex qu'est Chase. Il prend ma bouche avec avidité. Mes lèvres en ressortent irritées et enflées.

— Bon Dieu, je pourrais jouir rien qu'en t'embrassant.

Le front plissé, il rive son regard au mien. Un feu de désir y fait rage, que j'ai désespérément envie d'éteindre. De préférence à l'aide de mon corps.

— Chase, je halète en lui mordillant les lèvres, surtout celle du bas.

Avec un grognement, il mord les miennes en retour. Oh, là, là, cet homme me rend dingue. Une minute, il me gronde ; la suivante, il me met dans un état de désir fou.

Un coup frappé à la porte rompt le charme. Je me serre contre son corps, surprise par l'intrusion. Chez Chase, la colère semble s'allumer comme si on avait actionné un interrupteur et il me donne un dernier baiser tout en frottant son érection entre mes cuisses écartées.

— Bientôt, grince-t-il à travers ses dents serrées.

Sur quoi il déroule la jambe que j'ai nouée autour de sa

taille et m'aide à me redresser contre le siège. Il laisse glisser son regard sur mes cuisses nues, remonte sur sa chemise et termine sur mes lèvres gonflées. On croirait qu'il emmagasine chaque parcelle de mon corps.

— Tu es parfaite, enroulée autour de moi, susurre-t-il d'une voix de séducteur.

Je me penche, sidérée, contre le fauteuil, tellement excitée que j'ai toutes les peines du monde à fonctionner. Cet orgasme de tout à l'heure m'a fait l'effet d'une toute petite, petite mise en bouche, préambule d'un festin de plaisirs que Chase va en toute certitude m'offrir. Il ramasse la serviette qu'il avait lâchée et la renoue autour de sa taille pour aller ouvrir la porte. J'ai des envies de huer, de siffler mon mécontentement en voyant son beau corps s'éloigner.

— Elle sera prête dans une heure, annonce-t-il à quelqu'un, dont la voix est étouffée, avant de revenir dans la chambre. Jack va te conduire au poste dans une heure pour ta déposition. Et il te ramènera à l'hôtel.

J'ouvre la bouche pour suggérer que je peux prendre un taxi, mais il m'en empêche.

— N'essaie pas d'argumenter avec moi. Ce n'est pas négociable.

Et voilà. Fin de la discussion. Il entre dans le dressing et en sort son costume. Je renfile le pantalon de l'hôpital, mais garde sa chemise. C'est agréable d'avoir sur moi quelque chose qui appartienne à Chase. Je dois filer, j'ai besoin de temps pour réfléchir et analyser tout ce qui s'est passé. Hier soir et ce matin. Essayer de gérer tout ça à travers un esprit embrouillé par le désir, ça ne risque pas de m'aider. J'attrape mes vêtements sales et ose ouvrir la porte de la salle de bains, où Chase est devant le miroir, en train d'arranger ses cheveux. Les mèches brunes se mettent en place à mesure qu'il y enfonce les doigts.

— Je retourne à ma chambre pour me préparer. Je retrouverai Jack au rez-de-chaussée.

Il hoche la tête et tripote une cravate noire texturée autour de son cou hâlé. Elle contraste avec le blanc immaculé de sa chemise. Son costume charbon fait ressortir les paillettes grises dans ses prunelles. Il est méticuleux dans ses gestes, désormais concentré sur ses boutons de manchette, de petits cercles de la taille d'une pièce de monnaie avec une pierre d'onyx noir et une ligne argent sur le pourtour.

— Envoie-moi un SMS quand tu auras terminé.

Dans le miroir, ses yeux trouvent les miens pour leur adresser un regard presque suppliant. Son inquiétude sincère me pousse à opiner du chef.

Au moment où je m'apprête à partir, la question que j'ai oublié de poser hier soir me revient.

— Au fait, pourquoi tu as choisi « vanille, émeraude et esquimau » comme les trois mots que tu voulais me faire mémoriser ?

Un sourire canaille aux lèvres, il me raccompagne à la porte de sa suite. Jack, qui regarde Chase ouvrir la porte, remplit entièrement un fauteuil géant dans le salon. Ce dernier lui fait signe de me suivre et je réalise qu'il va devenir mon nouvel ami pour la journée. Chase n'a pas l'intention de me laisser aller où que ce soit seule. Étant donné que je suis encore secouée, me sentir ainsi protégée n'est pas vraiment désagréable. Même si Jack est tout ce qu'il y a de flippant.

— Tu veux vraiment le savoir ? me demande-t-il.

Son sourire se fait narquois et lui tord les lèvres d'une façon qui me donne envie de les embrasser. Je hoche la tête et attends impatiemment. Son sourire montre toutes ses dents d'un blanc de nacre. D'une voix torride dégoulinante de sous-entendus, il me répond :

— Toi, Gillian, tu sens la vanille, commence-t-il en se penchant pour me renifler bruyamment, avant de déposer un baiser dans mon cou. C'est l'odeur dont je veux m'envelopper quand je regarderai dans tes yeux émeraude pendant que tu suceras ma queue comme si tu mangeais un esquimau.

Il pouffe. Je dois avoir les yeux écarquillés comme des soucoupes. Baissant le menton, j'ouvre grand la bouche.

— C'est toi qui as insisté pour savoir, rigole-t-il.

Il vient de dépeindre une image aussi sexy qu'illicite. Soudain, je me rappelle que nous ne sommes pas seuls. Jack a la bonne grâce de détourner les yeux, mais un sourire est plaqué sur son visage carré. La chaleur me monte aux joues. Chase m'attrape par les épaules et m'attire contre lui. Il me prend la bouche, m'offrant une touche de son haleine mentholée qui contient aussi quelque chose qui lui appartient, à lui uniquement. J'ai les genoux en gelée quand il me relâche.

*

Une fois habillée, j'appelle Taye. Il est vexé que je ne lui aie pas téléphoné hier soir pour lui demander de venir à l'hôpital. Je lui explique que Chase était là. Rapidement, je lui raconte par quel drôle de hasard Chase m'a aidée : à l'hôpital, les infirmières ont trouvé, dans la poche de ma veste, la carte de visite qu'il m'avait donnée à la réunion. Et elles l'ont appelé lui au lieu de Taye. L'explication se tient et, à dire vrai, ce n'est pas tout à fait un mensonge. Taye m'annonce qu'il va prendre contact avec monsieur Davis à la réunion du conseil et espère que je me sentirai mieux après ma déposition et un peu de repos. Jack m'escorte au poste de police. La visite est horrifiante. Un large panel de délinquants et autres dégénérés de toutes sortes entrent et sortent du commissariat. Mais malgré le nombre de regards louches et de sourires dégoûtants, aucun n'ose m'approcher. Jack « le tank » grogne tel un chien possessif qui protège sa maîtresse dès qu'un homme regarde dans ma direction. Le garde du corps a dû recevoir des instructions de la part de Chase, et il les suit à la lettre. Résultat, le grand monsieur ne me lâche pas d'une semelle, pas une seconde. L'officier m'emmène dans une salle au calme, où Jack nous suit, il se poste dans un coin d'où il observe tout sans émettre un son. Je n'ai pas grand-chose à dire. Mon agresseur est arrivé par-derrière, il m'a immobilisée et puis assommée. Je n'ai rien vu. L'espoir est infime de retrouver mes affaires ou de mettre la main sur le coupable. J'exprime ma peur qu'il ait mon adresse et des informations personnelles. Le policier est moins inquiet, car je vis à San Francisco. Mon agresseur est basé à Chicago, à plus de trois mille kilomètres. Cette pensée me requinque un peu. Pas trop néanmoins.

Dès que la chose est terminée, Jack m'entraîne dans la voiture qui attend. Je suis contente qu'il n'ait pas pris la limousine aujourd'hui, ça aurait fait son petit effet devant un commissariat de police du centre-ville de Chicago. Dans le véhicule, je sors mon portable pour écrire un SMS à Chase.

À : Chase Davis
De : Gillian Callahan
Déposition terminée. Rien de plus à faire. On retourne à l'hôtel.

Mon téléphone sonne avant que j'aie eu le temps de le remiser dans ma poche.

À : Gillian Callahan
De : Chase Davis
Ça va ?

Deux petits mots qui suffisent à faire bondir mon cœur. En l'espace de deux jours, cet homme est devenu plus que le président du conseil d'administration d'En lieu sûr. Beaucoup plus. J'ai besoin de temps loin de lui pour réfléchir dans quelles proportions, et aussi pour analyser le lien étrange qui nous unit. À la maison. Voilà où j'ai besoin de me retrouver. Et la réalité me frappe : comment diable est-ce que je vais rentrer chez moi sans mon permis de conduire et mes papiers d'identité ? L'inquiétude vient grossir les rangs dans mon esprit fatigué.

À : Chase Davis
De : Gillian Callahan
Inquiète. Comment vais-je rentrer chez moi sans ma CI ?

Je pose ma tête qui commence à pulser contre le repose-tête et sors les médicaments de mon attaché-case – qui est tout ce qui me reste, vu qu'on m'a volé mon sac à main.

— Tenez, mademoiselle Callahan, une bouteille d'eau.

Jack me tend une bouteille par-dessus le siège. Je la prends avec un sourire dans le rétroviseur. Qu'il ne me rend pas.

À : Gillian Callahan
De : Chase Davis
Je m'en suis occupé. Tu vas prendre le jet de l'entreprise avec moi. Ne t'inquiète pas.

— Putain, il a un jet privé ? je lance tout haut en lisant le message sur mon téléphone. (Et je ponctue ma phrase d'un soupir vers mon front chaud.) Mais il est riche comment, ce type ?

Qui a un jet privé ? Donald Trump peut-être ? Le président, oui, c'est sûr.

— Non, mademoiselle Callahan. Monsieur Davis n'a pas un jet. Il en possède toute une flotte. (Ma mâchoire se décroche.) Sa fortune s'élève à plusieurs milliards, conclut Jack, très pragmatique.

Je me mets à trembler et me tords les doigts. Plusieurs milliards ? Je savais qu'il était riche, mais à ce point… Qu'est-ce qu'un homme pareil pourrait vouloir à une pauvre leveuse de fonds pour œuvre caritative qui vit dans un appartement minable et traîne un passé compliqué ? Sans compter que je suis en vrac. Je traîne plus que mon compte de problèmes et autres bagages, beaucoup plus que n'en mérite n'importe quel individu. Alors apprendre qu'il est si riche, qu'il a une telle valeur, ça me donne envie de prendre mes jambes à mon cou. Nous roulons vers l'hôtel. Ma tête me fait mal, mon cœur est lourd. L'armoire à glace me suit jusqu'à la chambre. Il vérifie le dressing, la salle de bains, sous le lit et derrière les rideaux. Pour quelle raison, je l'ignore. Comment un intrus pourrait-il pénétrer dans une chambre fermée à clé, ça me dépasse, mais je le laisse faire puisqu'il semble juger sa vérification nécessaire, avant de le jeter dehors.

— Monsieur Davis viendra vous chercher à 18 heures. Soyez prête quand il arrivera. Il demande que vous ne quittiez pas l'hôtel.

— Ah oui, vraiment ? C'est comme ça ? Eh bien, dites à monsieur Davis que je n'ai pas besoin de sa permission, mais que je le remercie du conseil.

Sur quoi je me dirige vers la porte et l'ouvre en grand. Le type occupe presque tout l'encadrement de la porte. En passant, je me demande s'il a joué au football.

— Merci, Jack. Pour votre assistance aujourd'hui au poste.

Il sort sur un hochement de tête, le sourcil froncé. Ça lui arrive d'être content ? Au hasard, je dirais… « Sans doute jamais. »

La conclusion de cette journée doit me servir de piqûre de rappel : je n'obéis à aucun homme. Si Chase s'imagine que je vais rentrer dans le rang comme tout le monde autour de lui, il se met le doigt dans l'œil. Je ne suis plus le genre de femme à me plier aux moindres désirs d'un homme. Cette leçon, je l'ai apprise de la manière dure. Mon téléphone bipe et je le sors de mon attaché-case. C'est son nom qui s'affiche.

À Gillian Callahan
De : Chase Davis
Dîner à 18 heures. On rentre à la maison demain matin de bonne heure. Prépare tes bagages.

Même en siégeant à sa réunion du conseil, il essaie de me contrôler. Incroyable.

À : Chase Davis
De : Gillian Callahan
Je suis fatiguée. Pas de dîner. Je serai prête demain matin. À plus tard.

Il est nécessaire que je prenne mes distances avec lui. Il me rend toute neuneu et pleine de sentiments que je n'arrive pas à maîtriser. La nuit dernière, cependant, il a pris soin de moi. Aucun homme ne s'était occupé de moi depuis des années. Mon dernier petit ami, Daniel, a essayé, mais tout ce qu'il a réussi à faire, c'est à m'étouffer. Il était trop gentil tout le temps. Jamais il ne levait la voix, jusqu'à la nuit où je lui ai demandé d'essayer une autre position. C'est à ce moment-là que les choses ont commencé à partir en vrille. Bon débarras. Il était nul au lit. Chase m'a donné plus de plaisir avec ses doigts, la seule fois où il m'a touchée, que Daniel durant presque une année de relation.

Même si Chase s'efforce d'être gentil, je ne lui appartiens pas. *Mais tu aimerais*, souffle mon subconscient, ce traître.

Je lâche un grognement. J'ai besoin de dormir, voilà tout. Ma tête me tue et j'ai traversé des épreuves pénibles. Entre la réunion du conseil d'hier, les montagnes russes émotionnelles, l'agression, le passage à l'hôpital, mon réveil aux côtés de Chase, mon orgasme sous les doigts de Chase et ma déposition au commissariat, je suis une épave. Une épave épuisée et brisée. Une fois reposée, je serai comme neuve. Contrairement à Humpty Dumpty quand il tombe du mur, je saurai me relever.

J'arrache mon jean et mon sweat-shirt, les laisse choir au sol en tas désordonné. Les draps sont frais et bien tirés quand je me faufile dans le lit confortable en soutien-gorge et culotte. Le sommeil me prend aussitôt.

6

La soie chuchote sur mon front, contre mes tempes, sur le côté de mon visage. J'essaie de m'étirer et me rends compte que c'est impossible. Quelque chose m'empêche de bouger. Les couvertures sont coincées de part et d'autre de moi. Je ne peux pas bouger. Je ne peux pas bouger ! Je halète, cherche mon souffle et hurle. Les battements de mon cœur s'accélèrent et je cède à la panique, je me débats.

— Chut, bébé, ça va, ça va. Tu es enfin réveillée.

En pénétrant la couche de peur, la voix de Chase me calme sur-le-champ. Je prends quelques inspirations. La panique cède de nouveau. L'espace d'un bref instant, j'étais là-bas. Revenue à cette fois où je me suis retrouvée attachée au lit contre mon gré. La pièce est plongée dans la pénombre, pourtant, je vois quand même le sourire rusé de Chase. Il porte le même costume que ce matin et il est beau à vous faire perdre l'esprit. Je prends une profonde inspiration et expire lentement. Le reste d'anxiété s'échappe par les pores de ma peau tandis que je respire son odeur boisée. Ses doigts glissent sur mes tempes et il me prend le menton, caresse ma joue – qui fait sans doute encore le double de son volume.

— Quelle heure il est ?

— 6 heures. Je te sors. Lève-toi. Habille-toi.

Un soupir m'échappe.

— Je t'ai dit que j'étais fatiguée. Je ne sors pas.

Je campe sur ma position, pourtant, la proximité de Chase envoie valdinguer mes prétendues défenses, qui se changent en un tas de gelée. Quand il est près de moi, je n'ai qu'une envie : être avec lui. Seule, il m'est facile de faire comme si ce qui se passe entre nous n'était pas réel.

Il approche sa bouche pour m'offrir un baiser somptueux. Hmm, ce gars sait embrasser. Il passe lentement sa bouche sur mes lèvres et mordille celle du bas, plus gonflée. Et il approfondit son assaut délectable, qui me tire un grognement. Sa langue pénètre dans ma bouche et vient balayer la mienne. Il a si bon goût. Comme une fraise parfaitement mure. Je sais qu'il profite de la faiblesse de mes protestations pour obtenir de moi ce qu'il veut. Sale petit sournois.

J'enfonce mes doigts dans ses épais cheveux bruns, je lui gratte légèrement le crâne. Il lâche un grognement tout en passant une main sous mon menton pour me tourner la tête et plonger plus avant. Il caresse ma langue de la sienne, langoureuse, et je ressens cette chatouille tout en bas, dans mon ventre. Dieu que j'ai envie de cet homme. Mais juste au moment où je le saisis par la taille pour retirer sa chemise de son pantalon, il s'écarte.

— Tu es sérieux ? je lance sèchement – la voix de la frustration.

— Gillian, si grande soit mon envie de te prendre, là, tout de suite, tu n'es pas en état.

Je lève les yeux au ciel, incrédule. Il fallait que je tombe sur le seul homme de l'univers doté d'une conscience.

— Crois-moi, je brûle de ficher mon sexe si profondément en toi que tu ne sauras plus où tu habites, mais là, ce serait profiter de toi. (Il se redresse et renfonce sa chemise dans son pantalon.) Je t'emmène dans l'un de mes restaurants, ce soir. Je t'ai fait livrer une robe.

Sur quoi il attrape une boîte qu'il a dû apporter, car elle n'était pas là quand je me suis couchée.

— Comment tu es entré ici ?

Il hausse les épaules.

— C'est mon hôtel.

— Tu acceptes qu'on te réponde « non » parfois ?

— Rarement, admet-il. Maintenant, enfile-moi ça.

Il me tend la boîte, mais à l'écart du lit, afin que je sois obligée de me lever pour la prendre. Il veut jouer à ce petit jeu ? On va être deux. Je lui adresse un sourire faussement timide et ses sourcils prennent la forme de deux triangles. Il n'a pas idée de ce dans quoi il s'est lancé. Je rabats les couvertures et me lève, bien droite dans mon soutien-gorge bleu roi et mon string assorti. Et rien d'autre. Les bonnets du soutien-gorge sont transparents, ils ne laissent aucune place à l'imagination. Mes tétons rose pâle sont durcis et pointent sous le fin tissu. Il ouvre, puis referme la bouche sur un hoquet. Enfin, il prend une profonde inspiration et ses yeux océan me scannent de la tête aux pieds, avant de zoomer sur ma poitrine. Je lui prends la boîte des mains, ravie de savoir qu'à la seconde où je vais me tourner, il verra mes fesses nues, avec pour seul voile une minuscule bande de dentelle au-dessus de mon coccyx et une lanière sur chaque hanche pour retenir le vêtement. Je pivote et, balançant le bassin, je me dirige vers la salle de bains.

— Gillian ! Tu vas signer ma perte !

En une seconde montre en main, il est sur mes talons, une main sur mes fesses, dont il malaxe un globe, l'autre sur mon sein, dont il pince le téton à travers le voile de tissu, le faisant gonfler plus encore. Mon dos est collé à son torse. Il embrasse l'intérieur de mon cou, passe entre mes omoplates pour finir sur l'épaule opposée, dans laquelle il mord, laissant une légère marque sur ma peau. Je gémis et fonds contre lui tandis qu'il apaise la morsure à l'aide de sa langue et de ses lèvres.

— Tu sens si bon, bébé. Je n'ai jamais eu à me retenir, avant, et ça me tue.

Son souffle contre mon oreille envoie une série de frissons le long de mon échine et un nouvel accès de désir au tréfonds de moi. Ses doigts font des canailleries à mon téton et je pousse un geignement, plaquée plus fort contre lui, frottant mes fesses contre son érection grandissante.

— Eh bien, alors, ne te retiens pas, je le titille.

Il recule et me tape sur les fesses. Je crie, projetée vers l'avant.

— Habille-toi, assène-t-il en ajustant sa braguette.

Les dents serrées, j'entre dans la salle de bains, dont je referme la porte avant de m'accrocher au carrelage du lavabo. Je n'ai jamais eu envie de faire l'amour à un homme plus qu'en cet instant. Il me rend folle à force d'attendre. Après quelques profondes inspirations, j'ai réussi à calmer les émotions enfiévrées et les hormones que sa seule présence suffit à affoler. Relevant les yeux, je vois mon reflet dans le miroir et me fige, glacée.

Je ne m'étais pas vraiment regardée depuis l'agression.

Hélas, cette femme, je l'ai déjà vue et elle est hideuse. Ma joue est toujours enflée, même si c'est moins visible qu'hier soir. Un hématome d'un jaune et mauve criard s'est formé, qui s'étend de ma joue jusqu'à la racine des cheveux et au bandage au-dessus de mon œil droit. Je tire sur la bande stérile, ôtant entièrement le pansement, et scrute attentivement les points de suture. Il y en a cinq, accompagnés d'une substance poisseuse orange sombre qui entoure la zone. C'est l'iode qu'ils ont utilisé pour nettoyer la plaie avant de la recoudre. Ce n'est pas la première fois qu'on me recoud après une agression. Espérons, en revanche, que ce sera la dernière. Je pousse un soupir. Combien de fois me suis-je regardée dans le miroir pour y découvrir cette femme hideuse ? Trop souvent pour les compter.

Je nettoie les résidus d'iode et ça a déjà meilleure allure. Le docteur a fait du bon boulot avec ses points de suture. Je n'aurai peut-être pas de cicatrice. Il y a des fonds de teint qui aident à cacher les ecchymoses et les taches de couleur. Je tire mes cheveux en arrière et les attache en un chignon vague, dont je rabats une longue mèche sur mon front et ma joue. Cela fera une couverture suffisante pour la zone blessée et cachera les points d'une assez jolie manière. C'est le mieux que je puisse faire. Je déteste me savoir experte en dissimulation d'hématomes et autres blessures. Trop d'années de pratique. Mais c'est fini. J'écarte cette pensée. Le moment est mal choisi pour déterrer le passé.

Ouvrant la boîte, j'en sors la tenue que Chase m'a apportée. Extravagante, voilà l'adjectif qui la décrirait le mieux. Je suis bien certaine de n'avoir jamais rien porté d'aussi exquis. La robe est couleur chocolat profond, avec un col haut qui couvrira les coupures et les ecchymoses de ma gorge. Je l'enfile, agrafe le dos : elle tombe juste au-dessus du genou. Elle moule délicatement mes courbes. Le tissu soyeux me fait l'effet de l'eau qui flotterait sur ma peau tant il est doux. Je me contemple dans la glace sans plus reconnaître la femme qui me renvoie mon regard. Cette robe est sublime, elle me donne l'air élégant. Il se peut effectivement que Chase soit fier d'avoir cette femme à son bras.

Le dos tout entier est ouvert dans un genre de capuchon qui retombe juste au-dessus de mon fessier. Les petits creux au-dessus de mon sacrum apparaissent quand le tissu les découvre au moindre mouvement. Maladroitement, j'ôte mon soutien-gorge. Tout compte fait, je suis heureuse qu'il soit venu me chercher, même si j'ai tenté de l'en empêcher. Dans cette robe, je me sens moi. Le mal de tête qui pulsait dans mes tempes tout à l'heure a disparu, grâce à ma longue sieste et à la double dose de médicaments, mais maintenant, je suis affamée. De nourriture et de Chase. Cependant, s'il s'en tient à sa politique du « pas de bête à deux dos », je ne vais pouvoir satisfaire qu'une faim. Ayant appliqué une fine couche de gloss sur mes lèvres, je ressors de la salle de bains.

Chase s'est servi un verre de vin. Il m'en tend un et m'attrape par la main, me faisant tourner sur moi-même pour inspecter la robe.

— Tu es une femme incroyablement sexy, Gillian.

Sa voix est séductrice, il laisse courir un doigt le long de mon dos nu, suivant ma colonne vertébrale de la nuque jusqu'au coccyx. Une vague de chair de poule apparaît sur ma peau et je réprime un gémissement, préférant me mordre la lèvre. Sans vergogne, il plonge le doigt sous ma robe pour dessiner le contour de mon string.

— J'adore l'idée que je suis le seul homme à pouvoir faire ça.

— Chase, ces choses que tu dis…

Ma réplique est sortie dans un souffle, saccadée. Je me dirige vers le dressing et en sors une paire d'escarpins couleur peau ouverts au niveau de l'orteil, soulagée d'avoir apporté les chaussures appropriées. Elles vont avec tout, d'ailleurs. Je les chausse et les quelques centimètres qu'elles me confèrent me font immédiatement du bien.

— J'ai encore une chose pour toi, annonce Chase.

Je bois une gorgée de mon vin et repose le verre sur la table de chevet. Il me tend un sac estampillé Louis Vuitton.

— Pourquoi est-ce que tu m'achètes des choses ? Tu me connais à peine, je lui objecte, nerveuse.

— Parce que j'en ai envie. Si je veux acheter de jolies choses à une très belle femme, je le fais.

Les yeux plongés dans les siens, je n'y lis que de l'honnêteté.

— Merci, je réponds, faute de savoir quoi dire d'autre.

Maman m'a toujours appris que si l'on m'offrait quelque chose de beau, il fallait remercier. Sans poser de questions. Juste se montrer reconnaissante qu'on ait pensé à moi.

J'ouvre le sac, qui contient une mini-pochette d'un noir luisant. Carrée, elle a des poignées mi-longues. Très minimaliste. Exactement ce que j'aurais choisi moi-même. Le style et la couleur s'accorderont aisément avec une multitude de tenues. Chase a un goût excellent et c'est un geste adorablement attentionné, après que mon sac à main a été volé hier soir.

— Il est superbe, Chase, je lui dis, tout sourire. Merci, vraiment.

Je sors le sac pour le tendre devant moi. L'étiquette du prix tombe devant la lanière et je l'aperçois. Oh, mon Dieu !

— Tu as dépensé 1 100 dollars sur un sac ?! C'est trop.

Je le lui tends, comme s'il venait soudain de lui pousser des crocs. Chase ne le prend pas et le réticule atterrit par terre où il forme un joli tas de cuir.

— Chase, le sac qui m'a été volé avait dû me coûter cinquante dollars, pas plus. Là, c'est plus que ma part de loyer pour un mois !

Je respire trop vite. Déglutissant lentement, je tente d'éviter la mini-crise de panique qui menace. Je lève les yeux vers Chase. Il a la mâchoire serrée et un petit muscle qui tressaute dans sa joue.

— Tu mérites de belles choses, Gillian. J'en ai les moyens, conclut-il sur un ton presque moqueur.

Je le dévisage, incrédule.

— Je ne veux pas de ton argent !

— Je sais, réplique-t-il avec assurance. C'est sidérant, ajoute-t-il en secouant la tête, avant de sourire. Viens. Le dîner nous attend.

Il ramasse le sac et me le tend. Chase a l'habitude que les choses se passent comme il l'entend. Je n'ai pas la moindre chance, face à lui. Je vais devoir songer à une nouvelle stratégie si je veux protéger mon cœur et ma morale. Cela dit, cette conversation n'en restera pas là, je le jure. J'attrape le sac et une veste légère. Dans la limousine, je suis encore troublée et agacée. À présent, je me demande en plus combien il a payé cette robe. Si je le savais, je serais à coup sûr horrifiée. L'argent lui brûle les doigts ou quoi ? Il y a tant de façons d'en faire meilleur usage qu'avec des choses matérielles. Le sac est sublime, cela dit. D'un cuir doux comme du beurre, d'un style parfait pour accompagner n'importe quelle robe, et il y a même un prénom écrit dans la couture intérieure.

« Madeline ». Bon, si on doit faire payer 1 100 dollars pour un objet, autant lui donner un nom. Chase mêle ses doigts aux miens, collant nos paumes l'une contre l'autre. Et aussitôt, une sorte d'énergie bourdonne entre nous.

— Je n'arrête pas de penser à tes fesses dans ce string bleu, me chuchote-t-il à l'oreille. Je suis impatient d'en lécher et d'en fesser chaque centimètre carré quand tu seras guérie.

Sur quoi il mord dans mon lobe, un geste qui envoie un courant électrique directement au creux de mon ventre. Il a parlé de fessée ? Je n'ai jamais été fessée. Battue avec l'intention de me faire mal, oui, mais jamais fessée pour le plaisir. Je ne sais pas trop si j'aimerais ça. En tout cas, si Chase est nu et si c'est lui qui fesse, je veux bien essayer. Il dépose un baiser tranquille sur mon épaule. Un geste intime de la part d'un homme qui ne me connaît que depuis deux jours. J'ai du mal avec toute l'attention que j'ai accordée à cet homme en si peu de temps.

Nous atteignons notre destination et moi, je suis tendue comme un arc. Avec ses petites caresses, ses effleurements, ce type a réussi à me mettre à cran sexuellement parlant. Aucun homme ne m'a accordé l'attention que Chase m'offre. Peut-être parce que je ne leur en ai pas laissé l'occasion. Chase semble observer chacun de mes mouvements, chaque nuance subtile – mes cheveux qui bougent, mon pied qui tremble. Tout. Comme s'il était intimement synchrone avec mon moi naturel. Le sexe coule de ses lèvres quand il parle, et dans sa façon de rapprocher son corps du mien. J'ai envie de lui grimper sur les genoux et d'y rester une semaine. L'air qui nous entoure est lourd de ce besoin enivrant, entêtant, qui m'étouffe de ses intentions inassouvies. S'il ne me tire pas vite de ma détresse en me prenant, je crains d'exploser. Icare volant trop près du soleil. Je regarde la peau de mes bras et de mes jambes afin de m'assurer qu'elle ne brûle pas déjà, à force d'être assise si près de la flamme. Nous arrivons au restaurant où Chase m'escorte en haut d'un étroit escalier, sa main fermement plaquée sur la peau nue du bas de mon dos. J'entends la mélodie envoûtante d'un piano tandis que nous entrons dans un vaste espace dont le parquet de bois est jalonné de colonnes blanches. Mes talons cliquettent sur la surface sombre. Une multitude de pièces ouvertes rend chaque espace de repas petit et intime. Les murs sont d'un jaune doux, beurré, la lumière si tamisée que la pièce paraît rougeoyer. Aux murs, peu de décorations, juste une paire d'œuvres de grande taille sur l'un d'eux. De hauts vases fins sont posés telles des sentinelles le long du mur et des bâtons géants émergent dans tous les sens. Un simple verre dépoli éclaire chaque table avec une petite orchidée posée à côté. Des sièges dorés à haut dossier flanquent les tables couleur cappuccino. Tout est très simple et en contraste complet avec le bar où nous étions hier soir. Ici, l'esprit est d'inspiration asiatique. Les gens échangent discrètement autour de chaque table. Tout le monde est impeccablement habillé. Chase me caresse le bas du dos, sa paume légèrement appuyée sur ma peau nue pour m'inviter à avancer.

— Monsieur Davis, c'est un plaisir de vous accueillir ce soir, lance un homme en costume noir structuré.

— Merci, Jeffery. J'aimerais être installé à ma table, nous allons rester dîner. S'il vous plaît, demandez au chef de nous préparer un plateau de fruits de mer pour deux.

Je tire sur sa veste. Il se penche.

— Je ne mange pas de fruits de mer, je chuchote à son oreille.

— Vraiment ? Pas du tout ?

Il pose sur moi un regard étonné.

— Non.

Je me mords la lèvre et baisse les yeux vers ma pédicure – bien, toujours impeccable, pas d'éclat sur le vernis rose.

— Une minute, Jeffery, cette superbe jeune femme ne mange pas de fruits de mer. Qu'est-ce qui te ferait plaisir, bébé ?

« Bébé » ? Encore ? Je pourrais m'habituer à ce petit mot doux.

— Je donnerais n'importe quoi pour un plat de pâtes.

Un grand sourire aux lèvres, je passe la langue dessus. Il vient délicatement poser son pouce sur la chair humide, un geste qui me coupe le souffle. Ses prunelles s'assombrissent, son regard se fait follement intense tandis qu'il scrute mon visage.

— Ne les lèche pas, sinon je vais en faire autant, m'avertit-il.

Je hoche la tête. Ses paroles font tourbillonner l'excitation dans mon ventre. Est-ce qu'il me lécherait ici même, au milieu d'un restaurant, sous les yeux de tout le monde ? Si j'étais une adepte des paris, je dirais que la cote est carrément en faveur d'un « oui » bien sonore.

— Apparemment, la dame souhaiterait manger des pâtes, sans les fruits de mer. Je prendrai la même chose. Ce que cette femme me fait faire…

Il ponctue sa phrase d'un « tss-tss » réprobateur, secoue la tête et me dirige vers notre table, sa main toujours à plat dans mon dos. Je n'arrive pas à me concentrer sur quoi que ce soit, parce que son doigt se trouve bien trop près du tissu de mon string. Là, il a vraiment fait monter le jeu de la séduction d'un cran. Je lui céderais volontiers avec un « prends-moi » sans vergogne, si je le pensais enclin à revenir sur sa décision d'attendre. Le maître d'hôtel nous conduit à une table isolée, dressée à l'écart des autres clients. Elle en est même séparée par un mur de paravents sombres dans un style colonial. Chase tire ma chaise. Au cours de mes vingt-quatre années de vie, je ne pense pas avoir jamais eu un homme qui me tire ma chaise. C'est à la fois noble et démodé. L'un des traits qui rendent cet homme versatile aussi unique, aussi… spécial.

Le vin apparaît sans que Chase l'ait commandé.

— J'ai pris la liberté de vous apporter notre toute nouvelle sélection, monsieur, annonce Jeffery avec confiance.

— Bonne idée, cher ami.

J'aime son attitude joviale et respectueuse avec son personnel, surtout après ma première impression, quand j'ai pris son comportement pour de l'impolitesse vis-à-vis de son barman l'autre soir. Il prétend que c'était dû à son empressement, parce qu'il tenait à s'assurer que je prenne un verre avec lui. Je choisis de lui accorder le bénéfice du doute.

Jeffery verse le vin. Chase le goûte.

— Vous avez encore vu juste. Il est parfait et s'accordera très bien avec les pâtes.

Le maître d'hôtel remplit nos verres et se retire, refermant le paravent et nous offrant ainsi une intimité parfaite. Chase entrechoque nos verres.

— À nous, lance-t-il.

Les joues échauffées, je réponds à son toast et bois une gorgée. Le vin est à tomber par terre. C'est la troisième fois que je prends un verre de vin en présence de Chase et, chaque fois, il a été succulent. Chase sourit en me voyant inspecter les jambes de mon vin rouge dans le verre.

— Dis-moi, Gillian, à quoi ressemble une journée normale, pour toi ? demande-t-il en sirotant le sien.

Je suis sur le point de répondre quand je suis interrompue par la vibration de mon portable dans mon nouveau sac à main.

— Pardon, juste une seconde.

Un coup d'œil à l'écran me dévoile six appels en absence. Mauvais signe. Le message vient de Maria.

À : Gillian Callahan
De : Maria De La Torre
Dios mio, tu vas bien ? Appelle-moi. Tout de suite !

Oh non. Elle est au courant. Merde ! Ça va barder.

— Tout va bien ? s'enquiert Chase, pile au moment où un autre tintement annonce un nouveau message.

Je baisse les yeux pour le lire.

À : Gillian Callahan
De : Bree Simmons
Putain, il s'est passé quoi ? Tu es où ? Je flippe ! Appelle.

Je relève les yeux vers Chase avec un air qui doit être dépité, car son expression affiche aussitôt son inquiétude.

— Euh… Apparemment, les filles ont appris, pour hier soir.

Nouveau tintement. Je lève les yeux au ciel. Pas maintenant ! C'est Kat. Je lâche un soupir bruyant.

À : Gillian Callahan
De : Kathleen Bennett
Je viens d'apprendre. On se fait du souci pour toi, Gigi. STP, dis-moi que tu vas bien. Comment est-ce qu'on peut t'aider ?

— Nom d'une pipe, mais qu'est-ce qui se passe ?

La voix de Chase s'élève par-dessus l'irritation qui a envahi mon subconscient. Fichu Phillip !

Je coupe mon téléphone et reporte mon attention sur Chase.

— Ils ont appris. Je vais tuer Phillip demain, je lui dis, agacée.

Phillip, il ne peut pas fermer sa bouche. Je n'aurais jamais dû lui raconter cette histoire. Non, d'ailleurs, je n'ai pas eu le choix. En revanche, j'aurais dû lui interdire d'en parler aux filles, afin que je puisse les informer moi-même. De préférence après qu'elles auraient bu un ou deux verres de vin. Nous ne sommes pas du genre à prendre à la légère l'idée que l'une ou l'une de nous soit blessée et agressée à l'arme à feu… J'avale une longue goulée de vin et suis momentanément assaillie par la richesse des notes de baies. Délicieux.

— Qui a appris ? Qu'est-ce qu'ils ont appris ?

Je ne projetais pas d'entrer dans les détails de ma famille. Enfin, ces personnes ne sont pas de mon sang, mais elles sont la seule famille que j'aie, et férocement protectrices.

— Les filles. Phillip a dû raconter à Maria ce qui m'est arrivé. Et maintenant, tout le monde flippe et me harcèle au téléphone.

— Gillian, doucement. Qui sont « les filles » ?

Je souris à la mention de mes sœurs d'âme. Elles me manquent terriblement. Mon expression a dû rasséréner Chase, car ses yeux scintillent alors que lui aussi me sourit.

— Ça risque de prendre un moment, je plaisante.

— J'ai toute la nuit. Surtout quand je te vois avec ce magnifique sourire. Parle-moi d'elles.

Jeffery apporte une mise en bouche à base de fromage et d'olives qui s'accorde parfaitement avec le vin. Après y avoir goûté, j'explique à Chase les amours de ma vie.

— Maria De La Torre est moitié italienne, moitié espagnole. Très fougueuse. C'est la danseuse la plus géniale du monde. La regarder danser, c'est comme... (J'écarte les mains et les bras pour essayer de lui montrer.) Comme regarder une peinture prendre vie. À couper le souffle. (Il opine du chef. Je poursuis.) Nous sommes colocataires. Ça fait deux ans qu'on vit ensemble, mais on est amies depuis cinq.

Je m'interromps un instant quand le souvenir de notre première rencontre envahit mon esprit. Nous étions toutes les deux couvertes de bleus, assises en silence dans un groupe de femmes battues qui avaient échappé à leur relation toxique. Ces autres femmes étaient là pour nous coacher. Sauf que ni elle ni moi ne nous sentions connectées avec elles. Ces femmes parfaites, sans une égratignure. Elles avaient beau nous expliquer qu'elles s'étaient trouvées à notre place une fois ou deux, Maria et moi, on s'était regardées et on s'était pris la main. Et là, en cet instant, j'ai su qu'on se soutiendrait à vie.

— Tu as le regard brouillé. Raconte-moi.

Chase fait irruption dans mon souvenir. Je souris, tâchant de me rappeler où j'en étais avant d'emprunter un détour sur le chemin des souvenirs.

— Maria a une flamme en elle, voilà. Quand tu es près d'elle, c'est chaud et réconfortant. Elle a voyagé partout dans le monde pour danser jusqu'à ce qu'elle ait… euh… un accident.

J'opte pour le terme « accident ». Je n'ai pas l'intention d'entrer dans les détails de cet événement particulier qui a failli ruiner sa carrière.

— Mais elle est redevenue elle-même et elle travaille pour le San Francisco Theatre dans l'une des compagnies de danse locales.

— Il s'avère que je connais bien la compagnie en question et le théâtre, m'informe Chase. Magnifique architecture.

Je hoche la tête.

— Tu devrais voir l'un de ses spectacles. Tout le monde est impressionné par son talent.

— J'ai hâte de la rencontrer. Peut-être demain, quand je te raccompagnerai chez toi depuis l'aéroport ?

— D'accord.

Il sourit avant de prendre une bouchée à la viande et au fromage.

— Continue.

Et j'obtempère parce que c'est amusant et facile de parler de mes amies.

— Bree Simmons est propriétaire de I Am Yoga, au centre de San Francisco. On s'est rencontrées il y a de nombreuses années, quand je me suis mise au yoga. Elle est absolument sublime, d'une souplesse… (J'agite les sourcils. Il rit.) Elle a la voix d'un ange. Elle peut mettre n'importe quel homme adulte à genoux avec ses chansons, sa souplesse et son cœur énorme. Mais ce qui est le plus incroyable, c'est qu'elle n'a pas la moindre conscience de sa beauté.

— Toi non plus. (J'incline la tête sur un côté.) Gillian, tu es superbe. Tu n'as pas idée de ta beauté.

Je parie que mes joues sont redevenues écarlates et je souris timidement. Je mords dans une autre bouchée de brie en songeant au côté cocasse de l'instant : je suis en train de parler de Bree en mangeant du brie. Je le dis à Chase et nous rions ensemble.

— C'est tout ? me questionne-t-il.

Je secoue la tête.

— Il y a aussi Phillip, tu es au courant.

Son regard s'assombrit, presque comme si un volet venait de tomber sur notre conversation pourtant fluide, mais je poursuis, déterminée à y revenir.

— Et dernière mais pas des moindres : Kathleen Bennett, plus connue sous le surnom de Kat. Réservée, calme et créatrice de costumes. La plus talentueuse de son univers. C'est elle qui crée les costumes du San Francisco Theatre. Je l'ai rencontrée par Maria. J'aime penser à elle comme ma camarade qui enlace les arbres, à cause de l'attention qu'elle porte à l'environnement et à la planète. Moi aussi, mais elle est très, très écolo.

— C'est très bien, d'être écolo.

— Exact. J'aime faire ma part.

— Ça y est, tu as parlé de tout le monde ? me demande-t-il avec le plus beau des sourires.

— Ce sont mes sœurs d'âme.

Tout sourire, je noue les doigts autour de mon verre de vin. Chase fronce les sourcils. Il attend que je continue, mais c'est difficile de parler de ma famille, ou plutôt de mon absence de famille.

— Je n'ai ni frère ou sœur ni famille, à l'exception de mon père biologique, que je ne vois pas beaucoup. Mes amis sont tout ce que j'ai. On se soutient dans toutes les épreuves.

Chase sirote son vin.

— Ils ont l'air merveilleux. Je suis impatient de les rencontrer.

Son ton est sincère et je me demande s'il restera vraiment assez longtemps dans ma vie pour leur être présenté.

— Attends un peu qu'elles te voient. Tu vas craquer pour

ces trois beautés. Deux blondes sexy et une brunette. C'est plus ton truc ?

Il fronce les sourcils.

— Ne te compare à aucune femme. C'est toi que je veux.

Ses prunelles sont brûlantes et j'ose poser la question :

— Pourquoi, Chase ?

Je déteste que ma voix soit aussi fluette, soudain.

— Aucune femme n'a attiré mon attention depuis des années. Je ne sors pas avec des femmes, je ne les ramène jamais chez moi. (Les bras m'en tombent.) Pire, ajoute-t-il, détournant les yeux, la plupart des femmes que je rencontre, je couche avec elles dans les heures qui suivent.

J'imagine sans peine qu'une femme puisse volontairement tomber dans les filets de Chase. Cela explique aussi pourquoi il a supposé la même chose de moi quand nous nous sommes rencontrés. Il est la version réelle et vivante de Superman. D'ailleurs, je ne pense moi-même qu'à coucher avec lui, là, tout de suite. Je serre les cuisses pour soulager un peu de la tension qui pulse entre mes jambes depuis qu'il m'a réveillée.

— Gillian, j'emmène les femmes dans l'un de mes hôtels, poursuit-il. Je les baise et je rentre à la maison.

Je digère cette information et secoue la tête. Ça n'est pas logique. Il m'a emmenée dans sa chambre, hier soir. Il a pris soin de moi toute la nuit. C'est le plus gentil chevalier en armure Armani que je connaisse. Rien à voir avec cet homme à femmes sans cœur.

Chase prend une profonde inspiration.

— Avec toi, je ne pense qu'à une chose : te conduire à mon loft de San Francisco et t'y enfermer à double tour avec moi pendant une semaine. Je ne sais pas trop ce qu'il y a entre nous, mais je suis décidé à découvrir pourquoi je suis autant attiré par toi.

Il fronce les sourcils, comme si ses propos ne lui plaisaient pas.

— Et ensuite ? Tu vas me faire l'amour et me quitter aussi ?

Ma voix est faible, rien à voir avec la personne forte que j'essaie de montrer. Il secoue la tête.

— Je ne l'ai pas encore fait, pourtant, j'en ai eu largement l'occasion.

Son regard est intense, qui me met au défi de répliquer. Il aurait effectivement pu me prendre plusieurs fois et n'en a rien fait. Qu'est-ce que ça signifie ?

— J'ai mieux dormi à tes côtés la nuit dernière que depuis des années, même en me réveillant toutes les deux heures pour m'occuper de toi. J'essaie toujours de comprendre pourquoi.

Il recouvre ma main de la sienne et caresse du pouce ma peau pâle, y dessinant de petits cercles. Je frissonne et la lui retire, un peu mal à l'aise, insécurisée.

Jeffery arrive avec nos pâtes. Les assiettes sont magnifiques. Les pâtes sont agrémentées d'une sauce crème ou blanche et saupoudrées d'herbes fraîches, le tout servi dans une assiette carrée. Une orchidée d'un blanc immaculé est nichée sur le côté avec un brin de romarin. C'est presque trop joli pour être mangé, mais j'enroule une longue nouille autour de ma fourchette et la goûte quand même. C'est délicieux, irréel. Je gémis en mâchant l'exquise touche de fromage. Ce plat, il est indescriptible tellement il est bon.

Chase m'observe attentivement.

— J'adore te regarder manger. Les sons qui s'échappent de tes lèvres rubis me rendent dur comme la pierre.

Il se passe la langue sur les lèvres dans un geste empressé. Est-ce que je vais m'habituer un jour à lui, à sa franchise et à cette intensité ? J'ai l'impression de me tenir au bord d'une falaise. Une légère brise suffirait à me faire tomber à tout instant.

— Parle-moi de ta famille, Chase.

Il s'essuie la bouche avec sa serviette, prend une gorgée de vin et pose un coude sur la table.

— J'ai passé la plus grande partie de mon enfance et de mon adolescence avec mon oncle Charles, du côté de ma mère. Il était veuf et s'occupait de mes quatre cousins : Craig, Carson, Cooper et Chloe.

Je pouffe et il s'interrompt, haussant un sourcil sculpté dans une expression curieuse.

— Vous avez tous un prénom qui commence par un C ?

— Oui, et nous partageons tous le patronyme de Davis.

Bizarre. Il a dit que son oncle était le frère de sa mère. Chase ne porte donc pas le nom de son père ?

— Mon oncle et ses nounous m'ont élevé de l'âge de sept ans à mes dix-huit ans, quand je suis parti à Harvard. Mon cousin Carson y était déjà. Il a deux ans de plus que moi.

— Vous avez quelle différence d'âge, tous les cinq ?

Je reprends une bouchée de mes pâtes à la crème.

— Craig a trente-cinq ans. Carson, trente-deux. Cooper, trente. À peu près comme moi. Je vais les avoir cette année. Et puis Chloe, le bébé, a vingt-sept ans.

— Tu es proche d'eux ?

Elle a l'air intéressante, sa grande famille. Je n'ai jamais connu l'amour d'une famille nombreuse, moi qui n'avais guère que ma mère en grandissant. Et maintenant, je n'ai plus que les filles – et Phillip, bien sûr.

— Je les respecte. Je suis proche de Carson. Craig est marié et vit à New York. Je le vois quand je m'y rends pour les affaires ou que je visite l'une de mes entreprises. Chloe est dessinatrice de mode, elle passe son temps entre les États-Unis et l'Europe, donc je ne la vois pas autant que j'aimerais. Elle a un œil très affûté pour les détails. J'ai une paire de costumes dessinés par elle quand elle tâtait de la mode masculine. Mais elle crée surtout pour les femmes.

— J'adorerais voir son travail.

Il sourit et hoche la tête.

— Et Cooper ?

Il détourne les yeux, serre les dents, et le muscle de sa mâchoire tressaute à nouveau.

— Coop et moi, on a été très proches, mais plus maintenant.

Il enroule des pâtes autour de sa fourchette et les porte à sa bouche. Je m'attends à ce qu'il poursuive, une fois la bouchée avalée, mais non. Sirotant mon vin, je patiente, espérant qu'il va terminer sa phrase. Un silence gênant s'installe entre nous.

— Je ne souhaite pas parler de Cooper, finit-il par lâcher, baissant les yeux vers ses pâtes, qu'il pousse dans son assiette.

Je ne vais pas insister. D'autant que je préfère ne pas le voir insister pour obtenir certaines informations sur mon passé non plus.

— OK, je fais avec un haussement d'épaules que j'espère nonchalant.

La tension se dissipe grâce aux sourires échangés pardessus nos verres et à la nourriture. C'est agréable, d'être assise là, en face de Chase, à discuter de notre éducation. Le vin m'a réchauffé le ventre et je prends un instant pour analyser ses traits. La façon dont ses cheveux brun sombre lui balaient le front me donne envie de les écarter du doigt. Ses yeux scintillent comme une opale multicolore. Il porte un début de barbe qui lui donne un air crispé. J'aimerais passer ma langue sur sa lèvre inférieure et sentir le picotement de ses poils trop longs. Son regard intercepte le mien et la puissance exsude de lui telle une tornade. Je suis incapable de résister à son attraction.

Sa grande main vient se poser sur la mienne, qu'il retourne pour passer la pulpe de l'index au creux de ma paume, remontant jusqu'au pli de mon coude. Un frisson me traverse à ce simple contact. Il refait le chemin inverse, mes yeux dans les siens. Ils brûlent d'intensité et, comme il m'a demandé de ne plus le faire, je me lèche les lèvres. D'un bond, il se lève de table et la contourne en une nanoseconde. Il me tire de ma chaise pour m'attirer contre son torse. Une grande main me prend par la nuque et il écrase ma bouche contre la sienne. J'ouvre les lèvres et lui laisse l'accès. Il assaille ma bouche avec férocité, à coups de langue profonds. Nous ne sommes plus que deux paires de lèvres, deux langues, des bras qui tirent désespérément sur l'autre. Sa main gauche trace un sentier brûlant le long de mon dos nu et plonge dans l'ouverture de ma robe. Il glisse sous le tissu de mon string pour attraper mon sexe par-derrière tout en frottant son érection contre mon ventre. Quand il insinue un long doigt en moi, je lâche un cri. Avant que j'aie pu objecter, il ajoute un deuxième doigt et entame des va-et-vient. Aussitôt, mon sexe se resserre autour de son intrusion. Sa bouche avale mes cris de passion et de désir. Puis il s'écarte et dépose des baisers humides dans mon cou, derrière mon oreille, ponctuant ses mouvements d'un mordillement du menton. Ses doigts habiles continuent leur exquise torture et je me cambre contre sa main. En riant, il enroule la langue autour de mon lobe.

— On est pressée de jouir, on dirait ? souffle-t-il d'une voix rauque.

— Oui.

C'est la seule pensée cohérente que je parviens à formuler. Mes yeux sont fermés, paupières serrées, mon esprit focalisé uniquement sur ses doigts plongés si profond. Dedans, dehors, tirer, agripper. Mon plaisir surgit et atteint le pic effervescent. Je suis prête à exploser d'un instant à l'autre, aveugle, tout entière obnubilée par la jouissance, même en sachant que d'ici peu, Jeffery pourrait entrer et nous surprendre dans une position compromettante. L'exhibitionniste en moi geint et halète après un assaut particulièrement virulent. J'ai l'impression qu'il touche ce qu'il y a de plus profond en moi. Il replie les doigts, les frotte contre mes parois intimes. Des vagues de plaisir déferlent dans toutes les directions et je deviens une poupée sans vie accrochée à ses épaules, au corps secoué de la tête aux pieds tandis qu'il titille ma petite boule de nerfs, comme s'il m'extirpait le plaisir de force.

Son autre main me recouvre un sein, dont il pince et triture le téton. De nouvelles lames de chaleur descendent jusqu'à mon sexe, engluant ses doigts de mon suc. Le tissu de ma robe ajoute une couche supplémentaire de tension contre la pointe dure qu'il taquine. Dans un grognement, je remonte les mains dans son dos pour les plonger dans ses cheveux si sexy. J'attire sa bouche contre la mienne et mords sa lèvre inférieure sensuelle, que j'aspire. Sa main quitte mon sein et je pousse un grognement frustré. La moiteur dégouline de mon entrejambe.

— Tu es prête à jouir pour moi, ma belle ?

— Chase, s'il te plaît ! je le supplie.

— Regarde-moi, Gillian.

Mon regard rencontre le sien. Il est d'une beauté sidérante. Son front est tendu, sa mâchoire serrée et lui, concentré sur mon plaisir. Lentement, il fait glisser la main qui caressait mon sein sur le devant de ma robe. Il remonte le tissu pour trouver mon sexe trempé. Avec un clin d'œil, il ouvre la bouche sur un soupir alors que deux doigts appuient sur mon clitoris, puis le font tourner entre eux.

— Vas-y, jouis pour moi, bébé.

Il presse fort sur le bouton nerveux, ses doigts remontent si loin en moi que je lâche un hurlement de plaisir. C'est trop, trop bon. Son baiser avale mon cri et je chevauche les vagues éphémères en l'agrippant de toutes mes forces pendant que mon corps explose. Ça dure, ça dure et il continue de pincer mon clitoris et de titiller mon intérieur, étendant l'orgasme qui me consume, vague après vague. Quand ses doigts magnifiques quittent mon sexe, il me retient contre lui, nos deux poitrines soulevées par l'effort. Je pose le visage dans le creux de son cou, frappée par son odeur d'agrume si puissante que je tends la langue et la passe le long de son tendon. Il grogne, me serre plus fort contre lui. Dieu qu'il a bon goût ! Un goût d'homme et de sexe.

— C'est hypnotique de te regarder jouir, chuchote-t-il à mon oreille. Je projette de voir cette expression souvent dans un avenir très, très proche.

Quelqu'un se racle la gorge derrière moi, mais je ne me retourne pas. Je ne sais pas ce que le serveur a ou n'a pas vu. Ou entendu. Je préfère garder mon visage sans doute cramoisi dans le cou de Chase, que j'embrasse et lèche, essoufflée, le temps que mon pouls ralentisse.

— Un dessert, monsieur Davis ?

Je lève les yeux vers Chase. Le désir fait briller ses superbes prunelles. Il porte les doigts à sa bouche et je l'observe, fascinée, sucer le suc qu'il a extrait de moi. Il ferme les yeux, comme au sommet de l'extase.

— Non, merci, nous n'allons pas tarder à partir, répond-il enfin à Jeffery.

Mon cœur s'est peut-être arrêté. Jamais de ma vie, depuis que je suis sexuellement active, un homme n'a été aussi délibérément obscène ou sexuellement stimulant. En cet instant, je sais qu'il va m'emmener jusqu'à des sommets dont je n'ai fait que rêver auparavant. Et je suis impatiente de les atteindre.

— C'était un plaisir d'avoir votre visite, monsieur. À une prochaine fois, dit Jeffery, les yeux baissés, avant de s'éclipser.

— Rien ne pourrait être aussi sucré que toi, me souffle Chase dans un baiser langoureux.

Je dois rougir si fort que la couleur a envahi mon cou. Mon sang irlandais ne me facilite pas la tâche, si j'essaie de masquer l'effet qu'il produit sur moi.

Nous traversons le restaurant, Chase me serre contre son flanc. Plusieurs clients agitent la main dans sa direction, mais il ne s'arrête pas. Il est en mission. Et j'espère qu'elle vise à me reconquérir une fois à l'hôtel.

7

Ma frustration est telle que mon corps et mon esprit tout entiers en sont imprégnés. Je suis assise à côté de Chase, dans la limousine qui nous conduit à l'aéroport. Hier soir, il a reçu un coup de fil et dû filer à sa chambre pour gérer un souci de travail. Il m'a même fait raccompagner jusqu'à ma chambre par son sbire afin de s'assurer que j'y arrivais sans encombre, et sans doute Jack a-t-il aussi passé la nuit devant ma porte pour vérifier que je n'en sortais pas sans surveillance. Après la manière dont il avait manipulé mon corps au restaurant, j'étais certaine qu'il allait m'emmener dans sa suite et terminer ce qu'il avait commencé. Mais non, il s'est contenté de m'embrasser à en perdre haleine, avant de me pousser dans les bras de son garde du corps. En lui ordonnant de me raccompagner jusqu'à ma chambre.

J'ai l'habitude que Phillip se comporte avec moi d'une façon protectrice, mais pas Chase. Je ne le connais que depuis trois jours et, en ce peu de temps, il a réussi à me frustrer mentalement et physiquement, il a pris soin de moi après mon agression et m'a couverte de cadeaux. Cet homme, c'est une tornade de contradictions. Et cet instinct de propriété qu'il semble avoir chevillé au corps me concernant, c'est à la fois sidérant et déplacé. Comme s'il avait décidé qu'il me contrôlait, à cause de la perception faussée qu'il a de l'attirance bien réelle entre nous.

En rentrant, j'ai appelé les filles une à une. J'ai eu l'impression d'un rendez-vous chez mon esthéticienne pour y subir une épilation à la cire. Chaque bande de cire fait plus mal que la précédente, parce que vous savez exactement ce que vous allez souffrir sitôt que la colle entrera en contact avec la peau et que la bande stérile sera arrachée. Raconter mon attaque à mes meilleures amies, l'une après l'autre, ça a fait remonter à la surface des tas de vieilles blessures que j'avais enfouies bien profondément. Toutes les trois sont au courant pour Justin et la relation instable que nous avions. Du coup, leur décrire l'agression dans tous ses détails m'a laissée abîmée et émotionnellement déchirée. Ajoutez à cela le fait de me retrouver assise à côté de Chase dans une petite voiture après trois jours de tension sexuelle inaboutie, et vous pouvez officiellement noter « torturée » au bout de la liste de mes sentiments tordus. J'ai envie de me pelotonner contre son flanc, de me frotter contre son corps puissant pour y retrouver ce réconfort, celui que j'ai éprouvé quand il me tenait dans ses bras au lit, cette sensation de sécurité et de chaleur que je commençais tout juste à apprécier.

— Non, ça n'est pas acceptable. J'achète cette propriété pour moins que le prix du marché, sinon je me retire.

Le ton de Chase est sec, mordant, à l'attention de la personne qu'il a au téléphone. Il est tourné vers la vitre, concentré sur un point à l'extérieur. Sa mâchoire se crispe sur ses dents serrées et le tressautement qui en est venu à me fasciner apparaît.

— Je comprends la position dans laquelle ils se trouvent. Je veux acquérir cette propriété pour moins de vingt millions. Faites en sorte que ça arrive, conclut-il, avant de raccrocher sans même dire « au revoir ».

— Tout va bien ?

Je vogue en eaux inconnues, entre l'envie d'être là pour lui et le sentiment de ne pas savoir comment m'y prendre. Sa réaction me désarçonne : son regard se radoucit et il me prend la main. Ce simple contact me fait fondre.

— Ta présence me fait beaucoup de bien.

Il porte ma main à ses lèvres et embrasse ma paume. Souriante, je le regarde poser nos mains entremêlées sur sa cuisse. Son téléphone recommence à sonner, alors je tourne la tête vers la vitre, profitant du simple réconfort de tenir la main d'un homme. Pas de n'importe quel homme… Chase.

Quand nous arrivons à l'aérodrome, je suis sidérée. Un grand avion blanc portant l'inscription « Davis Industries » sur son flanc nous attend. Jack ouvre notre portière et je me dirige vers le coffre pour en sortir mon bagage. Chase se racle la gorge, je lève les yeux vers lui. Il sourit comme un écolier.

— Gillian, Jack va s'occuper des valises.

Il me tend sa main. Timidement, je contourne la voiture et viens la prendre.

— Tu es trop mignonne, dit-il en m'entraînant vers l'escalier de l'avion.

Nous embarquons et nous installons dans d'imposants fauteuils en cuir beige. On nous informe du plan de vol et on nous souhaite un bon vol. Le portable de Chase sonne, ce qui me vaut un regard d'excuse.

— Je comprends. Tu es un homme très pris. Fais ce que tu as à faire, ça va, je le rassure.

Sur un hochement de tête, il prend son appel.

Je me mets à l'aise dans mon grand fauteuil confortable, appuie la tête contre le coussin et ferme les yeux. Je n'ai pas beaucoup dormi après notre dîner, du coup, je suis épuisée aujourd'hui. Séquelle de l'agression, la douleur sourde à ma tête n'aide pas. Pas plus que le fait d'être sexuellement affamée et émotionnellement déroutée. Rouvrir cette boîte de Pandore a ramené trop de souvenirs du passé, raison pour laquelle je me suis tournée et retournée dans mon lit sans trouver le sommeil.

Quelqu'un me pose une couverture sur les jambes. Je lâche un soupir de contentement. Des lèvres chaudes effleurent mes joues et je me tends vers leur contact suave.

— Tu es belle, bébé.

Je l'entends s'éloigner. Ses pas se font plus légers à mesure qu'il se retire. Je ne prends pas la peine d'ouvrir les yeux et m'enfonce dans la chaleur, où je m'endors profondément, avant même que nous ayons décollé.

Au bout de ce qui m'apparaît comme quelques secondes, une sensation pareille à la caresse d'une plume me titille le front. Je me laisse aller à ce contact.

— Bébé, on est arrivés.

La voix de Chase transperce le brouillard ensommeillé. J'ouvre les yeux et suis récompensée par les siens, d'un bleu inouï.

— Tu n'as pas dormi la nuit dernière ?

Je secoue la tête et il fronce les sourcils.

— J'aurais mieux dormi si tu t'étais joint à moi, je le défie.

— Tu es une petite coquine, hein ? Tu me donnes envie de te prendre, ici et maintenant.

Il se penche et me donne un baiser affamé. Je n'ai pas le temps d'y répondre que ses lèvres sont déjà reparties. Et il me tire hors de mon fauteuil et de l'avion. Jack a posé nos bagages sur un chariot, et il nous suit tandis que Chase m'entraîne sur le tarmac et dans l'aéroport. Main dans la main, nous nous dirigeons vers la sortie quand j'entends crier un enfant.

— Gigi !

Une fillette sautillante aux couettes blondes et bouclées court dans ma direction. Je me penche et la soulève dans mes bras pour la faire tournoyer. Elle me serre aussi fort que ses petits bras de quatre ans le peuvent.

— Anabelle ! je réponds en enlaçant mon petit ange. Tu m'as manqué, ma belle.

Je la repose sur le sol de mélaminé blanc et m'accroupis à son niveau pour regarder de plus près son visage souriant. Elle ressemble trait pour trait à sa mère. Magnifique.

— Papa a dit que tu avais un cadeau pour moi ! s'exclame-t-elle, surexcitée.

— C'est vrai, mais ma chérie, qu'est-ce que tu fais ici ?

Une paire de bras forts et familiers m'enlace par-derrière au moment où je me redresse. Phillip. Un large sourire aux lèvres, je pivote pour serrer mon si cher ami fort dans mes bras.

— Phil, qu'est-ce que tu fais là ?

Il prend mon visage entre ses paumes, les sourcils froncés.

— Plus jamais ça, Gigi.

Il observe les points de suture au-dessus de mon sourcil. Son regard passe ensuite sur ma joue tuméfiée, inspectant les dégâts. Il secoue la tête. Je me détourne de son inspection, incapable de le regarder. Je sais ce qu'il pense. Quelqu'un toussote derrière moi et une main se pose sur ma taille. Je me retrouve attirée vers Chase. Son corps se colle dans mon dos.

— Présente-moi, gronde-t-il dans mon oreille.

— Oh, mon Dieu.

J'ai été tellement médusée de voir Anabelle et Phillip que j'en avais oublié Chase.

— Phillip Parks, je te présente Chase Davis.

Je désigne Chase derrière moi. Phillip écarquille les yeux tandis qu'il les baisse vers la main possessive de Chase sur ma taille.

— LE Chase Davis ? De chez Davis Industries ? demande Phillip en lui tendant la main.

Chase fait « oui » de la tête et prend la main de Phillip dans une poigne ferme.

— Waouh, Gigi, j'ignorais que tu arrivais accompagnée. Je suis venu te chercher comme on en a parlé hier.

Je fronce les sourcils. Si ma mémoire est bonne, on n'a rien confirmé officiellement.

— Oh, j'avais complètement oublié que tu t'étais proposé. Un coup de trop sur la tête, je plaisante.

Phillip plisse le front et Chase serre les mâchoires.

— Oui, pardon, mauvaise blague, je m'excuse.

Le bras de Chase remonte mon dos et vient se poser sur mon épaule, où son pouce dessine des symboles de l'infini dans ma nuque.

— On y va ? me demande-t-il doucement, en caressant ma joue de la pointe de son nez.

Phillip observe notre échange d'un air méfiant. Ce scénario, je ne l'avais pas anticipé. Si forte soit mon envie de ramener Chase à mon appartement pour le convaincre d'abuser de moi, je ne peux pas abandonner Phillip et Anabelle. Ça risque de ne pas très bien passer auprès de qui-vous-savez. D'un autre côté, Phillip est mon meilleur ami et Chase… Eh bien, je ne sais pas vraiment ce qu'il est, là. Je secoue la tête. Chase hausse les sourcils – surprise ou question, je l'ignore.

— Merci pour le vol, Chase. Je vais rentrer à la maison avec Phillip.

Pour une raison folle, je suis inquiète de la manière dont il va prendre la nouvelle. Il s'est montré si incroyablement possessif ces derniers jours. Mais la dernière chose dont j'aie besoin, c'est une scène. Pourtant, Chase hoche la tête, apparemment imperturbable.

— Phillip, ravi d'avoir fait votre connaissance, lâche-t-il en serrant à nouveau la main de Phil. Je suis sûr que nous serons amenés à nous revoir très souvent dans un avenir proche.

Ses yeux bleus s'enfoncent dans les miens. Il en dit tellement, avec ce seul regard. J'imagine quelque chose comme : « On en discutera. Tu seras mienne. Tu ne m'échapperas pas. »

Sur quoi il me fait pivoter et me prend les joues entre ses mains, passe la pulpe de son pouce sur mes pommettes. Lentement, il pose ses lèvres sur les miennes. J'inspire son odeur enivrante de bois de santal et d'agrumes, essayant de la capturer pour l'emporter avec moi, en moi. Il augmente la pression sur mes lèvres et je suis incapable de combattre l'électricité qui passe entre nous. Il glisse sa langue sur ma lèvre inférieure, j'ouvre la bouche. Il y entre sa langue mouillée et chaude et je m'accroche à ses épaules. Chase alterne les coups de dent sur ma lèvre inférieure et supérieure. Puis il enfonce les doigts dans mes cheveux tout en me serrant contre lui, faisant glisser ses lèvres contre les miennes. L'étincelle s'allume entre nous et je me colle contre son corps, oubliant où nous sommes. Tout disparaît tandis que je suis emportée dans le vortex Chase. Je gémis, il grogne. J'essaie de me dégager, il me retient. Je sens la preuve dure de son désir et plaque le bassin contre elle. Il sourit contre mes lèvres, avant de saupoudrer ma bouche de petits baisers tout doux.

Quelque part, j'entends des gloussements, du genre de ceux qui ne peuvent émaner que d'un ange.

— Tante Gigi fait des bisous au monsieur, papa ! s'exclame Anabelle, interrompant ma transe.

Je m'écarte et passe le dos de la main sur mes lèvres gonflées. Chase pose sur moi ce sourire si sexy qu'il en est dévastateur. Et j'ai envie de lui sauter de nouveau dessus. Il vient de marquer son territoire et, au vu de son expression, il est tout à fait fier de lui. Quant à moi, je suis sûre que mon visage est rouge tomate. Il dépose un dernier baiser sur ma joue.

— J'attends ton appel plus tard, me rappelle-t-il. Jack, ses bagages, lance-t-il par-dessus son épaule.

Jack. J'avais totalement oublié que l'armoire à glace attendait et assistait à notre échange. Phillip montre quelques signes d'impatience. Je ne suis pas vraiment entrée dans les détails concernant Chase et la relation que nous avons tissée pendant mes quelques jours d'absence – si l'on peut appeler ce qui s'est passé entre Chase et moi une relation. Je suis encore perplexe à ce sujet.

Jack dépose mes sacs à mes pieds et pose sur moi un regard sévère. Je ne pense pas que le molosse apprécie que je m'en aille avec un autre homme. Apparemment, Chase compte beaucoup pour lui. Avec un soupir, je le remercie.

Alors que Chase et Jack s'éloignent vers la sortie, je me tourne vers un Phillip manifestement inquiet.

— Toi, tu me dois des explications, me gronde-t-il.

Alors que je hoche la tête d'un air contrit, nous prenons la direction de la sortie. Je m'empare de la main d'Anabelle avec un sourire et elle m'accompagne en balançant joyeusement mon bras. Ce que je ne donnerais pas pour redevenir une enfant sans soucis plutôt qu'une femme de vingt-quatre ans complètement perdue.

Quand nous parvenons à sa voiture, Phillip charge mes bagages dans le coffre pendant que j'attache Anabelle à son siège rehausseur. Son père lui tend alors un lecteur de DVD portable et Blanche Neige apparaît à l'écran. Il lui met les écouteurs pour qu'on puisse discuter sans craindre ce qu'elle risquerait d'entendre. Nous nous installons à notre tour et prenons l'autoroute. Il attend que je dise quelque chose, sachant que je ne m'ouvrirai pas à lui autrement qu'à ma façon. Zut. C'est agaçant qu'il me connaisse aussi bien.

— Phil, je ne sais pas ce que tu veux que je te dise.

— Et si tu commençais par me parler de l'homme qui avait la langue au fond de ta gorge et les mains partout sur toi ? lance-t-il avec une touche de colère.

Un rapide coup d'œil par la vitre me montre le ciel gris et brumeux de San Francisco. Les rues regorgent de voitures tandis que nous approchons lentement de notre sortie, le centre-ville.

— Chase et moi nous sommes rencontrés à la réunion. Il est… euh… Il est président du conseil d'administration de la fondation.

— Tu te moques de moi, là ? Tu baises avec ton patron ?

Sourcils froncés, il secoue la tête.

— Hé, ce n'est pas juste, de me dire ça, et tu le sais. En plus, je ne baise pas avec lui !

Avec une grimace, je jette un regard par-dessus mon épaule pour vérifier qu'Anabelle ne nous entend pas. Les yeux rivés à l'écran, elle opine gaiement du chef au rythme de la musique du film.

— Pas encore. Tu ne baises pas encore avec lui !

— Tu as raison, Phil. Pas encore. Mais j'en ai envie et je le ferai ! j'avoue sans honte.

Il se prend pour qui, d'ailleurs ? Il n'est ni mon petit ami, ni mon père, pour vouloir régenter les hommes de ma vie.

— Excuse-moi, fait-il sur un ton radouci. (Je prends une profonde inspiration.) C'est juste… Je ne veux pas que tu souffres. Un homme pareil ? Il est riche et puissant à un point que c'en est dingue.

Il marque un point et je vois où il veut en venir. Il ne tient pas à ce que je me perde à nouveau auprès d'un homme. Un homme qui risque de détruire tout ce que j'ai reconstruit depuis Justin. Secouant la tête, je tente de m'expliquer.

— Phil, c'est différent. Il y a quelque chose chez lui. Je sais que ça n'est pas bien de sortir avec son patron, mais il n'est jamais au bureau. C'était la première fois que je le voyais depuis deux ans que je travaille chez En lieu sûr.

Je tire sur la ficelle, là. Nous savons tous les deux que ce n'est jamais une bonne idée de fricoter avec son patron.

— Tu sais ce qui est drôle, Gigi ? (Il rit.) C'est mon patron aussi, conclut-il avec un ricanement.

Je dois ressembler à un poisson qu'on aurait sorti de l'eau. Ma tête se met à pulser.

— Comment ça ?

Je me frotte les tempes. J'ai l'impression de ressentir les battements de mon cœur au niveau de ma blessure. Entre le vol et cette conversation pénible avec mon meilleur ami, un quasi-frère, je suis épuisée.

— Il est propriétaire de l'entreprise d'architecture pour laquelle je travaille. Il a même un grand bureau au dernier étage du bâtiment, dont il est également propriétaire. (Cette nouvelle information est difficile à digérer.) Chase Davis est multimilliardaire, poursuit Phil. Punaise, Gigi, il est propriétaire du gratte-ciel où je bosse et de toutes les entreprises qui y sont installées. Tu vois le grand panneau tout brillant à l'extérieur de mon immeuble ?

Je hoche la tête.

— Oui ?

Il plonge dans mes yeux, les siens sont devenus d'une incroyable couleur chocolat sous l'effet de l'amusement.

— Il y est écrit : « Davis Industries », dit-il dans un rire de nez.

Je grimace face au constat de ma naïveté ridicule.

— Je n'en avais pas la moindre idée. Mon Dieu, ça devient compliqué.

C'est le problème, quand j'apprécie un homme. Mon radar n'a pas toujours été fiable. Soit ils me battent, me traitent de putain, soit ils m'aiment et puis me quittent. D'une manière ou d'une autre, ils semblent tous vouloir me posséder. Chase ne fait pas exception. J'aimerais juste que cette connexion qui nous lie ne soit pas aussi puissante. Ce serait plus simple de balayer la chose s'il s'agissait d'une petite passade.

Phil porte la main à sa bouche et se mâchonne l'ongle du pouce. Il fait toujours ça quand il s'apprête à me dire un truc que je n'ai pas envie d'entendre. Il me jette un coup d'œil de biais, prend une profonde inspiration.

— Il est aussi connu pour être coureur. Il a couché avec deux filles de ma boîte, sans jamais les rappeler après. Il utilise les femmes, et puis il les jette comme des vieilles chaussettes. Je ne veux pas que ça t'arrive.

C'est mignon qu'il soit aussi sincèrement inquiet. J'ai de la chance de l'avoir.

— Je serai prudente. Je sais qu'il a un passif. Il m'en a parlé.

Phil a l'air surpris que Chase m'ait avoué ses errances.

— Tout va bien. Je ne sais même pas ce qu'il y a entre nous, même si je peux te dire que je suis intriguée et fascinée par lui. Sans compter qu'il est super sexy.

Phillip part d'un gros rire en me voyant faire mine de m'éventer.

— Oui, ça, je l'ai entendu souvent, admet-il. Promets-moi juste que tu protégeras ton cœur et que tu seras prudente. C'est tout ce que je te demande.

Il me prend la main et y exerce une pression rassurante.

— Je suis une grande fille, Phil. Je saurai gérer, j'affirme, avec toute la confiance dont je suis capable.

C'est un mensonge éhonté. Chase est une énigme. Une énigme qui m'a ligotée, retournée et déroutée quant à ce qui m'entoure. Tout ce dont je suis certaine, c'est mon besoin d'être près de lui. Mon désir d'être avec lui. Mon envie qu'il me prenne de toutes les façons qu'il voudra.

Phillip me dépose à l'appartement après que j'ai offert à Belle une boule à neige scintillante de Chicago. Elle représente des gratte-ciel et la jetée qui longe le lac Michigan. La fillette est immédiatement fascinée. J'agite la main en direction de Phil. Il n'a pas besoin de m'accompagner jusqu'à ma porte, je lui promets de l'appeler demain et qu'on dînera ensemble un soir de la semaine. Dès que j'ai son accord, je me dirige vers mon immeuble.

J'entre dans l'appartement, où des pieds nus claquent sur le parquet tandis que l'ouragan Maria arrive comme une bombe dans le couloir et m'enferme dans une étreinte féroce.

— *Dios mio* ! Tu vas bien ?

Elle scrute mes traits, écarte mes cheveux afin d'évaluer les dégâts et secoue la tête dans un claquement de langue. Une ligne soucieuse lui barre le front.

— Oui, ça va, ça va. Enfin, tu m'as manqué, copine.

Et je suis sincère. Elle m'adresse un sourire triste en traçant du doigt le contour de l'hématome sur ma joue. Ses yeux s'embuent.

— Non, mais ça va. Je te jure. Chase s'est hyper bien occupé de moi.

Avec la force de ses bras de danseuse, elle me traîne jusqu'à notre moelleux canapé couleur aubergine et nous nous y affalons, toujours main dans la main. J'attrape l'un des coussins enveloppés dans un tissu indien et le serre contre ma poitrine.

— Dis-moi : vous avez… ?

Je sais ce qu'elle brûle de savoir. La plupart du temps, Maria est obsédée par le sexe. C'est la nympho du groupe.

— Non, je lui réponds, dépitée, en me frottant les tempes.

— Mais qu'est-ce que… Il est gay ?

Évidemment, c'est du Maria tout craché. Je ris.

— Il est tout le contraire, je peux te l'assurer.

Mon visage s'échauffe au souvenir de notre rendez-vous au restaurant. Mon sexe palpite à celui de ses longs doigts fichés en moi.

— Tu ne vas jamais le croire… (Elle attend patiemment, ses yeux bleu de glace rivés sur moi.) Il veut attendre que je sois guérie pour qu'on le fasse.

Elle imite un coup du lapin.

— *Como* ? s'exclame-t-elle dans sa langue maternelle.

— Je sais, ça n'a pas de sens. (Je souffle sur mes cheveux, écartant la mèche de mes yeux.) Pourtant, j'ai été très claire quant à mon envie d'être avec lui.

Je ponctue mon aveu d'une moue, puis je grimace vraiment, agacée qu'on n'ait pas été plus loin à Chicago.

— *Estupido*, conclut-elle. Il a une bombe consentante et il se la joue chevaleresque ? (Elle secoue la tête.) *Estupido, cara bonita.*

— Exactement ! Et devine la suite…

Elle relève ses longs cheveux noir corbeau, fronce ses sourcils parfaitement sculptés.

— Phillip est venu me récupérer à l'aéroport. (Elle écarquille les yeux, manifestement ravie.) Il y a eu une sacrée bataille de testostérone, crois-moi.

— Oh, ça, c'est trop bon. (Elle replie les jambes sous ses fesses et attend la suite.) Ne me fais pas languir, *bonita. Continuar*.

Continue.

— Chase m'a quasi violée devant Phillip et Anabelle.

— Non ! s'écrie-t-elle en portant les mains à sa bouche.

— Si ! Et je l'ai laissé faire. Je buvais à sa bouche comme si c'était le dernier truc que j'allais boire avant une sécheresse.

Elle éclate de rire en se tenant le ventre.

— Et Phillip, il a fait quoi ?

— Il m'a donné une leçon de morale dans la voiture. Oh, et il y a encore autre chose.

— Non, non, je n'en peux plus. C'est mieux que le *Jerry Springer Show* en direct !

Riant, elle se renverse en arrière et agite les jambes dans une posture théâtrale.

— Chase est propriétaire de l'immeuble et de l'entreprise où Phillip travaille !

Je me mets aussi à rire telle une hystérique.

— Oh, *Dios mio*. *Mierda*, merde ! Je n'arrive pas à le croire. C'est dingue !

Elle secoue la tête et se met une main sur les yeux.

— Je sais, je sais. C'est en train de devenir vraiment compliqué.

Je me radosse au canapé.

— Il a fait quoi, Chase ? demande-t-elle.

Il a fait quoi, Chase ? je me demande. Il a marqué son territoire aussi sûrement qu'un chien qui urine contre un arbre pour en éloigner ses congénères.

— Il est resté tranquille et calme. Enfin, il a demandé que je l'appelle plus tard. Je ne suis pas pressée de le faire.

Elle hoche la tête, retroussant les lèvres dans ce que j'ai appris à assimiler à sa moue de réflexion. Pendant qu'elle repense à la folie qu'est ma vie, je me rappelle qu'elle devait avoir son week-end de folie, elle aussi.

— Eh, comment ça s'est passé avec Tom ? Vous l'avez fait ? je demande en agitant les sourcils.

Sa tête monte et descend.

— *Hermana*, il a été génial, fait-elle, ravie. Il m'a fait jouir deux fois !

Je ris tandis qu'elle continue en me donnant tous les détails.

Elle est aussi cochonne que Chase. Je pense qu'ils vont bien s'entendre sur ce sujet. Ils sont tous les deux des créatures très sexuelles, et apparemment assez fiers de l'être.

— Il était… *dulce*, doux. En revanche, il m'a prise si fort que j'en avais les dents qui grinçaient !

Tel un ninja, je lui donne une petite tape sur la jambe. Et puis un rire monte et émerge bruyamment alors que je visualise l'image qu'elle me dépeint.

— Tant mieux pour toi ! Quand est-ce que tu vas le revoir ?

Elle affiche un sourire rayonnant.

— Ce week-end. Il m'emmène assister à un match de base-ball. Les Giants.

— Tu aimes le base-ball, toi ?

— Non, pas vraiment, admet-elle dans un haussement d'épaules. Mais je l'aime bien, lui, alors je vais y aller.

Je glousse, mais me tais quand elle cesse de parler. Son regard est braqué sur mon cou. Elle tend la main pour tirer le col de mon T-shirt, dévoilant les hématomes et les coupures très visibles.

— *Cara bonita*, tu es sûre que ça va ? Ça a dû faire remonter des mauvais souvenirs.

Je prends une longue et profonde inspiration en réfléchissant à sa question.

— C'est vrai, je dois bien l'avouer. En me regardant dans le miroir après l'agression, je me suis rappelée toutes les fois où je soignais mes ecchymoses dans la salle de bains, après l'une des diatribes de Justin.

Elle me prend la main. Sa solidarité et son soutien sororaux m'enveloppent comme une couverture chaude. Mes yeux s'emplissent de larmes.

— Au bout de deux ans, ça ne devrait pas revenir aussi facilement, si ?

— *Cara bonita*, on devra toujours vivre avec le fait qu'on a été des femmes battues, réplique-t-elle, le visage incliné sur le côté et ma main serrée dans la sienne. Tu te souviens, en thérapie de groupe, quand ils nous obligeaient à parler de toutes les expériences qu'on se rappelait pour pouvoir les évacuer ? Toi, tu avais parlé de la fois où Justin t'avait frappée si violemment que ton visage est resté méconnaissable pendant des semaines.

Je hoche la tête. Comment ai-je pu le laisser me faire du mal si longtemps ? La culpabilité d'avoir pris tous ces coups me hante encore.

— Je pense que tu devrais aller voir le Dr Madison, reprend-elle. Lui parler de ce qui s'est passé afin que ça ne te consume pas.

— Tu as raison. Je suis plus forte, aujourd'hui. Je peux parler de l'agression. Surtout parce qu'elle n'a pas été commise par une personne en qui j'avais confiance. À présent que du temps est passé, c'est beaucoup plus facile. La première année de thérapie… (Je prends une profonde inspiration pour me calmer.) Devoir parler de ma relation avec Justin, de ce qu'il me faisait… (Je secoue la tête et pince les lèvres.) C'était une putain de torture.

— Pour moi aussi, *hermana*. Je refusais d'admettre ce qu'Antonio me faisait, mais évoquer ces expériences nous a toutes les deux rendues plus fortes. Et souviens-toi qu'on s'en est sorties.

Elle m'enlace. Sa fragrance florale familière me rappelle toutes les bonnes choses du monde. Je l'agrippe fort. On s'en est sorties vivantes, de ces relations diaboliques, alors que tant de femmes en meurent. Dans notre groupe, plusieurs femmes sont retournées auprès de leur homme. Après ça, on les revoyait à l'hôpital ou dans un cercueil. Je frissonne et Maria me serre plus fort. Dieu que j'aime cette femme.

— Je t'aime, Ria.

— *Te amo, cara bonita.* (Elle me coince une mèche de cheveux derrière l'oreille.) Apparemment, tu as bien nettoyé les blessures. Quand est-ce qu'on t'enlève les points ?

— À la fin de la semaine. Je dois prendre un rendez-vous avec mon docteur pour le suivi.

Elle se lève et se dirige vers la tablette pour s'emparer de ses clés.

— J'ai une répétition. (Son sourire se change en grimace.) Ça va aller ? me demande-t-elle, l'air soucieux.

— Ria, je vais bien. J'ai traversé pire, je lui signale avec un clin d'œil.

Elle sourit de toutes ses dents.

— Je rentre ce soir. Tu me fais à dîner ? *Por favor* ?

Cette nana, c'est une gloutonne qui adore mes repas.

— Oui, bien sûr que je nous préparerai à dîner. Il faut que j'invite Bree et Kat aussi. Grâce à Phillip, elles ont rempli ma messagerie téléphonique hier, et elles vont vouloir que je leur raconte les détails.

Maria enfile un gilet et hoche la tête tout en nouant ses cheveux au sommet de son crâne.

— Je serai là vers 19 heures. J'attends de mes femmes qu'elles soient bien achalandées en *vino* et prêtes à tout dévorer à mon retour.

Maria, elle est géniale. Elle fait toujours référence aux filles avec l'expression « mes femmes ». Une qualité attachante qui me donne l'impression qu'on a besoin de moi. Elle a franchi la porte telle une tornade et moi, je reste seule avec mes pensées. Je décide de prendre une douche et de vider ma valise. D'un coup de fil, je confirme à Taye que je serai au travail demain à 10 heures. Après un week-end à travailler et cette agression, je m'accorde un peu de temps pour moi. En plus, je dois remplir des papiers pour récupérer un nouveau permis de conduire. J'ai déjà annulé mes cartes de crédit et averti ma banque. Quel bazar. Quand est-ce que ma vie va enfin m'appartenir à nouveau ?

8

Bree arrive la première. Cette femme est sublime. Chaque fois, je suis sidérée par sa beauté. Ses longs cheveux blonds lui retombent dans le dos comme un drap d'or, presque jusqu'aux fesses. Ses yeux sont d'un bleu céruléen qui me rappelle immédiatement les prunelles océan de Chase. Et comme toute bonne Californienne, elle a la peau hâlée et rayonnante. Elle porte un pantalon de yoga et un haut à bretelles en maille. Sa tenue de travail la révèle tout en muscles secs et courbes discrètes. Avec son mètre cinquante-deux, c'est la plus petite de la bande, mais sa force compense sa petite stature. Ses lèvres boudeuses s'étirent en un large sourire et je l'attire dans une étreinte.

— Gigi, je me suis fait tellement de souci, chuchote-t-elle contre mon oreille.

L'odeur riche de l'encens imprègne ses cheveux.

— Je vais bien, promis.

Elle hoche la tête, sans cesser de m'étreindre. Ses mains enlacent ma taille.

— Tu as une tête à faire peur, commente-t-elle pour alléger l'instant. Et tu prends des fesses, ajoute-t-elle quand je me tourne pour l'entraîner dans le salon. Tu n'es pas venue au cours de toute la semaine. Tu me dois trois jours cette semaine.

Bree se fait un devoir de nous garder en forme et souples. Elle croit qu'entretenir son corps et son esprit est la manière de soigner n'importe quelle affection. Elle est la New Age de la bande, des ongles de ses orteils vernis de rose jusqu'à la pointe de ses boucles dorées.

— Je n'ai pas pris un gramme, alors tais-toi ! je l'avertis en riant.

— À ta guise, réplique-t-elle, faussement horrifiée, si tu veux que Chase voie tes fesses molles.

— Garce ! je la gronde.

Nous partons en chœur d'un grand éclat de rire. La sonnette retentit à nouveau et je cours ouvrir. Kathleen apparaît telle une vision du paradis : ses cheveux blonds bouclés forment un halo autour de son visage, pour retomber juste au-dessous des épaules. Elle passe une main dedans pour les écarter de son visage. Elle porte une longue jupe fluide dans des teintes orange estival. Plusieurs colliers de diverses longueurs sont accrochés à son cou de cygne. Ses yeux caramel scintillent tandis qu'elle me scrute. Sa dizaine de bracelets tinte quand elle m'attire dans ses bras.

— Oh, Gigi, tu nous as flanqué une frousse monstre.

— Je sais, Kat, mais je vais bien. Vraiment.

Elle m'embrasse sur la tempe et m'attrape la main pour la serrer. Nous entrons dans la cuisine main dans la main. Bree est déjà en train de chiper des bouchées de la salade que j'ai préparée. Elle fourre une tomate cerise dans sa bouche.

— Quoi ? Je n'ai rien mangé de la journée. Et contrairement à vous, bande de mollassonnes, je fais du sport toute la journée !

Nous rions ensemble de bon cœur.

— En fait, Kat a accompli un boulot de dingue au cours, reprend Bree. Je t'ai vue presque tous les jours, la semaine dernière. Je suis fière de toi, ma fille.

Kat s'illumine.

— Contrairement à Gigi, je dois travailler dur pour conserver ma silhouette de rêve. Les longues nuits au théâtre, courbée sur ma machine à coudre, ça me tue le dos, explique-t-elle en portant une main à sa taille menue pour s'étirer le dos. Le yoga, c'est presque une obligation. Et ce n'est pas comme si j'avais un homme qui m'attendait à la maison.

Elle ponctue sa phrase d'un soupir. Kat et Bree sont en pleine traversée du désert, côté hommes, elles s'en plaignent souvent. Je pouffe et elles se tournent vers moi, curieuses. Je leur raconte ce qu'elles veulent savoir au sujet de Chase et des événements de Chicago. Quand l'ouragan Maria déboule dans la cuisine, elles sont au courant de tout et en train de boire leur deuxième verre de vin. J'ai omis les détails les plus embarrassants, comme Chase qui me fait jouir au milieu d'un restaurant. Certaines choses sont sacrées et ces filles-là ne me lâcheraient jamais si elles connaissaient tous les détails croustillants.

Nous sommes assises à notre drôle de table de cuisine, sur des chaises dépareillées. Maria et moi n'avons pas réussi à nous mettre d'accord sur une table, alors nous en avons rafistolé une que nous avons chinée à un vide-greniers, avant de dégoter des chaises uniques et différentes pour aller autour. Chacune de nous quatre est installée sur celle qu'elle a désignée comme « la sienne ». Moi, je suis sur ma chaise en bois turquoise. Le bois est strié et entaillé par endroits, où des tons de moutarde apparaissent sous le bleu. Elle a des accoudoirs arrondis sur lesquels je peux poser mes paumes à la perfection. Juste à ma taille, elle me va comme un gant.

Maria est assise sur sa chaise en bois bleu foncé avec de petites fleurs rouges sculptées qui en ornent toutes la surface. Kat est en tailleur sur la chaise en chêne marron avec des lignes mauves qui strient le bois en tourbillons naturels. Bree, dans la position du lotus, occupe la seule chaise rouge sombre. Son bois présente des nœuds marron foncé super jolis, souvenirs de l'arbre où elle a été taillée. Toutes sont uniques, exactement comme mes filles.

Chacune rit, parle en même temps que les autres. Je les observe, au comble du bonheur. Je suis tellement chanceuse de les avoir dans ma vie. Je ne sais pas où je serais sans elles. Quand j'ai perdu ma mère – la seule famille que j'avais – et pendant l'enfer que j'ai traversé avec Justin, leur présence constante dans ma vie a été un vrai cadeau.

— Gigi, à quoi tu penses ? me demande Kat en enfournant une bouchée de lasagnes.

— À la chance que j'ai de vous avoir, les filles, je réponds en toute sincérité.

Elle hoche la tête et me tapote la main.

— Pour ces garces-là, je ne sais pas, mais tu as de la chance de m'avoir, moi, lâche Bree, provoquant un éclat de rire général. Non, plus sérieusement, dis-nous-en plus sur Chase. Il est comment ?

— Il est… intense. C'est un homme habitué à obtenir ce qu'il veut dans tous les domaines.

Je porte la main à mes lèvres et les pince, perdue dans mes pensées.

— Je ne sais pas pour vous autres, mais moi, j'aime les hommes qui prennent les rênes, ajoute Maria.

— Oui, sauf qu'il peut se montrer très autoritaire. Avec mon passif, ça me rend un peu nerveuse, j'admets.

Kat intervient.

— Je comprends que tu sois méfiante, après Daniel – et Justin, bien sûr. C'est parfaitement normal, chérie.

Elle prend une gorgée de son vin blanc.

— Quelqu'un l'a vu, ce mec ? demande Bree. Il est beau ? Tu as dit qu'il était sexy, mais je ne sais pas si je dois te croire, conclut-elle avec son petit sourire canaille.

— Il est à te mettre l'eau à la bouche, Bree. Grand, au moins un mètre quatre-vingt-cinq. Et carré. (J'écarte les bras.) Ses cheveux sont de la couleur des grains de café, et ses yeux, oh, là, là, ses yeux, ils vont me tuer. Ils ne sont pas juste bleus, comme le ciel. Non, ils rappellent le bleu de l'océan qu'on voit sur les pubs pour Cancún !

Je lève le regard, rêveuse. Mon esprit retourne vers la main de Chase remontant jusqu'à ma culotte, ses lèvres emprisonnant mon téton, la tendresse avec laquelle il en mordillait la chair sensible. Un frisson me parcourt à ce souvenir et mes bras se couvrent de chair de poule.

— Euh, allô ? La terre à Gigi ? lance Maria. J'ai sa photo sur mon téléphone, là. Putain de *mierda* ! Gigi, tu parles d'un *caliente* ! Il est tellement torride qu'il est en feu !

Je suis ramenée à l'instant présent, avec Maria qui passe son portable à Bree.

— Oh, waouh, tu n'exagérais pas. Il est magnifique ! s'exclame cette dernière, avant de tendre l'appareil à Kat.

J'essaie de l'intercepter, mais échoue lamentablement.

— Oh, là, là, Gigi. Et tu n'as pas encore couché avec lui ? Qu'est-ce qui te prend ? Je l'essaie pour toi, si tu veux ! s'écrie Kat.

Toutes les trois éclatent de rire, ce qui a le don de m'agacer prodigieusement. Je finis par leur chiper le téléphone et je contemple l'écran. Où s'affiche un portrait de Chase tiré du site web de notre fondation. À nouveau, je me sens ridicule de n'avoir pas su qu'il était président du conseil d'administration. Avec un soupir, j'admire son si beau visage un peu trop longuement, avant que Maria me vole le portable.

— Et vous devriez le voir nu. Il est superbe.

Les trois bouches s'ouvrent sur un « oh » silencieux. Il faut croire que j'avais oublié de préciser ce petit détail. Contente de moi, j'esquisse un sourire satisfait. Un point pour Gigi !

— Tu l'as vu *desnudo* ! Genre complètement cul nu et tu ne nous en avais rien dit ? s'étonne Maria, une pointe de vexation dans la voix.

— Tu caches des choses à tes meilleures amies ? lance Bree, feignant l'indignation.

— On a si peu à se mettre sous la dent, et toi, tu fricotes avec un mâle de compétition, super sexy, et tu ne daignes même pas nous jeter des miettes ? rigole Kat.

J'avale une énorme gorgée de mon vin. Trois paires d'yeux m'observent patiemment.

— Eh bien, tout est arrivé si vite. OK, bon, il sortait de la douche avec une serviette à la taille, on s'est un peu disputés au sujet de Phillip et soudain, la serviette est tombée.

Je masque ma gêne derrière une nouvelle goulée de vin. À cette vitesse, je vais terminer la soirée saoule.

— Et alors, c'était comment ? demande Bree en désignant son entrejambe.

Je n'en reviens pas qu'elle m'interroge sur la virilité de Chase.

— Moi, je parie que c'était *grande*, argue Maria.

— Sans doute pas. Parfois, ces riches connards ont des petites bites de rien du tout, ricane Kat en agitant son auriculaire verni de rose.

La conversation se poursuit librement entre elles, les piques volent.

— Ça suffit ! je hurle.

Mes trois amies se taisent sur-le-champ et tous les yeux se posent sur moi.

— Il est énorme. C'est le plus gros pénis que j'aie eu le plaisir de voir. Et tout rose, tout beau, tout prêt à… oh, là, làààà.

Je porte les mains à mon visage probablement cramoisi. Les filles éclatent d'un rire guttural. Qui s'avère contagieux, et nous finissons par rire si fort qu'il faut essuyer les larmes qui nous coulent des yeux.

— Alors, quand est-ce que tu penses passer au stade supérieur ? me demande gentiment Kat.

— Ce week-end, j'espère. Ça dépendra de son emploi du temps, cela dit. Je me fais enlever mes points vendredi et il a dit qu'il ne me toucherait pas tant que je ne serais pas remise.

— Ça, c'est carrément adorable, commente Bree, avant de se gaver de lasagnes.

Pour un si petit modèle de femme, elle mange comme quatre. Enfin, quand on donne quatre cours de yoga minimum par jour, on doit avoir besoin de carburant.

— Et c'était quoi, votre dispute au sujet de Phillip ? veut savoir Kat.

En prenant tout mon temps, je leur explique la conversation

inconfortable dans laquelle nous nous sommes lancés avant l'incident de la serviette, puis de nouveau à l'aéroport.

— Je comprends que Chase soit jaloux de Phillip. Il est canon et il t'adore, Gigi, dit Bree.

Elle trouve Phillip canon ? Elle n'en avait jamais fait mention. Je suis d'accord, il est bel homme, mais jamais je ne l'ai considéré comme canon. Peut-être parce que je le connais depuis toujours et que j'adorais sa femme.

— Phillip et moi, on n'a pas ce genre de relation et vous le savez toutes.

— Sauf que techniquement, tu as perdu ta virginité avec lui, lâche Kat. Quand est-ce que tu comptes partager cette information-là avec Chase ?

Jamais. Je grimace et sirote mon vin. Est-ce que je dois une explication à Chase sur cette partie-là de mon passé ? Nous étions au lycée. On était juste deux amis qui s'exploraient mutuellement et dont c'était accessoirement la première fois pour tous les deux. Au moins, je n'ai pas perdu ma virginité avec quelque trouduc, à l'arrière d'une voiture, le soir du bal de fin d'année. Ce moment partagé avec Phillip, c'était mignon. Il était doux, me traitait comme une poupée de porcelaine. En tout et pour tout, l'exploration a duré dix minutes.

— Non, je ne prévoyais pas de révéler cette information à Chase.

Bree secoue la tête.

— Tu affirmes toujours que l'honnêteté est la meilleure politique. Donc si je comprends bien, quand ça ne t'arrange pas, tu n'es pas honnête ?

Maudite soit-elle de retourner ma moralité contre moi. Décidément, elle sait comment appuyer là où ça fait mal.

— Si le sujet ne vient pas sur la table, je n'ai pas besoin de l'y amener. C'était il y a une éternité, je conclus en terminant mon verre.

Maria se penche pour le remplir à nouveau.

— OK, OK, ça suffit, dit-elle avec un clin d'œil à mon attention. Trinquons.

À chacun de nos dîners, nous portons un toast. C'est une tradition. Nous levons toutes notre verre.

C'est Maria qui commence :

— À toi, à moi, si on n'est pas d'accord, tu t'en fous, je m'en fous, on est une famille !

Nous hurlons de rire et chacune boit une gorgée. Maria sait toujours quoi dire pour ramener les choses à la normale. On enchaîne en évoquant son dernier spectacle en date et les costumes nécessaires, sur lesquels Kat travaille. Ensuite, une fois que Bree est bien à point après trois verres de vin, nous l'attaquons à trois sur le fait qu'elle est intéressée par Phillip. L'information me surprend, mais elle me ravit. J'ai déjà hâte de les mettre ensemble. Elle ferait une belle-mère parfaite pour Anabelle, qui l'adore. Phillip n'a pas eu de relation sérieuse depuis Angela. Nous sommes toutes d'accord sur un point : il a plus besoin d'une bonne partie de jambes en l'air que nous quatre réunies. Et puis, ça lui éviterait de me chercher des noises au sujet de Chase. J'entreprends de concevoir un plan pour qu'ils se retrouvent tous les deux au même endroit et décide de travailler sur les détails avec Maria. S'il y a de la manigance dans l'air, elle est la femme de la situation.

Quand tout est débarrassé, les filles s'en vont et Maria se retire dans sa chambre. Un coup d'œil à la pendule m'indique qu'il est presque minuit. Merde ! Chase m'a demandé de l'appeler. Je me rends dans ma chambre, enfile mon pyjama et me glisse dans le lit avec mon téléphone portable.

Je découvre un appel en absence de Chase et un SMS.

À : Gillian Callahan
De : Chase Davis
Pas de nouvelles de toi. Appelle-moi, quelle que soit l'heure.

Il n'a pas l'air ravi. Je compose son numéro et il décroche à la première sonnerie.

— Gillian, lâche-t-il en guise de salutation, mais je note une tension dans sa voix.

— Salut. Je viens de terminer mon dîner et le nettoyage. (Il ne répond pas.) Désolée, j'aurais dû t'appeler plus tôt.

— J'étais inquiet.

Il a l'air différent. Distant, sans que je parvienne à mettre exactement le doigt dessus. Je tire sur une mèche de cheveux que je tortille nerveusement autour de mon doigt.

— Tu étais avec Phillip ?

Le ton est las, monocorde.

— Quoi ? Non, je réponds, sans trop savoir pourquoi il va s'imaginer une chose pareille.

— Phillip m'a déposée et il est reparti avec Anabelle.

— Où est sa femme ?

Sa question me surprend et les petits cheveux à la base de ma nuque se dressent. Il est sérieusement jaloux de Phil ?

— Au cimetière national de San Francisco, je réplique.

— Il est veuf ? Qu'est-ce qui s'est passé ?

Je n'apprécie toujours pas le ton qu'il emploie, la touche d'accusation, car si c'est bien le cas, je n'ai rien de plus à lui dire.

— Un chauffard saoul l'a renversée sur le chemin du travail, il y a deux ans. Elle a été tuée sur le coup.

Je ravale la boule dans ma gorge, en repensant à la magnifique blonde pleine de vie qui nous a été volée à tous, surtout à Anabelle et à Phillip. Beaucoup trop tôt.

— Je suis désolé. (Nouveau long silence. Chase pousse un profond soupir et sa question suivante me sidère.) Tu n'es pas amoureuse de lui ?

Sa voix, devenue un simple souffle, m'en dit plus que je ne m'y attendais de sa part. Je souris dans le combiné.

— Non, Chase. Mais il fait partie de ma vie. C'est mon meilleur ami et sa fille est importante pour moi.

— Je vois.

Sa voix est morne, plate. C'est tout ? Il voit ? Qu'est-ce que ça veut dire, d'ailleurs ? Mon Dieu, cet homme est une énigme.

— Ton rendez-vous pour te faire retirer tes points de suture, c'est pour quand ?

Étrange transition, de Phillip à mon rendez-vous médical.

— Vendredi matin.

Une certaine excitation m'envahit et je prie pour qu'il me propose qu'on se voie ce week-end.

— Je serai là à 7 heures, pour t'y conduire.

À nouveau, sa voix trahit peu d'émotions et je suis bien en peine de comprendre ce qu'il a en tête. Ça me prend un moment, mais je finis par saisir vraiment ce qu'il vient de dire.

— Quoi ? Non, tu n'as pas besoin de m'accompagner chez le médecin. Je n'ai pas peur.

— Je n'ai pas dit ça. Je passerai te prendre vendredi. Et ensuite, tu dois aller au travail ?

— Oui.

Il veut m'amener chez le docteur. Des papillons se mettent à voleter dans mon ventre et je me cale contre mes oreillers, un sourire nerveux aux lèvres.

— J'enverrai Jack te chercher au travail et te ramener ici, à mon bureau. J'ai une réunion tardive, vendredi.

Il ne demande pas à me voir et si je n'étais pas autant en manque de lui, je l'enverrais sans doute balader. Mais j'en suis incapable. J'ai trop envie de lui.

— OK ? j'acquiesce sans poser de question.

Chase lâche un nouveau long soupir dans l'appareil.

— Bébé, j'ai hâte d'être avec toi, susurre-t-il sur un ton enjoué.

Enfin une réaction que je comprends ! Elle agit comme l'étincelle près d'une gazinière. Chase sait m'allumer avec juste quelques mots prononcés dans un souffle.

— Moi aussi, je parviens tant bien que mal à lui répliquer.

Son ton, son soupir frustré agissent tels des diablotins sur mon entrejambe.

— Je suis impatient de t'embrasser, de passer ma langue sur ta peau, ajoute-t-il. J'ai encore ton goût depuis l'autre nuit.

Au prix d'un effort, je réprime un grognement.

— Oh, Chase…

— Je n'en peux plus d'attendre de te faire mienne, Gillian.

Qu'est-ce que ces mots signifient pour un homme tel que lui ? Mienne pour la nuit ? Pour le week-end ? Pour toujours ? Un frisson me parcourt à la pensée de toutes ces possibilités.

— Bébé ? ajoute-t-il d'une voix profonde et rauque.

Je frissonne et un feu s'allume dans ma poitrine pour s'installer lourdement entre mes cuisses. Le besoin que j'ai de lui flambe tout au fond de moi. Je serre les jambes, passant la main sur la peau juste au-dessus de ma culotte.

— Oui ?

Je suis suspendue au moindre de ses mots alors que je glisse les doigts sous le tissu de dentelle.

— Ne te masturbe pas.

Quoi ?! Je ressors la main de ma culotte aussi vite que si elle venait d'être frappée par un éclair.

— À partir de maintenant, je veux être le seul qui te fasse jouir.

Sa voix est épaisse, sexy et dominatrice. Des frissons me parcourent l'échine et ma peau se couvre de chair de poule.

— Oh Chase, tu me tues !

Cet homme m'a mise sur un gril depuis les premiers regards échangés au bar, il y a quelques jours.

— Vendredi, termine-t-il d'une voix gutturale. Fais de beaux rêves.

Sur quoi il raccroche, sans même me dire « au revoir ». Il n'attend peut-être jamais que les gens disent « au revoir ». Très bizarre. Intelligent, sexy en diable et incroyablement difficile à ignorer. Il m'a demandé de ne pas me masturber. Après une conversation pareille, je n'ai qu'une idée en tête : me caresser vite fait bien fait, histoire de soulager l'intense pression qu'il a suscitée en moi. Je suis tellement tendue qu'un simple frôlement de mon clitoris suffirait à me faire chanter de plaisir.

Dormir. C'est le seul moyen de défense dont je dispose contre mon désir ravageur de lui. Une fois que ces points seront retirés, je ne le quitterai plus d'une semelle jusqu'à ce qu'il m'ait tirée de mes souffrances. Et peu importe si je dois me mettre toute nue et le supplier.

*

Lundi arrive vite et je suis de retour dans le monde réel. Collecte de fonds, desiderata des donateurs et planification d'événements sont au programme de la semaine. Je me jette dans le travail avec moult effets de manche. Taye et moi nous retrouvons pour le déjeuner, discutons en détail de ce qui s'est passé à Chicago. Je lui confie que je vois Chase ce week-end. Le moins que l'on puisse dire, c'est qu'il n'est pas ravi, ravi. Il se fait du souci pour moi et pour ma carrière.

Ce n'est pas comme s'il énonçait quelque chose que j'ignorais. J'ai déjà listé les avantages et les inconvénients un million de fois. Quoi qu'il en soit, si l'on y songe, ce ne sont pas ses affaires.

Chase et moi échangeons quelques messages au cours de la semaine. Il m'appelle mardi soir pour m'annoncer qu'il ne sera pas en ville pour le restant de la semaine, qu'il rentrera jeudi soir tard. Je ne suis pas mécontente du temps que son éloignement m'accorde pour ordonner vraiment mes pensées. Je sais que cette relation avec lui est malvenue. Tous les signaux sont au rouge, pourtant, la soie de sa voix au téléphone et le souvenir de ses mains sur mon corps éteignent toutes ces mises en garde, pour ne laisser dans leur sillage que du désir et de l'impatience.

Vendredi matin à 7 heures, on frappe à ma porte. Maria bondit du canapé telle une coureuse olympique. Elle ouvre avant que j'aie eu le temps de reposer ma tasse de café. Son empressement me fait rire. Elle s'est donné pour mission de rencontrer cet homme et rien ne pourra se mettre en travers de sa route. Je pensais qu'elle aurait dû attendre, car Chase m'envoie généralement son molosse. Je suis pourtant surprise de la voir revenir au salon avec Chase à son bras, qui lui cause en espagnol. Il porte un costume noir impeccable et une chemise à rayures bleues avec un col blanc parfaitement amidonné. Ses manchettes à la française dépassent des manches de son manteau et la lumière de la cuisine scintille sur ses boutons de manchette en argent. Aveuglant.

— *Cuándo aprendiste a hablar español ?* demande Maria.

— *Yo aprendí en la universidad, pasó un período en el extranjero*, répond Chase.

Maria ne cache pas la bonne impression qu'il lui fait. Son sourire est immense et elle agite les mains avec enthousiasme tout en parlant. Un signe patent qu'elle est charmée par Superman Davis.

— Coucou, vous vous souvenez de moi ? La fille qui ne parle qu'anglais ? je les gronde.

— Elle me demandait quand j'avais appris l'espagnol et je lui répondais que c'était à l'université. Que j'avais passé un semestre à l'étranger.

Chase se dirige vers moi et se penche pour m'embrasser. Sa main se faufile dans mes cheveux et m'incline la tête sur le côté pour mieux approfondir le baiser. Je m'ouvre à lui, au goût délicieux de sa langue mentholée. Un long sifflement derrière nous me fait reculer. Chase sourit, les yeux brillants d'amusement.

— Ben dis donc, tu ne m'as pas saluée comme ça, moi, se plaint-elle avec une moue.

Chase me passe un bras autour de la taille et m'attire à lui. Je me pelotonne contre son flanc.

— Désolé, je suis du genre monogame, réplique-t-il, avant de replonger en quête d'un deuxième baiser torride.

Dieu qu'il est adorable et perturbant. Je le repousse. Il pourchasse mes lèvres et finit par me donner un bref coup de dent sur celle du bas, avant de reporter son attention vers notre admiratrice.

Maria nous adresse une œillade tandis qu'un sourire coquin s'installe sur son visage.

— Gigi, appelle-moi plus tard. Pour me dire si tu rentres à la maison ce soir ou pas.

Sur quoi elle s'apprête à retourner dans sa chambre afin de se changer pour sa répétition.

— Non, elle ne rentrera pas à la maison, annonce Chase, une main dans ma nuque, qui dessine des cercles sur ma peau.

Un frisson me parcourt l'échine. Nous nous tournons toutes les deux vers lui et il hausse nonchalamment les épaules. Maria sourit de plus belle en remuant ses sourcils.

— On y va, chaton ? demande Chase en me caressant le coude.

« Chaton » ? Je vais m'assurer que ce surnom ne me colle pas aux basques. J'embrasse Maria. Chase lui tend la main.

— Ce fut un plaisir, mademoiselle De La Torre.

En riant, elle l'attire dans un câlin, puis lui chuchote quelque chose à l'oreille avant de lui tapoter le dos. Chase toussote.

— Compris, convient-il dans un hochement de tête.

Il m'entraîne dehors, vers la voiture qui attend. Je donne à Jack l'adresse du cabinet de mon médecin, puis je me cale dans la banquette arrière à côté de Chase. Il pose une main sur mon genou voilé d'un bas et la glisse dans l'intérieur de ma cuisse, jusqu'à la couture de mon bas.

— C'est bien, murmure-t-il en dessinant le contour du bas.

J'ouvre plus grand les jambes. Mais il ne mord pas à l'hameçon, ce qui me tire une moue.

— Le moment venu, souffle-t-il dans mon oreille, avant d'en mordiller la chair.

Avec un grognement, je serre les cuisses.

— Qu'est-ce que Maria t'a dit ? je lui demande, manière de calmer la catin sauvage qui a pris possession de moi.

— Elle m'a menacé, répond-il platement.

Je cille à plusieurs reprises, avant de parvenir difficilement à m'exclamer :

— Non !

Tout sourire, il hoche la tête.

— Elle a dit que si je te faisais du mal, elle me « tuait, putain ». Ce sont ses mots, pas les miens.

Il pouffe.

Maria est une femme morte. Attendez un peu que je lui mette les griffes dessus. La vengeance est une garce mesquine et j'ai l'intention d'invoquer la mienne au moment le plus inopportun. Je secoue la tête, frustrée. Elle est tellement protectrice, ma copine. J'ai déjà hâte de la retrouver.

— Je l'aime bien. Elle est très… (Il marque une pause.) Très réelle.

Pile à cet instant-là, mon téléphone sonne. Je le sors de mon nouveau Louis Vuitton et regarde l'écran.

À : Gillian Callahan
De : Maria De La Torre
Gatito ? J'espère que ça signifie qu'il aime lécher le minou ;-)

— Bon Dieu, elle est incorrigible !

En riant, je tente de fourrer l'appareil dans mon sac. Avant que j'aie pu y parvenir, Chase me le chipe et lève le bras tandis que j'essaie de le lui reprendre. Zut, il a les bras bien trop longs !

— Qu'est-ce qu'il y a de si drôle ? demande-t-il.

Non, mais ce type n'a aucune considération pour l'intimité. Il lit le message et me rend le téléphone avec un sourire narquois. La paume me brûle alors que j'attends sa réaction.

Le temps s'est arrêté : je renverse la tête en arrière, ferme les yeux et, soudain, je ne veux plus savoir ce qu'il pense. Il remonte la main plus haut sur ma cuisse, presque jusqu'à chatouiller la couture de ma culotte. Son nez effleure mon cou et les petits cheveux dans ma nuque se dressent. Il passe la langue dans mon cou et trace des cercles au bord de mon oreille. Le souffle que je retenais m'échappe dans un halètement. Sa voix, quand elle me parvient, tient du grondement et du chuchotement.

— J'ai l'intention de te lécher partout, le moindre centimètre carré, et surtout là.

Il ponctue sa promesse d'une étreinte brusque de mon sexe. Je me mords la lèvre et cambre le bassin sur un gémissement. Je sens ses lèvres se retrousser sur un sourire torride contre ma joue.

— J'adore ta réactivité. Que tu mouilles autant pour moi.

Il glisse un doigt le long de ma fente, de haut en bas, de bas en haut. Contre ma peau, son souffle enflamme mes terminaisons nerveuses.

La voiture s'arrête et Jack en descend. Je jure quand Chase retire sa main et rajuste son manteau sur son érection ostentatoire. Au moins, je sais qu'il a été aussi affecté que moi. Le monde extérieur ne saura jamais qu'il vient de toucher une femme dans sa voiture. Il est surdoué pour ce qui est de garder contenance.

Nous sortons du véhicule et marchons ensemble vers le cabinet du médecin. Je prends de profondes inspirations, ma main dans la sienne. Elle est comme une ancre dans une tempête à venir.

9

Le cabinet du docteur est clair et confortable. Des chaises mauves sont alignées contre un long mur dans la salle d'attente, des magazines éparpillés sur l'unique table basse. Chase choisit un siège à l'écart des autres patients pendant que je signale mon arrivée. Je ne suis jamais allée chez ce médecin auparavant, mais me suis assurée en amont de ma visite que mon dossier médical lui soit envoyé par mon ancien médecin à Sacramento. On m'ordonne de remplir des papiers. Chase s'assied à côté de moi en silence, sa main chaude me caressant le dos en une série de gestes apaisants. Il l'ignore, mais je ne suis pas très fan des docteurs. Mes innombrables visites dans les hôpitaux, où les médecins se succédaient pour m'interroger sur la manière dont j'avais été blessée, me tâtaient et me palpaient, m'ont rendue méfiante.

Par le passé, j'ai toujours menti, inventé des histoires bidon de chute de vélo, de roller ou d'escalier – sans qu'aucune n'ait été très plausible. Certains personnels médicaux s'en souciaient peu. D'autres me notifiaient qu'ils faisaient venir un avocat chargé de la défense de leurs patients. Ces mots-là avaient systématiquement pour effet de me jeter dans mes vêtements pour fuir aussi vite que si le bâtiment était en feu. La dernière chose dont j'avais besoin, à l'époque, c'était une bande d'« avocats » pleins de bonne volonté qui finiraient par contacter la police et dénoncer Justin. Or Justin était un maître manipulateur. La première fois qu'un conseiller a essayé de m'« aider », j'ai fini battue jusqu'au sang en même temps que

Justin me prenait de force. Au point que pendant plusieurs jours, je suis tout juste arrivée à marcher. Justin m'expliquait qu'il fallait m'enfoncer un peu de bon sens à coups de queue. Ça a marché. Plus jamais je n'ai reparlé à un avocat. Jusqu'au jour où j'ai passé le coup de fil qui m'a sauvé la vie.

Quinze minutes environ après notre arrivée, je suis installée dans une autre salle d'attente. Chase m'a suivie dans la salle d'examen avec la même assurance que si le privilège lui en revenait de droit. Assise sur la table d'examen, je me tords les mains. Chase a pris place sur la seule chaise située derrière moi. Le silence entre nous est confortable, bien que toujours empli de cette énergie électrique qui brûle dès que nous sommes proches l'un de l'autre. Il passe en revue des mails sur son portable et moi, je tâche de calmer mes pulsations cardiaques grâce aux profondes respirations inspirées du yoga que Bree m'a enseignées. Me trouver dans le cabinet d'un médecin en compagnie de Chase, c'est un peu déstabilisant.

Le praticien entre d'un pas vif, le nez plongé dans mon dossier. Il doit avoir la cinquantaine, cheveux bruns et ondulés, grand, carrure imposante. Il porte des lunettes sans monture qui agrémentent joliment des traits.

— Bonjour, mademoiselle Callahan. Vous êtes venue vous faire retirer des points de suture.

Il me regarde par-dessus ses lunettes.

— Oui, docteur Dutera.

Il feuillette mon dossier, lit les pages en diagonale. Ce n'est pas un petit dossier, le docteur de Sacramento a dû lui envoyer tout ce qui concerne mon passé médical.

— Apparemment, la procédure ne vous est pas étrangère, commente-t-il. (Je crispe la mâchoire.) Voyons, je lis aussi : côtes brisées, poignet cassé, épaule disloquée, bras fracturé – pas une fois mais deux –, yeux au beurre noir et quantité de visites à l'hôpital. (Il secoue la tête et claque des lèvres.) À ce que je vois, vous avez été une habituée du Mercy General de Sacramento pendant deux années. (Son regard se fait doux tandis qu'il lève les yeux du dossier pour les poser tour à tour sur Chase et sur moi.) Gardez-vous des douleurs résiduelles de toutes ces blessures ? me demande-t-il.

Des douleurs résiduelles ? Je jette un coup d'œil vers Chase en espérant qu'il n'y prête pas attention. Au lieu de le trouver sur sa chaise, je le découvre debout pile derrière moi, son torse à quelques centimètres de mon dos. Il exsude la tension et je ferme les yeux. Je refuse de voir encore quoi que ce soit d'approchant la pitié dans les yeux de quiconque. Surtout un homme qui me plaît autant.

— Je suis maladroite. On peut passer aux points de suture ? Je dois aller au travail.

Le docteur Dutera referme le dossier dans un bruit sec et hoche brièvement la tête. Il enfile une paire de gants en latex et nettoie la zone autour de mes points. Chase pose la main dans mon dos et me caresse en remontant vers le cou, avant de redescendre dans une série de gestes réconfortants. Au premier petit coup de ciseaux et avec l'explosion de douleur assortie, mon esprit est catapulté à une autre époque.

— Sale petite menteuse, putain ! Tu penses que je ne suis pas au courant, pour Todd et toi ?

Justin lors d'une de ses diatribes. Saoul comme un cochon, en colère contre tout le monde. Je comprends immédiatement que rien de bon ne peut en ressortir.

— Justin, je ne te tromperais jamais. Je t'aime. Tu le sais bien. Il n'y a personne d'autre que toi, je lui assure.

Le coup tombe si fort sur mon œil que je tombe à la renverse. Saisie par la douleur, je porte la main à la zone sensible au-dessus de l'œil.

— Tu baises avec ton copain de fac. Je le sais ! À la seconde où je me barre, il se jette sur toi, pas vrai ?

J'essaie de me relever, mais il m'assène une série de coups de pied dans le ventre. Une douleur vive et brûlante me déchire la poitrine en même temps que j'entends le craquement écœurant de mes côtes qui cèdent. Je perds le compte des coups. Je hurle, je halète quand il se jette sur moi, me plaque les bras au-dessus de la tête en les emprisonnant d'une main. Mes côtes brisées forcées à s'étirer et à se tendre manquent de me faire défaillir. La souffrance est si intense que j'ai l'impression de me faire étriper.

— Regarde, petite pute, personne ne voudra plus jamais de toi. Tu ne vaux pas ton poids en merde. Tu as de la chance que je sois resté, mais plus jamais tu ne baiseras, embrasseras ou toucheras un autre homme. Pigé ?

Il me cogne la tête contre le plancher. Je vois des étoiles. Je hoche furieusement la tête, mais il continue à me frapper quand même, me déchire la lèvre. Le sang coule sur le côté de mon visage. Le goût du cuivre me remplit la bouche tandis que je gargouille et crachouille un cri.

— Gillian, qu'est-ce qui se passe ? Tout va bien, bébé, tout va bien ! Je suis là.

Je sens les bras puissants de Chase autour de moi. Je l'agrippe par la veste de son costume. Des larmes me baignent le visage.

Bouche bée, le médecin a reculé, les yeux écarquillés. Chase me garde serrée contre lui et me caresse le dos. Je n'avais plus eu de flash-back depuis longtemps. Plus d'un an.

— Oui, ça va. Désolée, je vais bien. (Je repousse Chase en évitant son regard.) Tout va bien maintenant. Merci. (J'essuie mes joues mouillées du revers de mes mains.) Docteur, on a terminé ?

Je renifle et Chase me tend un mouchoir. Évidemment, il a un mouchoir sous la main. Sans doute brodé à ses initiales. Je mouche mon nez qui coule dans le coton doux.

— Oui, mais, mademoiselle Callahan, je pense que nous

devrions discuter de ce qui vient de se passer là, répond le médecin.

Je saute au bas de la table, attrape mon sac à main. Chase se tient derrière moi.

— Pas aujourd'hui, merci, docteur Dutera. Je vous prie de m'excuser pour le… Désolée.

Je tourne la poignée de la porte et sors vivement dans la salle d'attente, puis directement dans la rue. Une fois dehors, je prends une profonde inspiration, balaie du regard la ville qui m'entoure en m'efforçant d'évacuer le passé violent qui grouille dans mon subconscient comme un essaim de guêpes en colère. Quand enfin je reprends mon souffle et parviens à me débarrasser des dernières bribes de mon passé, je remarque Chase adossé à la voiture, qui attend patiemment que je m'adresse à lui. Je sais qu'il veut des réponses, mais pour le moment, je ne les ai pas. Je ne suis même pas sûre que j'en aurai un jour.

— Écoute, Chase, je suis incapable de t'expliquer ce qui est arrivé là-dedans…

— Si, tu le peux et tu vas le faire, me coupe-t-il d'un ton ferme.

— Non, je ne peux pas.

Les larmes recommencent à couler sur mes joues alors que j'essaie désespérément de trouver un moyen de gérer la situation. Chase s'approche pour les essuyer, dépose un baiser sur chaque joue et finit par mes lèvres.

— Plus tard, dans ce cas.

Je hoche la tête contre son torse tandis qu'il m'enlace. Son étreinte ferme est un havre de paix pour mon âme torturée. Mélange de sécurité, de chaleur et de force. Je m'agrippe à lui, enfonçant les doigts dans son dos musculeux. Il me serre plus fort et me chuchote au creux de l'oreille :

— Tu veux quand même aller au travail ? Je pourrais acheter monsieur Jefferson pour toi, si tu veux.

Un rire monte en moi et sort au moment où je frotte mon

nez contre sa clavicule, inhalant son odeur d'agrume boisée. Je m'écarte.

— Ça vaudrait son pesant de cacahuètes. Que le président du conseil d'administration appelle pour m'excuser au travail ? Je ne sais pas pourquoi, je pense que ça ne passerait pas super bien.

Je souris, inspire et expire lentement, relâchant tout. Être là, avec les bras de Chase autour de moi, ça suffit pour que j'aille mieux.

— Non, c'est bon. Emmène-moi au bureau.

Nous montons dans la voiture, direction la fondation En lieu sûr. À notre arrivée, je saute du véhicule avant que Chase n'ait le temps de faire un commentaire ou Jack d'ouvrir la portière.

— La limousine passera te prendre après le travail, Gillian, me lance Chase.

Je pivote pour le regarder qui s'avance vers moi. C'est vraiment un Superman des temps modernes. Sa silhouette longiligne est virile, masculine. Ses cheveux bruns sont ébouriffés par le vent, qui lui donne cette aura sexy et tellement attirante, dans son costume noir taillé à la perfection. La chemise rayée bleu éclaire ses prunelles, qui paraissent encore plus bleues que ce qui est possible dans la vraie vie. Ses traits ciselés se liquéfient et c'est avec une expression sensuelle qu'il m'atteint, pose les mains sur mes épaules et les remonte pour prendre mon cou entre ses paumes. Il me caresse les joues avec ses pouces… Comme j'en suis venue à l'attendre de ce geste.

— Je vais prendre soin de toi. Plus jamais tu ne seras blessée, me promet-il.

Si seulement c'était vrai. Mais il ne me connaît pas. Je suis abîmée. Je ferme les yeux pour ne plus voir la sincérité qui émane des siens.

— Ce soir, ajoute-t-il avec un large sourire.

— Ce soir.

Il me dépose un baiser sur le front et me relâche. Et tandis qu'il s'éloigne, je reste plantée là, les paupières closes.

*

Jack arrive en grande pompe avec la limousine à 17 heures précises. Je remarque quelques paires d'yeux écarquillés et autres bouches qui gobent les mouches devant l'immeuble quand je me hâte vers le véhicule. Voilà qui devrait fournir le moulin à commérages pendant au moins une semaine.

Le trajet dure trente minutes d'un bout à l'autre de la ville à l'heure de pointe. Peu m'importe. Ça me donne le temps de réfléchir. Il ne m'était pas arrivé depuis longtemps d'avoir un flash-back comme celui de ce matin. Je n'avais pas réalisé à quel point ces vieilles blessures étaient encore proches de la surface. Je n'ai même plus de nouvelles de Justin depuis six mois. Ce qui ne signifie pas qu'il a fini de me tourmenter. Parfois, j'entends des amis communs raconter qu'il a posé des questions sur moi, qu'il a essayé de savoir où je vis. La dernière fois que je l'ai croisé, j'étais avec Daniel – on sortait ensemble depuis à peu près trois mois. Daniel, qui était plus grand que Justin, n'a pas tardé à lui flanquer la frousse de sa vie. Il m'a aussi aidée à faire établir une ordonnance restrictive ferme contre Justin. Il n'était pas au courant des détails, il savait juste que Justin faisait partie de mon passé – et pas d'une partie agréable. Le soir où l'on était tombés sur Justin, Daniel était resté dormir chez moi après. Il m'avait fait l'amour lentement et en douceur. Je n'avais pas joui, ni lui non plus, mais ça m'avait fait du bien, après les montagnes russes infligées par Justin.

J'étais bien, avec Daniel. Je me sentais en sécurité. C'était un homme imposant, dont je savais qu'il était en mesure de mettre à terre toute personne qui aurait essayé de me faire du mal. Je l'avais rencontré à la salle de sport, mais il était comptable dans une grande entreprise du centre-ville.

Il faisait autant de sport que moi. C'était à peu près tout ce qu'on avait en commun. Daniel était bon avec moi. Il me traitait comme une dame. Le seul problème, c'était qu'il le faisait dans tous les domaines de notre relation. Il n'y avait pas de passion. Pas comme avec Chase.

Chase, il boxe dans une autre catégorie, qui n'appartient qu'à lui. Jamais je n'ai éprouvé une attirance aussi profonde pour personne. Ma fascination pour Justin était bien pâle, par comparaison. Mon corps gravite vers Chase sans que je sois en mesure de l'en empêcher. Il éveille un désir qui se consume en moi tel un feu ardent. Penser à lui suffit à accélérer les battements de mon cœur, à faire palpiter mon bas-ventre, à serrer mes cuisses.

Jack immobilise la voiture devant un gratte-ciel tout de verre et de béton. Le bâtiment se démarque de ses voisins, élégant et sophistiqué, mais avec un charme qu'on ne voit que rarement dans la jungle urbaine. Il est d'une couleur bleu-gris, avec des touches de rouge autour de chaque fenêtre du rez-de-chaussée. Une immense cascade émerge et dévale sur trois gradins carrelés. Un panneau de béton brillant annonce fièrement : « Davis Industries ».

Je secoue la tête, riant de l'absurdité de la situation : quand je pense que je suis venue plein de fois ici pour voir Phillip, sans me douter que le président de ma fondation en était aussi le propriétaire.

Jack me guide vers le vaste alignement d'ascenseurs. Nous montons dans une cabine et il appuie sur le bouton « 50 » illuminé. Sous le cinquantième étage, je note la lettre « P » et un écran LCD carré avec les mots « Empreinte digitale » indiqués au-dessus.

— Le « P », ça désigne quoi ? je demande à Jack.

— Penthouse. La résidence privée de monsieur Davis.

Ses lèvres s'étirent en une ligne morne. Je me demande s'il se montrera aimable avec moi un jour et s'il est capable d'avoir une conversation sympathique.

— Et donc il faut poser le pouce sur l'écran ?

Je suis curieuse, je n'ai jamais rien vu de pareil. Dans les films mettant en scène de riches milliardaires, ils ont des cartes-clés ou bien une simple clé pour déverrouiller l'appartement magique.

— Oui.

Réponse courte et dénuée d'émotion.

— Et j'y ai accès ?

Sourire narquois. Puis il me regarde comme s'il venait de me pousser des cornes.

— Très peu de gens ont accès aux appartements privés de monsieur Davis. Ses amies femmes ne sont généralement pas reçues chez lui.

Sur quoi il se retourne vers les portes closes de l'ascenseur. « Ses amies femmes. » Est-ce ce que je suis ? Le garde du corps de Chase le saurait-il s'il en allait autrement ? Je me rappelle Chase mentionnant qu'effectivement, il ne ramenait pas de femmes chez lui. Va-t-il m'y amener, moi ? Il a dit qu'il en avait envie, mais si ça se trouve, c'était juste une remarque en passant, et pas vraiment son intention. Est-ce que je souhaite avoir accès à son chez-lui ? Qu'est-ce que cela signifierait pour nous ?

Les portes s'ouvrent sur le cinquantième étage, où nous accueille une belle blonde.

— Mademoiselle Callahan.

Je la reconnais de la réunion du conseil d'administration, la semaine dernière. Elle était assise à côté de Chase et prenait des notes, sans toutefois participer activement à la réunion.

— Je suis Gillian Callahan.

La femme contourne son bureau et me serre la main.

— Merci, Jack, je vais prendre le relais. (Jack hoche la tête et s'éloigne dans le couloir.) Monsieur Davis vous attend.

— Pardon, je n'ai pas entendu votre nom.

— Dana Shepherd. Je suis l'assistante personnelle de monsieur Chase.

Elle m'adresse un sourire chaleureux. C'est une très belle femme. Sans doute dans le début de la trentaine. Malgré mes talons, elle reste plus grande que moi d'un ou deux centimètres. Elle est mince, un corps long et athlétique de coureuse, et vêtue d'un tailleur noir austère, bien que sa démarche soit très douce. Ses cheveux blonds sont relevés en un chignon si parfait qu'on croirait y voir l'œuvre d'un coiffeur professionnel.

— Enchantée de vous rencontrer.

Elle est le type même de femme avec qui j'ai vu Chase sur les photos en ligne. A-t-il couché avec elle ? Je la suis dans un long couloir, où nous croisons plusieurs personnes en costume cravate et attaché-case, l'air pressé. Même à cette heure tardive, il reste pas mal de gens à leur bureau, un téléphone collé à l'oreille. Nous aboutissons dans une zone de doubles portes, avec un bureau coincé sur le côté droit. Dana passe derrière et presse un bouton.

— Mademoiselle Callahan est arrivée, annonce-t-elle.

— Faites-la entrer, répond une voix sèche dans le haut-parleur.

Elle m'ouvre les portes sur une pièce exceptionnellement vaste qui occupe l'angle entier de l'immeuble. L'un des murs est en fait une paroi de verre courant du sol au plafond, avec vue sur la ville qui s'assombrit. L'océan Pacifique est clairement visible, de cette hauteur. La vue est à couper le souffle. Sur la gauche de la pièce, un espace de repos avec deux longs sofas disposés en parallèle et séparés par une table basse noire et brillante. Les banquettes sont blanches, avec des coussins bleu vif et noir soigneusement placés. Une sculpture jaune canari d'à peu près cinquante centimètres de haut occupe le centre de la table basse. Contre le mur du fond, une barre latérale avec ce qui ressemble à un petit bar. L'espace est joliment décoré.

À droite de la porte, un énorme bureau noir. Derrière, une crédence assortie occupe le mur entier, ornée d'œuvres finement ouvragées. Quelques sculptures, de petites peintures, des statues de diverses tailles sont disposées avec précision à des endroits bien spécifiques. Il y a aussi quatre ou cinq photos encadrées jetées ici et là entre les œuvres d'art, mais je ne distingue pas ce qu'elles représentent à cette distance. Chase repose son téléphone portable et son regard rencontre le mien. Un regard de prédateur. Il prend son temps pour le faire glisser de la pointe de mon crâne à celle de mes talons, avant de remonter. Il bondit vers moi tel un animal sauvage affamé de sa proie. Tout en mouvements rapides et fluides. Quand il arrive près de moi, il plante les mains dans mes cheveux et ses lèvres recouvrent les miennes. Délicatement au début, mais ensuite, il augmente la pression, la langue au bord de mes lèvres. Je les ouvre et sa langue enveloppe la mienne. Je me perds dans la sensation de ce baiser. La chaleur monte de nos poitrines collées l'une contre l'autre. Mon corps se liquéfie contre le sien, il me retient prisonnière de son baiser. Il a un goût de café mêlé au sien propre, très mâle. Enivrant. Il recule brièvement pour mordiller ma lèvre inférieure.

— Tu m'as manqué cette semaine, lâche-t-il contre ma bouche.

Bien que nous nous soyons vus pas plus tard que ce matin, nous savons tous les deux ce qu'il veut dire. La nature physique de notre connexion nous a manqué.

— Toi aussi.

De nouveau, ses lèvres se pressent sur les miennes.

— Dana, je n'ai plus besoin de vous. Je vous appelle demain matin et vous tiens au courant si quoi que ce soit d'important arrive au cours du week-end.

J'avais complètement oublié qu'elle se tenait là. Pivotant pour regarder derrière moi, je découvre un grand sourire sur le visage de l'assistante.

— Je fais envoyer des vêtements demain matin à la première heure.

Et elle me détaille de la tête aux pieds d'un regard évaluateur. Elle sourit, je grimace. Osant un coup d'œil vers Chase, je le vois sourire à l'attention de Dana. Enfin, elle sort et referme la porte.

— C'était quoi, ça ? je demande, toujours dans ses bras.

— Elle ne m'avait jamais vu embrasser une femme, depuis toutes les années où elle est mon assistante. En fait, je ne crois même pas avoir jamais reçu une femme ici, hormis pour le travail. (Cet aveu m'emplit de fierté. Mes lèvres s'ouvrent sur un « oh » et il rit. Je lui réponds par un sourire.) Bébé, tu es si belle quand tu souris.

J'adore quand il m'appelle « bébé ». Tout ce qui montre son intérêt pour moi à un niveau personnel.

— C'est toi, tu sais, je lui confie, timide.

Il glisse les doigts de bas en haut le long de mon dos, terminant par ma taille.

— Qu'est-ce qui est moi ?

— C'est toi qui me fais sourire.

Je baisse la tête pour éviter son regard. J'ai l'impression qu'il lit en moi quand nos regards se croisent, comme s'il observait directement mon âme. Je ne suis pas prête à ce qu'il en sache autant à mon sujet.

— Je prévois de faire bien plus que te faire sourire. (Il ponctue chacun de ses mots d'un frottement de son bassin contre le mien. Je sens la longueur de son érection, dure et impitoyable.) Le seul fait de te voir ici me rend impatient.

Ses paroles m'emplissent d'un désir animal incontrôlable.

— Oh, Chase, ce que j'ai envie de toi.

J'attire son visage vers moi dans un baiser enflammé. Féroce, j'essaie de le dévorer tout entier. Fini le temps des subtilités. J'en ai eu assez, toute la semaine, de ses sous-entendus et de ses taquineries. Le moment est venu pour lui de tenir ses promesses.

Il repousse ma veste sur mes épaules, elle tombe au sol dans un bruit mat. Je l'imite en faisant glisser la sienne le long de ses bras musculeux et elle rejoint le petit tas à nos pieds. Fouillant son regard, je suis sidérée d'y découvrir un désir aussi intense.

— Bébé, je voulais attendre, t'emmener dans mon lit, mais bon sang, j'ai trop besoin de toi maintenant. (Il baisse la tête et respire la peau tendre de mon cou.) Vanille…, chuchote-t-il avec révérence.

Sa bouche, si proche de mon point de pression, envoie des vagues de frissons à travers tout mon corps. Son besoin attise mon désir, il le décuple. Je tire sur les boutons de sa chemise, impatiente dans mon envie de le voir nu, de revoir ce torse doré. Une fois la chemise ouverte, mes mains se font avides, elles caressent ses pectoraux de marbre. J'interromps le baiser pour embrasser chaque centimètre carré de peau dénudée. J'aspire le disque dur de son téton et le mords. Il lâche un grognement et retient ma tête tout près de lui. À petits coups de langue, je tournoie autour, je lape pour m'apaiser. Il frissonne sous mon étreinte quand sa chemise tombe au sol. Le temps semble s'arrêter. Ses mains sont partout à la fois, dans mon dos, qui tirent sur les cheveux dans ma nuque, m'attirent plus fort contre lui. Les minuscules boutons de mon chemisier et ses grandes mains ne font pas bon ménage.

— Et merde !

Il arrache le tissu et les boutons s'envolent. C'est cliché, tout droit sorti d'un roman à l'eau de rose, mais je m'en fiche.

Je tremble dans ses bras tandis qu'il passe les mains sur ma cage thoracique pour empaumer mes seins. Ses deux pouces en titillent les tétons durs et gonflés. Son geste me pousse à plonger vers son torse, que je mords si fort que je suis sûre d'y avoir laissé une marque. Aussitôt, je lèche et embrasse la peau pour la soulager.

— Bon sang ! Il faut que je te prenne !

Les mains sur mes fesses, il remonte ma jupe droite

jusqu'à ma taille. Il m'agrippe par les cuisses et me soulève comme si je ne pesais rien. Mes jambes s'enroulent autour de son corps dont j'enserre la taille, ravie du contact de ses muscles entre mes cuisses. Chase malaxe mes fesses tout en me transportant jusqu'à son bureau, pour me déposer sur le plateau. Avant que j'aie pu émettre un son, ses lèvres sont sur les miennes.

À travers le brouillard du désir, je farfouille pour lui ôter sa ceinture et descends sa fermeture Éclair. Enfin, le bouton cède et aussitôt, je glisse la main dans son sous-vêtement afin de saisir son érection.

— Bon Dieu, bébé, souffle-t-il.

D'une poigne ferme, je le caresse de haut en bas. Il est énorme. J'arrive tout juste à l'entourer complètement de ma main, d'autant qu'il durcit et s'allonge sous l'effet de mes soins avisés. Chase fait courir ses lèvres dans mon cou, tout en s'affairant à baisser ma culotte. Il me soulève d'une main passée derrière mon dos et tire le sous-vêtement sous mes fesses. Quand il la descend le long de mes jambes, ma culotte glisse jusqu'à ma cheville, restant suspendue au talon de mon escarpin, comme une provocation. Chase m'allonge délicatement contre la surface dure de son bureau, ma poitrine et mon sexe exposés à son regard. J'ai le souffle saccadé et mes mains pleurent la perte de sa peau tandis que je m'accroche aux rebords du bureau. Il prend un moment pour me contempler, couchée là sur sa table de travail, tel un fruit prêt à être cueilli. Je dois offrir une image pour le moins pornographique. Je cambre la poitrine vers lui, les seins pointés vers le ciel et sortant des bonnets de mon soutien-gorge alors que Chase en repousse le tissu. Il passe en revue ma peau nue, une lueur animale dans les yeux. Je pourrais avoir peur si je n'étais pas aussi excitée.

Il se passe la langue sur les lèvres, glissant un doigt de mon cou à mon entre-sein. Enfin, il plonge la tête et pose sa superbe bouche sur mon nombril, faisant tournoyer la langue dans le petit trou. Mon ventre sursaute et Chase rit. Il poursuit sa course sur mon corps, plante des baisers sur chaque centimètre carré de peau nue. Je suis incapable de rester immobile tant je meurs de désir. Mon corps tressaute et bourdonne, inassouvi.

— Je sens que tu as envie de moi.

D'un geste ferme, il descend le long de chaque cuisse, comme si ma chair nue et sensible lui appartenait. Me saisissant par les genoux, il écarte mes jambes pour m'ouvrir à lui. Ses yeux sont rivés à mon sexe, que je serre sous son regard.

Alors il prononce un mot, qui me fait exploser.

— À moi.

Soudain, sa langue est sur moi, qui me lape de l'anus au clitoris. Je lâche un cri et tente de refermer les cuisses. C'est trop, et pas assez à la fois. Loin d'être assez. Ses mains puissantes m'empêchent de me protéger, en me gardant grande ouverte.

— Tu es si bonne, marmonne-t-il, avant de plonger la langue plus profondément dans mon sexe.

Paradis. Un sentiment de soulagement m'envahit, me submerge, tandis que sa langue habile joue avec moi.

— Oh, Chase…

Je me mords la lèvre presque jusqu'à la douleur. Il joint sa main à la danse et insinue un de ses longs doigts dans ma fente. Je l'attrape par les cheveux, que je tire sans ménagement chaque fois qu'il fait tourner sa langue autour de mon clitoris, lentement, sans me gratifier de trop de pression. Mon bassin tournoie contre son visage et son premier doigt, auquel il ajoute bientôt un second. Il accélère la cadence, me pénétrant en un rythme régulier avec sa main. Mon sexe avide l'aspire, le serre.

— Bébé, je pourrais faire ça toute la journée. Tu es succulente.

Ses mots m'amènent au bord de la jouissance. Il passe son autre main sur le devant de mon corps, atteint mon sein qu'il empoigne d'un geste brusque, possessif. La sensation est stupéfiante et je me plaque plus fort contre lui. Il lèche mon clitoris et enfonce les doigts loin et fort en moi, les replie juste sur ce point secret, celui dont j'en viens à penser qu'il est à lui seul. Quelques coups de langue et il appuie, suçant de toutes ses forces la petite boule de nerfs mise à rude épreuve. Mon orgasme me renverse dans une explosion de plaisir intense et je convulse sur son bureau. Chase m'accompagne, son index continue à me prendre tranquillement tandis que j'explose.

Il finit par retirer ses doigts, pour poser sa bouche affamée sur mon sexe, plongeant loin la langue, aussi loin qu'il peut aller. Un grondement bruyant emplit l'air tandis qu'il boit mon orgasme. Il me lèche, il me caresse avec sa langue, expurge de moi tout ce que j'ai pendant que je redescends de mon sommet.

Le meilleur orgasme de toute ma vie.

Sur le chemin de ses baisers, il tombe et s'arrête sur la pointe durcie d'un sein, qu'il aspire fort dans sa bouche. Mon sexe tressaute de plaisir. Je n'en reviens pas de réagir encore aussi vite. Je suis déjà haletante et gémissante sous ses coups de dent. J'essaie d'attraper sa tête, de l'obliger à cesser l'exquise torture de mes tétons hypersensibles, mais il ne se laisse pas faire. Souriant contre mon sein, il continue à en taquiner la pointe de sa langue. Mon autre sein se retrouve offert aux soins de sa main : il pince, il tire, le rend incroyablement engorgé et dur comme un galet.

Enfin, ses lèvres trouvent les miennes. Je perçois le goût mi-piquant, mi-sucré de mon plaisir sur sa langue.

— J'ai besoin de toi, je chuchote contre sa bouche.

Son regard transperce le mien. Comme si le mot « besoin » traçait un chemin particulier en lui. Il m'attrape fermement par les hanches, enfonçant les doigts dans la chair douce, ses narines se dilatent légèrement et un voile de sueur perle à la racine de ses cheveux. L'image même du fantasme de toute femme.

— Tu es sous contraceptif ? me demande-t-il.

— Oui, oui, la pilule, je bafouille dans mon brouillard de plaisir.

Un sourire diabolique s'étire sur son visage pendant qu'il baisse son pantalon. Son sexe surgit et j'en ai aussitôt l'eau à la bouche.

J'ai trop hâte de le prendre dans ma bouche. Il m'écarte les jambes, tellement que mes mollets cognent contre le bureau. Merci le yoga ! D'une main sur son érection, il s'octroie un brusque aller-retour. Je lâche un geignement en voyant les premières gouttes du plaisir perler à sa pointe. J'en salive. Il ajuste son sexe contre mon entrée et glisse le gland à l'intérieur. Je repose la tête contre le bureau, ferme les yeux pour me cambrer dans un hoquet. Il me tient fermement par les hanches, possessif, puis, en une poussée rapide, il m'empale.

— Chase ! je hurle sous cet assaut.

Son sexe m'a étirée au maximum, les lèvres du mien se rétractent autour de son épaisseur. Je suis remplie jusqu'à l'implosion. Il tient sa position, le temps que mon corps s'ajuste à sa taille, avant de se retirer. Et puis, lentement, millimètre après merveilleux millimètre, il entre à nouveau en moi. Mais ce n'est pas assez. Je veux qu'il me pilonne, qu'il me montre à quel point il me désire. Qu'il est aussi dingue de moi que je le suis de lui.

— Encore, Chase. J'ai besoin de t'avoir tout entier, je lui dis entre mes dents serrées.

Il se retire presque complètement, pour mieux revenir dans un assaut sauvage qui lui fait toucher le col de mon utérus. Ça ne ressemble à rien de ce que j'ai ressenti auparavant. Un accouplement d'une tout autre sorte. Son corps vient couvrir le mien et il embrasse mes lèvres, mon cou, mes seins, sans cesser de m'assaillir de ses coups de boutoir. Dedans, dehors, dedans, dehors, avec fièvre. Mon plaisir monte avec chaque longue caresse de son érection et je soulève le bassin pour répondre à chacun de ses va-et-vient. Il me pince les tétons, fort, et des éclairs me zèbrent le bas du corps, qui me préparent à l'orgasme du siècle.

— C'est tellement bon, bébé. Tu es tellement serrée !

Il soulève mes cuisses et les pousse contre ma poitrine afin de changer l'angle de sa pénétration. Ouverte au maximum, je hurle devant cette nouvelle intrusion. Désormais, chaque passage de son sexe épais titille délicieusement la petite boule de nerfs en moi. C'est presque comme s'il appuyait sur le bouton d'un ascenseur, encore et encore, sauf que là, c'est plutôt un bouton d'orgasme. Le moindre balancement de ses hanches provoque une plongée plus profonde vers l'abysse. Encore quelques allers-retours et j'ai l'impression qu'on arrache son nom de mes poumons. L'orgasme déchire toutes les terminaisons nerveuses de mon corps, qui explosent dans un éclat de chaleur et d'énergie.

— Oh oui, putain ! Jouis pour moi, bébé ! m'encourage-t-il, tout en caressant mon point sensible avec une précision démoniaque. Encore un, bébé. Je veux tout. Ton plaisir est le mien, désormais.

Ses paroles ont l'effet du kérosène qu'on verse sur une flamme. Mon corps brûle pour lui. Il continue à me pilonner, les mains furieusement serrées autour de ma taille. Je sais que je vais en garder les marques demain matin. Je m'en fiche, du moment qu'il continue à me baiser. Il me mordille les lèvres et je mets tout dans ce baiser, sans rien retenir. Ma peur de l'engagement, de me perdre, moi, ma carrière… j'abandonne tout, ravie de tout lui donner. Il ne se contentera pas de moins. Les mains de Chase se faufilent entre nos deux corps et son pouce vient écraser mon clitoris gonflé. Des spirales de lumière passent devant mes yeux, si brillantes que je dois les fermer. Le plaisir enflamme tous mes pores. Chase m'assaille encore et encore, étirant mon orgasme jusqu'à un endroit au-delà de toute réalité. Mon corps palpite sous la violence de son désir animal. Il me donne du plaisir, impitoyablement, et je prends tout ce qu'il donne et plus encore. Je hurle son nom si fort que les gens des autres bureaux m'entendent forcément.

— Oh, bébé, tu es tellement belle quand tu jouis…

Encore quelques assauts et il serre les paupières, la mâchoire, les dents. Sur un rugissement puissant, Chase jouit en moi, ses bras crispés, les veines gonflées tandis qu'il me pilonne inlassablement. Je manque de jouir une troisième fois sous l'effet de la chaleur qui se répand en moi, ajoutée à la vision de sa perte de contrôle. Il est plus que mon Superman. Il est un dieu, éclairé de l'intérieur quand il jouit. Il faut que je voie ça à nouveau. Cette beauté aussi grande qu'un coucher de soleil ou qu'un nouveau-né. C'est la lumière et l'amour, toutes les beautés de la nature prises ensemble. C'est Chase qui lâche prise.

Pour moi.

Avec moi.

Grâce à moi.

Il fond contre ma poitrine et je le plaque sur moi dans un mouvement protecteur alors qu'il frissonne et tremble, son sexe palpitant de façon délectable à chacune de ses respirations. Je lui embrasse les épaules, le cou, les tempes, tout ce que je peux atteindre. Sa tête est fermement plantée dans le creux de mon cou. Je sens son souffle étranglé contre ma peau. C'est chaud et confortable. C'est tout.

Je descends et remonte les mains dans son dos nu. Quel plaisir de toucher sa peau. Cet homme est une œuvre d'art au lit.

— Gillian, nom de Dieu. Tu vas me tuer. Je vais te prendre et te reprendre, jusqu'à ce qu'on meure tous les deux. C'est inévitable.

Je pouffe et l'embrasse en même temps qu'il me redresse. Quand son sexe s'échappe de moi, je ressens aussitôt une perte désagréable. Son sperme s'écoule de moi et Chase le regarde former une petite flaque sur la surface brillante de son bureau noir. Fasciné. Manifestement, il aime ce qu'il voit. Vilain garçon.

Nous nous embrassons encore quelques minutes, puis il remonte son pantalon. Je le regarde franchir une porte que je n'avais pas remarquée, sur le côté de son bureau. J'entends couler de l'eau, mais je suis trop partie pour bouger. Cet homme m'a épuisée pour la soirée. Je suis complètement repue et chancelante. *Trois fois !* chantonne mon esprit. Chase revient muni d'un gant tiède avec lequel il m'essuie l'entrejambe, en retirant l'essence de notre plaisir.

— Ça va mieux ? demande-t-il en me lavant.

— Parfait, je souris.

Car oui, c'était parfait. Je sais que ce n'était pas une relation sexuelle conventionnelle. Pas dans sa chambre après un bon dîner aux chandelles. Toutefois, la férocité avec laquelle il m'a prise était intense, incroyable, dévorante. J'en ai adoré chaque instant. Je me remets debout pendant qu'il est retourné poser le gant de toilette dans ce que je présume être sa salle de bains personnelle. Ça doit être bien, d'être le roi.

Je renfile ma culotte et rabaisse ma jupe, rajuste mon soutien-gorge afin qu'il reprenne sa place sur mes seins. Et je ramasse mon chemisier. Complètement inutilisable. Un sourire m'étire lentement les lèvres.

Chase revient, muni d'une chemise d'homme très blanche qu'il me tend avec un sourire timide. Je me retourne et passe les bras dans les manches. Il me fait pivoter face à lui.

— Laisse-moi faire.

Il règle rapidement leur compte aux boutons. La chemise me tombe jusqu'aux cuisses, mais au moins, je suis complètement couverte. Je roule les manches aux trois quarts. Si j'avais une ceinture large, ça pourrait passer pour un look recherché.

— Tu as faim ? (Quelle drôle de question, après une partie

de jambes en l'air aussi explosive.) Mon chef nous a préparé un repas.

Oh, un dîner !

— Je suis affamée, j'admets.

J'ai à peine touché à mon déjeuner, après l'horrible expérience au cabinet du médecin. Du coup, je meurs de faim, surtout après la séance incroyable de tantôt.

Il ramasse nos deux vestes, tombées en tas au milieu de son bureau. Puis il m'attrape par la main et m'entraîne à travers l'immeuble. La plupart des bureaux sont désormais déserts et plongés dans la pénombre, mais la lumière du couloir rend le chemin clairement visible. Dans un ou deux bureaux, cependant, des gens sont encore au travail, qui lèvent les yeux sur Chase et moi, main dans la main. Eh bien, on dirait que j'aurai déclenché deux moulins à commérages, aujourd'hui.

Nous montons dans l'ascenseur et il pose le pouce sur l'écran LED de l'ordinateur. Une lumière rouge s'allume pour scanner son empreinte et l'ascenseur se met en marche vers un niveau supérieur. Il m'emmène chez lui. L'antre où il n'accueille jamais aucune femme. Une immense fierté m'envahit. Tout à coup, je me sens plus grande, je me tiens plus droite. La cabine s'ouvre sur un grand hall. La porte qui fait face à l'ascenseur est large et Jack la tient ouverte pour nous permettre d'entrer.

— Monsieur Davis, mademoiselle Callahan, nous accueille-t-il.

Je lui adresse un sourire confiant, la main toujours dans celle de Chase. Je dois prendre sur moi pour ne pas lui tirer la langue comme une écolière idiote.

— Madame Shepherd a dit que les vêtements que vous aviez commandés pour mademoiselle Callahan seraient là à la première heure demain matin. Je les ferai apporter par monsieur Bentley.

Chase m'introduit dans un salon confortable décoré dans des teintes riches. Des étagères de livres et de grands tableaux couvrent les murs. Une énorme cheminée flambe, qui projette dans la pièce son éclairage d'ambiance rougeoyant. Avant que j'aie le temps d'examiner les lieux plus avant, je suis entraînée dans une salle à manger élégante. Une longue table et douze sièges en ébène occupent la majeure partie de la pièce. Un chandelier en cristal scintille au centre de la table. Des bougeoirs d'argent courent à ses côtés, sur un jeté de table cousu au fil d'or. Deux couverts sont mis, l'un au bout de la table et l'autre à sa droite. Un verre d'eau et un de vin sont déjà positionnés, ainsi que des assiettes de la porcelaine la plus élégante qui soit, blanche avec une bordure dorée. Plusieurs fourchettes, cuillères et couteaux encadrent les assiettes. Trop pour que je sache lesquels utiliser avec quel plat, mais je suivrai l'exemple de Chase.

— Assieds-toi, m'intime Chase en tirant une chaise pour moi. Je te sers un verre de vin ?

— Très volontiers, merci.

Il sort la bouteille de blanc du seau à glace autoportant et remplit nos verres. Je suis encore complètement étourdie et repue après notre petite gymnastique de tout à l'heure.

Nous trinquons et buvons une gorgée tout en nous observant.

— C'était… (Chase pousse un profond soupir et secoue la tête.) Être avec toi, c'était incroyable, Gillian. (Son regard retient le mien. Je sens mon visage s'échauffer et me contente de hocher la tête, sans trop savoir quoi répondre.) Te prendre sur mon bureau… Je me contrôle plus que ça, en général, poursuit-il en se passant la langue sur les lèvres, son regard partout sur moi. Encore maintenant, j'ai toutes les peines du monde à ne pas te toucher.

Effectivement, ses prunelles brûlent de désir. Je me mords la lèvre inférieure en contemplant ses mains. Ses poings sont serrés sur la table, révélant la puissance derrière sa retenue.

— Tu accepterais de rester avec moi pour le week-end ? me demande-t-il.

— Tu es bien sûr que c'est ce que tu veux, Chase ?

Après ce qui s'est passé cet après-midi, je suis étonnée qu'il n'ait pas pris ses jambes à son cou. Une fois qu'il me connaîtra vraiment, qu'il en saura plus sur mon passé, il ne voudra plus de moi. Les hommes tels que lui préfèrent les jouets neufs et parfaits, pas ceux qui sont abîmés, voire cassés, et ont besoin de pas mal de réparations.

— Je n'ai jamais été plus sûr de quoi que ce soit.

Sa réponse est directe et d'une honnêteté presque brutale. Et elle me rend nerveuse. Mais il me suffit de regarder son beau visage, et ma décision est prise. Il est trop beau, nom de Dieu. Après tout, je devrais juste faire comme me l'a conseillé Maria : profiter. Si je ne m'attache pas trop à lui, on en retirera tous les deux quelque chose.

— OK, je réponds d'une voix teintée de joie et d'une bonne dose d'excitation.

Deux jours à l'avoir pour moi de toutes les manières possibles, ça va être un rêve éveillé.

— Alors, c'est décidé. Tes vêtements vont arriver dans la matinée.

— Tu m'as commandé des vêtements ?

C'est donc de ça qu'ils parlaient. Quelle idiote je fais !

— Oui, répond-il dans un sourire. J'ai un gala de charité auquel j'aimerais que tu m'accompagnes demain soir. Je suis certain que Dana aura choisi la tenue adéquate pour toi.

Dana. La jolie blonde enjouée qui semble excessivement familière avec son patron. Oups, moi aussi, je suis excessivement familière avec mon patron, là, tout de suite.

— Tu l'appelles par son prénom.

Ce n'est pas une question, mais une affirmation.

— Oui. Dana et moi travaillons ensemble depuis plusieurs années. Je l'ai repérée directement à sa sortie de l'université.

Elle est loyale et je lui fais confiance. Or j'accorde ma confiance à très peu de personnes.

— Tu es sorti avec elle ?

Je me déteste à la seconde où la question franchit mes lèvres, mais le désir de savoir est plus fort. Je noue les doigts sur mes genoux. Chase secoue la tête et reprend son verre de vin.

— Non. (Il rit.) Elle est la collègue et amie en qui j'ai le plus confiance, à l'exception de Carson. Je ne suis pas attiré par elle de cette façon. En revanche, je tiens beaucoup à elle.

J'analyse sa réponse et me rends compte que le moment est idéal.

— Donc, tu me dis que tu l'aimes et que tu tiens à elle, mais que tu n'es pas amoureux d'elle. Est-ce que j'ai bien saisi, monsieur Davis ?

Ma question atteint son but quand je vois ses yeux scintiller et ses lèvres s'étirer dans un sourire en coin. Maintenant, il n'a plus d'autre choix que de voir tout le ridicule de sa jalousie vis-à-vis de Phillip.

— Touché, mademoiselle Callahan.

Je rayonne de fierté et il me caresse la joue. Son pouce s'attarde sur ma lèvre inférieure. Un petit homme rondelet entre dans la pièce avec deux assiettes, habillé en costume de maître d'hôtel.

— Saumon pour monsieur Davis et cordon-bleu de poulet pour madame, annonce-t-il.

Je souris. Il s'est rappelé que je n'aime pas le poisson.

— Merci, je dis en souriant à l'homme.

— Ça m'a l'air délicieux, Bentley. Vous pouvez nous laisser, je m'occupe de tout.

Une chose est sûre, en tout cas : il s'occupe fort bien de moi.

10

Des nuages s'étirent dans un ciel estival d'un bleu immaculé. Je contemple les formes mousseuses et tente d'y déceler des objets. Enfant, c'était l'un de mes passe-temps favoris, allongée dans l'herbe, de regarder les nuages glisser dans le vaste azur. Je gloussais de joie quand ma mère nommait l'objet que j'avais décidé d'attribuer à un nuage spécifique.

Aujourd'hui, c'est Chase qui est allongé à côté de moi, les yeux rivés vers le ciel infini. Il désigne un gros nuage en me demandant de deviner ce qu'il représente. Je secoue la tête. Je n'arrive pas à détourner les yeux de lui. Je suis trop attendrie par sa jubilation face aux nuages qui passent au-dessus de notre petit espace clos. Il pose sur moi des yeux chaleureux, où se reflète le bleu du ciel, qui les rend plus brillants et plus colorés qu'une opale. Jamais je n'ai été aussi heureuse.

— Bébé, réveille-toi, murmure-t-il.

Je le dévisage, perplexe. Le décor qui m'entoure s'incline et vacille. Des baisers légers comme une plume se posent sur ma tempe, ma joue, mon menton.

— Gillian, réveille-toi, répète-t-il.

Son visage se dissipe et le décor change. Le Chase de mon rêve a disparu, au profit d'un Chase adorable, chaud et un peu endormi.

Je m'étire et me rends compte qu'il est au-dessus de moi. Les genoux fermement plantés de part et d'autre de mes hanches. C'est la deuxième fois que je me réveille avec lui sur moi, mais cette fois, je n'ai pas peur. Je remonte les mains le long de son dos nu, adorant le contact de sa peau chaude et le fait de me réveiller aux côtés de ce si bel homme. Il dépose dans mon cou une série de longs baisers langoureux de ses lèvres et de sa langue. Ses doigts se promènent, légers, sur mes épaules tandis que sa tête et sa bouche descendent vers le renflement de mes seins. Je soupire, ravie de cette intimité. Ce n'est pas quelque chose à quoi je suis habituée. J'attire Chase sur moi, enveloppant son corps musclé de mes bras et de mes jambes. Il se love contre moi et m'enlace aussi. Sa tête posée contre ma poitrine nue. Je me sens tellement protégée. Aimée. Rien ne peut me faire de mal, dans l'étau de son corps.

Et l'espace d'un instant, je m'autorise à souhaiter que ça dure toujours… malgré un intrus plutôt imposant qui cogne contre ma cuisse. Je me frotte lentement contre son érection.

— Heureux de me voir ? j'ironise.

Il pose le front contre ma poitrine, le nez calé entre mes deux seins.

— Manifestement. (Et il se frotte de plus belle.) Encore ?

Après le marathon sexuel de la nuit passée, je suis franchement surprise. Non content d'avoir désacralisé son bureau en début de soirée, il m'a prise plus tard contre le mur de la salle à manger, avant même qu'on ait terminé le repas. Suite à quoi nous nous sommes glissés sous une douche chaude, où il a entrepris de savonner chaque centimètre carré de mon corps avec une méticulosité délirante qui m'a fait ronronner et gémir telle une chatte en chaleur. Jamais des bulles de savon ne m'avaient paru aussi délicieuses.

Nous sommes tombés au lit repus, avons sommeillé quelques heures, et puis nous nous sommes réveillés pour faire l'amour de façon passionnée en prenant tout notre temps, avant de nous rendormir, complètement épuisés.

— Oui, bébé. Tu me rends dingue, avec ton corps si sexy.

Il prend mes seins dans ses paumes et les serre, pendant

que ses doigts dessinent de petits cercles autour des tétons déjà durcis. Mon corps répond à ses caresses comme le chien de Pavlov à une clochette. En un instant, je suis excitée et délurée, cambrée vers lui.

Son pied s'insinue entre les miens, séparant mes jambes d'un geste preste. Il s'installe entre mes cuisses ainsi écartées et, sans autre forme de préambule, place son sexe devant mon ouverture moite. Centimètre par centimètre de plaisir, il enfonce son érection en moi. Les tissus exquisément usés et abusés et encore enflés tentent de le rejeter, mais il ressort de deux centimètres, pas plus, avant de replonger, lubrifiant lentement son passage afin que j'accepte son impressionnante queue. Une fois qu'il est entièrement fiché en moi, je lâche le soupir que je retenais. Jamais ça n'a été plus parfait. Quand Chase est profondément en moi, c'est comme si nos âmes étaient connectées et l'avaient toujours été.

— Que c'est bon, chuchote-t-il en m'embrassant sur les lèvres.

Je réponds à son baiser, baignée dans le plaisir de cette étreinte langoureuse. Après plusieurs assauts longs et lents, il accélère le tempo, glissant les mains sous mon dos jusqu'à mes épaules pour se donner plus de prise et me prendre plus fort. Avec Chase, le sexe est un événement, pas seulement une rencontre peau contre peau. Il me fait des choses que l'on voit dans les films. La sensation n'est en rien comparable avec mes expériences précédentes. Sa façon de bouger, la caresse sensuelle de ses doigts sur ma peau, sa bouche vénérant chaque millimètre carré de mon corps, c'est comme une œuvre d'art qui imiterait la vraie vie. Dur, doux, beau, excitant, dévastateur… nourrissant. À chaque contact, chacun de ses savoureux baisers, il me guérit de l'intérieur.

À mesure qu'il accélère le rythme, ses mouvements se font saccadés, erratiques. Le plaisir monte en moi, jusqu'au sommet d'une montagne où il s'installe tout au bord de l'abîme. Encore deux coups de boutoir et je dévale la tête la première de ma falaise. J'étouffe un cri contre son épaule, dont je mords la chair tendre près de sa clavicule. Il rugit dans mon oreille, le visage bien calé au creux de mon cou. Son corps se raidit, tendu à l'extrême, alors que son orgasme le submerge et qu'il répand en moi sa semence bouillonnante. J'adore la pulsation de son sexe logé profondément dans mon ventre tandis que les dernières vagues étirent son plaisir. Je contracte tous les muscles de mon périnée pour me comprimer autour de lui. Il grogne dans mes cheveux et balance le bassin.

— Waouh, c'était quoi, ça ?

Un sourire sexy orne son beau visage et il mordille mon cou et mon menton avant de sceller ses lèvres à ma bouche. S'étant retiré, il me prend la joue dans une paume, passant le pouce sur ma pommette. Je souris, agite les sourcils et recommence à serrer mes muscles internes. Ses yeux se révulsent et un brusque soupir s'échappe de ses lèvres.

— Le coup du périnée, bébé.

Si ce mot doux me plaît à moi, il devrait lui plaire à lui aussi. Je ne suis pas trop du genre à utiliser ces termes affectueux, normalement. Je le vois esquisser son sourire en coin si sexy. Je ne suis pas peu fière de mon petit truc de femme, d'autant plus qu'apparemment, il ne l'a jamais connu avec personne avant.

Pile au moment où je pense avoir pris un point d'avance, je sens son sexe tressauter agréablement dans mon vagin.

— Hé ! Et ça, c'était quoi ?

— Le coup des Pyrénées, réplique-t-il en se léchant la lèvre inférieure.

— Quoi ?

Je remonte les mains dans son dos humide et en masse les muscles. Il frotte sa joue contre la mienne.

— Si le tien, c'était un coup du périnée, le mien, c'était une avalanche dans les Pyrénées. L'équivalent masculin, quoi.

Une lueur guillerette danse dans ses yeux et nous éclatons d'un rire hystérique. Autant de sexe nous a rendus idiots et j'adore son côté détendu. C'est la première fois que je découvre le Chase joueur. Il m'embrasse et se redresse.

— Bon, il faut que j'abatte un peu de travail, ce matin.

Ses yeux semblent fouiller mon visage, presque comme s'il y cherchait une trace d'irritation. N'en trouvant pas, il affiche un sourire béat. Je comprends. Il doit travailler. Même un samedi. Je ne vois pas comment il se ferait des milliards sans travailler à la chandelle et les week-ends.

— OK, je vais prendre une douche.

J'étire mon corps fourbu et fourre le nez dans son oreiller. Ça sent son odeur… complètement divin.

— Sers-toi une bricole à manger dans la cuisine.

Il se dirige vers une grande commode, en tire un bas de pyjama et un maillot de corps blanc. Bon sang, ce mec serait beau même habillé d'un sac, mais la version casual de Chase est carrément sexy. Mes parties intimes tressautent d'excitation tandis que je le regarde enfiler le T-shirt sur son large torse, son ventre bandé par l'opération. La prochaine fois qu'on sera l'un contre l'autre, je vais lécher jusqu'à la moindre colline de ce paysage dessiné par les dieux. Il continue à parler et je dois détourner les yeux pour me concentrer sur ses paroles.

— En général, je ne fais pas venir Bentley avant 10 heures. Je préfère prendre quelque chose de léger le matin, et puis un déjeuner plus substantiel.

— Ça me va très bien, je fais en souriant.

Il se penche pour m'embrasser une dernière fois.

— Bon Dieu, ce que tu es belle.

Il secoue la tête et quitte la pièce. Un homme étrange, mais je craque complètement. Du moins, je me l'autorise jusqu'à ce qu'il comprenne à quel point je suis bousillée.

Je passe mon corps en revue en étirant chaque membre l'un après l'autre. Oui, bien épuisée. Mes épaules sont raides, mes parties intimes délicieusement sensibles et mes cuisses aussi courbaturées que si j'avais fait du sport. J'adore la sensation. Oui, de manière générale, je me sens sacrément bien. Tout sourire, fière comme un paon, je sautille en direction de la salle de bains, entièrement nue.

Une fois sous le jet double, je laisse l'eau chaude masser mes muscles endoloris et trop ramollos. Il faut vraiment que j'aille au sport, cette semaine. Je ne m'y suis rendue que deux fois au lieu de mes trois séances habituelles, ajoutées aux deux cours de yoga ou de Pilates de Bree. Cela dit, nos sexcapades de la nuit écoulée doivent largement compter, pour ce qui est de brûler des calories. Je souris *in petto*. Chase est un véritable étalon, au lit. La manière dont il a usé de mon corps, donné et pris du plaisir… Un frisson me parcourt l'échine. J'étire les deux bras et tends les doigts pour tenter de canaliser l'énergie sexuelle qui surgit chaque fois que je pense à lui.

Tout en me séchant, j'en profite pour évaluer ce qui m'entoure et en apprendre un peu sur l'homme qui se cache derrière l'empire. La salle de bains de Chase est tout droit sortie d'une publicité pour le magazine *Modern Living*. Les murs sont couverts de minuscules mosaïques dans diverses nuances de vert et bleu avec, en plein milieu, une grande forme d'étoile qui partage le mur et borde la pièce tout entière. Son dessin complexe est stupéfiant de beauté. L'ensemble me rappelle les couleurs apaisantes que l'on trouve à la plage. Ça a dû prendre des jours de poser chaque carreau de deux centimètres de côté dans l'ordre voulu et sur toute la surface d'une salle de bains aussi grande. Je ne doute pas que Chase ait payé une somme conséquente pour s'assurer que tout est à son goût.

Je me passe les cheveux au sèche-cheveux et utilise la brosse de Chase. Je souris d'y voir de longs cheveux roux coincés entre les piques. Si j'étais prévenante, je les ôterais et les jetterais, mais j'aime bien l'idée de laisser une trace de ma présence ici. Il a dit qu'il n'avait jamais ramené de femme chez lui. Je me demande pourquoi. Me répondrait-il si je le lui demandais ?

Ouvrant la porte, je pénètre dans ce qui est probablement le plus vaste dressing de toute la planète. Je ne suis d'ailleurs pas certaine qu'on puisse le désigner par le terme « dressing ». C'est plus un magasin de vêtements pour homme. L'espace est plus grand que la pièce de vie de mon appartement, cuisine incluse. Ce gars est une *fashion victim.* Exactement comme moi avec mes boutiques de fripes. Le terme « emballement » me vient à l'esprit. Il y a là au moins neuf mètres de costumes alignés telles des sentinelles immobiles, classés par couleur, la plupart dans diverses teintes de noir, gris, bleu marine et marron. Et pour terminer la rangée, des smokings. Le mur opposé contient les jeans, les chemises et des polos dans une large palette de couleurs. Je prends une chemise blanche à rayures vertes très fines et l'enfile sur mon corps nu. Étant donné que je n'ai rien de convenable à me mettre, ça devra faire la blague. Je doute fort que Chase s'en formalise. *Et si c'est le cas, il n'aura qu'à te l'enlever*, chuchote le petit diablotin sur mon épaule, avec un rire méprisant.

Trop affamée pour attendre Bentley, je me rends à la cuisine. Il est encore tôt et il va s'écouler une heure ou deux avant que le maître d'hôtel ne prépare son petit déjeuner à Chase. Au minimum, j'ai besoin de caféine. J'ouvre quelques placards en quête du café et de la cafetière. Les plans de travail sont vides, à l'exception d'un pot en verre rempli à ras bord de ce qui ressemble à des cookies faits maison. Et des miettes éparpillées autour de l'ouverture. *Alors comme ça, il aime prendre un en-cas léger le matin ?* je ricane. Ben voyons. Il mange des cookies au petit déjeuner. Chase Davis, mâle alpha, maître de son univers et accessoirement accro au sucre. D'une certaine façon, ça le rend plus humain. Plus réel.

Ici aussi, je contemple l'espace qui m'entoure. À la maison, Maria et moi avons des gadgets, des babioles et des tonnes de papiers qui jonchent n'importe quelle surface plane. C'est étrange de voir un lieu de vie aussi stérile. J'ouvre les placards du bas, à gauche de l'îlot, et tombe enfin sur la cafetière. Eurêka ! Je me tape mentalement dans la main, trémoussant les fesses dans une sorte de danse de la victoire dont moi seule entends la mélodie. Je déplace des objets dans le placard du bas afin de trouver le café.

— Waouh ! s'exclame une voix forte derrière moi.

Une voix que je ne connais pas. Je sursaute, manquant de me cogner la tête dans le placard, et suis prise de court par le sourire inconnu qui me fait face. L'homme a les yeux écarquillés et sa bouche s'ouvre et se referme une fois ou deux, sans qu'aucun mot n'en sorte. Je suis bien certaine que mon visage reflète la même surprise. Les yeux bleus de l'inconnu passent sur mon corps légèrement vêtu et je resserre les pans de la chemise pour couvrir autant de peau que possible. En vain. Je ne suis vêtue que jusqu'à mi-cuisses. Je bondis alors derrière l'îlot afin de me cacher plus efficacement.

Nous nous dévisageons en silence. Sexy dans un style juvénile, il a des cheveux blonds hirsutes. Ses yeux sont d'un bleu très clair, presque gris, et son sourire d'un blanc éclatant a dû nécessiter des tas de séances d'orthodontie pour devenir aussi parfait. Chase débarque, comme si tout était normal. Il pose un verre vide au fond duquel clapote un reste de lait. Et prend un cookie dans le pot. Sans paraître se rendre compte de la tension qui crépite entre le nouveau venu et moi, il m'attire contre son flanc d'une main ferme passée autour de ma taille et fourre le nez dans mon cou. Où il dépose quelques baisers légers. L'étranger reste bouche bée, puis un large sourire se dessine sur son beau visage.

— Carson, je te présente Gillian Callahan.

Dieu merci ! Carson, c'est le cousin, le meilleur ami d'après ce que j'ai pu déduire de nos conversations.

— Gillian, voici Carson Davis.

— Bonjour.

Je me sens diminuée par mon manque de tenue appropriée.

— Rousse, constate-t-il d'un air sidéré en secouant la tête. Vous êtes rousse, répète-t-il, l'air tout aussi médusé.

Je saisis une mèche de mes cheveux, que je fais tourner entre mes doigts, gênée. Il s'attendait probablement à une blonde. Chase met un terme à ma gêne en s'approchant de son cousin pour lui administrer une claque dans le dos.

— Ferme la bouche, Carson, fait-il en riant.

Le cousin obtempère aussitôt, sans pour autant cesser de me dévisager. C'est à la fois embarrassant et impoli. D'abord le garde du corps de Chase qui me reluque de la tête aux pieds, maintenant son Carson. C'est quoi, leur problème, à ces gars ?

— Gillian, tes vêtements sont arrivés. Je les ai posés sur le lit, m'annonce Chase.

— Enchantée de faire votre connaissance. Vraiment ravi, lance Carson, avant de suivre Chase dans la pièce voisine.

Ouf ! Une minute de plus à subir le regard insistant de cet homme et je craquais. Je me dépêche de filer aussi, tout en maintenant la chemise contre mes fesses au cas où il se retournerait. Pas question que le tissu volette dans ma retraite hâtive. Je gronde en songeant à ce qu'il a déjà vu de mes fesses nues.

Plusieurs sacs et boîtes sont éparpillés sur le lit king size. Il a racheté Macy's ou quoi ? Non, ça aurait été trop beau. Chaque pièce est de créateur. Gucci, Prada, Chanel, Marc Jacobs, Guess, Versace… Merde. Je ne peux pas accepter ces fringues. Je me laisse tomber sur le lit avec la délicatesse d'un éléphant et me prends la tête entre les mains. Pourquoi est-ce qu'il m'achète ces trucs ? Est-ce qu'il pense que ça va me rendre heureuse ? En additionnant les étiquettes de prix, je calcule qu'il y en a pour plus de dix mille dollars de vêtements, sans compter la longue robe de soirée de chez

Valentino. Quatre mille huit cents dollars. Pour une robe. Une série de picotements anxieux taquine mes terminaisons nerveuses. *Respire.* J'inspire et expire à plusieurs reprises afin de me calmer.

Au pied du lit, je découvre une kyrielle de boîtes à chaussures, toutes à ma taille. Comment son assistante connaît-elle ma pointure ? Ça me dépasse. Il est peut-être aussi propriétaire d'une entreprise de détectives privés, en plus de ses nombreuses autres sociétés. Est-ce qu'il se sent obligé de m'acheter des choses chères pour me posséder ? Cette pensée me retourne l'estomac. *Tu es une putain.* Il va falloir qu'on en discute plus tard. Là, il m'attend, en compagnie de son confident le plus fiable – *après Dana*, précise mon esprit jaloux, toujours prêt à aider. Le commentaire sur ma rousseur m'a donné à réfléchir. Je prends note mentalement de mettre aussi ce sujet sur la table quand j'aborderai celui de ma gêne vis-à-vis de l'argent qu'il dépense pour moi en vêtements et chaussures.

J'enfile rapidement un jean Guess et un pull en cachemire brun de chez Marc Jacobs. Sans doute les deux pièces les plus abordables du lot. Le jean – un trente-huit – me va à la perfection, il moule joliment mes fesses et descend pile sur mon pied. Il ira super bien avec une jolie bottine à talon de sept ou dix centimètres.

Je retourne à la cuisine, pieds nus, et entends les deux hommes en pleine conversation. Je me plante derrière le mur de séparation pour les écouter en douce.

— Chase, mec, c'était quand la dernière fois que tu as ramené une fille chez toi ?

Chase rit et je colle l'oreille aussi près de l'entrée que possible.

— Je n'ai jamais ramené de fille ici, tu le sais bien. Et je l'emmène au gala ce soir.

— Sérieux ? Waouh ! Tu dois bien l'aimer. Sacrément bien même !

Je n'entends pas la réponse de Chase. Zut ! Il parle trop bas.

— Tante Coleen y sera. Et le reste de la famille aussi.

— Je sais. (La voix de Chase est tendue.) Je veux avoir Gillian à mes côtés.

— Cooper sera présent, l'avertit Carson.

— Pas question que cet enfoiré l'approche de près ou de loin !

Ouh là. Il a un sacré problème avec son cousin Cooper. J'avais deviné depuis notre conversation au dîner de la semaine dernière que quelque chose clochait entre ces deux-là, mais ça devient de plus en plus intéressant.

— Elle est rousse, marmonne Carson à mi-voix.

— J'avais remarqué, rétorque Chase.

C'est le moment que je choisis pour effectuer mon entrée.

— Tu as remarqué quoi ? je lui demande en arrivant d'un pas léger, entièrement habillée et faisant mine de n'avoir rien entendu.

— À quel point tu es belle, répond Chase sans hésiter.

Bien joué. Je me radoucis. Même en sachant que ce n'est pas ce dont ils parlaient, j'apprécie le compliment.

— Je disais juste à Carson que je t'emmenais au gala de l'œuvre de bienfaisance de Houses for Humanity ce soir. Le San Francisco Chapter organise un événement des plus chics afin de lever des fonds.

— Ça a l'air merveilleux. Je suis ravie de m'y rendre. C'est toujours super pour moi de pouvoir assister à des événements caritatifs, ça me permet de prendre des notes sur l'organisation, la nourriture proposée, la présentation, etc.

Les deux hommes me sourient de toutes leurs dents.

— Gillian, je ne t'y invite pas pour le travail. Tu y seras en tant que ma moitié. Tu vas rencontrer ma famille.

Alors là, je n'en reviens pas. Sa « moitié ». Je n'avais pas réalisé que nous avions atteint un statut officiel. Je ne sais pas trop comment réagir.

— Pourquoi prendre des notes lors d'un événement de charité à mourir d'ennui ? s'étonne Carson.

Sa remarque me rappelle qu'il ne sait pas ce que je fais dans la vie. D'ailleurs, il ne sait plus ou moins rien de moi.

— Gillian travaille à la fondation En lieu sûr, elle est responsable des contributions, lui explique Chase, rayonnant de fierté. Elle nous fait gagner un gros paquet d'argent et ses campagnes ont connu un succès incroyable.

— Vous travaillez à En lieu sûr ? Et donc… Chase est votre patron ?

— On peut dire ça comme ça, je lui réponds en toute honnêteté.

Et je baisse la tête. Mes cheveux retombent devant mon visage pour cacher mon embarras.

— Mon pote, c'est… eh bien, j'ignorais que tu étais du genre à briser les règles comme ça, s'esclaffe Carson. Ça alors, tu es amoureux !

— Tais-toi, imbécile.

Mais Chase rit aussi. Bentley fait son apparition, avec une jolie blonde sur ses talons. Sans doute son assistante. Toutes les femmes qui entourent Chase sont-elles blondes et jolies ? En tout cas, il y a de quoi donner des complexes à n'importe quelle fille, surtout quand elle est rousse et doit affronter une mer de blondes parfaites et rayonnantes.

— Au fait, je n'aurai pas besoin du siège supplémentaire, pour le gala de ce soir, ajoute Carson l'air de rien, faisant mine d'ôter une miette invisible sur sa chemise.

— Qu'est-ce qui est arrivé à la fille qui devait t'accompagner ? s'étonne Chase.

— Ça n'a pas fonctionné. Elle voulait se marier et avoir des enfants… hier ! grimace Carson. Du coup, je vais venir en solo.

Je pense aussitôt à Kat. Elle est disponible et peut être prête en deux temps trois mouvements. Le spectacle sur lequel elle travaille ne commence pas avant une quinzaine de jours. Elle doit donc avoir son samedi de libre, et Carson est exactement son type. Grand, bel homme, rieur.

— Je connais quelqu'un que je pourrais inviter pour être votre cavalière.

Je m'aventure en terrain inconnu, en proposant un double rendez-vous : est-ce trop tôt ? Je connais à peine Chase, alors Carson…

— Vraiment ? fait celui-ci, l'air plein d'espoir. Elle est sexy ?

Un sourire canaille se dessine sur mon visage. Si Kat est sexy ? Je le connaîtrais mieux, je me répandrais sur la beauté de ma sœur d'âme. Vu que ce n'est pas le cas, je me contente de hocher la tête.

— Non, je veux dire, sexy comme toi ?

Chase donne un coup de poing dans le bras de son cousin.

— Aïe. Hé, mec, qu'est-ce qui te prend ? ronchonne Carson en se frottant le bras avec l'air d'un petit chiot triste.

— Ne drague pas ma femme et tu vivras ta vie avec beaucoup moins d'ecchymoses.

Le ton ironique de Chase contient aussi une note de mise en garde. Sa « femme » ? J'aime comment ça sonne, mais je décide de ne pas laisser ce plaisir me monter à la tête. Je ne suis toujours pas convaincue que cette histoire durera au-delà de quelques semaines et quelques parties de jambes en l'air, une fois qu'il apprendra combien je suis faible.

— Je vais lui téléphoner maintenant ! Elle s'appelle Kathleen, Kat pour les intimes. Elle est grande, blonde, mince, mais avec tout ce qu'il faut de courbes là où il faut.

Carson agite ses sourcils blonds en écoutant ma description. Ce gars pourrait bien être parfait pour Kat. Elle a un faible pour les grands blonds costauds. Carson s'inscrit parfaitement dans cette case. Je vais peut-être recevoir le prix de la meilleure amie de l'année, pour ce coup monté. Maintenant, il faut que je sorte ma carte « Je ne vais pas en prison, je ne passe pas un tour » pour la convaincre d'accepter un rendez-vous à l'aveugle. Les femmes détestent ça. Mais une fois qu'elle sera là et qu'elle verra ses jolies fesses, elle me remerciera !

— Je reviens dans vingt minutes, j'annonce aux garçons.

Chase m'attrape par la taille au moment où je m'apprête à partir et m'attire contre lui. Je tombe sur ses genoux. Une main me caresse la cuisse et l'autre me maintient tout près de lui. Il inhale mon odeur au creux de mon cou. Carson se lève et quitte la pièce. Je ne sais pas où il se rend, d'ailleurs je m'en fiche. Quand Chase a ses bras autour de moi, tout et tout le monde cessent d'exister.

— Qu'est-ce que tu veux pour le petit déjeuner ? me chuchote-t-il à l'oreille.

Il glisse la langue le long de la courbe de mon cou. Je penche la tête pour lui donner un meilleur accès.

— Hmm… Toi ? je réponds avec un souffle séducteur contre ses lèvres.

Il rit.

— Sérieusement, demande ce que tu veux. Tu l'as.

Il passe la main dans l'échancrure de mon chemisier et prend mes seins dans ses paumes. J'accentue le plaisir de ce contact en poussant sa main contre moi et lâche un soupir d'aise. Il pince les tétons à travers le tissu.

— Bon Dieu, j'ai encore envie de toi, avoue-t-il entre ses dents serrées, poussant son érection contre mes fesses.

Je pivote et pose les jambes de part et d'autre de la chaise, je le chevauche et plante les lèvres sur les siennes. Il approfondit le baiser et nous passons quelques minutes à nous tripoter et à nous embrasser, tels deux adolescents échauffés par leurs hormones.

— Chase ! Aujourd'hui ! hurle Carson de quelque part hors de la cuisine.

Chase s'écarte.

— Si cet enfoiré n'était pas mon meilleur ami, je le jetterais dehors par la peau des fesses.

En riant, j'échappe à son étreinte, chuchotant : « Plus tard » sans un son. Il sourit et sort de la cuisine.

Après de longues minutes passées en cajoleries et à user de tous les tours que j'ai dans ma manche, Kat accepte d'aller au gala de charité en tant que cavalière de Carson. Ravie, je lui dis que je lui suis redevable d'une faveur. Elle me rappelle que je lui en dois déjà plus d'une. Je couine d'excitation avant de recouvrer mon calme.

Kat va passer son armoire en revue. Cette femme a plus de robes qu'un magasin de mariage, même si beaucoup d'entre elles sont à divers stades de confection. Je suis sûre qu'il y en aura une qui fera l'affaire. Je lui rappelle qu'elle est la créatrice de mode la plus talentueuse que j'aie jamais connue et qu'il vaut mieux qu'elle porte une tenue déjà terminée. Je l'informe aussi que la cousine de Chase est créatrice de mode. Je l'entends hoqueter au moment où elle assemble les pièces du puzzle et réalise que Chloe Davis est de la famille de Chase. Apparemment, elle connaît la jeune créatrice et, dans un grognement, elle en conclut qu'elle ne peut absolument pas porter quoi que ce soit de vieux. Je raccroche alors qu'elle continue à parler toute seule et à flipper. Le rencard, maintenant, elle n'en a plus rien à faire. Elle est complètement obnubilée par sa rencontre possible avec la créatrice.

Je retourne à la cuisine, à présent désertée par Chase et Carson. Je regarde autour de moi, perplexe.

— Ils sont dans le jardon, m'informe Bentley.

Un jardin ? On est au cinquante-et-unième étage d'un gratte-ciel. Où est-ce qu'ils ont pu mettre un jardin ?

— Emmenez-la au jardin, demande Bentley à son assistante.

— Suivez-moi, mademoiselle Callahan.

— Appelez-moi Gigi.

La jeune femme m'offre un sourire timide et opine du chef. Nous traversons l'appartement sur toute sa longueur jusqu'à un escalier en colimaçon noir. Il me rappelle que je n'ai pas vraiment eu droit à la visite de la maison de Chase. J'ai vu la salle à manger, la cuisine, sa chambre et sa salle de bains. Je souris en songeant que nous avons été trop occupés à nous donner mutuellement du plaisir pour visiter les lieux. Je hausse les épaules, car au fond, peu m'importe.

— Montez les marches et vous y êtes, m'indique la jeune blonde.

— Merci. Vous vous appelez comment ?

— Summer, répond-elle, les yeux baissés, en tirant sur sa robe.

— Très beau prénom.

Toujours souriante, elle se hâte de retourner à Bentley et à ses tâches.

La cage d'escalier est en fer forgé, finement ouvragée. Les barreaux en métal tournoient sur eux-mêmes et à leurs extrémités, qui encerclent la barre comme une griffe. J'atteins le sommet et pousse la lourde porte, en métal elle aussi. La lumière vive m'aveugle et je mets une main sur mes yeux.

Oh, mon Dieu ! Le jardin couvre toute la surface du toit. On dirait une immense cour avec une serre, des fontaines, des buissons, à peu près tout ce qu'on peut trouver dans le jardin d'un manoir de luxe, mais sur une terrasse de toit. Il y a même une piscine et un Jacuzzi. Je lâche un sifflement au moment où Chase me prend par les épaules.

— Tu aimes ?

— C'est le moins qu'on puisse dire, je réponds, tout juste capable de parler.

Je n'ai jamais rien vu de tel. C'est irréel. On s'est échappés de la ville et on a atterri dans *Le Jardin secret*. J'ai l'impression de me trouver à des années-lumière du béton et de la ville, même si, en portant le regard vers l'horizon, on voit la forêt des immeubles et des gratte-ciel dans toute leur beauté grandiose. Et on a une vue imprenable sur l'océan et la baie. Elle découpe l'horizon en une ligne parfaite, comme si le monde s'arrêtait pile au passage de la ligne. C'est vraiment une vue magique.

Chase fait le tour du jardin en me tenant serrée contre lui, désignant diverses plantes dont il m'indique le nom, m'apprenant si elles fleurissent ou sont de saison. Ses connaissances sont impressionnantes et je l'interroge sur la serre. Il m'explique que, selon lui, tous les immeubles devraient comporter une serre et que les Américains pourraient ainsi diminuer leur empreinte carbone en en construisant sur les toits de tous les bâtiments urbains de notre pays.

L'écologie, c'est apparemment un centre d'intérêt que nous avons en commun. Je prends mentalement note de mettre le sujet sur la table au dîner de ce soir. Kat peut en parler pendant des heures. Entre elle et Bree, j'ai subi un véritable lavage de cerveau. J'achète bio, quel que soit le prix, parce que je suis convaincue qu'autrement, elles le sauraient et que je subirais leur courroux. Avec mes beautés, je choisis mes batailles. Par exemple, je m'arrange pour les faire culpabiliser de ne pas donner à des organismes caritatifs chaque fois que j'en ai l'occasion, donc ça compense.

Bentley nous sert un brunch succulent : omelette aux blancs d'œuf et à la feta avec plein d'épinards, tomates, bacon au miel. Il ajoute à ça des pommes de terre rissolées maison, coupées en cubes parfaits. Comment s'y est-il pris pour couper une pomme de terre en cubes ? Je l'ignore, en tout cas, c'est délicieux. Le cuisinier a aussi préparé différentes pâtisseries, des fruits, et Chase ouvre une bouteille de champagne. Nous sirotons un cocktail mimosa en admirant la ville d'en haut. C'est très agréable de découvrir Carson et Chase dans une ambiance détendue. Et c'est l'une des meilleures matinées que j'aie passées depuis longtemps.

Carson nous quitte peu après le petit déjeuner et Chase et moi passons le reste de la journée à apprendre à nous connaître mieux.

Je ne suis pas étonnée d'entendre qu'il est impliqué dans une dizaine d'œuvres caritatives et qu'il participe à plusieurs comités de direction. Pour les autres, il effectue surtout des dons en argent. Il m'énumère aussi les différentes affaires qu'il possède, depuis les hôtels jusqu'aux entreprises en lien avec les nouvelles technologies, en passant par les boutiques de mode, les night-clubs et les restaurants. La palette de ses intérêts est fascinante et très vaste. Oui, il a vraiment la main dans un peu tout.

— Tu sais ce qui est drôle ?

J'ai la tête posée contre son torse, sur un grand transat pas tout à fait destiné à recevoir deux personnes, mais nous nous débrouillons.

— Hmm ?

Il me masse les épaules. Je renverse la tête pour lui donner meilleur accès à mes muscles endoloris.

— Tu es aussi le patron de Phillip ! je dis en riant.

Il cesse son massage et répète son « hmm ».

— Ah bon ?

— Ouaip, il travaille dans le cabinet d'architectes du vingtième étage.

Je glousse.

— Le monde est petit, commente-t-il, reprenant ses caresses et enfonçant les doigts dans mes muscles trop sollicités. Dis-m'en plus sur Phillip et toi, tiens.

Je sais que Chase est inquiet concernant ma relation avec Phil, peut-être même jaloux.

— On s'est rencontrés au lycée. C'est moi qui lui ai présenté sa femme, Angela. J'étais d'ailleurs demoiselle d'honneur à leur mariage. Oh oui, c'est bon, ça, je grogne quand il tombe sur un nœud dans mon cou, sur lequel il travaille de ses mains magiques. (Un soupir m'échappe quand le muscle se détend et qu'il caresse la base de mon cou.) Ensuite, ils ont eu Anabelle et m'ont fait l'honneur de me demander d'être sa marraine.

— Tu l'aimes beaucoup, cette petite fille.

C'est un constat, pas une question. J'y réponds pourtant.

— Oh oui. Et depuis que sa maman est décédée, il me semble plus important que jamais d'être là pour elle.

Il hoche la tête et l'installe dans le creux de mon cou, par-derrière.

— Donc Phillip et toi, vous n'avez jamais eu de relation ?

Je ferme les yeux sur un grognement. Je ne voulais vraiment pas me lancer là-dedans.

— Je ne dirais pas tout à fait ça, j'admets.

Il interrompt son massage et son corps se tend. L'air qui nous entoure s'alourdit soudain. Il croise les bras devant ma poitrine, dans un geste câlin.

— Raconte-moi, chuchote-t-il contre mon oreille.

Son souffle m'envoie des frissons d'excitation à travers tout le corps.

— Phillip et moi n'avons jamais été dans une relation au sens conventionnel du terme. On n'est jamais sortis ensemble. Il ne m'a jamais considérée comme sa petite amie, et vice versa. Rien de tout ça, quoi.

Je lâche un soupir, légèrement agacée que l'on doive avoir cette conversation.

— Qu'est-ce qu'il y a, bébé ? Dis-moi juste ce qui vous unit.

Il monte et redescend sa main sur mon biceps. Et je me raidis, détruisant par là même l'instant de détente que nous venons de partager. Je n'ai pas honte de ma relation avec Phillip, seulement je sais d'instinct comment Chase va prendre cette information.

Au lieu de faire traîner en essayant de réfléchir à la manière dont il va réagir, j'opte pour la ligne droite.

— Phillip a été mon premier, Chase. (Je tourne la tête vers

lui, mais il ne me regarde pas.) C'était il y a longtemps. On était adolescents. Je ne voulais pas faire ça pour la première fois avec quelqu'un qui profiterait de moi.

Je l'attrape par le menton et l'oblige à me regarder. J'ai besoin de voir ses yeux. Il ne révèle pas ce qu'il pense, mais ses yeux me disent ce que j'ai besoin de savoir. Ils sont nuageux et bleu sombre. Ce qui n'est pas bon.

— Il a été ton premier ? répète-t-il entre ses dents serrées.

Je hoche la tête sous son regard scrutateur qui passe tous mes traits en revue. Une profonde émotion traverse son visage et puis, d'un ton assuré, il déclare :

— Je serai ton dernier.

Son expression est résolue et obsédante. Ça, c'est le Chase que je n'ai pas envie de mettre en colère. Celui qui dit ce qu'il pense et qui pense ce qu'il dit, presque effrayant d'intensité.

Je ne sais comment réagir. Ses paroles me clouent le bec. Leur sens profond, ce qu'elles sous-entendent, la promesse, c'est sidérant.

— Qu'est-ce qui se passe entre nous ? je demande dans une inspiration saccadée.

C'est la question que j'ai envie de lui poser depuis l'instant où je me suis rendu compte que cette chose, entre nous, n'allait pas refluer. Pour être honnête, ça s'est passé au moment où j'ai compris qu'on allait traverser l'enfer parce qu'il était le président du conseil d'administration de la fondation où je travaille. En moi, ça bouillonne, l'anxiété me tord le ventre et je prends une profonde inspiration. Alors les mots franchissent mes lèvres si vite que je ne suis pas capable de les retenir.

— Ce que je ressens… ça va trop vite.

Je ferme les yeux. Il me colle contre son torse et me serre fort. Son regard transperce le mien.

— Pour moi aussi.

Au bout d'une éternité à nous scruter jusqu'au fond de l'âme et du cœur, il tire sur mon pull et je lève les bras au-dessus de ma tête. Il fait glisser les bretelles de mon soutien-gorge qu'il dégrafe à l'arrière. Le sous-vêtement tombe. Ma respiration s'accélère. Je sens bien qu'il rumine ce truc entre Phillip et moi, mais ce lien qui existe entre nous est trop fort pour être ignoré. C'est comme un fil de fer électrique qui produit des étincelles aux deux extrémités, qui nous brûle, scarifie une de nos âmes avec celle de l'autre.

Chase ne dit rien. Il déboutonne mon jean et me fait signe de me lever. J'obtempère et il baisse mon jean et ma culotte dans un seul geste. Je me retrouve nue devant lui. Ses yeux détaillent mon corps dénudé centimètre par centimètre. Ses doigts dessinent les côtés rebondis de mes seins, descendent le long de chaque côte jusqu'à ma taille, qu'il attrape dans une étreinte possessive pour venir poser la tête contre mon ventre. Il dépose un baiser appuyé juste en dessous de mon nombril, puis il m'attire à califourchon sur ses genoux. Je lui passe son T-shirt par-dessus la tête, le laissant en bas de pyjama, dont le tissu contient sa virilité. Il passe la pointe des doigts sur mes courbes dans la caresse la plus légère qui soit. Il trace un symbole de l'infini sur ma poitrine, entre mes seins. Je renverse la tête en arrière et ferme les yeux de plaisir tandis qu'il aspire un téton durci dans la chaleur de sa bouche. Il en suce la pointe avant d'enfoncer ses dents parfaites dans la chair enflée. Le choc me secoue jusqu'au tréfonds de moi et je pousse mon sein contre sa bouche, car j'en veux plus, car j'ai besoin de plus. J'enfonce les doigts dans ses épaules quand il se met à donner de longs coups de langue habiles sur chacun de mes seins avec une précision diabolique. Il mordille et lèche tant et si bien que je finis haletante, à me frotter contre son érection. Je mouille son pantalon de la moiteur de mon sexe.

Enfin, je n'y tiens plus.

— Chase, s'il te plaît…

Il m'adresse un sourire démoniaque et mord doucement mon sein tout en pinçant l'autre téton, juste ce qu'il faut de pression. J'agrippe sa tête.

— Chase…

— Ils sont à moi.

Il lèche et mord une nouvelle fois chaque téton. Et je lâche un long soupir en guise d'acquiescement.

— Dis qu'ils sont à moi, bébé, insiste-t-il sur une aspiration ferme accompagnée d'un tourbillon de langue.

Mon bassin pousse vers l'avant. Je brûle de trouver sa dureté et tente de l'obliger à me toucher là.

— À toi.

Les mots s'échappent de ma bouche asséchée alors que je suis concentrée sur la pression que ses paroles possessives font monter dans mon corps. Je me surprends à ruer et à me tortiller sur lui, en route pour le sommet du grand huit, prête à tomber en chute libre.

Il glisse la main jusqu'à mon clitoris et y appuie le pouce dans une série de cercles taquins. Je crie, je frissonne, je noue les jambes autour de sa taille pour ruer plus fort contre sa main. Il continue à tournoyer lentement, sans dépasser la lisière au-delà de laquelle il me précipiterait dans l'abîme de la jouissance que j'appelle de mes vœux. Il se pourlèche les lèvres et embrasse ma gorge.

— Baisse les yeux, bébé, regarde-moi te toucher.

J'obtempère et vois son doigt qui trace des cercles paresseux sur mon clitoris rouge vermillon, engorgé et avide de la pression que lui seul peut lui offrir.

— Ça. Ça, c'est à moi, affirme-t-il. (J'acquiesce tout en continuant d'effectuer des rotations sur sa main. J'en veux plus.) Dis-le, Gillian.

Le ton est ferme, autoritaire, exigeant.

— À toi, Chase. À toi, je halète.

Je relève la tête vers le ciel bleu et blanc qui tourbillonne au-dessus de notre château dans les nuages.

Chase retire sa main et je grogne jusqu'à ce qu'il baisse son pyjama pour libérer son sexe épais. Mon Dieu, il est énorme. Plus dur et plus long que dans mon souvenir. Je le savoure d'avance. Il me soulève le bassin et frotte son érection à mes replis trempés. Pour sourire, satisfait, quand mon suc le recouvre. Alors il me positionne plus au centre et enfonce juste le gland. Il me titille avec la beauté de son sexe, avec la complétude de nos corps ainsi joints.

— Plus, s'il te plaît…

Je passe directement à la supplique, sans aucune vergogne. Je suis prête à tout pour avoir son sexe en moi, là, tout de suite. Ses mains, à ma taille, me tirent fort vers lui en même temps que ses hanches montent, il me déchire, il me fend en deux dans le plaisir le plus obscène qu'on puisse imaginer.

— Chase ! je hurle vers les cieux.

L'énormité de cet instant, d'être prise aussi pleinement, sa pénétration comme un envahissement profond d'une partie de moi qui jamais n'a été atteinte auparavant. À l'intérieur, Chase est une tige rigide, fichée au point que je ne sais plus où il s'arrête et où je commence. Je ne peux plus bouger, tant je suis sidérée par la perfection de notre accouplement.

— Ça, Gillian…

Il ressort, faisant glisser la large couronne de son sexe le long de mes tissus encore gonflés de la nuit dernière, puis m'assaille de nouveau, si loin que je lâche un cri. Des larmes me picotent les yeux tellement le plaisir est intense.

— Ça, c'est à moi. Ta jolie petite chatte est à moi, maintenant.

Il serre les dents, les muscles de ses avant-bras, ses biceps, son cou sont bandés à chaque assaut tandis qu'il redouble ses coups de boutoir.

— Oui ! je hurle.

L'orgasme déferle sur moi. Je pense même que je perds conscience. Je ne sens plus que le mouvement, le plaisir sur toutes les surfaces de ma peau, à l'intérieur de moi, jusqu'à ce que j'entende le rugissement puissant de Chase, comme si sa jouissance le submergeait. Il agrippe mes fesses et me maintient en place jusqu'à ce que ses spasmes brûlants s'arrêtent et que sa semence m'emplisse tant et si bien qu'un peu de sperme s'écoule entre nos deux corps.

Mous. Mon corps, mon esprit, mon cœur sont mous et repus.

Chase me serre contre lui tandis que nous sommes allongés, nus, ses mains montent et descendent le long de mon dos, où elles tracent des symboles de l'infini. Est-ce une métaphore de nous ? Pour toujours. Le sait-il depuis le jour où nous nous sommes rencontrés ? Je le revois dessiner ce symbole sur mon genou, le premier soir, au bar.

C'est trop.

Lui. Moi. Nous.

C'est trop englobant, bien trop fort pour que j'y réfléchisse après une telle séance de plaisir. Je reste allongée là, dans le bonheur. Sur mon bras, le soleil est chaud, mais le torse de Chase aussi. Je me pelotonne contre lui, sexuellement repue et épuisée.

Ce qui vient de se passer, c'est monumental. Je n'arrive pas à l'analyser. En gros, il a exprimé sa possession en des termes tout sauf évasifs, et je me suis donnée à lui dans un moment de passion. Complètement, sans équivoque, j'ai accepté de lui appartenir. Mes doutes et mon anxiété s'insinuent dans cet instant de bonheur et je recommence à m'inquiéter de ce qu'il va penser quand il découvrira que je suis comme ces femmes qu'il s'est engagé à protéger en tant que président du conseil d'administration de la fondation. En lieu sûr a contribué à me sauver, jadis, ce qui signifie qu'il m'a sauvée.

Je pousse un soupir et il dépose un baiser au sommet de mon crâne.

— Allons prendre une douche et nous préparer pour cette soirée.

— À ce propos, Chase, tu as dépensé une somme folle dans ces vêtements et cette robe. (Je détourne les yeux, nerveuse.) Je ne peux pas te laisser dépenser autant d'argent pour moi. Ce n'est pas correct.

— Bébé, je suis un homme très riche. J'ai l'intention de t'acheter tout ce que je veux quand je veux, et toi, tu te laisseras faire.

— Je sais que tu es riche. Je m'en fiche. Je ne le suis pas et je n'ai pas les moyens de m'offrir des choses pareilles !

Je croise les bras sur mes seins, histoire de récupérer un minimum de décence pour cette conversation sérieuse. Chase me déplie les bras, se penche et embrasse tendrement la pointe de chaque globe.

— Eh bien alors, ça tombe bien que tu n'en aies pas besoin. Tant que tu es avec moi, je t'achèterai des choses. Des tas de choses. Mais jamais rien dont je n'aie pas les moyens. (Son regard soutient le mien, il est dur et implacable.) Alors laisse-toi faire.

Ça ne se passe pas comme prévu.

— Tu n'aimes pas les articles que Dana a choisis pour toi ? Je lui ai indiqué ce qui, selon moi, te plairait et lui ai communiqué tes mensurations.

Il a l'air soucieux.

— Tout est magnifique. Mais je n'y suis pas habituée. Je ne veux pas que tu penses que j'en ai après ton argent. Car c'est on ne peut plus éloigné de la vérité.

Je me mords la lèvre et fouille son regard dans l'espoir qu'il lira la sincérité dans le mien. Il se fend de ce sourire qui me fait fondre le cœur et me donne envie de l'enlacer. Pourtant je n'en fais rien. Il doit savoir que je ne suis pas le genre de femme à utiliser les hommes, et encore moins une chercheuse d'or.

— Je m'en ficherais si tu étais pauvre, Chase.

Il secoue la tête et m'attire à nouveau contre son torse. Il m'étreint, peau contre peau nue. C'est très agréable.

— Gillian, je le sais. J'ai envie de t'offrir le monde entier. Je n'ai pas l'habitude de fréquenter une femme qui n'attend rien. C'est très rafraîchissant. (Il plonge dans mes yeux et me caresse la joue de son pouce, avant de passer une mèche de cheveux derrière mon oreille.) Je t'en prie, accepte les cadeaux que je t'ai offerts et sache que ça me fait plaisir de te les acheter. Ces affaires t'appartiennent sans aucune autre raison que celle-là. (Il me soulève le menton.) D'accord ? (Je ferme les yeux et hoche la tête.) Plus un mot à ce sujet, déclare-t-il, dur et tout aussi implacable. (Ne tenant pas à me disputer, je hoche de nouveau la tête.) À la douche maintenant ?

Il agite les sourcils dans une mimique suggestive. Ce gars est encore fiché en moi et déjà il pense à remettre le couvert.

— Oui à la douche. Non au sexe. Tu vas devoir attendre jusqu'à la fin de la soirée !

Je glousse et m'échappe de ses genoux. La preuve de notre étreinte se met à dégouliner entre mes cuisses. Chase regarde ça avec fascination, avant d'utiliser son T-shirt pour essuyer mon sexe et l'intérieur de ma jambe.

— J'aime me voir sur toi et savoir que je suis encore en toi. (Il se met debout, m'attrape par la nuque et m'entraîne dans un baiser torride.) Ça me rend follement heureux, bébé, ajoute-t-il avec son sourire arrogant si sexy.

Je secoue la tête et il m'entraîne à travers la maison, cul nu. Je ne me demande même pas si le personnel risque de me voir, car je ne pense pas qu'il soit du genre à apprécier de partager la vision de ma nudité, après avoir passé l'heure écoulée à la faire sienne.

11

— La fête donnée par The Houses for Humanity a lieu ce soir, dans le fameux Fairmont Hotel, nous annonce Chase, à Kat et à moi.

Il sourit jusqu'aux oreilles et je ne suis pas la seule à ne pouvoir m'empêcher de le reluquer. Kat boit ses paroles, le regard rêveur. Je ne peux lui en faire le reproche. Il est tellement craquant.

Chase poursuit sa leçon d'histoire.

— L'hôtel a été construit en 1906 par une architecte de génie appelée Julia Morgan, qui a, entre parenthèses, également dessiné les plans de Hearst Castle. Malheureusement, juste avant son inauguration, la ville a connu un énorme tremblement de terre et les incendies que la catastrophe a déclenchés se sont attaqués au magnifique hôtel et l'ont détruit.

Les yeux écarquillés, Kat porte une main à sa bouche.

— Oh, non ! gémit-elle.

Chase hoche la tête.

— Le bâtiment a été reconstruit et ouvert un an jour pour jour après sa destruction.

Sa voix vibre de fierté. Il a vraiment un faible pour le design architectural et l'histoire. S'il arrive à surmonter les a priori que lui inspirent mes relations avec Phillip, ces deux-là auraient beaucoup de choses en commun. Phillip est un génie architectural à part entière.

— Exactement comme le phénix. Il a ressurgi de ses

cendres pour devenir quelque chose de beau dans la foulée du désastre.

— Incroyable, je murmure en observant à travers la vitre l'hôtel qui commence à apparaître.

Je suis capable d'apprécier le parallèle. Parfois, j'ai l'impression que je pourrais renaître et m'épanouir, malgré les horreurs de mon passé.

— C'est toi qui es incroyable, je trouve, chuchote Chase contre ma tempe, avant de déposer un baiser sur ma joue.

Il tient doucement ma main qu'il a posée sur sa cuisse et, du bout d'un doigt, il dessine le symbole qui en est venu à signifier beaucoup en très peu de temps.

Dès que nous sortons de la voiture, je suis prise de court par la splendeur de la propriété.

Chase nous entraîne rapidement, Kat et moi, à travers le vaste espace ouvert. À l'évidence, ce n'est pas la première fois qu'il vient ici. Je souris en sentant sa main agripper la mienne. Dans son smoking, il constitue vraiment un régal pour les yeux.

— Est-ce que je t'ai dit à quel point tu étais époustouflante, ce soir ? demande-t-il avec un petit coup de coude et un baiser sur l'arrondi de mon épaule.

— Seulement deux ou trois fois, je réponds avec un sourire.

— Cette robe te va vraiment bien.

Il serre ma main. Il peut l'apprécier, c'est lui qui l'a payée. Kat met un point d'honneur à regarder partout sauf vers nous deux, tandis que nous poursuivons notre route à travers un labyrinthe de salles de réunions et de conférences. Je passe ma main libre sur le satin au violet soutenu de ma robe, afin de lisser tout pli éventuel. Cette robe est belle dans sa simplicité. Son corsage moule ma poitrine comme un corset avant de s'ouvrir en éventail pour apprivoiser mes seins, même si une bande de peau blanche en déborde assez pour aguicher. Et cela semble fonctionner car Chase ne cesse d'y couler des regards en douce. Il me contemple dès qu'il pense que je ne le vois pas.

Le satin glisse sur mes autres courbes, souligne ma taille et mes hanches, avant de s'évaser au niveau des genoux. Et de se poursuivre en une traîne d'une cinquantaine de centimètres sur le sol. Je me sens superbe, une princesse avançant aux côtés de son prince.

Kat nous suit, examinant les alentours sans rien dire. Elle est adorable et lumineuse dans sa robe terre-de-Sienne, dont la jupe bouffante attire le regard par sa fente jusqu'aux hanches, qui dévoile l'une de ses longues jambes sexy. Des cristaux la soulignent par une explosion d'étincelles. La lumière qui jaillit des pierreries donne l'impression que cette robe est vraiment illuminée. Le ruché lui enserre la taille de bandes orangées, rouges et cuivrées pour devenir ensuite un haut à dos nu. Ses cheveux sont balayés de vagues dorées qui se marient à la perfection avec la robe. Quand nous sommes passés la chercher, elle a poussé toutes sortes d'exclamations devant ma robe, puis s'est aussitôt mise à l'examiner, pour en admirer les coutures, les attaches et l'armature du corset. Chase n'a pas apprécié ses familiarités avec mon corps, mais il ne s'est pas départi de son sourire tout le temps qu'a duré son exploration dans la limousine.

Elle m'a donné son approbation, non sans ajouter que si j'allais me mettre à fréquenter le beau monde, elle me confectionnerait quelques robes à l'avenir. Sachant que cela l'aiderait à percer, je n'ai pas rechigné à accepter ces cadeaux. Voilà comment fonctionne le troc entre femmes. Je porterai une robe qu'elle a conçue et dirai qui en est la styliste, où je me la suis procurée et comment on peut en faire autant. Elle paiera le matériel et prendra sur son temps. Et ainsi, je n'aurai plus à porter des robes payées par Chase. Je me sentirai plus indépendante et j'aurai moins l'impression de l'utiliser pour ses cadeaux. Car pour l'heure, je me suis déjà demandé si j'avais perdu ma fierté quelque part sous le lit de Chase, la nuit dernière, en même temps que la dizaine d'orgasmes qu'il a tirée de moi.

Je passe la main sur le bras de Kat qui m'adresse un sourire nerveux.

Je n'arrive pas à déterminer si son anxiété provient de sa rencontre imminente avec Carson ou de celle, probable, avec la fameuse Chloe Davis, la nouvelle jeune styliste en vogue, qui fait fureur en Europe avec ses modèles si particuliers et son sens du détail. Je parie que c'est la seconde éventualité.

Nous approchons d'un espace ouvert où grouillent plusieurs centaines de personnes, occupées à bavarder et à rire. Debout, femmes et hommes sirotent des flûtes de champagne en mangeant de minuscules canapés qu'ils attrapent dans de petites assiettes dorées disposées sur de hautes tables. J'aperçois la tête blonde de Carson qui s'agite tandis qu'il se fraie un chemin dans la cohue.

Ses yeux repèrent Chase, me jaugent rapidement, puis se fixent sur Kat. Un large sourire se dessine sur son visage. Aussi tordant que la mine d'un type qui attendrait une berline de chez Ford et se verrait offrir une Ferrari. Il se saisit avec enthousiasme de la main de Kat.

— Vous devez être Kathleen, fait-il en déposant un baiser sur ses doigts.

Mon amie s'empourpre légèrement. Je serre la main de Chase qui sourit. Kat y va elle aussi d'un sourire timide.

— Carson, je suppose. C'est un plaisir de vous rencontrer.

— Tout le plaisir est pour moi.

Le regard de Carson embrasse Kat de la tête aux pieds.

Je constate qu'il apprécie ce qu'il voit, surtout quand elle déplace sa robe et qu'une longue jambe bronzée pointe le bout de son nez. Carson déglutit de façon manifeste.

— Ça vous dirait de vous joindre à moi pour un verre ?

— Avec joie.

Elle agrippe son sac à main et le suit dans la foule, non sans s'être retournée pour s'éventer le visage et la bouche :

« Chaud, le mec ! », et nous adresser un petit signe sexy de la main.

Je glousse en lui rendant son salut.

— Ça n'a pas été bien compliqué, je glisse à Chase.

— Non, en effet.

Il secoue la tête et sourit. Nous passons l'heure qui suit à rencontrer l'élite de San Francisco, y compris le gouverneur de Californie et les sénateurs démocrates de l'État. Chase est dans son élément. Il pose pour des photos avec des officiels du gouvernement, partage les meilleures pratiques commerciales avec d'autres nababs de son acabit et passe même un long moment à expliquer ses projets de serres sur les toits de la ville. Il s'avère qu'une section entière de son entreprise se consacre à la conception d'alternatives écologiques pour que les grandes entreprises réduisent leurs émissions et pollutions et propose des options solaires pour économiser l'énergie. Mon homme ne s'occupe pas seulement de philanthropie, il est aussi assurément vert. Quelle différence avec le businessman rusé qu'il passe pour être auprès de tout un chacun.

Mon homme. Qu'il m'ait appelé « sa femme » et qu'il ait eu une réaction d'homme des cavernes pendant notre rendez-vous galant sur la terrasse, après qu'il a découvert mon histoire avec Phillip, ne signifie pas qu'il accordait tout leur sens à ces mots. Les gens disent beaucoup de choses quand ils sont emportés par le feu de l'instant. Il serait injuste d'y accorder plus de foi que nécessaire.

Je suis en train de rêvasser à ses côtés quand mes cheveux sont repoussés sur le côté. En touchant mon épaule, ses lèvres envoient des ondes de plaisir se propager sur la bande de peau découverte. Il sème de délicats petits baisers de la base de mon cou jusqu'à mon oreille. Avant que je puisse réagir, le flash d'un appareil photo m'éblouit.

— Dégage, grogne Chase à l'intention de l'homme souriant qui tient son énorme appareil.

Jack surgit de nulle part pour écarter le photographe dont il agrippe le biceps. Je remarque que la main de Jack a viré au blanc livide sous l'effort qu'il déploie pour conserver son emprise sur le type.

— Bon sang, j'en ai par-dessus la tête des paparazzis. Qui l'a laissé entrer, celui-là ? gronde Chase.

Je lui pose une main dans le cou pour l'apaiser et l'obliger à me regarder dans les yeux.

— Nous ne devrions pas entrer et trouver notre table ? je suggère.

Il me dévisage, redresse les épaules et me répond d'un petit hochement de tête. Puis il inspire, expire lentement et m'embrasse avec douceur. Ce n'est pas un baiser profond, mais son manque d'intensité est compensé par sa tendresse et sa sincérité.

— Tu me fais du bien, lâche-t-il tandis que la tension reflue de ses épaules sous le massage que j'administre aux fibres tendues du muscle. Viens. L'heure est venue pour toi de faire la connaissance de ma mère.

La pointe de panique que j'ai éprouvée plus tôt concernant ma relation avec Chase commence à prendre forme, alors que, tel de l'acide, les graines du doute tourbillonnent de nouveau dans mon ventre. En fait, je n'ai jamais rencontré la mère d'un de mes ex. Celle de Phillip a sans doute été celle qui se rapprochait le plus de l'archétype de la belle-mère, mais comme Phillip et moi n'avons jamais officialisé notre histoire, elle ne compte pas.

Nous pénétrons dans la Gold Ballroom. De hauts arceaux de marbre viennent orner la peinture dorée de ses murs. Les tables, carrées, accueillent huit convives. Chacune d'elles est couverte d'une nappe de satin doré. Et toutes les places disposent déjà d'un assortiment de vaisselle en porcelaine fine. Le centre de table est occupé par un haut chandelier ouragan décoré de rameaux noueux et de fleurs de cerisier qui s'enroulent sur toute la longueur du bougeoir de verre. Une longue bougie constellée de strass plane au-dessus du chandelier ouragan. La lumière des bougies rebondit sur le verre et les bords abrupts de la pierre pour créer un halo diffus autour de chaque table. La pièce est magnifique. Luxueuse, chic, opulente.

Chase navigue dans la cohue jusqu'à l'avant de la pièce. Nous sommes les premiers à notre table. Un long filigrane doré exhibe le numéro 1 sur une carte richement ornementée. Sous le 1, le nom « Davis » a été tracé à la main. Ici, on accorde une attention extrême aux détails et aux touches les plus raffinés. Je devrais en prendre de la graine pour les événements organisés par En lieu sûr. Une estrade se trouve à l'avant de la salle, où se déploie un écran géant montrant une maison. « Houses for Humanity vous souhaite la bienvenue chez vous », peut-on lire sur la banderole tendue en travers du porche.

— C'est ce que tu fais avec cette organisation caritative ? je demande à Chase.

— Il s'agit de l'un de nos projets, en effet, répond-il après un coup d'œil à l'image.

— Que veux-tu dire par vos « projets » ?

— C'est l'une des maisons que j'ai payées. L'une des vingt-cinq que j'ai financées après le passage de l'ouragan Katrina à La Nouvelle-Orléans. Le projet m'a coûté quatre millions de dollars, mais chaque centime dépensé le valait bien.

Il sourit et je suis abasourdie. Sans réfléchir, j'agrippe le revers de son smoking et attire ses lèvres vers les miennes. Il me rend mon baiser, plongeant sa langue dans ma bouche. Le piquant du champagne se mêle à sa saveur virile. Deux de mes goûts préférés. Il ne m'écarte de lui que quand nous manquons tous les deux d'oxygène.

— Qu'est-ce qui m'a valu cet honneur ?

Il appuie son front contre le mien. Les petites explosions de son souffle me balaient le visage. Son odeur tourbillonne autour de moi tel un halo de délices fruités et boisés.

Je prends une profonde inspiration.

— Mmm, parce que tu es toi, je réponds, étonnée par la profondeur de ma sincérité et cette démonstration d'affection publique.

Je sens les regards qui se portent sur nous, j'éprouve la même sensation que quand je me sais observée. Prudemment, je coule un regard autour de nous. Nous avons en effet un public. Mes joues s'empourprent aussitôt. Tous nos spectateurs sourient, à l'exception d'une personne, une femme âgée en fauteuil roulant à moins de trois mètres de notre table. Elle a des cheveux brun foncé, à l'exception d'une épaisse mèche grise, remontée en chignon. Ses lèvres d'un rouge profond sont tordues en un rictus pincé. Quant à ses yeux d'un bleu froid, ils sont plissés d'une manière qui ne laisse planer aucun doute sur le dégoût que lui a inspiré la scène dont elle vient d'être témoin.

— Ça y est ? Tu as terminé ? demande la femme d'un ton sec.

— Mère, réplique gentiment Chase.

Par pitié, non ! Ça ne peut pas être elle. Cette femme a l'air grincheuse, prétentieuse et carrément méchante. Maria m'a toujours conseillé de me méfier des vieilles biques grognonnes, sous prétexte qu'elles sont « *locas en la cabeza* », autrement dit « folles dans leur tête ». Je lisse ma robe et essuie mes paumes soudain moites sur mes hanches.

Chase tend les mains et se dirige vers la femme devant laquelle il se penche pour déposer un baiser sur sa joue. Elle lui adresse un sourire plein de chaleur quand il pose une main sur son épaule. Tandis qu'elle l'agrippe fermement, ses yeux bleus virent au glacial. Elle me dévisage comme si elle pouvait voir à travers moi. Elle sait que je suis une usurpatrice. Assurément pas quelqu'un de son pedigree. Elle se tient droite comme un I, le nez en l'air de qui a flairé quelque chose de cochon. Elle ne semble guère m'apprécier et je n'ai pas la moindre idée de la cause de ses réticences.

— Mère, je voudrais vous présenter Gillian Callahan.

Je m'approche d'elle et lui tends la main.

— Madame Davis, enchantée de faire votre connaissance.

Elle me serre mollement la main.

— Je n'en doute pas, et on m'appelle « mademoiselle Davis », réplique-t-elle en insistant bien. « Madame Davis », c'était ma mère, ajoute-t-elle.

OK, c'est donc ainsi que ça va se passer.

Chase fait signe à sa mère de s'installer à notre table. Son auxiliaire de vie fait rouler son fauteuil jusqu'à la place qui lui a été assignée. Kat et Carson apparaissent enfin, munis d'un grand drapeau blanc qui flotte au vent. Le geste qu'ils m'adressent, en m'appelant à eux, me dispense de prendre part à la bataille.

Un autre mâle imposant se tient juste derrière Carson. Il dépasse le mètre quatre-vingts, mais il n'est pas aussi grand que Chase ou son cousin. Les cheveux blond cendré, il porte un smoking impeccablement taillé qui forme un joli V soulignant son large torse et sa taille étroite. Il est tout à fait charmant, même si je préfère mon Superman brun, avec son goût pour l'écologie et la philanthropie. L'homme aux yeux chocolat avance à grandes enjambées vers notre table, agitant la main et déposant un baiser sur celle des dames devant lesquelles il passe. Il baisse les yeux vers Chase avec une pointe de suffisance. Mon homme passe un bras autour de ma taille et l'autre marque un temps d'arrêt. Il se plante devant moi, un sourire sournois plaqué sur son visage aux traits ciselés. Il me déplaît aussi immédiatement que j'ai suscité l'antipathie de la mère de Chase.

Sans un regard pour mon cavalier, il attrape ma main et la porte à ses lèvres desséchées. Je dois accomplir d'énormes efforts pour ne pas m'indigner, en me répétant de garder mon calme.

— Chase, qui est cette charmante sirène rousse ?

Chase se contente de m'extirper des griffes de cet homme. Intérieurement, j'applaudis. Extérieurement, je reste muette comme une tombe.

— Elle s'appelle Gillian. Bas les pattes, Cooper, grommelle Chase qui me serre de plus belle par la taille, possessif.

Cette réaction de mâle alpha fait ricaner le type, qui rejette ensuite la tête en arrière pour rire à gorge déployée.

— On revient à ses vieilles amours, à ce que je vois, même si je pense que celle-ci remporte la palme, mon pote.

Cooper me reluque lentement de la tête aux pieds puis des pieds à la tête.

Son regard me fait le même effet que si ses mains visqueuses se promenaient sur ma silhouette. J'ai besoin de toute ma volonté pour ne pas esquisser un mouvement de recul.

— Sacrément mignonne, et rouquine par-dessus le marché. Je dois m'assurer que tu ne vas pas bousiller ta vie encore une fois.

Je sens Chase se raidir à mes côtés. La tension exsude de lui par flots. Je songe aux chutes du Niagara.

— Espèce de connard.

Chase me fait passer derrière lui et Carson vient s'interposer fermement entre les deux hommes. Leur tête-à-tête nous a valu l'afflux d'un joli petit nombre de spectateurs.

Plantée derrière Chase, j'attrape son bras pour lui rappeler ma présence et je pose la tête entre ses omoplates.

— Ça va, chéri, je lui chuchote d'une voix si basse que je ne suis pas certaine d'être entendue.

Il se retourne et glisse les mains le long de mes bras nus. Je décèle un mélange de souffrance et de frustration au fond de ses yeux. Il bouillonne sans que j'aie la moindre idée de ce qui l'a mis dans cet état. Après quelques profondes inspirations, il me guide jusqu'à la table, une main dans mes reins, et nous nous asseyons tous les deux.

— Il me semble que tu devrais prendre place, Coop, fait Carson en lui indiquant un siège à côté de la mère de Chase.

Il y a deux chaises vides entre les deux hommes, mais je doute que cet obstacle soit suffisant. L'État du Texas lui-même les séparerait qu'il ne me semblerait pas assez vaste pour dissiper la colère qui frémit sous la surface. Chase a le plus grand mal à conserver son calme. Cooper ajuste sa cravate, fait craquer ses cervicales, histoire de montrer que leur mini-esclandre le laisse de marbre, mais Chase vit les choses tout à fait autrement. Ses doigts agrippent le dossier de ma chaise, blanchis par sa crispation. Son autre main, sur le haut de ma hanche, frotte le tissu satiné d'avant en arrière, comme si ce mouvement était destiné à l'apaiser lui, et pas moi.

Je m'assieds en face de la mère de Chase, avec Kat à mes côtés et Carson auprès d'elle. J'observe cette « mademoiselle Davis » et me fais la promesse silencieuse de chercher coûte que coûte à la courtiser afin d'éviter d'avoir à converser avec Cooper.

Une blonde tout en jambes, à la démarche pleine de vitalité, fend la foule. Elle parvient à notre table au moment où un homme en smoking se met à tapoter le micro qui trône sur le podium isolé. Sa robe, toute de soie noire et de paillettes d'or, moule les courbes élancées de son corps comme une seconde peau. Des paillettes sont parsemées sur la partie inférieure de la robe, de manière à former une minijupe taille haute. Courte sur le devant, elle se prolonge en une draperie de soie noire qui s'achève en traîne dans son dos. Deux pans de la même soie noire s'entrecroisent sur chacun de ses seins et dessinent un grand X en travers de sa poitrine. Une coupe que je n'avais jamais vue auparavant. Kat examine la robe, puis la femme, comme s'il s'agissait de la reine de la pop, Madonna en personne. L'époustouflante blonde se glisse sur le siège qui jouxte celui de Chase et le serre fort dans ses bras. Il n'en faut pas plus pour que l'aiguillon de la jalousie fasse rugir et bouillonner le sang dans mes veines.

— Chase ! Tu m'as manqué, cousin ! s'exclame-t-elle en déposant un baiser sur ses deux joues. (Je lève les yeux au ciel et me gifle mentalement : quelle idiote.) Et qui est cette jolie personne à côté de toi ?

La cousine de Chase est la styliste que Kat brûlait de rencontrer. Ses yeux couleur miel sont doux et pétillants de bonheur, comme si son visage entier était éclairé d'un sourire. Elle est aussi belle que l'aura qui l'enveloppe.

— Je te présente Gillian Callahan, ma moitié.

Les yeux de son interlocutrice s'écarquillent. On dirait que ma présence surprend tout le monde, ce soir. Pas autant que moi. À l'évidence, il a suffi d'un week-end à Chase pour considérer ce qui n'était qu'un simple flirt comme une relation à part entière.

— Gillian, voici ma petite cousine, Chloe Davis.

Il porte une affection profonde et manifeste à la jeune femme, comme en témoignent sa sérénité et son bonheur de la voir. L'accrochage avec Cooper semble avoir été éclipsé par son arrivée.

— Bonjour, Chloe. Tu peux m'appeler Gigi, comme tout le monde. On m'a tellement chanté tes louanges.

— J'aurais bien aimé que la réciproque soit vraie, réplique Chloe en dévisageant Chase. On dirait bien que mon cousin ici présent a quelques explications à me fournir, ajoute-t-elle avec un petit coup sec sur l'épaule de l'intéressé.

— Aïe ! s'exclame Chase qui feint de frotter son biceps, provoquant l'hilarité de la tablée.

Sa mère nous ignore tous autant que nous sommes et porte son regard par-delà l'océan des tables, agitant de temps à autre la main à l'adresse d'une connaissance à l'autre bout de la salle.

Quand Chase la présente à sa cousine, Kat manque de tomber en pâmoison.

— Je vous aime d'amour, balbutie-t-elle.

Devant cette bévue de fan énamourée, je suis secouée d'un petit rire que j'étouffe en plaquant une main sur ma bouche. Chloe hausse les sourcils et Kat se recroqueville en secouant la tête.

— En fait, je veux dire que je suis amoureuse de votre travail, rectifie-t-elle.

Chloe s'esclaffe. La pauvre Kat se tasse sur son siège et détourne le regard, les joues désormais rouge vif. Carson lui pose une main dans la nuque, pour la réconforter d'une petite pression, ce que je trouve tout à fait fascinant.

Pleine de délicatesse, Chloe lui tend une perche.

— Je n'avais pas réalisé que quiconque aux États-Unis puisse avoir entendu parler de moi !

Kat sort aussitôt de son avachissement, elle sourit et se plaque une main sous le menton.

— Vous plaisantez ? J'ai sorti des photos de votre travail de *Harper's Bazaar* et de l'édition italienne de *Vogue*. Je les ai même rangées dans un classeur que je peux feuilleter si j'ai besoin d'idées pour mes costumes !

Kat en est presque à sautiller d'excitation. Chloe écarquille les yeux.

— Vraiment ? C'est super ! Où travaillez-vous ?

— Au San Francisco Theatre. Je suis la costumière en chef de tous les spectacles.

Kat rayonne de fierté. Elle a gravi les échelons un à un et son travail est magnifique. Elle travaille dur sur chaque costume, mais le résultat est là : son travail est impeccable.

Chloe accorde la plus grande attention aux explications détaillées de Kat concernant son travail.

— Waouh ! J'aimerais bien concevoir des costumes, un jour. Ça touche à la mode et c'est ludique à la fois. (Kat hoche la tête, tout excitée.) Eh, pourquoi vous ne viendriez pas voir mon showroom privé, un jour ? J'occupe un espace dans l'immeuble Davis. Au quarantième étage, avec deux autres stylistes. J'aimerais avoir ton opinion – ça ne te dérange pas si on se tutoie ? – sur la nouvelle ligne que je prépare pour le printemps prochain.

Kat me donne un petit coup de coude et me chuchote :

— Oh, bon sang ! (Puis elle recompose son attitude en redressant le dos et en inclinant la tête sur le côté pour repousser une mèche de cheveux derrière son oreille, comme si elle n'était pas en train de mourir d'excitation.) Ce serait chouette. Hein, Gigi ?

Elle plante son épaule dans mon biceps.

— Tout à fait ! je lance avec un petit gloussement enthousiaste, tout en agrippant mon bras endolori. On adorerait venir.

Chase m'attire contre lui pour enfouir son visage dans mon cou.

— Tu es tellement douce, je pourrais te manger pour mon petit déjeuner, me chuchote-t-il à l'oreille. Mmm, ajoute-t-il en me mordillant doucement la peau. Je crois que je vais le faire.

— À la place de tes cookies, tu veux dire ?

Je souris tout en sirotant mon champagne. Il s'esclaffe et resserre son étreinte.

— Si possible avec mes cookies.

Sur un ultime petit coup de dent, il s'écarte de moi et discute avec sa cousine.

Les lumières baissent et un homme d'une rare élégance se fraie un chemin à travers la foule pour venir tirer la dernière chaise libre à côté de la mère de Chase et de Chloe. Il s'incline et dépose un baiser sur la joue de la vieille dame avant de jeter un coup d'œil circulaire à notre tablée. Ses cheveux poivre et sel donnent une indication sur son âge, mais ne nuisent pas à son allure. Oui, il a bel et bien les gènes des Davis. Il adresse un petit signe de la main à Chase avant de s'arrêter quand celui-ci passe un bras autour de mes épaules. Les yeux de l'homme croisent les miens tandis qu'il nous examine avec le plus grand intérêt.

— Mon oncle Charles, l'homme qui m'a élevé, m'explique Chase.

J'opine du chef, tandis qu'il embrasse mon épaule dénudée. Son oncle m'adresse un sourire amusé que je lui retourne.

Après quelques « tss-tss » entre ses dents, la mère de Chase reporte son attention sur l'estrade. De son perchoir, le maître de cérémonie demande à l'assistance de s'installer. Les serveurs se démènent pour apporter les entrées tandis que nous écoutons l'histoire des gens à travers le pays et le monde qui ont perdu leur domicile au cours de l'année écoulée. L'orateur parle du travail accompli par l'organisme caritatif, grâce à la générosité de donateurs, parmi lesquels figurent les personnes de l'assistance. Il lance un diaporama.

Vers la fin de la présentation, l'animateur distingue quelqu'un en particulier :

— Cet homme ne s'est pas seulement investi en offrant des conceptions architecturales, des plans de logements et des services par l'entremise de sa société, il a également sorti des millions de sa poche en faveur de notre cause. C'est pour cette raison que nous aimerions distinguer Chase Davis et en faire l'Humanitaire de l'année. Chase, je vous en prie, venez recevoir votre prix !

Chase relève brusquement la tête, visiblement stupéfait. Il ne s'y attendait pas. Je me mets debout et j'applaudis avec tout le monde dans la salle. Lui observe l'assistance, ouvre la bouche puis se passe la langue sur les lèvres et baisse les yeux. Finalement, il se résout à les relever et m'attire dans une étreinte vigoureuse.

— J'étais à mille lieues de m'en douter, me chuchote-t-il à l'oreille.

La salle explose en un tonnerre d'applaudissements et un projecteur se braque sur notre table. Chase se dirige vers l'estrade dont il gravit les marches. Le grand écran à cristaux liquides dans son dos affiche une immense photo de lui portant un casque de sécurité, un T-shirt « Houses for Humanity » sur son large torse et un jean délavé bas sur les hanches. Il se tient devant une maison en ruine, muni d'un ceinturon porte-outils. Une masse en équilibre sur une épaule, il est tout ce qu'il y a d'appétissant.

La foule s'apaise quand Chase accepte son prix.

— Merci pour cette récompense. Honnêtement, en me rendant ici ce soir, je n'avais aucune idée que je recevrais le prix de l'Humanitaire de l'année. (Il lève la structure de cristal.) Je ne sais vraiment pas si je le mérite, car je crois que tout homme a le droit élémentaire de disposer d'un endroit chaleureux où vivre, un endroit où suspendre son manteau après une honnête journée de travail, quelque chose qu'il puisse appeler son chez-lui. (La salle accueille cette déclaration par un tonnerre d'applaudissements.) Merci, je chérirai ce prix à jamais. À présent, ouvrez vos chéquiers, parce qu'il est temps de donner en retour.

Le maître de cérémonie regagne le podium tandis que Chase en descend.

— Je ne saurais dire mieux que monsieur Davis.

Il poursuit son discours, mais mes yeux sont plantés sur l'homme qui tient son prix en arborant un sourire timide. Chase revient à notre table après avoir serré plusieurs mains et tapoté plusieurs dos. Je suis toujours debout, faute d'avoir été en mesure de me rasseoir à partir du moment où son nom a été bruyamment appelé dans le haut-parleur. Son regard croise le mien, plein d'un bonheur et d'une faim que je reconnais au plus profond de moi, parce qu'elle correspond à mon propre désir. Chase m'attire contre lui, il plaque nos poitrines l'une contre l'autre, avant de m'agripper par la taille pour me faire décrire un cercle tout en m'embrassant dans le cou.

— Humanitaire de l'année ! C'est un immense honneur, mon chéri, je lui chuchote.

Il me serre dans ses bras et me repose au sol.

— Bien joué, cousin.

Chloe se lève pour l'étreindre. Cooper lui donne une tape dans le dos.

— Félicitations.

Chase sourit et hoche la tête. Leur animosité réciproque semble en suspens pour le moment.

— Beau discours, jeune homme, fait Charles Davis en serrant la main de Chase.

Un large sourire aux lèvres, il s'approche de sa mère pour lui montrer son trophée. Elle a les larmes aux yeux.

— Je suis fière de toi, mon chéri.

Il l'enlace et dépose un baiser sur sa joue. Elle lui caresse les cheveux comme le ferait une mère avec son petit enfant adoré. Elle n'est pas si méchante que ça, après tout. À l'évidence, elle aime énormément son fils qui, de son côté, n'émet jamais le moindre propos désagréable à son encontre. On dirait bien qu'elle n'a du mal qu'avec moi. Il faudra que j'interroge Chase à ce sujet, mais pas ce soir. Ce soir, nous célébrons sa réussite. Chase est félicité par Kat et Carson, qui se tiennent discrètement la main sous la table, pour ma plus grande joie. OK, Chase a reçu le prix d'Humanitaire de l'année, mais moi, je suis sur le point de remporter celui de Meilleure amie de l'année pour mes œuvres d'entremetteuse. J'ai toutes les peines du monde à ne pas céder à mon désir de texter à Maria et Bree pour leur donner les détails juteux de l'incroyable rencontre amoureuse que j'ai agencée.

Après ce qui me semble avoir duré une éternité et le service de plusieurs plats, les gagnants de l'enchère silencieuse sont annoncés et un groupe local commence à jouer les tubes du moment.

Une chanson de Maroon 5 figure en tête de leur liste et la piste ne tarde pas à se remplir de couples se déhanchant en rythme.

Carson attrape la main de Kat pour l'attirer sur la piste de danse. Ils paraissent vraiment s'apprécier et Kat a du même coup oublié son adulation pour Chloe Davis. Elle est davantage conquise par un certain mâle Davis pour le moment.

— Ça te dirait qu'on danse, Gillian ?

Il ne faut pas plus à Chase que mon hochement de tête pour qu'il me prenne la main et m'entraîne sur la piste.

Nous oscillons au rythme de la chanson de Maroon 5, qui parle d'une femme coincée dans son corps comme un tatouage. Je me déhanche et ondule légèrement des fesses.

Chase porte les mains sur mes hanches.

— Purée, ce que tu es sexy !

J'éclate de rire, pour empêcher mon désir de se manifester au grand jour, exactement comme quand je suis de sortie avec les filles. Maria nous a enseigné à toutes des mouvements de danse compliqués et, lorsqu'on se retrouve toutes les quatre sur une piste de danse, on envoie tout. Chase me fait tournoyer et me ramène contre son torse d'acier. Il est vraiment bon danseur et j'aime être serrée ainsi contre lui par intermittence. Ses mains glissent dans mon dos et se saisissent de mes hanches, sans toutefois s'égarer là où elles ne devraient pas.

Moi, de mon côté, j'éprouve les pires difficultés à garder les mains loin de mon Superman sexy. Mes inhibitions oscillent à l'instar de la musique et je me retrouve à faufiler les mains dans sa veste et à les faire glisser vers son fessier bien ferme. Avant que j'aie pu atteindre l'objet de ma quête, Chase me prend les mains et me fait tournoyer d'un bref mouvement du poignet. Devant ma moue boudeuse, il me lance un clin d'œil.

Nous dansons sur deux chansons supplémentaires avant de nous diriger vers l'un des bars dans un coin de la salle.

Chase commande un verre de vin blanc pour moi et un gin tonic pour lui. Nos boissons à la main, nous retrouvons les autres convives de notre table, à l'exception de Cooper, pour l'heure invisible. Ce qui me soulage. J'ignore ce qui se joue entre ces deux-là, mais Chase est d'excellente humeur pour le moment, alors autant que les choses demeurent en l'état.

— Eh, Gigi ! Je viens de recevoir un texto de Ria. Elle dit que Tom a six billets en trop pour le match de base-ball de demain et elle veut qu'on vienne tous. Visiblement, des gars de son travail ne peuvent pas y aller. Carson dit qu'il sera des nôtres. Qu'en est-il de vous deux ? demande Kat, tout excitée.

Chase observe Carson. Celui-ci sourit et baisse timidement les yeux vers ses chaussures, avant de détourner le regard. Il aime bien Kat ! C'est super.

Chase passe les doigts dans ma nuque avant de me tapoter le menton.

— Ça te dirait d'y aller, Gillian ?

— Oui, beaucoup. Ça promet d'être amusant.

— Dans ce cas, on en est. Mon entreprise possède une loge au stade. On aura l'air conditionné, comme ça. Je pourrais nous organiser un service traiteur, suggère-t-il.

Mon sourire s'efface et je détourne les yeux. Il s'aperçoit aussitôt de ma gêne.

— Qu'est-ce qu'il y a ? demande-t-il.

— Rien. Comme tu veux, je réponds, histoire de ne pas le forcer à quoi que ce soit.

Je sais qu'il cherche à se montrer gentil et serviable. Chase me relève le menton pour plonger ses yeux dans les miens.

— Qu'est-ce qu'il y a ? répète-t-il de sa voix sévère. Je ne te reposerai pas la question.

— Si Tom nous offre des tickets, on devrait les accepter tels quels. Peut-être qu'il cherche à impressionner la femme qu'il courtise en invitant ses meilleurs amis au match. Je ne voudrais pas lui gâcher sa fête.

— Bon sang, mon pote, elle t'a remis à ta place. Gigi, j'aime les filles qui disent ce qu'elles pensent ! s'esclaffe Carson qui jubile. Ça remonte à quand, la dernière fois qu'une femme t'a parlé comme ça, Chase ?

— Jamais, répond-il, catégorique. (Il me donne un petit baiser.) Tu es honnête et ça me plaît. On ira avec tes amis, aux places qu'il a achetées.

— J'envoie un texto à Ria, annonce Kat.

— J'envoie un texto à Phillip, je renchéris.

— Pardon ? m'interrompt Chase. Pourquoi tu invites Phillip à un événement destiné à des couples ?

Il y a de nouveau dans son intonation cette nuance que je commence à détester.

— On conspire pour mettre Bree et Phillip en ménage. À un dîner, l'autre soir, elle a avoué qu'elle craquait sur lui. Ce sera le moment idéal de jouer les entremetteuses, je conclus en battant des cils pour plus d'effet.

Chase se détend.

— Bree, c'est celle que je n'ai pas encore rencontrée ? La prof de yoga ? (J'acquiesce.) Ça me semble une excellente idée.

Bien sûr qu'il est content de me voir « marier » Phillip avec une autre femme. J'aime qu'il se montre jaloux et possessif, cependant. Toute fille en a un peu besoin pour se sentir désirable. Tant qu'il ne dépasse pas les bornes, tout ira bien entre nous.

En fin de soirée, nous nous glissons dans la limousine de Chase. La boisson a coulé à flots tumultueux et nous ressentons tous les effets de l'alcool. Premier arrêt : nous déposons Kat. Je suis surprise de voir Carson sortir du véhicule avec elle.

— Tu veux que je t'envoie Jack un peu plus tard, pour qu'il te récupère ? propose Chase.

Kat se blottit contre la poitrine de Carson et lui murmure quelque chose à l'oreille.

— Euh… Non. Pas besoin. Elle me ramènera à la maison quand on aura dessaoulé. File. Va célébrer ton prix avec ta femme, monsieur Beau gosse de l'année. Pardon, tu as gagné quoi, au fait ?

Il secoue la tête.

— « Beau gosse de l'année ». Bien vu, s'esclaffe Chase. Kathleen, je t'en prie, ne le ramène pas trop tôt. (Il lui tend une carte par la vitre.) C'est ma carte de visite avec mon numéro de portable. N'hésite surtout pas à m'appeler en cas de besoin ou si tu veux que Jack passe le prendre.

Elle s'empare de la carte.

— Je n'ai pas l'intention de l'emmener où que ce soit dans un avenir proche… si ce n'est un jour, avoue-t-elle.

Carson, qui lui pelote les fesses, l'embrasse n'importe comment dans la nuque. Je les regarde à travers ma vitre, complètement médusée. Tandis qu'ils se donnent en spectacle, je me penche lourdement sur Chase.

« J'ai hâte de te voir nue… » Tels sont les derniers mots que j'entends Carson prononcer avant que Jack manœuvre la limousine pour qu'elle regagne la circulation.

— Bon sang, tu as vu ça ? Ils vont passer la nuit ensemble, c'est sûr et certain ! je m'exclame.

Les yeux de Chase lancent des étincelles et il m'attire contre son flanc.

— Il m'a dit qu'il allait monter cette jument jusqu'à l'aube. L'épuiser tant et si bien qu'elle n'arrivera plus à marcher demain ! lâche-t-il en riant.

Je ricane avec lui.

— C'est quoi, son truc ? La version moderne du cow-boy ?

Chase hausse les épaules.

— J'imagine. Il a toujours apprécié les westerns. Pour tout te dire, il possède bel et bien une ferme, en dehors de la ville, avec une écurie et plusieurs chevaux. Soi-disant que c'est ce qu'il a trouvé de plus approchant de la campagne sans déménager au Texas.

— Je l'aime bien. C'est un chouette type.

— En effet, et il va traiter Kathleen en princesse… Enfin, quand il aura fini de la baiser comme un malade. Car ce garçon aime baiser.

L'ébriété de Chase le rend un peu plus bavard que d'habitude.

— En parlant de baiser…

Je relève ma jupe et glisse sur le sol.

— Qu'est-ce que tu fais ? demande Chase alors que je me débats déjà avec la boucle de sa ceinture. Oh, merde, bébé ! Ici ?

Le prendre au dépourvu devient une nouvelle manie, chez moi. Et puis, il a besoin de lâcher prise plus souvent. Je lui adresse un sourire diabolique. Je n'ai pas encore eu l'occasion de devenir assez proche et intime de son sexe à mon goût, alors en cet instant, rien, à part un accident de voiture, ne saurait m'empêcher de le prendre dans ma bouche.

Les paupières lourdes, Chase me regarde ouvrir sa braguette. Je me saisis de son pantalon et de ses sous-vêtements pour les lui faire glisser jusqu'aux chevilles. Son sexe, libéré, ne tarde pas à s'animer dès que je l'ai caressé deux fois en guise de salutations. Mon homme se rejette en arrière contre l'appuie-tête et passe la langue sur ses lèvres si douces. Il a une belle queue. Longue et très épaisse, d'un rose parfait. Globalement plus grande que celle de tous mes amants précédents, et plus jolie aussi. Bien droite, elle se dresse fièrement, attendant que je m'occupe d'elle. Je passe lentement mes lèvres et mon menton sur toute sa longueur pour me familiariser avec son odeur. Un parfum musqué envahit mes sens au point de me faire saliver. Insinuant les doigts dans le buisson de boucles sombres à la base, j'agrippe son sexe et place mes lèvres sur sa large couronne. Les yeux de Chase trouvent les miens quand je donne un coup de langue sur sa pointe. Et quand je l'avale entièrement, en passant la langue autour de son gland, il se mord les lèvres et pousse ses hanches vers l'avant.

— Bon sang, bébé, que c'est bon, lâche-t-il entre deux halètements, les yeux toujours rivés aux miens.

Ses mots agissent sur moi comme un coup d'éperon. Je le prends plus profondément dans ma bouche, faisant aller et venir mes lèvres sur toute sa longueur jusqu'à son gland. Du bout de la langue, je taquine la fente à la pointe de son sexe, pour le forcer à s'enfoncer d'une petite poussée dans ma bouche. Quelques gouttelettes annonciatrices du plaisir perlent de la fente, diffusant une note salée sur ma langue. Des frissons de désir me descendent le long de l'échine et trempent ma culotte, tandis que j'imagine le goût de sa libération sur ma langue. Je lèche toute sa longueur, faisant courir ma langue de haut en bas, humectant chaque centimètre de sa queue magnifique avec ma salive. Je la prends profondément dans ma bouche, jusqu'à ce que son large gland vienne heurter le fond de ma gorge. Je détends mes mâchoires pour déglutir et respirer par le nez. Un râle surgi des tréfonds de son corps franchit ses lèvres, alors que je sens les muscles de ses cuisses se durcir. Sur l'une de ses inspirations, je l'avale encore plus loin, pour l'avoir tout au fond de mon corps. Puis je grogne et gémis autour de son sexe, tandis que ma gorge se resserre autour de sa couronne.

— Putain, bébé, tu me prends si profond, chuchote-t-il. On ne m'avait encore jamais fait ça.

Je me mets vraiment à aller et venir, pour l'engloutir tout entier et le sucer énergiquement en remontant. Du bout des doigts, il caresse légèrement la naissance de mes cheveux pendant que je vais et viens le long de son membre. Les haut-le-cœur que j'éprouve ne sont pas très puissants et je suis en mesure de me détendre assez pour l'accueillir si profondément dans ma bouche que ses poils pubiens me chatouillent les narines. Je prends une lente inspiration par le nez et, quand il est fiché le plus profondément possible dans ma gorge, je déglutis. Son bassin se soulève brusquement, sous la pression, et il s'enfonce encore en moi.

— Merde, je vais jouir !

Il tente de se retirer, mais je redouble d'efforts, suçant et léchant jusqu'à ce qu'il implore sa libération. Il plonge les mains dans mes cheveux pour s'emparer doucement de ma tête. Ses doigts s'entortillent à mes cheveux pendant qu'il baise ma bouche. Moi, je pompe furieusement et il pousse une fois, deux fois jusqu'à ce que son corps entier se tende et que ses fesses se soulèvent du siège en cuir pour une ultime poussée. Il laisse échapper des râles sonores au moment où il se libère en giclant dans ma bouche et au fond de ma gorge. Il gémit mon nom tandis que je suce plus fort, comprimant la base de son sexe avec ma main pour prolonger son plaisir. Il a une saveur paradisiaque. Épaisse et acidulée. Je me fais un plaisir de l'avaler jusqu'à la dernière goutte. C'est un plat qu'il vaut mieux manger chaud et je suis une femme affamée.

Quand je relève la tête, Chase est appuyé contre le repose-tête de la banquette de cuir, le pantalon sur les chevilles, le pénis humide toujours à moitié dur, mais perdant peu à peu sa rigidité. Bouche ouverte, il avale de grandes goulées d'air. Je souris, fière de moi, et me pelotonne contre son flanc tout en caressant la peau douce de sa cuisse, passant mes ongles dans son fin duvet.

Il tourne la tête et me regarde, sidéré.

— On ne m'a jamais avalé comme ça, avant. Tu es une déesse ! ajoute-t-il.

L'émerveillement est perceptible dans sa voix, ce qui me fait rire.

— Non, c'est juste que mes haut-le-cœur sont plutôt modérés, je réplique.

— Il n'empêche que tu es quand même une déesse et que je suis un sacré veinard, insiste-t-il en m'embrassant.

Et chacun de nous conduit le baiser à tour de rôle, jusqu'à ce qu'on regagne son immeuble.

Nous parvenons tant bien que mal à traverser le hall pour grimper au cinquantième étage et rejoindre son penthouse. Nous tenons à peine debout. Il abaisse la fermeture Éclair de ma robe et se tourne pour attraper son pyjama. Il me lance l'une de ses chemises blanches. J'ôte mon soutien-gorge et passe la chemise, pendant qu'il tire le couvre-lit. Dès qu'il a grimpé dans le lit, je me glisse à ses côtés en me blottissant contre sa poitrine. Je dépose un baiser à l'emplacement de son cœur.

— Merci pour ce soir.

Il ne dit rien et, pour autant que je puisse en juger, pelotonnée contre son torse, il ne bouge pas.

J'en viens à me dire qu'il s'est endormi, mais quand je lève les yeux, je le découvre en train de m'observer.

— Je suis très fière d'être avec l'Humanitaire de l'année.

Il me serre dans ses bras et dépose un doux baiser sur mes lèvres. Ses yeux cherchent les miens.

— Non, c'est moi qui ai de la chance d'être avec toi.

Je souris et retourne me lover contre son torse. L'oreille posée pile sur son cœur, je m'endors au son de ses battements.

12

— Réveille-toi, beauté, c'est jour de match ! (Chase glisse une main dans mon dos, ce qui me chatouille la colonne vertébrale.) Ton téléphone n'arrête pas de biper comme un dingue depuis une heure. Tu devrais le consulter, à mon avis.

J'ouvre les yeux et étire mes membres épuisés. Jour de match ! Oh, bon sang, ce qu'on va s'amuser !

J'emmène ma moitié passer du bon temps avec mes meilleurs amis. *Ma moitié*. Hmm, ça va prendre du temps pour que je m'y habitue. Chase est enveloppé d'une serviette, en train de se sécher les cheveux avec une autre. Je me régale les yeux en le regardant déambuler dans la chambre. Le beau gosse absolu. Les paroles que Carson a prononcées dans son ivresse me reviennent en mémoire. « Le Beau gosse de l'année. » Je m'esclaffe *in petto*. Chase s'immobilise, tourne son magnifique fessier vers moi et suspend la serviette autour de son cou. Son torse doré est comme un phare qui m'enjoint à rentrer à la maison, tandis que je rampe vers lui. Il est trop appétissant pour que je l'ignore.

— Qu'est-ce qu'il y a de si drôle ?

— Je me disais juste que Carson avait bien raison, hier soir.

Je m'agenouille et plaque les mains sur son large torse en écartant les doigts pour former une étoile. Ses pectoraux sont si développés que ma main en éventail s'y loge entièrement.

Il fronce les sourcils.

— Tu es le Beau gosse de l'année, j'explique en embrassant son pectoral droit.

Il éclate de rire, puis gémit quand je lui embrasse un téton et fais courir ma langue autour du petit bouton de chair élastique. Ses tétons sont aussi sensibles que les miens et je prends un malin plaisir à constater que je peux le rendre dingue en les léchant et en les embrassant.

— Non, me prévient-il, mais je continue. Tu dois te préparer.

Il prend doucement ma tête entre ses paumes alors que je donne un léger coup de langue à un petit carré de peau. Chase gémit et la serviette nouée sur ses hanches commence à s'écarter à mesure que son sexe durcit.

— J'ai pris la liberté de consulter tes textos. Maria dit que nous devons être au stade à 11 heures et récupérer nos tickets à l'accueil. Il est près de 10 heures, là.

Il repousse mes épaules. Je fais la moue.

— Tu as consulté mes textos ?

— Oui, ce satané machin n'arrêtait pas de sonner et de biper sans arrêt. Je savais que tes amis essayaient de te contacter, mais je voulais te laisser dormir.

Il se dirige vers les toilettes. Une lueur méfiante s'allume dans mon subconscient devant ce mépris flagrant de mon intimité. D'accord, je ne suis pas vraiment en colère, il n'empêche qu'il a accédé à des informations privées sans me demander mon accord.

— J'aurais préféré que tu me réveilles avant de consulter mon téléphone, je lance en direction des toilettes.

Il revient, vêtu d'un jean bleu foncé usé et d'un T-shirt noir qui moule son torse ferme de façon alléchante. Miam ! Avec une grâce que je n'ai jamais observée chez aucun homme, il s'approche de moi et prend mon visage entre ses mains.

— Je vais essayer de ne pas envahir ton espace personnel, mais j'aimerais bien que tu ne me caches rien.

Je lève les yeux au ciel et m'arrache à son étreinte. Il a déjà laissé des habits à mon intention sur la chaise à l'autre bout du lit. Bien entendu, il a choisi un jean skinny Gucci hors de prix et un chemisier Chanel fluide aux manches trois quarts. Des bottes Prada à talons plats et montant à hauteur de genou sont posées au sol, à côté de la tenue. Leur teinte crème en fait l'une des paires les plus splendides qu'il m'ait été donné de voir. Découvrant le soutien-gorge et la culotte propres qu'il a laissés sur la commode, je m'empresse de m'habiller.

Ça m'agace qu'il ait de nouveau pris le contrôle. Si je le laisse faire sur ces petites choses, va-t-il commencer à régenter tous les aspects de ma vie, comme Justin ? Quand j'ai fini par lui échapper, je n'avais plus rien. De rares amis, aucune famille et rien que je puisse revendiquer comme m'appartenant. J'ai besoin de temps pour résoudre ces problèmes avec Chase sans paraître désagréable ou ingrate.

Mais pas aujourd'hui ! C'est jour de match et nous devons constituer un couple. Comme je n'ai guère de temps pour me préparer, j'opte pour une queue-de-cheval. J'ajoute une touche de maquillage et je suis prête à partir en trente minutes.

Chase a préparé du café à emporter dans une Thermos et il me tend quelque chose enveloppé dans du papier aluminium.

— Bentley prend ses dimanches. Je nous ai préparé des sandwichs œufs-bacon-fromage pour la route.

Il a cuisiné pour moi ? Mon Humanitaire de l'année, cet écolo sexy et philanthrope m'a préparé un petit déjeuner ? Je suis complètement fichue. Impossible que je ne tombe pas amoureuse, que je ne livre pas mon cœur à cet homme et que je ne le perde pas une nouvelle fois.

Quand a-t-il eu le temps de faire tout ça ? Il n'a pas dormi ? Après la nuit dernière, j'étais complètement morte et j'aurais eu bien besoin de deux heures de sommeil supplémentaires.

— C'est toi qui as fait ça ?

— Tu me pensais incapable de cuisiner ? feint-il de s'offusquer, les mains plaquées sur son cœur censément blessé.

— J'aurais parié une grosse somme que tu ne savais pas cuisiner et que tu n'avais même jamais passé une minute dans une cuisine, je réponds en secouant la tête avec un sourire.

Il marque un point, ce qui ajoute un item à la liste interminable des raisons stupéfiantes pour lesquelles je me suis amourachée de lui.

M'attirant dans ses bras, il appuie son front contre le mien.

— Il y a des tas de choses que tu ignores à mon sujet. Mais on a tout le temps devant nous, conclut-il en déposant un petit bisou sur mes lèvres. (Vu qu'il a raison, je me contente d'acquiescer.) J'adore cuisiner et je réserve cette activité au dimanche, parce que je n'ai pas le temps de m'y consacrer autant que j'aimerais.

— J'aime cuisiner, moi aussi. On pourrait peut-être préparer un plat ensemble, ce soir ? je suggère.

Son sourire se mue en grimace.

— Je ne peux pas. Après le match, je dois filer à Los Angeles pour signer un contrat à la première heure demain matin. Je prends un avion à 21 heures. (Il m'embrasse délicatement.) Mais on a la journée d'aujourd'hui et le week-end prochain pour planifier un rendez-vous culinaire. Qu'est-ce que tu en penses ?

Génial. Fantastique. Merveilleux. Je garde tous ces mots pour moi, encore abasourdie que cet homme veuille me revoir le week-end prochain. C'est dans cinq longues journées et il projette de me retrouver. Quelque chose éclate en moi, provoquant un étourdissement que je n'ai pas éprouvé depuis longtemps.

— Parfait, je finis par lâcher.

Ce délai me donnera le temps de réfléchir au contrôle que Chase a exercé sur moi pendant ce week-end et à la facilité avec laquelle je lui ai cédé. Peut-être pourrai-je bâtir un plan pour me protéger.

À 11 heures pétantes, nous nous présentons au guichet d'accueil. Chase est contrarié que nous ne soyons pas arrivés en avance. Il est persuadé qu'il ne faut jamais faire attendre quiconque. Cette façon de voir les choses lui vaudra une crise cardiaque à la quarantaine, mais en attendant, il se montre ainsi plein d'égards. La tâche qui va m'incomber, c'est de lui apprendre à ralentir et à apprécier ce qui l'entoure. S'il n'y parvient pas, il risque de manquer des choses merveilleuses.

Nos places sont pile au centre des gradins, dans la deuxième travée à partir du terrain, juste derrière le batteur.

— Si on était allés dans ma loge, on aurait eu une vue complète du terrain, me glisse Chase à l'oreille.

Je lui donne un coup d'épaule. Tous mes amis sont déjà installés, en pleine discussion. Tom et Maria sont les plus éloignés de nous ; viennent ensuite Bree et Phillip, puis Kat et Carson. Tom se lève et s'avance vers nous.

Il est grand, d'une carrure imposante. Bien plus large que Chase, ce qui, en temps normal, ne manquerait pas de m'intimider, mais vu qu'il est flic et qu'il a sauvé Maria, il y a des années, j'éprouve tout l'inverse en sa présence. Le crâne de Tom est complètement imberbe. Il doit se tondre régulièrement pour que sa coupe soit si rase. Il porte un maillot des Giants sur un jean étroit. L'incarnation de l'inspecteur de police de San Francisco. Cet homme, qui transpire l'autorité, a les yeux verts les plus doux qui soient, même s'ils sont pour l'heure dissimulés derrière des lunettes de soleil.

Il tend la main à Chase.

— Ravi de te rencontrer. Chase, c'est bien ça ?

L'interpellé lui serre la main.

— Oui, et tu es Tom, si je ne me trompe pas ?

Et Tom de hocher la tête.

— Tout juste.

— Super, ces places. Merci pour ton invitation.

Chase se montre aimable et je l'aime pour les efforts qu'il accomplit. *Je l'« aime » ? Non... Eh bien, peut-être ? C'est trop tôt !*

— C'est rien, mec. Assieds-toi à côté de ton cousin, fait Tom en désignant deux sièges libres près de Carson.

Bree se lève d'un bond et se fraie un chemin parmi nos amis. Chase saisit d'un coup tout ce qui fait Bree. Elle est renversante au quotidien, mais aujourd'hui, elle est carrément canon. Ses longs cheveux blonds se balancent librement dans le vent. Son corps bronzé resplendit sous le soleil, mis en valeur par un débardeur bleu ciel assorti à ses yeux. Elle a quelques centimètres de ventre à l'air, ce qui laisse voir la jolie fleur qui se balance à son nombril. Son jean à la taille extrêmement basse moule des courbes toniques à la perfection. Superbe.

— Je t'avais prévenu que toutes mes amies étaient belles, je chuchote à Chase.

— Tu ne plaisantais pas, en effet, réplique-t-il avec un sourire.

Je lui donne un petit coup de poing dans l'épaule. Bree m'attire dans ses bras pour un gros câlin. Puis elle répète son geste avec Chase, qui est pris de court.

— Je suis Bree, la meilleure amie de Gigi.

— Vous êtes ses meilleures amies toutes les trois, non ? demande-t-il.

— Oui, mais c'est moi qu'elle aime le mieux, répond Bree en s'esclaffant.

La beauté blonde ne tarde pas à être bombardée de pop-corn. Elle regagne son siège en gloussant.

— Tais-toi, Bree ! Tu sais que c'est moi qu'elle aime le mieux, hurle Ria.

Kat rigole, mais s'abstient de tout commentaire. Elle a visiblement mieux à faire avec Carson. Lequel a posé une main bien haut sur sa cuisse et passé l'autre bras autour de ses épaules.

— Vous m'avez l'air très proches, tous les deux, je constate.

Kat vire au rouge pivoine, tandis que Carson sourit à la manière du chat qui aurait mangé le canari.

— *Cara bonita* ! s'écrie Maria pendant que je me faufile sur mon siège. Tu es archi-sexy !

Et Phillip et Chase de renchérir en chœur :

— Plus que sexy.

Chase tourne vivement la tête pour observer Phillip. Je le pousse vers son siège, car je sens la tension qui émane de lui depuis la seconde où il a entendu le commentaire de Phillip. C'est à moi d'apaiser sa rage, je décide, et de détourner l'attention dont je suis l'objet.

— Salut, Phil. Tu ne trouves pas que Bree est sexy, elle aussi ? je demande.

Bree, qui rejette ses cheveux en arrière, paraît irritée par ma remarque, mais elle finit par sourire et se rasseoir sur son siège, à côté de celui de Phil.

— Comme toujours ! répond-il du tac au tac. (Et le voilà qui la reluque sans vergogne.) Vraiment, confirme-t-il à l'intention de l'intéressée.

Bree plante brusquement son regard dans le sien et elle sourit. Chase se détend. Le moment est venu de passer à l'étape suivante.

— Salut, Gigi, me lance Phil.

Avant de lui répondre, j'attire le visage de Chase vers le mien et je lui plante un baiser sur les lèvres. Qu'il approfondit, enfouissant les mains dans mes cheveux au niveau de la nuque pour me presser contre lui. Quand je recule, il m'offre son sourire sexy à mort.

— Oh, je t'en prie ! grommelle Phillip.

Sans détourner le visage de Chase, je lui réponds :

— Oui, c'est quoi, le problème ?

Et je blottis mon front contre Chase, transformant ma démonstration d'affection en un véritable numéro.

Les filles sont assez malignes pour comprendre ce que je suis en train de faire. Quand je m'écarte, Maria secoue la tête en signe de réprobation, mais un petit sourire soulève les commissures de ses lèves. Bree sourit comme un enfant le matin de Noël, les mains jointes sur son cœur. Kat n'a pas dû avoir le mémo, parce qu'elle ne me prête aucune attention, préférant mordiller le cou de Carson. Phillip, lui, fulmine bel et bien.

— Eh, Phil, ça te dirait qu'on aille chercher des bières pour tout le monde ? je propose.

Il faut que je tire les choses au clair avec mon meilleur ami, et sans tarder. Chase se lève.

— Je t'accompagne, déclare-t-il fermement.

Je pose une main sur son torse.

— Non, pas question, je réplique en cherchant à croiser son regard pour lui indiquer ce dont j'ai besoin, cette fois. En revanche, je veux bien un peu d'argent.

— Bien sûr, répond-il devant ma main tendue.

Il sort son portefeuille à la vitesse de l'éclair. J'adresse un clin d'œil à Bree qui observe la scène. Il dépose une poignée de billets de vingt dollars dans ma main, bien plus que ce qu'il me faut pour des bières, mais je ne vais pas m'en plaindre. Je sais que lui demander de l'argent devant mes amis était la meilleure chose à faire. Cela conforte son sentiment de propriété, l'impression qu'il peut subvenir à mes besoins.

— Prends tout ce que tu veux et achète une bière pour chacun.

Il m'embrasse rapidement et se rassied. Le sourire qui illumine son visage n'a pas de prix.

Je jette un coup d'œil à Maria qui lève les yeux au ciel. Kat forme le symbole « Parfait » avec ses doigts tandis que Phillip se faufile parmi nous.

— Prête ? lâche-t-il dans un souffle.

Quand nous sommes parvenus à la buvette, je lui plante mon index dans la poitrine.

— C'est quoi, ton problème, bon sang ?

J'en ai marre de l'autoriser à se comporter avec moi comme un connard de macho.

Il recule d'un pas.

— Moi, j'ai un problème ? Ce serait pas plutôt toi qui

en as un ? La nana qui roule une pelle en public à un gars qu'elle ne connaît que depuis… combien de temps ? Une demi-seconde ?

— Je le connais depuis près de deux semaines, maintenant, et nous sortons ensemble, d'accord ? Je suis très heureuse avec Chase. Qu'est-ce qui te dérange, là-dedans ?

J'enfonce encore mon index, plus fort que je ne devrais.

— Arrête, ça fait mal ! (Il écarte ma main de sa poitrine.) Je ne sais pas. Peut-être que je suis juste fatigué de te voir sortir avec des types qui ne te méritent pas, c'est tout, avoue-t-il, le regard baissé vers ses chaussures.

— Et tu penses que toi, tu me mérites ?

Ses yeux se braquent aussitôt sur les miens. Une expression dévastée vient gâcher l'harmonie de son beau visage.

— Non, Gigi, ça n'a rien à voir. Je t'aime, mais…

Je gémis et prends une profonde inspiration.

— Phil, je sais. Je t'aime, moi aussi, comme un frère.

Il opine du chef et relâche la respiration qu'il devait retenir. Il se frotte la nuque du revers de la main, clairement gêné par cette conversation.

— Oui, précisément.

— Alors arrête de te conduire bizarrement avec Chase. Si ce n'est pas de la jalousie, qu'est-ce que c'est ? Je l'aime vraiment beaucoup et je ne veux pas que tu me ruines tout.

Je lui agrippe la main et la serre. Il fouille mon regard pour me rendre mon geste avec force.

— Tu es en train de tomber amoureuse de lui, c'est ça ?

Au lieu de répondre, je regarde au loin, pour gagner les précieuses secondes dont j'ai besoin. Si je ne peux mentir à Phil, je n'ai pas non plus eu vraiment le temps de réfléchir à mes sentiments.

— Gigi, je ne t'ai jamais vue comme ça depuis Justin, insiste-t-il.

Le simple fait d'entendre ce nom me donne des frissons. Phil m'attire dans une puissante étreinte.

— Je suis désolé, je ne voulais pas aborder le sujet. Simplement, c'est ce que je vois dans tes yeux quand tu regardes ce type, Gigi. Je veux juste que tu ménages ton cœur si sensible. (Pressée contre son torse, je hoche la tête et le serre plus fort.) Je n'oublierai jamais ce que ce connard t'a fait subir et, après avoir perdu Angie, je ne supporterai pas de voir quelqu'un que j'aime souffrir encore.

Une partie de moi a envie de serrer le poing en signe de victoire. Je savais que ce n'était pas de la jalousie ! Chase m'a tourneboulé l'esprit avec son comportement de coq protecteur. Je serre Phil contre moi, puis pose le menton sur son sternum pour lever les yeux vers lui. Il n'y a plus trace d'irritation dans ses yeux et je suis certaine que l'agacement a aussi déserté les miens. Tout roule de nouveau en ce bas monde.

— Allons acheter ces bières. Il ne faudrait pas que monsieur Macho s'inquiète de ta disparition.

— Oh, arrête ! je réplique en lui donnant un petit coup de poing dans le bras. Plus sérieusement, tu vas faire un effort avec lui, d'accord ?

J'assortis cette réplique de ma moue la plus convaincante, lèvres gonflées vers l'avant et yeux de chiot triste en prime. Il prend une inspiration et m'attire contre lui tandis que nous nous dirigeons vers la file d'attente.

— Si tu craques pour lui, je vais faire un effort. OK ?

— Promis ? j'insiste avec un large sourire, en me balançant d'un pied sur l'autre au point de presque sautiller presque sur place.

— Oui ! Qu'est-ce que tu es casse-pieds ! conclut-il avec un petit coup de coude dans mon épaule.

Pendant que nous attendons pour passer commande, je dispose de quelques minutes pour aborder le sujet de Bree. Depuis qu'Angela est morte, il y a deux ans, je n'ai jamais vu Phil ne serait-ce que proposer un rendez-vous à une fille. Il a eu une aventure d'une nuit, l'année dernière, une fois où nous étions de sortie et saouls comme des cochons. Dans le bar, une petite demoiselle dévergondée ne l'avait pas quitté des yeux de la soirée et avait fini par remporter le cocotier. J'avais laissé les choses se produire, sachant qu'il avait besoin d'une nuit de liberté. J'étais même allée récupérer Anabelle chez sa baby-sitter pour la ramener chez moi. La culpabilité qu'il avait éprouvée le lendemain m'avait brisé le cœur. Il s'imaginait avoir trahi sa défunte femme, ce qui lui avait valu de passer le mois suivant en thérapie. C'était la dernière fois que j'avais essayé d'arranger les choses pour lui. Jusqu'à aujourd'hui. Je veux qu'il tourne la page et apprécie de nouveau la vie. Je sais qu'Angela y tiendrait, elle aussi.

— Alors, comment tu trouves Bree ? je lui demande, mine de rien.

— Elle est jolie et marrante. Je l'aime bien. C'est une chouette fille.

— Super, donc tu pourrais envisager de sortir avec elle ?

— Un type comme moi ne l'intéresserait jamais, réplique-t-il le plus sérieusement du monde.

Je craignais qu'il me sorte ça. Je hausse les épaules en ricanant.

— Elle te trouve sexy.

Il me fait pivoter vers lui et plonge son regard dans le mien.

— Vraiment ? Elle a dit ça ?

Je hoche la tête en souriant.

— Tu devrais lui proposer une sortie à l'occasion. Juste vous deux. Sans le reste du groupe.

Sur quoi je m'éloigne, deux bouteilles de bière dans chaque main.

Il me suit en rigolant, les rouages de son cerveau sans doute déjà en train de tourner. Nous sommes sortis en groupe au fil des années, mais ces deux-là n'ont jamais été en position de s'envisager sous cet angle. En général, Bree fréquentait un énième barjo et Phil évitait quoi que ce soit qui puisse évoquer, ne serait-ce que de loin, les femmes et l'intimité. À présent, je remarque bien qu'il y réfléchit. Je ne peux qu'espérer le voir s'endurcir, mais connaissant Phillip, je sais qu'il ne le fera pas. Je vais sans doute devoir forcer un peu les choses. Quand je descends les escaliers qui nous ramènent à nos gradins, Chase, qui s'est levé, attrape deux des bières qu'il passe à Maria et Tom.

— Merci, mec ! lui lance Tom avant de boire une gorgée à sa bouteille.

— Merci à toi pour les billets !

Chase incline sa bouteille dans un mouvement typiquement masculin dont seuls les hommes sont capables.

Maintenant que tout le monde a sa bière, nous nous installons pour regarder le match. De temps à autre, Maria, Tom, Carson ou Chase protestent avec virulence contre une décision qu'ils trouvent injuste. Chase est vraiment à fond dedans. Chaque point des Giants est célébré par des « tope-là » unanimes.

Chase passe son bras autour de ma taille. J'ai posé le mien sur ses larges épaules pour m'appuyer contre lui tandis que je regarde mes amis. Tom tient la main de Maria pendant qu'ils commentent la partie. Elle lui plaît, c'est évident. Il penche la tête pour mieux l'entendre et ils rient des mêmes choses. C'est à se tordre de rire de les voir au bord de l'agonie quand une phase de jeu ne se déroule pas comme ils le souhaitent. Il y a de quoi s'étonner en constatant la vitesse à laquelle Maria est passée d'ignare complète en matière de base-ball à passionnée pour chaque action.

Kat et Carson sont seuls au monde. À demi tournée vers lui, elle a croisé ses jambes en travers des siennes. Ils communiquent en chuchotant. Il lève par intermittence les yeux vers le match, mais Kat retient la majeure partie de son attention. Il lui dépose de petits baisers sur les lèvres et l'épaule. Ils se tiennent la main depuis que nous sommes arrivés et n'ont pas vraiment prêté attention à qui que ce soit en dehors d'eux-mêmes. C'est charmant de la voir finalement aussi heureuse.

Je coule un regard à Bree et Phillip. Depuis notre conversation, il fait un effort pour lui parler. *Vas-y, Phil !* Je la vois jouer avec ses cheveux, se débrouillant pour le toucher chaque fois qu'elle en a la possibilité au fil de leur échange. Une petite claque sur son bras par-ci, un petit serrage de cuisse par-là. Bree en mode flirt total. Elle ne quitte pas Phillip des yeux et lui sort le grand jeu. Ils formeraient un couple superbe et je sais que Bree ferait une belle-mère géniale pour Anabelle. Il a vraiment besoin d'une autre femme que moi dans sa vie. Or on dirait bien qu'il apprécie la conversation, lui aussi. Il joue au gars timide avec elle : quand elle sort quelque chose de drôle, il baisse les yeux, secoue la tête puis la relève pour l'observer à travers ses cils. Charmant !

Chase se penche vers moi.

— Tu apprécies le match, bébé ? demande-t-il en inclinant la tête sur le côté.

Purée, ce qu'il est beau, mon homme ! Ses cheveux sont légèrement soulevés par le vent et il sourit d'une façon qui mettrait n'importe quelle femme à genoux.

— Énormément, je réponds en souriant.

Il revient au match et j'enfouis le nez dans son cou pour inhaler son odeur. Cette senteur boisée mêlée à celle des agrumes est mon talon d'Achille. Mon corps est submergé par une vague de chaleur qui décuple le moindre de ses effleurements.

— Pourras-tu me ramener chez moi, après le match ? je demande en lui massant l'épaule d'une main.

— Tu es la bienvenue si tu veux rester chez moi, propose-t-il.

— Je travaille demain et tu as ton vol pour L.A., je lui rappelle.

Il se renfrogne.

— Je te ramènerai chez toi.

— Je n'arrive à penser qu'à une seule chose, je lui chuchote à l'oreille. T'accueillir chez moi, dans mon lit.

Chase me rend audacieuse sur le plan sexuel, bien plus intrépide pour lui demander ce que je veux. C'est un sentiment que je ne connaissais pas, mais à la fois exaltant et libérateur. Sa main remonte sur ma cuisse et me caresse l'entrejambe. Même si je sens à peine son contact à travers mon jean, elle est là et je me presse contre elle.

— Je suis prêt du moment que tu l'es, lâche-t-il avec le plus grand sérieux.

— Attends un peu, je lui souffle en l'embrassant dans le cou.

— C'est une promesse que tu devras tenir.

Il termine sa bière en une goulée. Nous passons le reste de la journée à rire et à encourager notre équipe. Tous les huit, nous nous préoccupons surtout du match. Pendant la dernière mi-temps, les bases sont pleines. Le lanceur envoie la balle et le batteur marque un point fabuleux. La foule devient complètement dingue ! Je n'avais pas idée de ce qui arrivait quand les quatre hommes sur le terrain ont effectué leur tour victorieux autour des bases, chacun atteignant la sienne.

Tout le monde, y compris notre groupe, bondit, criant et applaudissant les Giants. Le commentateur annonce que les Giants ont remporté le match ! Loin de cesser, le rugissement du public devient complètement hystérique. Un par un, chaque homme attrape sa femme. Tom attire Maria dans un baiser endiablé. Il la soulève et la serre dans ses bras pour la faire tournoyer. Carson agrippe la main de Kat pour la plaquer contre lui et l'embrasser. Je vois même Bree sautiller et applaudir avant de se tourner, d'attraper Phillip et de s'exclamer : « Oh, bon sang ! », puis coller ses lèvres aux siennes. Il attire d'un coup sec son corps affûté contre lui et ils ne sont plus là, disparus en un instant.

— Approche, bébé, me susurre Chase qui attire mon visage entre ses deux paumes.

Je pousse un soupir à la seconde où il plonge dans ma bouche. Je réponds à son ardeur, mêlant ma langue à sa sienne, mordillant sa lèvre inférieure. Il tire sur la mienne avant d'incliner ma tête sur le côté tandis qu'il glisse une main avide sur mes fesses pour me plaquer contre les arêtes de son corps sculpté et la preuve de son désir croissant.

Nous nous perdons dans ce baiser, oublieux de l'endroit où nous nous trouvons, des personnes qui nous accompagnent, du fait que nous sommes en plein milieu d'un stade, avec mes meilleurs amis autour de nous.

— Trouvez-vous une chambre ! vocifère Maria dans notre dos.

Je repousse Chase, haletante. Bon sang, j'ai envie de lui, là, sur-le-champ.

— Tais-toi, Ria ! je lui crie par-dessus mon épaule.

Chase sourit et me serre contre lui pour m'enlacer.

— Prête, bébé ? me demande-t-il.

— On va dîner quelque part ? demande Bree qui sautille d'un pied sur l'autre, à l'évidence tout excitée.

Sans doute le fruit de son méga baiser impromptu avec Phil.

— Chase s'envole pour L.A. ce soir. Il me ramène d'abord chez moi, je réponds en agitant les sourcils pour qu'elle pige l'allusion.

Elle paraît déçue, mais s'approche de sa victime suivante.

— Et vous ? demande-t-elle à Kat.

— Je suis prise, répond celle-ci avec un sourire à Carson. (Lequel hoche la tête.) Nous sommes très pris, précise-t-elle sans quitter des yeux le beau blond qui lui tient le bras.

Bree esquisse une jolie moue.

— Et toi, Ria ?

Je commence à me sentir mal pour elle.

— Ne me pose même pas la question, *hermosa* ! Je vais profiter de cet homme, répond-elle honnêtement, en pointant le pouce sur Tom.

Les oreilles de l'intéressé virent au rouge pivoine, mais il éclate de rire et passe son bras immense autour de Maria qui se pelotonne contre lui, heureuse comme un poisson dans l'eau.

— Tu ne peux pas profiter de moi, puisque je suis volontaire, plaisante-t-il.

Tout le monde rigole, mais la lèvre inférieure de Bree se tord encore plus. Elle est manifestement déçue.

— Je vais dîner avec toi, déclare Phillip.

Mon amie écarquille les yeux.

— Vraiment ? Ce serait génial !

J'échange un regard entendu avec Kat et Maria. Phillip a bel et bien effectué le premier pas. Je suis impressionnée et je ne manquerai pas de le féliciter quand nous nous retrouverons en tête à tête.

Phillip s'éclaircit la voix. Il semble avoir recouvré sa confiance en lui.

— Je connais un super petit restaurant de sushis, au centre-ville, si ça te dit.

— J'adore les sushis ! s'exclame-t-elle.

— Dégueulasse ! Tu ne pourrais pas l'emmener dans un endroit chouette, Phil ? Tu veux nourrir ma copine avec des poissons pêchés dans les fonds marins ?

Devant mon frémissement de dégoût, Chase s'esclaffe et m'attire contre lui.

— Tu es tordue, Gigi ! pouffe Bree. Les fruits de mer, c'est délicieux et très bon pour la santé.

Je plisse le nez.

— Si tu as l'intention de manger les cancrelats de la mer, loin de moi l'idée de me placer sur ton chemin.

Je caresse les avant-bras hâlés de Chase. J'adore qu'ils m'entourent. Je me sens si bien, ainsi. Tellement en sécurité. Bree soupire en plaquant la main sur son front.

— On perd du temps, là, me chuchote Chase à l'oreille.

— Il est l'heure de partir ! j'annonce aussitôt à mes amis.

Je serre les uns et les autres dans mes bras et remercie Tom pour sa générosité, en l'assurant que nous avons passé un moment génial. Chase serre la main de chaque homme et accepte une accolade de toutes mes amies. Son visage demeure impassible quand il s'adonne à ce rituel sans vraiment y participer, se contentant d'une petite tape de pure forme dans leur dos. Intéressant.

Le groupe se dirige vers l'entrée. Je balance joyeusement la main de Chase.

— Ça a été le meilleur week-end de toute ma vie, je lui confie.

— Vraiment ? s'étonne-t-il.

Je réfléchis quelques secondes.

— Oui, vraiment. Je n'ai jamais été aussi heureuse.

— Tu sais, bébé, je suis sur le point de te rendre bien plus heureuse, grogne-t-il en caressant mes courbes.

Des décharges de désir enflent douloureusement entre mes cuisses.

La limousine s'arrête et mes amis, bouche bée, regardent Chase m'y faire entrer.

— Tu crains ! s'insurge Maria en voyant la luxueuse bagnole.

Eux seront coincés dans l'enfer du parking en tentant de slalomer pour sortir de ce labyrinthe. Ce stade est connu pour les difficultés exceptionnelles qu'on rencontre pour en sortir.

— Tu es juste jalouse ! *Besos* ! je crie par la vitre en agitant la main.

J'entends une série de « *Besos* » lancés par chacune de mes sœurs d'âme. J'aime mes amies. J'aime ma vie. Et dans une demi-heure, je serai en train de faire l'amour à un Superman incroyablement séduisant et sexy. Je commence à croire aux contes de fées.

— Pourquoi tu dis « bisous » à tes copines ? demande Chase qui embrasse chacune de mes articulations, ce qui accroît mon désir pour lui.

— On l'a toujours fait. Ria a commencé il y a des années.

C'est notre manière de nous dire que nous nous aimons sans être vulgaires. Et puis B-E-S-O-S, c'est l'acronyme de « Bien Éternellement *Sisters of Souls* », sœurs d'âme, quoi.

Chase tire sur la barrette qui retient ma queue-de-cheval et mes cheveux s'éparpillent sur mes épaules. Il me masse la nuque, frictionne mon cuir chevelu. Je me penche en arrière et gémis, je voudrais que ça ne s'arrête jamais.

— C'est quoi, l'histoire de ce tatouage ? demande-t-il en m'embrassant dans le cou.

J'ai, au creux de mon poignet gauche, un éclatant symbole de la trinité celtique. C'est mon seul tatouage et le seul que je puisse imaginer arborer. Quand vous avez un passé tel que le mien, toute marque définitive sur votre corps doit signifier quelque chose. Pour les trois femmes que j'adore plus que la vie elle-même, cela représente beaucoup.

— La trinité celtique, j'explique en passant un doigt sur le dessin bleu et noir.

Il fait environ la taille d'une pièce de vingt-cinq cents. D'un indigo somptueux, il a des contours bien nets, d'un noir profond, autour de trois pétales qui convergent vers le même point et sont entourés d'un cercle de protection.

— Cela signifie tout un tas de choses pour les gens. Corps, esprit, âme. Père, Fils, Saint-Esprit…

— Et qu'est-ce que ça signifie pour tes amies et toi ? J'ai remarqué que vous portez toutes les quatre ce dessin. C'est du moins ce que je suppose. Je l'ai vu sur l'omoplate de Maria, l'autre jour, et sur le pied de Bree, aujourd'hui.

— Celui de Kat se trouve sur sa hanche et non, tu ne le verras jamais, celui-là ! je le mets en garde, les yeux plissés en une mimique de colère feinte.

— Je n'y tiens pas. Je veux dire, tes amies sont toutes des beautés renversantes, mais je préfère avoir ma rousse sexy et sensuelle chaque jour que Dieu fait.

Il mordille l'endroit où mon épaule et mon cou se rencontrent. Haletante, j'incline mon cou sur le côté.

— Que signifie ce tatouage pour toi ?

— Oh, euh… (Chase continue à embrasser et lécher le côté de mon cou, ce qui me distrait.) Le corps, l'esprit et l'âme sont importants pour chacune de nous, mais pour moi, cela représente le passé, le présent et le futur. Elles seront toujours une partie de mon passé, de mon présent et de mon futur.

Chase ronronne dans mon cou et ébouriffe mes cheveux.

— Tu as de magnifiques cheveux roux, Gillian, me chuchote-t-il à l'oreille.

« Elle est rousse. » La phrase secoue ma mémoire.

— À propos de mes cheveux, pourquoi ta famille semble-t-elle captivée par leur couleur ? Carson a dit quelque chose à ce sujet. Cooper aussi, au dîner, la nuit dernière.

Chase se crispe et interrompt ses baisers.

— Ça n'a aucune importance, lâche-t-il avant de se remettre à m'embrasser.

Oh, il y a donc bel et bien anguille sous roche. Un truc dont il ne veut pas parler. J'ai envie de chercher à obtenir des informations, mais sa langue court dans mon cou. Sa main descend vers ma poitrine et serre mon sein à travers le fin tissu. Je grogne et attrape son visage entre mes mains pour amener ses lèvres près des miennes. Je me presse dans son giron et me frotte contre son érection, pendant que nous nous embrassons langoureusement, perdus dans la passion que nous éprouvons l'un pour l'autre.

Chase glisse les mains sous mon haut pour prendre mes seins en coupe. J'incline la tête et plonge profondément dans sa bouche, revendiquant mon droit sur lui. Ses doigts se faufilent sous les bonnets de mon soutien-gorge pour titiller mes tétons palpitants. Je passe la langue le long de sa mâchoire, mordille et mords à mesure que j'avance sur l'ombre de barbe qui pointe sur ses joues. Je lèche la surface rugueuse jusqu'à ce que je parvienne au lobe de son oreille et contourne la peau tendue par de légères morsures. Comme il presse son bassin contre le mien, je prends le dessus en me frottant plus fort contre son érection.

— Putain, ce que je te désire, fait-il, les dents serrées, les narines dilatées.

Si je n'avais pas su qu'il était dingue de désir, j'aurais pensé qu'il était en colère, prêt à se battre.

— Eh bien, prends-moi, je le défie.

À l'instant où les mots sont sortis de ma bouche, la limousine s'arrête. Nous sommes arrivés devant mon immeuble. Je m'interdis de serrer le poing en signe de victoire.

Chase n'attend pas que Jack ait ouvert la portière. Il bondit hors de la voiture pour m'entraîner vers mon logis.

— Jack, apportez ses affaires dans son appartement et revenez dans une heure et demie.

Chase me pousse littéralement pour franchir les portes de l'immeuble.

— Ça va être très serré, question emploi du temps, monsieur, objecte Jack.

— On y arrivera. Une heure et demie.

— Chase, si tu dois y aller, ça peut attendre…

— Hors de question, me coupe-t-il en avançant. Je vais être absent deux jours. Je te mets au lit.

On dirait un homme en mission et j'adore ça. Une espèce de vertige emplit ma poitrine tandis que je sautille à ses côtés.

— À vos ordres, monsieur ! je lance en faisant le salut militaire.

Il lève les yeux au ciel.

— Dépêche-toi d'ouvrir cette saleté de porte, Gillian, sans quoi je vais te baiser dans le couloir.

Je tente de sortir les clés de mon sac, mais ses mains qui se baladent sur moi me rendent maladroite. Il s'empare de mes seins et me mordille la nuque pendant que je perds la connexion avec la serrure.

— Tu prends trop de temps, grommelle-t-il en pressant son sexe contre mes fesses.

Comme il presse son érection contre moi, une méchante bombe incendiaire explose de nouveau en moi.

— Merde !

Je laisse tomber les clés sans avoir déverrouillé la porte. Il les attrape, me plaque contre la porte et m'embrasse avec voracité. Il m'écrase contre le chambranle tout en trafiquant la porte. Finalement, elle s'ouvre sur une poussée qu'il exerce sur moi. Nous trébuchons à l'intérieur, reprenons notre équilibre avant de tomber l'un sur l'autre par terre. Chase a déjà fait passer son T-shirt par-dessus sa tête. Il le laisse tomber au sol et moi, je me pourlèche les babines devant son torse nu et doré. Je me dirige en reculant vers ma chambre, sans le quitter des yeux tandis que ses prunelles s'embrasent et virent au noir.

J'ôte à mon tour mon T-shirt de couturier et le laisse moi aussi tomber par terre. Ses chaussures suivent le même chemin, un pied après l'autre, dans une lente progression. Je reproduis ses gestes, avant de surenchérir en déboutonnant mon jean et abaissant sa fermeture Éclair. Il hausse les sourcils, défait ses boutons, mais s'arrête avant d'avoir ôté complètement son jean. Son boxer noir moule ses formes comme une seconde peau. Je suis son exemple et l'imite jusqu'à ce que je me retrouve devant lui dans l'ensemble culotte soutien-gorge rose pâle qu'il m'a acheté. Visiblement, ce qu'il voit lui plaît, car il se mord la lèvre.

— De l'argent bien dépensé. Je vais te constituer une réserve de satin et de dentelle, afin que je puisse passer mes journées en songeant que ma femme porte ces trucs sexy pour moi. (Il désigne son torse, tandis que son regard suit mes courbes avec la douceur d'une caresse.) Bébé, je n'en peux plus d'attendre d'être fiché profondément en toi, ajoute-t-il, avant de s'élancer tel un puma sur sa proie.

M'agrippant par la taille, il plaque son corps contre le mien. Sa peau chaude d'homme. L'eau me monte à la bouche et je grogne, en parcourant sa cage thoracique et son ventre de mes mains avides. Je sens ses muscles se contracter et se durcir sous mes effleurements.

— Où est ta chambre ?

Il dessine du bout des doigts le haut de ma culotte de dentelle.

— Juste derrière moi, tout au bout du couloir.

Les doigts cramponnés à mes fesses, il me soulève. Mes jambes se retrouvent aussitôt à lui enserrer la taille. L'espace d'un instant, je me le rappelle en train de me prendre contre le mur de la salle à manger, l'autre soir. Je resserre encore les jambes autour de sa taille. Il nous transporte dans ma chambre et me dépose sur mon lit queen size. Ma couette d'un blanc étincelant rafraîchit ma peau surchauffée. Ses lèvres trouvent les miennes et nous nous embrassons pendant ce qui semble durer des heures, mais n'a sans doute compté que quelques minutes.

Il passe les doigts sous les bords de ma culotte pour la faire glisser lentement le long de mes jambes. En appui sur un coude, je dégrafe mon soutien-gorge que je jette vers le banc au pied du lit. Debout, Chase abaisse son boxer. Son sexe est tendu, épais et fier. Je l'entoure de ma main, savourant sa dureté. Savoir que c'est moi qui produis cet effet sur Chase, qui ai amené le maître de mon univers à perdre un peu de son contrôle, me rend fébrile et avide. Je me penche pour lécher l'humidité qui suinte du gland. Ma langue tourne sur la large couronne, avant que je l'engloutisse tout au fond de ma bouche. Il pousse ses hanches en avant, ce qui me permet de l'avaler encore plus profondément. En fait, il est plus facile de le prendre dans ma gorge quand il est debout. Sur une profonde inspiration, j'attire son bassin à moi pour enfoncer son sexe dans ma gorge.

— Putain ! s'écrie-t-il en ressortant.

Son corps est parcouru de frissons, sous l'effort qu'il accomplit pour ne pas jouir trop vite.

Je souris et essuie mes lèvres de mon pouce, avant qu'il m'embrasse.

— Oh, petite effrontée, tu vas déguster.

— Au bon sens du terme, j'espère.

Après l'avoir avalé si profondément, j'ai la voix grave et rauque. Une voix parfaite pour le sexe.

— Tu n'as pas idée.

Il me plaque contre le matelas et passe la langue sur chacun de mes seins. L'un des tétons roses est aspiré dans la chaleur humide de sa bouche. J'en veux plus, alors je plonge les doigts dans ses cheveux pour attirer sa tête vers moi et enfoncer encore mon sein dans sa bouche. Chase sourit contre ma poitrine et mordille le bouton, ainsi que la chair tendre tout autour.

Fusant de chaque téton, des piques de plaisir me déchirent la poitrine pour filer vers mon entrejambe où mon sexe s'humidifie et s'amollit, prêt à la pénétration.

— Oh, Chase, oui ! je m'écrie en me démenant dans tous les sens, tandis qu'il tire, mord et pince mes tétons, jusqu'à ce que je tremble de plaisir sous lui. Je t'en prie.

Ma supplique s'avère efficace. Chase ne peut me repousser quand je supplie qu'il me donne son sexe.

— Tu veux que je te baise ? demande-t-il en enfonçant deux doigts en moi.

Il les recourbe et caresse mon clitoris avec son pouce. Je me fiche sur sa main et ondule des hanches au rythme de ses mouvements. Le plaisir consume chaque parcelle de mon être. Chaque fois que ses doigts passent le long du faisceau de nerfs à l'intérieur de moi, je sursaute et frémis. Il me porte au bord des larmes, tant je suis désorientée par le contrôle qu'il a pris sur moi.

— Oui, Chase, baise-moi… s'il te plaît ! je hurle.

Il retire ses doigts, dont le départ me fait presque pleurer.

M'écartant largement les cuisses, il se place au milieu et pousse son gland en moi, histoire de me titiller.

— Répète, m'intime-t-il.

Je tente d'utiliser mes jambes pour l'attirer en moi, mais il s'empresse de les plaquer à nouveau contre le lit, m'ouvrant à lui aussi bien physiquement qu'émotionnellement.

— S'il te plaît, Chase… bébé, je le supplie encore une fois.

Ma tête se balance de droite à gauche pendant qu'il décrit des cercles sur mon clitoris. Ça ne suffit pas. J'ai besoin de lui. De lui tout entier.

— Bon sang, Gillian, tu es si belle quand tu es offerte comme ça, à me supplier de te prendre.

Il attrape mes genoux et appuie encore dessus pour les écarter davantage. Je suis totalement sans défense face à lui qui jouit du contrôle total. Il ressort la pointe de son sexe et, avant que j'aie pu protester, s'enfonce en moi jusqu'à la garde.

— Chase ! je hurle jusqu'à ce que ma voix s'enroue.

Il se retire et se renfonce, amorçant un martèlement vigoureux qui m'emporte et me projette, tête la première, vers ma libération. Je suis perdue dans les sensations. Chaque mouvement de va-et-vient frappe contre le point magique niché à l'intérieur de moi et je commence à partir en vrille et à palpiter avec la pression qui recommence à monter. Chase accélère le rythme, non sans se pencher sur moi pour un baiser profond, plein de sensualité. Ce nouvel angle l'enfonce encore un peu plus en moi, il cogne contre mon utérus. Grognant contre ma bouche, il mordille ma lèvre inférieure. Sa queue va tout au fond de moi tandis qu'il écarte encore mes genoux pour insinuer les derniers millimètres de sa longueur tout au fond de mon sexe. Je me sens remplie, étirée au maximum.

— Je veux que tu aies mal quand je serai parti, bébé.

Il continue ses coups féroces en ajoutant une ondulation

du bassin, frottant mon clitoris endolori à chaque poussée de son os iliaque.

Je crie quand il place une main sous chacune de mes fesses, afin de m'attirer de toutes ses forces sur son érection et de plonger au fond de moi. J'explose. L'orgasme déferle sur moi en un raz-de-marée de chaleur et de lumière.

Et pendant que les vagues de ma jouissance s'écrasent sur moi, il se retire et me retourne. Il soulève mes hanches et me pénètre sans ménagement ni excuse, comme si je lui appartenais. Car là, en cet instant, c'est bel et bien le cas.

— Oui ! je hurle quand mon sexe se resserre autour de son membre.

Les coups de boutoir de Chase se succèdent à un rythme rapide, qui réveille à nouveau mon plaisir.

— Putain, tu es tellement étroite ! Et ton cul ! Purée, j'adore te baiser et regarder ma bite transpercer ta chatte. Bébé… je ne me rassasierai jamais de toi.

Plus que tout, j'espère qu'il est sincère. Il me pilonne et je vais à la rencontre de ses poussées, ce qui lui permet de me prendre encore plus fort. Ça me fait mal de la meilleure façon possible, à l'instar d'un massage des tissus profonds, seulement de l'intérieur. Tu sais que tu vas avoir mal le lendemain, mais le soulagement que tu vas éprouver vaut cette douleur. Les doigts de Chase se cramponnent si fort à mes hanches que j'en souffre presque, mais je m'en moque. Il m'assaille sans relâche, puis je le sens qui se raidit, ses poussées deviennent plus irrégulières.

— Je veux que tu jouisses avec moi, lâche-t-il entre ses dents serrées.

Il se penche et tend le bras, pour trouver mon clitoris dont il pince et frotte énergiquement la peau humide, ce qui me gratifie d'un autre orgasme aveuglant. Ses poussées s'approfondissent encore et il me plaque contre son pelvis pour projeter ses giclées libératrices et chaudes tout au fond de moi. Nos corps ne font plus qu'un. Sur quelques ultimes soubresauts du bassin, il s'effondre sur moi, m'écrasant contre le matelas. Son poids est merveilleusement bienvenu : j'ai l'impression d'être sous ma couverture Chase personnelle. Bien trop vite, il roule sur le côté pour m'attirer contre son torse trempé de sueur. À bout de souffle, nous essayons lui et moi de calmer nos corps en surchauffe.

— Ça n'a jamais été aussi bon avec une autre femme, tu sais, murmure Chase, les yeux au plafond.

— Pour moi non plus. (Je me tourne vers lui.) J'ai toujours tellement envie de toi.

J'étire mes muscles qui commencent à me picoter, pointant et repliant mes doigts et mes orteils. Oui, mon entrejambe me fait souffrir après un usage aussi expert. Pourtant, je n'ai aucune envie de me plaindre, et cet inconfort, je le surmonterai avec joie.

Nous restons allongés un moment. Chase me caresse les bras, puis décrit des cercles autour d'un sein, mais en veillant à éviter le téton hypersensible. Je souris à la pensée des tortures que sa bouche a infligées à chacun d'eux tour à tour, moins d'une heure plus tôt.

Chase soupire et embrasse mes seins, avant de poser le menton sur ma poitrine.

— Il faut que j'y aille, bébé.

Je fronce les sourcils et avance mes lèvres. Ma moue le fait sourire et il s'empresse de la chasser d'un baiser.

— Je sais, mais je n'ai pas envie que tu partes, je proteste.

Tout en soupirant, je me lève et me mets en quête de mon soutien-gorge et de ma culotte. J'ajoute à ma tenue un pantalon de yoga et un débardeur que je pêche dans un tiroir de ma commode.

Chase récupère lui aussi ses vêtements et se rhabille rapidement. Quelqu'un frappe à la porte.

— Ça doit être Jack.

J'acquiesce et le reconduis jusqu'à l'entrée. Il ouvre et demande à Jack d'aller l'attendre dans sa voiture. Puis il me prend dans ses bras pour un long baiser. Ce n'est pas un baiser d'adieu, le sien est plutôt censé dire : « Attends-moi. » Je m'y adonne tout entière, afin de lui exprimer sans parole ce qui monte en flèche dans mon cœur et mon esprit.

— Gillian, aujourd'hui, ça a été… génial. Tout ce week-end. (Il secoue la tête et me tire vers lui. Penchant la tête vers le creux de mon cou, il prend une profonde inspiration.) Ça faisait longtemps que je ne m'étais pas autant amusé.

Je le crois. L'homme que j'ai rencontré il y a deux semaines paraissait bien plus réservé et conservateur. Ce Chase, mon Chase, il est ainsi, mais bien davantage également.

Je lui adresse mon sourire le plus étincelant et le serre fort.

— Je suis très heureuse que tu apprécies ma famille.

— C'est le cas. Beaucoup même, mais pas autant que je t'apprécie, toi. (Il me soulève le menton pour y déposer un baiser délicat.) Je serai de retour mardi soir. Je peux t'inviter à dîner mercredi ?

— J'aimerais beaucoup. (Je sens une douleur dans la poitrine quand il se tourne pour partir.) Chase ? (Il fait volte-face et incline la tête, attendant la suite.) Euh… tu vas me manquer, j'avoue.

Le sourire qui se dessine sur son visage a une puissance hypnotique.

— Toi aussi, tu vas me manquer, bébé.

Il y a dans son intonation un mélange de sensualité et de quelque chose d'autre, me semble-t-il. Il me lance un clin d'œil.

Je referme la porte pour m'appuyer contre.

— Je suis en train de tomber amoureuse de toi, Chase, je chuchote, les yeux fermés.

13

Un texto de Chase, mardi aux aurores, me donne le vertige.

À : Gillian Callahan
De : Chase Davis
Les affaires sont florissantes. Je reste à L.A. jusqu'à mercredi après-midi.
Dîner à 19 heures chez moi.

Même dans ses textos, il est autoritaire, mais je sais que c'est sa façon de faire. Il a un contrôle total sur sa vie et sur tout le monde autour de lui. Ne pas avoir ce contrôle total sur moi et notre relation lui fait perdre son équilibre. Jusqu'à maintenant, je ne me suis jamais sentie exercer le moindre contrôle sur quoi que ce soit dans ma vie. J'ai passé des années à être contrôlée par un homme que je croyais aimer et encore plus d'années à tenter de panser les blessures qu'il m'avait causées.

Avant que je puisse répondre au texto de Chase, Taye me fait venir dans son bureau. Son ton n'a pas la décontraction ni l'amabilité auxquelles je suis habituée. C'est plutôt une version stressée et contrariée de lui qui m'accueille.

— Assieds-toi, Gillian. Nous attendons l'arrivée de madame Peterson.

Je suis sûre que ma mâchoire s'est décrochée. Madame Peterson est la directrice des ressources humaines et, si j'en juge par le ton de Taye et la raideur de son dos, il s'est passé quelque chose de grave. Je réfléchis à toute allure sur ce que j'ai pu faire pour le contrarier. Assez pour que la directrice RH soit mandatée.

— De quoi s'agit-il ? je demande à Taye.

— On m'a précisé de ne pas discuter de la situation jusqu'à l'arrivée de madame Peterson, répond-il laconiquement, sans me regarder.

Il est très tendu. Sa mâchoire est crispée et de la sueur perle sur son front. Il se fait fort de brasser des papiers sur son bureau, comme s'il ne savait pas à quoi occuper ses mains. Mais ce qui est vraiment inquiétant, c'est qu'il évite toujours mon regard. Quelque chose ne tourne pas rond, vraiment pas rond. Je fouille dans mon cerveau. Qu'est-ce qui a pu provoquer cette situation ? Pourquoi la directrice RH veut me rencontrer ? Aucune idée.

Madame Peterson pénètre d'un pas vif dans le bureau de Taye et prend un siège en face de moi, à la petite table. Son carré blond accentue les expressions de son visage, mais ses yeux bleus sont froids et insensibles. Elle porte un tailleur-pantalon d'un rouge profond et un chemisier de soie blanche. De minuscules boutons nacrés courent sur la bande centrale. La femme est plutôt jolie. Elle serait même belle si elle souriait à l'occasion.

— Mademoiselle Callahan, des informations troublantes sont parvenues jusqu'à nous. Je me suis dit qu'il était dans l'intérêt de la fondation de faire au plus vite la lumière sur cette affaire.

Elle ponctue son entrée en matière d'un regard incendiaire.

Je croise les mains sur mes genoux, tripotant nerveusement mes doigts.

Elle tire un journal qu'elle ouvre à la page centrale avant de le poser sur la table. Une photo de Chase et moi, prise à l'événement caritatif de la semaine dernière, occupe la moitié de la page. Au-dessus, le titre suivant : « Le milliardaire Chase Davis n'est plus célibataire ? » Sur le cliché,

Chase est clairement en train de m'embrasser dans le cou pendant que je me penche contre lui. Son bras est passé autour de ma taille, et il me tient affectueusement serrée contre lui. Mes paupières sont closes et je souris. C'est une photo prise sur le vif. Sans doute par le photographe que Jack a flanqué à la porte ce soir-là. Je ne peux pas détacher les yeux de l'image. C'est l'un de ces clichés où votre partenaire et vous avez l'air si heureux que vous voudriez l'encadrer et le chérir éternellement. Le voir étalé dans le *San Francisco Chronicle* est à l'évidence un problème.

— Il s'agit de vous, mademoiselle Callahan, n'est-ce pas ? demande-t-elle d'un ton brusque.

Je jette un coup d'œil à Taye, mais il fixe le vide, les mains serrées. Cette réunion le met mal à l'aise et il est bel et bien furieux. J'ignore si c'est contre moi ou pour moi. J'espère que c'est la seconde option.

Je hoche la tête à l'intention de madame Peterson, sans savoir quoi répliquer. Puis elle lâche sa bombe.

— Ce comportement est inacceptable pour une employée de la fondation.

Comme si ma tête n'était pas rattachée à mon cou, elle part en arrière. Ma bouche s'ouvre et se ferme, prête à un affrontement verbal, mais avant que j'aie pu dire quoi que ce soit pour ma défense, madame Peterson continue :

— Monsieur Davis est le président de notre conseil d'administration et le plus gros donateur de la fondation. Chaque année, ses dons paient tout notre personnel et au-delà.

Sa beauté est soudain flétrie par l'air pincé et mauvais qu'elle affiche et par l'accusation qui perce dans sa voix.

— Je suis désolée, madame Peterson, mais où voulez-vous en venir ? je demande.

— Entretenez-vous une relation avec monsieur Davis ? s'enquiert-elle sans ménagement.

Sa bouche est déformée par un rictus, ses mâchoires serrées.

— Je ne sais pas en quoi cela vous regarde, mais oui, nous nous voyons.

Je n'ai pas honte de ma relation avec lui et je n'ai aucune raison de l'être. Certes, il n'est guère fréquent de sortir avec quelqu'un du conseil d'administration, mais c'est un bénévole, pas un employé. Je ne pense pas que notre histoire tombe sous le coup d'une politique de fraternisation quelconque. Et en y réfléchissant, il y a des tas d'employés d'une même entreprise qui se fréquentent. Je ne vois pas trop en quoi ma relation avec Chase peut poser problème.

— Je vais être très claire avec vous, mademoiselle Callahan. Cette relation n'augure rien de bon pour la fondation. Elle est inappropriée d'un point de vue éthique. (Madame Peterson rectifie sa coiffure et replie son journal.) Elle jette sur la fondation un éclairage négatif. Il est hors de question que des membres de notre personnel fréquentent ceux de notre conseil d'administration.

— Qu'est-ce que vous racontez ?

Je voulais que ma question ait l'air pleine d'assurance, mais elle ne sort que faible et chuchotée.

— Vous avez une décision à prendre. (Une grimace lui déforme le visage et elle lève une main, avec trois doigts dressés.) Un : vous mettez un terme à votre relation avec monsieur Davis. (Elle abaisse un doigt.) Deux : vous poursuivez votre relation et il devra démissionner de son poste de président du conseil. (Un autre doigt s'abaisse.)

À cet instant, tout autour de moi commence à chanceler et à trembler. Le monde tel que je le connais s'écroule comme un pan de falaise qui vient juste d'être frappé par un tremblement de terre. Chaque morceau glisse de la corniche et tombe dans les profondeurs troubles de l'océan. Je suis certaine d'avoir pâli. Je dois avoir l'air effrayée ou choquée. Ce qui est en effet le cas, et dans les grandes largeurs. Des larmes me piquent le coin des yeux, mais je ne les laisse pas couler. Un sourire diabolique retrousse les lèvres de madame

Peterson quand elle plante des clous supplémentaires dans le cercueil de ma vie et de ma carrière.

— Ou trois : vous démissionnez ou vous êtes déchargée de vos fonctions à la fondation. C'est à vous de voir. (D'un doigt, je me tamponne le coin de l'œil.) Je vais devoir vous demander de partir pour le restant de la semaine et de revenir vendredi, une fois que vous aurez pris votre décision. Vous êtes suspendue pour trois jours avec traitement. Cela devrait vous laisser amplement le temps de décider ce qui est le mieux pour vous. Nous agissons dans les intérêts de la fondation.

Madame Peterson scelle mon destin en se levant et en se tournant vers Taye.

— Monsieur Jefferson, souhaitez-vous ajouter quelque chose ?

Il secoue la tête.

— Non, madame Peterson, il me semble que vous avez fait le tour. Merci.

Sur un petit hochement de tête, elle sort de la pièce d'un pas plein d'entrain. La conversation dans son ensemble a duré moins de quinze minutes. Ses talons s'enfoncent dans la moquette tandis qu'elle s'éloigne avec son tailleur-pantalon d'un rouge immaculé.

Et c'est tout. Pas la moindre parole gentille à propos de mon travail, juste l'affirmation que je nuis à la réputation de la fondation à cause de ma relation avec Chase. Tout ce pour quoi j'ai travaillé… deux années de ma vie ont été encore une fois ternies, endommagées par l'homme que j'ai choisi.

Je secoue la tête et me dirige vers la porte.

— Je vais donc aller chercher mes affaires, puisque c'est ça.

— Gigi, attends, lance Taye.

— Oh, donc maintenant, c'est Gigi ? Plus de « mademoiselle Callahan » ? Tu n'es pas intervenu en ma faveur pendant qu'elle m'étripait. Tout le travail que j'ai accompli, tous ces efforts, ça compte pour rien ?

Mes larmes ruissellent et je les essuie en quittant la pièce. Je passe en coup de vent dans mon bureau, attrape mon sac et m'enfuis presque en courant de l'immeuble.

Je n'arrive pas à croire à ce qui vient de se passer. Après avoir découvert que Chase était le président du conseil d'administration, je savais que sortir avec lui pourrait poser un léger problème, mais je n'aurais jamais cru me retrouver face à un ultimatum. Chase ou la fondation ? L'endroit qui m'a aidée quand j'étais brisée, quand je n'avais rien et que j'aurais pu mourir.

Que vais-je dire à Chase, bon sang ? Rien. Je ne peux rien lui dire. Évidemment, je serai bien incapable de dîner avec lui, demain. Maintenant, je vais devoir trouver quelle conduite adopter. De nouvelles larmes dégringolent sur mes joues et mon corps entier s'échauffe. De légers tremblements secouent mes membres. J'appuie sur l'accélérateur de ma Honda Civic, pour filer vers mon appartement.

Je franchis le seuil en trombe, secouée de sanglots avant même d'avoir atteint mon canapé.

Maria est dans la cuisine et, quand elle voit mon visage, elle bondit du tabouret de bar, mettant un terme à son appel en cours par un rapide : « Merde, il faut que je raccroche ! » Elle m'a rejointe en un instant.

— Gigi, qu'est-ce qui ne va pas ? Tu es blessée ?

Je secoue la tête, incapable de m'arrêter de pleurer. La douleur est si forte que je serre les poings et les presse sur mes orbites pour faire cesser mes larmes.

— *Me estás asustando !* fait-elle en me secouant. Tu me flanques la frousse, Gigi ! Parle, *habla* !

Je prends quelques profondes inspirations, désireuse de calmer mes émotions afin de pouvoir épargner à mon amie son angoisse de me voir dans cet état.

— Ils ont appris pour Chase et moi, au travail, je parviens tout juste à articuler tandis que les larmes dévalent mon visage.

Elle les essuie et prend mes joues dans ses mains.

— Et ?

Elle a les yeux pleins d'inquiétude.

— Et… et ils disent que soit on rompt, Chase et moi, soit il se retire du conseil d'administration. (Elle me tend un mouchoir, avec lequel je tamponne mes larmes.) Soit c'est moi qui démissionne, à moins que ce ne soient eux qui me virent.

Je sanglote.

— *Qué mierda !* C'est fou, Gigi ! *Lo siento mucho*, je suis désolée, *cara bonita !* Je t'en prie, ne pleure pas. Ça va aller.

Elle me caresse les cheveux tout en me tendant un autre mouchoir.

— Mais non, ça n'ira pas ! je m'exclame, au désespoir. Ou je perds mon travail, un travail que j'aime et pour lequel j'ai travaillé dur, ou je perds Chase, l'homme de mes rêves !

Mes pleurs redoublent.

— Quand dois-tu leur donner ta réponse ?

Elle me redresse de ma position recroquevillée sur le sol pour s'asseoir à mes côtés sur le canapé.

Je me mouche bruyamment et attrape un autre mouchoir.

— Vendredi, à la première heure.

— Parle à Chase. Il saura quoi faire, suggère-t-elle.

Je secoue la tête. Hors de question. Je ne peux pas. Si je lui en parle, il pourrait très bien rompre et ce serait au-delà de la douleur. Une rupture me ravagerait. J'ai déjà trop impliqué mon cœur dans ce qu'il y a entre nous. D'aussi loin que je m'en souvienne, je n'ai jamais autant voulu être avec un homme qu'avec lui. On dirait que j'ai oublié ce que c'était vraiment que d'être excitée par un homme. De se languir de lui en permanence. D'avoir envie de lui et de savoir qu'il a envie de moi. Bon sang, qu'est-ce que je vais faire ?

— Je vais prendre une douche et retourner me coucher. J'ai besoin de réfléchir à tout ça.

Je prends une profonde inspiration pour me calmer, me soulève du canapé et emprunte le couloir.

— OK, *cara bonita*, mais je pense que tu devrais lui parler. Il est concerné, lui aussi.

Inutile qu'elle me le rappelle. La douleur aiguë et l'anxiété accablante qui m'incendient le cœur y suffisent. La pensée qu'il puisse perdre sa position au conseil de la fondation, cette même fondation qu'il a créée, me brise le cœur, le fait éclater en un million de minuscules fragments. Et je ne pourrai jamais lui demander de me choisir au détriment de ce qu'il a construit. La question qui me tourmente pour l'heure, c'est de savoir si je dois démissionner ou me laisser renvoyer de l'endroit qui m'a permis de retrouver une place et un rôle. L'organisation qui m'a tirée de l'enfer, qui m'a offert un nouveau départ. Je dois trop à la fondation pour entacher son nom avec une liaison tapageuse. Madame Peterson a raison. J'ai pris une décision calamiteuse en m'engageant avec Chase, et maintenant, je récolte ce que j'ai semé.

J'essaie de m'engourdir sous une douche brûlante, mais sans succès. Malmener la toile ne change pas le tableau, ça déforme seulement la vue. Après ma douche, je m'effondre dans mon lit, sans cesser de me maudire de m'être autorisée une relation avec Chase. Bon sang, mais il est tout ce que je pourrais vouloir chez un homme. Il est fort, beau à tomber, il s'assume financièrement, c'est un dieu au lit et on dirait qu'il m'apprécie. Qu'il voit mon véritable moi. Pas seulement Gillian la rouquine à la pâleur diaphane qui travaille pour une association à but non lucratif et vit dans une boîte à chaussures avec une colocataire folle furieuse.

Peut-être que c'est un signe. Peut-être est-ce la manière qu'a choisie l'univers de me dire que nous n'étions pas destinés à être ensemble. Les larmes ruissellent de nouveau sur mes joues, trempant mon oreiller.

On frappe à la porte de ma chambre.

— Gigi, ton téléphone a sonné quand tu étais sous la douche et ensuite, tu as reçu un texto de Chase.

Évidemment. Je soupire bruyamment et lève ma main. Elle me tend mon téléphone et s'assied à côté de moi sur le lit, tout en me caressant la hanche sur un rythme apaisant.

— Ça va aller ? J'ai une répétition, mais je peux la laisser tomber si tu as besoin de moi, propose-t-elle.

— Ria, ton spectacle est dans moins de deux semaines. Tu sais bien que tu ne peux pas te permettre de manquer une répétition. Allez, vas-y. J'ai enfilé mes chaussettes de grande fille. Je m'en sortirai.

Sur une dernière pression de ma hanche, elle s'en va. Je regarde l'écran de mon portable : un appel manqué de Chase et un texto de sa part.

À : Gillian Callahan
De : Chase Davis
J'ai essayé de te joindre. Appelle-moi.

Je soupire. Pas question que je l'appelle ce soir. Déjà que je n'arrive pas à me débrouiller avec moi-même, alors je ne vois pas comment je pourrais supporter son inquisition. Je préfère donc lui envoyer un texto.

À : Chase Davis
De : Gillian Callahan
Vais me coucher tôt. Dîner pas possible demain.
Une autre fois, peut-être.

OK, ça devrait le faire. Une étape à la fois. Entendre sa voix, saisir ne serait-ce qu'un « bébé » au sortir de ses lèvres comblerait un peu le vide au creux de mon être. Pourtant, il faut que je sois forte, si ce n'est pour moi, du moins pour lui. Il n'a pas signé pour ça. Je ne permettrai pas qu'une relation de deux semaines détruise ce qu'il a tant travaillé à bâtir. Je reçois son texto dans l'instant.

À : Gillian Callahan
De : Chase Davis
Qu'est-ce qui se passe ?

Un son à mi-chemin entre le rire et le sanglot sort de mes lèvres pendant que je tape les lettres. Cet homme est capable de lire à travers un texto ce que vous avez en tête. *Forte*. Je dois être forte. L'ignorer. Laisser courir. Ne pas empirer la situation. Au bout de vingt minutes, mon téléphone sonne à nouveau. C'est lui. Je ne décroche pas. Au contraire, je l'éteins. Je ne veux pas l'entendre tinter encore. Ses appels me font l'effet d'un couteau planté dans le cœur. Je tire les couvertures par-dessus ma tête et sombre dans un sommeil sporadique.Le matin ne m'apporte aucune autre conclusion que le sentiment de mon malheur. J'attrape mon téléphone et le rallume. Il se met à jour et j'entends une kyrielle de « ding ». Je parcours les notifications. Chase a rappelé et laissé un message sur le répondeur. Deux textos de Kat. Un autre de Chase. Un de Ria et un de Bree. Purée, la nuit dernière a été riche en activité. Je commence par les messages de Kathleen.

À : Gillian Callahan
De : Kathleen Bennett
Je suis dans le showroom de Chloe. Tu es où ?

Le regret me heurte de plein fouet. Merde ! J'avais complètement oublié. Après la matinée affreuse d'hier, je me suis complu toute la journée dans l'auto-apitoiement et je n'ai plus pensé que j'étais censée retrouver Kat au showroom de Chloe. Elle va être furieuse. Je vérifie son message suivant.

À : Gillian Callahan
De : Kathleen Bennett
Je n'arrive pas à croire que tu ne te sois pas pointée ! Ça va ?

Qu'est-ce qui se passe ? Tu as de la chance que je t'aime. Chloe est fantastique. Je suis euphorique. Appelle-moi ASAP. Besos.

Quelqu'un au moins a passé une bonne journée. Je passe au texto de Chase.

À : Gillian Callahan
De : Chase Davis
Chloe dit que tu n'es pas venue dans son showroom alors que Kathleen, si. Je suis inquiet. Appelle-moi dès que tu trouves ce message.

Sois forte, Gigi. Hors de question que je l'appelle. Je persiste et signe. J'ai besoin de temps pour régler la situation. Cela étant, je vais téléphoner à Chloe pour m'excuser de lui avoir fait faux bond. Mon comportement a été des plus grossiers. Je vais aussi devoir limiter les dégâts avec Kat. S'il y a bien une chose que les filles et moi ne faisons jamais, c'est nous laisser tomber mutuellement sans explication. Je suis sûre qu'elle a mis la main sur Maria et appris que j'allais bien, sans quoi j'aurais eu une amie en pétard devant ma porte, en plein milieu de la nuit. Le texto suivant émane de Bree.

À : Gillian Callahan
De : Bree Simmons
Merci de m'avoir branchée avec Phillip. Nous avons passé un dimanche formidable. Il m'emmène en week-end. De la balle ! Oh, et ton cul va avoir besoin de son propre code postal si tu ne te pointes pas au cours très bientôt. Besos.

J'éclate de rire. *Oh, Bree, tu es juste ce dont j'ai besoin, là, maintenant.* Oui, je vais aller à un cours, ce soir. Le soulagement mental et la paix que le yoga procure sont exactement ce qu'il me faut. Pour moi, le yoga a toujours été une forme de méditation en mouvement. Je lui texte rapidement que j'assisterai à son cours de ce soir. Kat est la suivante sur ma liste. Je l'appelle et tombe sur sa messagerie. Bingo ! Je lui laisse un message détaillé pour lui expliquer brièvement ce qui s'est passé hier et lui dire que je n'étais pas d'humeur à fréquenter la famille de Chase. Une excuse accompagnée de baisers couronne ce message plein de contrition. Elle me pardonnera. Des sœurs d'âme ne se gardent pas rancune et notre livre de règles non écrites stipule que quand l'une des sœurs pète les plombs, les autres doivent accepter le dérapage de la sœur en question et ne pas en prendre ombrage.

Le texto de Ria visait juste à savoir comment j'allais, mais je dormais. Elle savait où j'étais quand elle est rentrée à la maison et je dormais dans la même position que quand elle m'avait laissée, quelques heures plus tôt.

Je déambule dans mon appartement désert. On est mercredi matin et je ne suis pas au travail. Je ne suis pas malade, même si j'ai la sensation que je pourrais vomir d'un instant à l'autre. Je décide d'aller à la salle de sport. Une bonne petite course sur le tapis de jogging m'éclaircira les idées.

Deux heures de cardio plus tard, je ne suis toujours pas plus près de décider quelle attitude adopter concernant Chase et mon travail. Après avoir avalé un rapide déjeuner, je choisis de me rendre au studio de yoga de bonne heure dans la soirée. Aucune raison d'attendre à ne rien faire à la maison.

J'arrive à I Am Yoga quand les élèves du cours de 17 heures sont en train de s'installer sur leur tapis. En m'apercevant, Bree lève les yeux vers la pendule et fronce les sourcils, puis elle s'approche de moi pour me serrer dans ses bras.

— Eh, tout va bien ? demande-t-elle, les yeux pleins de sollicitude. (Je secoue la tête et prends une profonde inspiration.) Tu es sûre que tu veux être ici, là, maintenant ?

Elle serre ma main dans les siennes.

— J'ai besoin d'être quelque part, là, maintenant, je réponds.

Elle hoche la tête.

— On dirait bien que tu as besoin de centrer ton chakra du cœur. C'est la centrale électrique de ton cœur. Il te connecte à tes émotions. C'est le point qui te permet d'aimer et de donner de manière inconditionnelle. Le cœur gouverne tes relations. Il est le centre énergétique qui intègre la réalité physique à la connexion spirituelle de quelqu'un. (Elle sourit avant de poursuivre.) Tu as des soucis avec Chase ?

— En quelque sorte. C'est difficile à expliquer pour le moment.

Je lui désigne la salle pleine d'élèves attendant en silence que le cours débute.

— OK, mais on en discutera après le cours. (Elle haussa un sourcil, histoire de ne laisser aucune place à une éventuelle objection.) Maintenant, prépare-toi à remplir à nouveau ce chakra d'amour.

Avec un sourire, elle se dirige vers le devant de la classe. Elle grimpe sur la marche surélevée où se trouve son tapis et se place dans la position du lotus. Au-dessus d'elle, une rampe de spots éclaire sa silhouette. Avec ses cheveux blonds qui réfléchissent la lumière, elle rayonne presque. On peut quasiment ressentir les vibrations éphémères, pleines de zen, qui émanent de son corps.

Derrière elle, un mur entièrement garni de miroirs, afin que ses élèves puissent voir leurs postures et se corriger en conséquence. Les lumières dans la grande salle ouverte sont tamisées et des bougies sont allumées à chaque coin de la pièce. De la musique moyen-orientale en fond sonore, juste assez forte pour qu'on ait quelque chose sur quoi se focaliser pendant qu'on garde une position. La salle embaume Valor, une huile essentielle que Bree fait brûler dans un coin afin de décupler notre sensibilité. Elle est censée aider les gens à se calmer et à se recentrer. Le long du mur du fond se dressent cinq symboles de métal brossé de près de deux mètres de haut sur plusieurs centimètres de large. Celui du milieu est le symbole du « Om ». Si je le sais, c'est uniquement parce que Bree l'a tatoué sur le poignet, au même endroit que ma trinité. Les quatre autres symboles sont les mots « Esprit », « Corps », « Âme » et « Bonheur ».

J'installe mon tapis et amorce une respiration profonde. Je sens que je commence à me dissoudre dans mon espace mental, autrement dit mon espace de bonheur. Rien ne peut m'atteindre en cet endroit. Tout y est calme et paisible, aucune inquiétude ne l'habite. Je concentre toute mon attention sur la voix mélodieuse de Bree qui nous transporte d'une *asana* ou « posture » à l'autre. Mon corps réagit naturellement aux instructions, évoluant sans heurt ni douleur entre les positions. Quand mon esprit essaie de souiller mon espace de bonheur, je me contente de respirer profondément et de me concentrer sur mon souffle ainsi que sur ma posture. Toutes mes pensées sont noyées dans la pure essence de l'expérience.

Après que Bree nous a fait sortir de ce qu'elle désigne sous l'expression de « relaxation profonde » ou « *Shavasana* » en sanskrit, je lui communique les dernières informations. Elle est attristée par ce que je traverse et me souhaite de parvenir à trouver des réponses à mes questions. Comme Maria, elle m'encourage aussi à en parler à Chase. Je lui promets d'y réfléchir et de la recontacter dans deux jours. Elle me serre fort, puis me voilà sur le chemin de mon appartement. Mon esprit et mon corps sont plus légers, plus relaxés, mais mon cœur est toujours blessé.

Je ne suis toujours parvenue à aucune conclusion quand j'atteins mon immeuble. J'ai à peine posé un pied dans le hall que je m'arrête net. Un type costaud, inquiétant, est adossé au cadre de ma porte, qui m'attend, à l'évidence. Quoique stoïque et impassible, son visage n'en est pas moins beau. Chase. Je ferme les yeux, prends une profonde inspiration et m'approche de lui.

Il n'attend pas que j'atteigne la porte. En trois enjambées, il vient se planter devant moi, m'attrape les bras et m'attire dans un baiser passionné, avant d'enserrer mon visage dans ses mains. Je suis complètement prise au dépourvu : sa réaction n'est absolument pas celle que j'attendais. De la colère, des cris, voilà les émotions que j'envisageais et non ce désir à vous couper le souffle. Ses lèvres ont à peine fusionné avec les miennes que sa langue exige un passage… que je lui cède aussitôt, affamée de sa bouche, de son goût, de lui tout entier. Je fusionne avec lui, m'agrippant, me cramponnant à son cou et à son dos pour être plus près, puis y aller plus profondément. Il serre ma tête entre ses mains pour la faire pivoter sur le côté, afin d'assurer le contrôle, comme toujours. Je suis à sa merci, alors pour le moment, je me plie à sa volonté, l'embrassant avec une férocité que je n'avais pas conscience de receler. Finalement, il me prive de sa bouche et appuie son front contre le mien, pendant que nous haletons, en quête de souffle.

— Putain, mais qu'est-ce qui cloche, Gillian ? fulmine-t-il. (Sa colère est bien compréhensible.) Tu ignores mes appels, mes textos, tu nous abandonnes, ma famille et moi ?

Sa voix cinglante me déchire l'âme à chacune de ses paroles. Chase grogne sans cesser de presser nos corps l'un contre l'autre. Il a toutes les peines du monde à contenir ses émotions. Son dos est droit comme un piquet et ses muscles tendus sous la peau. Il a le menton levé et, sur ses mâchoires serrées, son petit muscle ne cesse de tressauter.

— Je sais, je suis désolée, je bredouille, d'une voix piteuse.

Les larmes se remettent à couler. Il s'écarte et remarque la tristesse qui emplit mes yeux. Alors il sèche mes larmes à coups de baisers.

— Bébé, dis-moi ce qui ne va pas, je vais tout arranger. Ça peut bien être n'importe quoi, il suffit de me le dire.

Sa colère a laissé place à l'anxiété et je brûle de me laisser tomber dans ses bras pour pleurer jusqu'à ce que je n'en puisse plus. La situation me semble tellement sans issue.

J'acquiesce.

— Entrons et je te raconterai tout.

Je sais à présent que c'était idiot de penser que je pourrais prendre toute seule une décision aussi éprouvante. C'était injuste de le laisser dans l'ignorance quand le résultat de ces réflexions affecterait directement son rôle dans le conseil d'administration ou notre relation sous sa forme actuelle.

Au cours de l'heure qui suit, je lui explique avec force détails ce qui s'est passé hier matin, sans rien laisser de côté. Il arpente le salon devant moi qui suis recroquevillée en boule sur le canapé. Mes bras ramènent mes genoux contre ma poitrine pour former une enveloppe protectrice.

— Bref, je ne savais pas quoi faire et je ne le sais toujours pas, je conclus d'une voix de ratée geignarde.

— Cette salope ! Elle va le regretter, déclare-t-il.

Les poings sur les hanches, il affiche une mine résolue. Il va creuser un sillon dans ma moquette à force d'aller et venir.

— Quoi ? De qui tu parles ? je demande, abasourdie.

— Peterson. Elle fait tout ce pataquès parce qu'elle a découvert qu'on était ensemble, explique-t-il.

— C'est exactement ce que je viens de te dire.

Je suis toujours perplexe quand il s'arrête et ôte sa veste pour la plier et la déposer sur un bras du canapé. Sa cravate suit et il défait deux boutons de son col. Sur une profonde inspiration, il remue ses épaules d'avant en arrière.

Chase me dévisage, rechignant à poursuivre. Je le supplie du regard de se montrer aussi ouvert avec moi que je l'ai été avec lui.

Il soupire.

— Elle m'a fait plusieurs fois des avances, pas vraiment subtiles, que j'ai systématiquement repoussées.

Je prends enfin conscience de ce qu'il est en train de dire.

— Est-ce que tu insinues qu'elle agit par jalousie ? Que ça n'a rien à voir avec la réputation de la fondation ou des pratiques contraires à l'éthique ?

Je suis complètement sidérée par son aveu. Il sourit et désigne son nez.

— Exactement, ma douce. À l'évidence, ce n'est pas idéal pour un membre du conseil de sortir avec un membre du personnel, mais ce n'est pas la fin du monde non plus. En tout cas, ce n'est pas quelque chose qu'elle peut utiliser contre toi ou ton poste. Je vais m'en occuper, déclare-t-il fermement.

— Chase, qu'est-ce que tu as l'intention de faire ? je demande, effrayée d'avance par sa réponse. Je t'en prie, ne me dis pas que tu vas renoncer à ton poste de président du conseil d'administration. Je ne pourrais pas le supporter.

La peur remonte le long de ma colonne vertébrale tandis que j'observe sa mise débraillée, depuis sa chemise froissée jusqu'à ses cheveux indisciplinés, coiffés aux doigts. Je lui ai fait vivre un enfer, ces deux dernières nuits, et tout ça pour quoi ? J'aurais dû me confier à lui dès le début.

Il s'agenouille et pose ses mains sur les miennes.

— Bébé, non. C'est juste… (Il prend une profonde inspiration.) Fais-moi confiance pour gérer cette histoire.

Je plonge mon regard tout au fond du sien, pour essayer de comprendre mon homme plein de ressources.

— Tu ne vas pas perdre ton travail. Je ne vais pas quitter mon poste et nous ne mettrons pas fin à notre relation, assène-t-il d'un ton calme. À moins, bien entendu, que ce soit ce que tu souhaites.

— Non, mon Dieu, non, c'est la dernière chose que je veux.

Chase se détend de manière sensible. Il tire mes jambes du canapé, m'écarte les genoux et insère sa large carrure entre eux. Il me serre fort, ne laissant plus le moindre espace entre nous. Je pose la tête sur son épaule pour inhaler son odeur. Cette fragrance à la fois boisée et fruitée s'accroche à ses vêtements, apaisante et envoûtante. Cet homme sent si bon que chacune de mes terminaisons nerveuses me picote.

Finalement, je parviens à me relaxer. Ces deux derniers jours m'ont vidée et sentir ses bras me serrer vigoureusement m'aide à comprendre que je n'aurais jamais dû essayer de me tirer de ce bourbier toute seule. J'ai retenu la leçon. Je le serre plus fort contre moi. Ses mains glissent dans mes cheveux. Je ferme les yeux et le laisse me toucher.

— J'ai besoin de passer la nuit avec toi, murmure-t-il à mon oreille.

Sa voix est vibrante d'émotion. Mes yeux doivent avoir répondu à ma place, car il me soulève du canapé. J'enroule mes jambes autour de sa taille. L'alpha des cavernes en lui aime me transporter jusqu'à mon lit, on dirait. Sur le trajet jusqu'à la chambre, il tire son téléphone et presse un bouton. Son autre bras demeure par sécurité sous mes fesses.

— Je vais rester chez Gillian, annonce-t-il à son interlocuteur. Venez me chercher à 7 heures, avec des habits propres. Dites à Dana d'organiser une réunion avec David aussi tôt que possible, dans la matinée.

Sur quoi il raccroche, sans un « au revoir ».

Sa voix et son intonation d'homme qui prend les choses en main m'envoient des frissons d'excitation à travers tout le corps. J'en ai l'entrejambe déjà moite.

Il me pose sur le lit et me déshabille lentement. Effleurant mes côtes et mes flancs, il suit le contour de mes hanches avec adoration.

— J'aimerais prendre une douche, fait-il en fronçant les sourcils pendant quelques secondes. Tu m'accompagnes ?

Et le voilà, le sourire.

Nous prenons une longue douche apaisante, en veillant à bien nettoyer tous nos coins et recoins. Puis Chase m'entraîne jusqu'au lit et passe les deux heures qui suivent à me faire l'amour. Ce ne sont pas des étreintes du type « Peux pas attendre pour assouvir mon désir », comme celles que nous avons partagées auparavant. Il prend son temps pour me faire plaisir, pour m'amener à jouir plusieurs fois pendant que nous faisons l'amour. Il ne ménage pas ses efforts. On dirait qu'il cherche à assurer sa position dans ma vie, dans mon cœur… à l'intérieur de mon corps, au fond de mon âme.

Je suis à deux doigts de m'endormir, ma tête contre son torse, avec ses mains qui effleurent sans relâche mon dos dénudé dans une caresse amoureuse, quand il prend une profonde inspiration, comme pour se purifier.

— Ne te cache plus jamais de moi. De ça, fait-il d'un ton sans réplique.

Relevant le visage, je m'appuie sur son torse et le regarde droit dans les yeux. Je ne m'attendais pas à une telle intensité. Son regard est vulnérable, plein de mélancolie.

— Je ne le ferai plus, je te le promets, je chuchote dans l'obscurité.

Je l'embrasse doucement avant de revenir me blottir contre son torse dénudé. La promesse que je viens de faire est éternelle, je le sais. Nous sommes là-dedans tous les deux. Si nous sommes destinés à être ensemble, je vais devoir être honnête avec lui tout le temps et en toute chose. J'espère juste qu'il supportera de tout connaître de moi, y compris mon passé.

14

Jeudi matin, je me réveille, seule. Chase m'a serrée dans ses bras toute la nuit, mais il est parti avant que j'ouvre les yeux. Le réveil indique 8 heures. Je n'arrive pas à croire que j'ai dormi alors qu'il se préparait à partir. La culpabilité et la peur des deux derniers jours me frappent de plein fouet, comme une masse. Aujourd'hui, Chase va rencontrer le président-directeur général de la fondation En lieu sûr, David Hawthorne. Je grimace en réalisant qu'il n'y a rien que je puisse faire si ce n'est attendre de ses nouvelles. Je n'ai aucune idée de ce qu'il s'apprête à dire ou de la manière dont il compte s'y prendre pour modifier l'ultimatum de madame Peterson.

En arrivant dans la cuisine, je constate qu'il m'a préparé une cafetière entière. C'est officiel, j'ai tiré le bon numéro avec cet homme. Sur un petit gloussement, je me sers une tasse et sors mon pot de crème à la vanille. J'en verse une bonne rasade dans ma tasse. Ce n'est pas aussi bon que mon latte à la vanille adoré, mais c'est le résultat le plus approchant auquel je puisse parvenir par mes propres moyens. Je remarque un message sur le plan de travail.

Mon petit cœur...

Je lève les yeux au ciel. Je n'ai pas encore décidé si j'allais accepter le nouveau petit nom qu'il est en train de tester. Je l'obligerai sans doute à le retrancher un jour de son vocabulaire. Pour le moment, il a d'agréables sonorités quand je l'imagine roulant sur la langue de cet homme, avec sa voix grave et sexy. Ouais, peut-être bien que je vais m'y faire. Je continue ma lecture.

... La nuit dernière a été... mémorable. Ne t'inquiète pas pour aujourd'hui. Je règle le problème.
CD

Ce n'est pas exactement ce qu'on pourrait appeler un billet doux, mais c'est du Chase tout craché. Non, je ne vais pas pouvoir attendre toute la journée les bras croisés. Première chose à faire : texter aux filles et prendre des nouvelles de Phil. Au lieu d'envoyer des messages individuels, je choisis la voie du moindre effort et leur adresse un texto collectif.

À : Maria De La Torre, Bree Simmons, Kathleen Bennett
De : Gillian Callahan
Merci à toutes pour vos avis. On a parlé, Chase et moi. Il va s'occuper de la situation. Quoi que ça puisse signifier. Restez connectées. Je vous aime. Besos.

Ça devrait repousser les loups pour le moment. Je sais qu'elles se font toutes du souci pour moi. Elles seront soulagées d'apprendre qu'on a résolu le problème, avec Chase. Mon téléphone bipe. Un coup d'œil à l'écran m'indique que Maria a répondu.

À : Gillian Callahan, Bree Simmons, Kathleen Bennett
De : Maria De La Torre
Vous avez parlé ? Mentirosa ! Ce ne sont pas vos paroles qui m'ont empêchée de dormir toute la nuit ! Perra, écarte ta tête de lit du mur ! Te amo, Besos !

J'éclate de rire. « *Perra* » ? Ah oui, c'est « putain » ou « grue » en espagnol. Je ricane en avalant mon café. Mmm, c'est tellement bon. Je me rappelle distinctement deux ou trois fois, la nuit dernière, où ma tête de lit peut avoir cogné contre le mur. Mes joues s'enflamment. Je repose mon téléphone quand un autre « bip » sonore m'invite à le reprendre.

À : Gillian Callahan, Kathleen Bennett, Maria De La Torre
De : Bree Simmons
Je suis tellement contente que vous vous soyez rabibochés. Visiblement, vous avez fait bosser le vieux matelas. Il était temps ! Pourvu que j'aie la même chance pour mon rendez-vous de ce week-end avec Phillip !

Le message de Bree me donne un léger haut-le-cœur. C'est comme écouter les ébats sexuels de votre frère. Puis je prends conscience que Phillip et moi n'avons même pas évoqué son rendez-vous avec Bree, le week-end dernier. Pour une meilleure amie, je me pose là. Je compose son numéro, sachant qu'il est au travail, mais espérant qu'il s'accorde une courte pause. Il répond à la première sonnerie.

— Salut, toi. Quel bon vent t'amène ?

Je souris. Il a vraiment été le seul homme à avoir été là pour moi au fil des années, sans jamais me faire de mal. J'espère en dépit du bon sens que Chase sera juste aussi bon que lui, avec quelques petits suppléments. Croiser les jambes suffit à me rappeler les nombreux suppléments dont j'ai bénéficié la nuit dernière.

— Tu as quelques minutes devant toi ? je demande.

— Oui. J'allais justement me rechercher un café. Quoi de neuf, ma belle ?

Phillip me rend toujours heureuse. Il est simplement l'une de ces personnes qui vous offrent un grand sentiment de familiarité et de paix. Une nature apaisante. Au cours des cinq minutes qui suivent, je lui donne une version abrégée des deux journées qui viennent de s'écouler.

— Je savais que tu jouais avec le feu en sortant avec ton boss, Gigi, me rappelle-t-il.

Il n'y a qu'un homme pour retourner comme ça le couteau dans la plaie.

— Tu as sérieusement l'intention de jouer la carte du « Je te l'avais bien dit » ?

Ma question nous fait éclater de rire.

— Non, non, pas du tout. C'était juste un coup risqué. Bon, alors qu'est-ce qui va se passer, maintenant ?

Son inquiétude est sincère et je vois bien qu'il est soucieux. Il sait combien ce travail a de l'importance pour moi.

— Je suis censée donner ma réponse demain, mais Chase rencontre le PDG aujourd'hui. Il m'a assuré qu'il allait régler la situation. Je ne sais pas ce que cela signifie, en revanche. Ça me rend dingue. (Je soupire dans le combiné et laisse retomber ma tête sur le canapé.) Bon, dis-moi plutôt, comment ça s'est passé, ton rendez-vous de dimanche avec Bree ?

Il rigole.

— Je découvre la véritable raison de ton appel. Tu viens à la pêche aux infos. Ce n'est quand même pas elle qui t'a missionnée ? demande-t-il, nerveux.

— Non, mais si ça avait été le cas, je ne te l'aurais pas dit, je réplique en riant. Bon alors, c'était comment ?

— C'était..., commence-t-il après une pause. C'était merveilleux, Gigi. Elle est épatante, belle, drôle et...

— OK, OK, j'ai pigé, je l'interromps. Elle est épatante.

Je rapproche encore le téléphone de mon oreille pour entendre son bonheur. Je rêverais de pouvoir l'atteindre via le combiné pour le serrer dans mes bras, mais je devrai attendre de le voir en personne.

— Elle m'a dit que tu l'avais invitée ce week-end.

Je l'autorise à compléter la phrase. Je veux entendre son excitation.

— En effet. Je l'emmène dîner, puis écouter un groupe de jazz local. Tu penses que c'est une bonne idée ? Merde, peut-être qu'elle aimerait un dîner chic et un spectacle ou une pièce ? (Il commence à flipper, c'est évident.) Gigi, ça fait une éternité que je ne suis plus sorti avec quelqu'un. Depuis Angela, en fait, avoue-t-il en relâchant une longue bouffée d'air.

— Phil, ça va. Bree est vraiment cool. Elle sera ravie d'un bon dîner et d'un groupe de jazz sympa. Elle en pince pour toi. Tout va bien se passer. Profite de ta soirée et ne gamberge pas trop.

C'est le meilleur avis que je puisse lui donner. Et à moi-même aussi, d'ailleurs.

— Je suis surexcité. Elle est incroyablement sexy, et son corps, il est chaud bouillant, revient-il à la charge, avec la voix d'un amateur du beau sexe.

— Tiens, le gros porc macho est de sortie. Je me demandais quand ses appâts finiraient par te rendre stupide. (Il rit aux éclats et je me joins à son hilarité.) Enfin, ce n'est pas comme si je n'étais pas d'accord avec toi. Elle a un corps sacrément renversant. (Mon téléphone bipe, m'indiquant qu'un autre correspondant cherche à me joindre.) OK, Phil, je veux un rapport complet sur dimanche. Il faut que je raccroche, j'ai un appel en attente.

Nous coupons la communication en même temps et je presse le bouton de commutation.

— Allô ?

— Mademoiselle Callahan, c'est Dana, l'assistante personnelle de monsieur Davis.

— Bonjour, Dana. J'ai oublié de vous remercier pour les habits. Ils étaient incroyables, vraiment. Même si des vêtements d'une grande surface m'auraient parfaitement convenu, je lui lance d'une voix joyeuse.

— Je vous en prie. Je garde la grande surface à l'esprit, même si je ne pense pas que monsieur Davis approuverait, me prévient-elle. Monsieur Davis envoie Jack vous chercher dans une heure. C'est la raison de mon appel. Il veut que vous vous prépariez pour rencontrer le PDG d'En lieu sûr à 11 heures.

J'en reste bouche bée, soudain submergée par la peur.

— Il vous a précisé pourquoi ? je croasse.

Un nouvel accès de panique rampe dans mon subconscient.

— Je suis désolée, il n'a rien dit.

— OK, merci Dana. Je serai prête.

Je pousse un bruyant soupir et presse les doigts contre mes tempes pour essayer de soulager la tension qui vient d'y surgir.

— Gillian ? Puis-je vous appeler Gillian ? demande-t-elle.

— Vous pouvez même m'appeler Gigi, si vous le souhaitez. Tout le monde le fait.

— Gigi, je voulais juste vous dire… (Sa voix s'adoucit, devenant en quelque sorte plus gentille.) Je voulais juste vous dire que Chase est vraiment heureux depuis trois semaines. Je sais que c'est grâce à vous. Et je voulais juste… (elle reprend son souffle et se hâte de finir sa phrase)… vous remercier.

Je ne m'y attendais pas. J'ai la gorge nouée par l'émotion.

— Il me rend heureuse, moi aussi, Dana. Merci encore pour les vêtements, vous avez un goût infaillible.

— La voiture va venir vous prendre à 10 h 30, mademoiselle Callahan, veillez à être prête. Chase déteste les retards.

Elle retourne à ses obligations officielles. Elle s'est un peu détendue pour me parler franchement du bonheur de son chef, mais elle revient maintenant à un comportement professionnel. À cet instant précis, je décide que je vais faire un effort pour apprendre à connaître son assistante personnelle. Elle semble sincèrement heureuse que Chase ait été de meilleure humeur. En tant que fille, qu'elle ait tenu à me parler devrait me la rendre digne de confiance, mais je me suis tant de fois brûlé les ailes à cause de femmes méchantes se prétendant mes amies que je rechigne à ouvrir mon cœur et à lui accorder le statut, même temporaire, de meilleure amie.

Je chasse Dana de mon esprit et choisis un tailleur gris anthracite d'une nuance sombre et tranchée. Je l'associe à un chemisier lavande à col boutonné. Un épais collier et des anneaux argentés viennent adoucir cette allure féroce. Je sors ma paire préférée d'escarpins en daim gris, avec leurs dix centimètres de talons. Simple, mais sexy. La conversation ne m'a pas renseignée sur ce à quoi je devais m'attendre. Il n'est pas fréquent que je rencontre monsieur Hawthorne, et jamais parce que j'ai fait quelque chose de répréhensible. Va-t-il me renvoyer ? Merde ! Je vais être licenciée et devoir débarrasser mon bureau avant la fin de la semaine.

Non, Chase a promis qu'il allait gérer cette histoire et je dois lui faire confiance. Croire en lui. Simplement, je n'ai aucune idée de ce que ça peut bien signifier pour moi et mon rôle à En lieu sûr. J'attrape mon sac à main et vérifie mon allure dans le miroir de la porte. Mes cheveux sont retenus en arrière en un chignon soigné, tandis que ma frange me balaie le front. Il faudra que ça fasse l'affaire. Une petite touche de gloss pêche et je me dirige vers l'entrée de l'immeuble.

Jack est là à m'attendre. Il ouvre la portière de la voiture pendant que je me dirige vers lui.

— Bonjour, Jack.

— Bonjour, mademoiselle Callahan, répond-il avec un sourire.

Waouh ! La montagne de muscles m'a bel et bien souri. Peut-être que je suis venue à bout de ses défenses, finalement. Ou bien, peut-être qu'il s'est envoyé en l'air la nuit dernière. Je ne peux pas affirmer de façon catégorique que ses gentillesses soient directement liées à ma personne.

Vingt minutes plus tard, nous sommes devant la fondation En lieu sûr. Je prends une profonde inspiration et sors de la voiture, en acceptant la main que Jack me tend.

— Merci. Souhaitez-moi bonne chance.

— Vous n'en aurez pas besoin, réplique-t-il avec assurance.

Je fronce les sourcils, mais marche d'un pas confiant vers la réception.

J'ai à peine mis un pied dans l'immeuble que la réceptionniste m'emmène dans le bureau de monsieur Hawthorne. En approchant de sa large double porte, j'entends distinctement rire depuis l'autre côté.

La réceptionniste frappe et glisse sa tête dans l'entrebâillement.

— Mademoiselle Callahan est là pour son rendez-vous, annonce-t-elle.

— Faites-la entrer, merci.

Elle ouvre la porte en grand et je franchis le seuil du bureau. Le directeur de la fondation, monsieur David Hawthorne, est assis devant un vaste bureau en chêne. C'est un homme d'âge moyen, grand, fin et hâlé. La rumeur prétend qu'il joue régulièrement au golf avec les membres du conseil d'administration, ses prestataires, ses partenaires commerciaux et autres, ce qui explique sans doute son bronzage. Le bruit court que, comme PDG, il est juste et solide. De courts cheveux bruns encadrent un visage à la mâchoire carrée piquée d'une barbe. Il n'est pas dénué de charme, mais il n'est pas non plus à tomber. Charmant, il sourit quand je fais mon entrée.

— Merci d'être venue, mademoiselle Callahan. Je crois que vous connaissez déjà le président de notre conseil d'administration, monsieur Davis.

Je me tourne sur ma gauche et découvre Chase assis dans un canapé de cuir marron, au fond de la pièce. Il sourit devant mon étonnement, non sans me reluquer de la tête aux pieds avant de repartir dans l'autre sens. Je me ressaisis et ferme les yeux pour reprendre contenance.

— Bonjour, Gillian, fait-il en souriant, avant de désigner une place à côté de lui.

Je prends le siège qu'il m'offre, tout en veillant à laisser beaucoup d'espace entre nos corps. Je croise les chevilles et m'assieds, le dos bien droit, dans l'attente de la requête de monsieur Hawthorne. Quitte à perdre mon travail, autant le faire avec dignité, même si j'ignore pourquoi il tient à ce que Chase assiste au massacre.

Monsieur Hawthorne contourne son bureau et vient s'asseoir en face de nous. Nous sommes séparés par une table basse en verre, où s'étale un éventail de magazines.

— Mademoiselle Callahan, Chase a attiré mon attention sur un problème survenu cette semaine. (J'acquiesce sans rien dire.) Je comprends que notre directrice RH, madame Peterson, vous a informée que la fondation était au courant de votre liaison avec monsieur Davis.

— Oui, monsieur, en effet.

— D'après ce que j'ai compris, elle vous a posé un ultimatum : mettre un terme à votre relation avec monsieur Davis, quitter votre emploi, ou bien vous seriez remerciée. C'est bien ça ? demande-t-il.

Nous y voilà. Il va me virer. Je me raidis encore et mes yeux s'emplissent de larmes que je retiens. Voyant mon malaise, Chase prend ma main et la garde contre lui. Même si je ne le regarde pas, j'apprécie ce petit geste.

— Oui, tout à fait, je lâche dans un murmure.

— Après avoir parlé avec monsieur Davis, ce matin, j'ai effectué quelques recherches, rencontré monsieur Jefferson, regardé les résultats de votre campagne, le retour sur investissement de votre donation caritative sur les deux dernières années, et j'ai été sincèrement étonné qu'on n'ait pas porté plus tôt ces éléments à mon attention. Vous êtes un atout incroyable pour la fondation.

« Atout », c'est un terme positif, me rappelle mon subconscient. C'est le contraire d'« inconvénient », de « diffamation » ou de « négatif ».

— Je peux vous certifier que votre position au sein de la fondation En lieu sûr est ferme et assurée. Pour tout vous dire, je souhaite vous promouvoir au poste de directrice associée aux contributions, achève-t-il avec un large sourire.

Chase étreint ma main. Sidérée, je reste bouche bée. J'ai du mal à assimiler ce qu'il vient de me dire. Quelques secondes plus tôt, j'étais persuadée de me faire renvoyer, et maintenant, me voilà promue ?

— Madame Peterson a été relevée de ses fonctions. Menacer un membre du personnel en raison de sa vie privée n'est pas la manière dont j'entends conduire mon vaisseau. Votre relation avec monsieur Davis peut être vue comme la source d'un traitement préférentiel et certains ne manqueront pas de mettre votre promotion en question, mais vous y répondrez par votre efficacité professionnelle, j'en suis convaincu, et vous impressionnerez vos détracteurs grâce à votre travail.

Je hoche la tête comme une figurine de Oui-Oui sur le tableau de bord d'une Ford Pinto.

— Merci, monsieur Hawthorne. Je ne m'attendais pas à ce que notre entrevue prenne cette tournure. Je vais travailler dur pour développer notre service et augmenter nos revenus autant que je le peux.

— Je n'ai aucun doute là-dessus. Et je vous prie de prendre le reste de la semaine en guise de remerciement pour avoir su gérer ce faux pas avec grâce, conclut-il. Je suis impatient de travailler davantage avec vous à l'avenir, maintenant que j'ai découvert vos capacités.

— Je ne saurais vous remercier assez, monsieur Hawthorne.

Je suis étourdie par ce qu'il vient de m'annoncer. Il a viré madame Peterson ? Il me donne de l'avancement ? Cela fait beaucoup trop d'informations à assimiler.

— On se voit sur le parcours de golf le mois prochain ? fait Chase en se levant.

— Naturellement, réplique Hawthorne en le gratifiant d'une accolade dans le dos avec un sourire. Laisse-moi une chance de regagner un peu de l'argent dont tu m'as dépouillé.

— Dans tes rêves, Dave, fait Chase qui lui renvoie son sourire et lui serre la main.

Chase et moi quittons l'immeuble. Jack se tient prêt, portière ouverte. Je me glisse à l'intérieur et demeure silencieuse, complètement stupéfaite.

Chase s'empare de ma main et la porte à ses lèvres.

— Je t'avais dit que je réglerais le problème.

Mon cœur fond. Son beau visage m'envoie un regard satisfait, il semble content de lui.

— Qu'est-ce que tu lui as raconté ? je demande.

— Je lui ai parlé de notre relation, de ce que cette vieille chouette de Peterson t'avait fait. Je lui ai dit que je ne le tolérerais pas. Jamais une femme qui sort avec moi ne doit être obligée de choisir entre son travail et moi.

Je le regarde en secouant la tête. Il ne remarque pas que chacun de ses mots plante un clou supplémentaire dans le cercueil de notre relation.

— J'ai menacé de reprendre mon argent.

Il sourit jusqu'aux oreilles. Les larmes que je retenais dévalent le long de mes joues.

— Arrêtez la voiture, Jack, je lance, assez fort pour que l'interpellé m'entende.

Chase me dévisage et Jack me jette un coup d'œil dans le rétroviseur, mais ne s'arrête pas pour autant. Mes entrailles bouillonnent, échauffées par ma colère.

— Arrêtez cette putain de voiture sur-le-champ ! je hurle en frappant du poing sur le cuir, pour m'assurer de capter l'attention de Jack.

Des larmes traîtresses ruissellent sur mon visage, que j'essuie de la manche de ma veste. Tant pis ! Je porterai ce machin au pressing.

— Gillian, c'est quoi, ce bordel ? demande Chase, mécontent.

Jack finit par s'arrêter le long du trottoir et je me précipite hors du véhicule. Je n'ai aucune idée de l'endroit vers lequel je me dirige, mais je marche d'un pas lourd dans les rues animées de San Francisco, déterminée mais sans destination.

Les pas de Chase martèlent le béton dans sa course pour me rattraper.

— Gillian, arrête-toi tout de suite ! hurle-t-il avec énergie.

Je m'en moque. Il ne peut pas me contrôler. Je ne suis pas sa propriété. Personne ne me possède. Je marche aussi vite que mes talons de dix centimètres me le permettent. Je suis sur le point de tourner au coin d'une rue quand j'entends une phrase qui m'arrête dans mon élan.

— Tu avais promis de ne plus t'enfuir ! crie-t-il.

Je ferme les yeux, compte jusqu'à trois et me retourne.

— Je ne peux pas croire que tu m'aies fait ça, je rétorque entre mes dents.

— De quoi tu parles ? J'ai juste sauvé tes fesses, sans quoi tu aurais perdu ton boulot.

Puisqu'il ne comprend pas, il va falloir que je lui mâche le travail.

— Non, tu as fait avec eux ce qu'ils ont fait avec moi. Tu leur as posé un ultimatum. (Je plaque les mains sur mon front, pour dissiper la colère, la frustration et le chagrin.) « Prenez soin de cette petite femme, sans quoi je remballe tout mon argent ! » Tu savais qu'il allait céder et se plier à tes exigences.

Je n'arrive pas à empêcher le désarroi de prendre le dessus sur mes émotions.

— Je ne saisis pas le problème. Tu ne voulais pas perdre ton travail. Je ne voulais pas te perdre. La question est résolue et tu as obtenu une promotion.

Il porte une main à ma joue, effleurant ma peau de son pouce.

Aussi vive que l'éclair, je repousse sa main d'une tape. Il recule comme s'il venait de se brûler.

— Je n'ai pas mérité cette promotion. Oh, attends, mais si… Sur mon putain de canapé ! je rugis, assez fort pour que les passants décrivent un large cercle autour de nous. (Il me dévisage, ne comprenant à l'évidence toujours rien aux raisons de ma colère.) Bon sang, Chase ! Je ne peux pas te parler, là, maintenant. Je suis tellement déçue que j'ai du mal à respirer. (Je hoquette et ravale le sanglot qui menace de me dévorer.) Laisse-moi.

Je me détourne et me remets à marcher. J'aperçois un taxi à trois mètres de là et me rue dedans. Dès que j'ai donné l'adresse au chauffeur, j'essaie la méthode de yoga que m'a enseignée Bree : je dois prendre des respirations apaisantes. Inspiration par une narine, expiration par l'autre et inversement. Cela commence à fonctionner. La torpeur m'envahit à présent. Le chauffeur m'amène à bon port. Je pénètre dans l'immeuble de brique. Esquivant des danseurs aux costumes variés, je parviens à l'arrière du théâtre. Tout le monde m'a déjà vue et sait que si je viens ici, c'est pour voir Kat ou Maria. Je me rends tout au fond, là où se trouve le placard de création dévolu à Kat. En fait de placard, c'est une vaste pièce, mais où s'entassent des milliers de costumes, ce qui vous donne l'impression d'être confiné dans un grand placard.

Apparemment, les dieux m'ont accordé un sursis, car je repère Kat. Elle est sur les genoux, en train d'ajuster un costume. Et à l'intérieur du costume, il y a Maria. Je remercie le Tout-Puissant et avance pour qu'on me remarque. Dès qu'elles lèvent les yeux, mes amies se rendent compte que quelque chose cloche. Ce ne sont pas des sœurs d'âme de la dernière pluie.

Kat jette un coup d'œil à sa montre.

— Regarde-moi ça ! Pile l'heure de manger. Ria, tu as faim ?

Après un regard à ma mine solennelle, Maria répond :

— Je suis affamée. Gigi ?

— Je crève la dalle, je chuchote, la voix frémissant des larmes que je retiens, et donc quelques octaves plus basse que la normale.

Kat tripote son portable pendant que Maria ôte le costume déchiqueté. Un truc pour un numéro du genre « l'enfer ne connaît pas pire qu'une femme dédaignée », et mon amie est couverte de bandes de tissu d'un rouge profond qui donnent l'impression d'avoir été distendues et déchirées par des griffes de chat.

— Bree nous retrouve dans notre resto favori. Elle n'a pas d'autre cours avant ce soir, annonce Kat.

— Je vous aime, les filles, je fais, d'une voix si sérieuse qu'elles lèvent la tête, toutes les deux.

— On sait, Gigi. *Te amo*. Bon allons-y, qu'on règle cette merde.

Ria est agacée. C'est la deuxième fois en autant de jours que je pique une crise d'hystérie et chacune de mes crises a été liée à Chase. Sa théorie sur l'inutilité des hommes n'est pas sans fondement.

*

Nous arrivons dans notre petit pub irlandais qui ne paie pas de mine. Il est assez tranquille, vu que le rush de midi est passé. Les tables sont toutes en pierre, avec des symboles celtiques bien en évidence en leur centre. Celle à laquelle nous nous asseyons toujours comporte un immense symbole de la trinité entouré d'un cercle de protection, exactement comme nos tatouages. Notre petit groupe a adopté ce signe pour figurer notre indéniable connexion et notre sororité d'âme. La trinité celtique signifie différentes choses. Elle peut représenter le corps, l'esprit et l'âme, mais dans les cercles religieux, elle symbolise le Père, le Fils et le Saint-Esprit. Pour nous, il s'agit de notre passé, notre présent et notre futur. Nous aurons toujours notre passé, notre présent sera toujours lié à celui des autres et notre futur est illimité, aussi longtemps que nous sommes là les unes pour les autres.

Bree, qui est arrivée, a commandé quatre bières Poor Man, un mélange de Guinness et de cidre de framboise ou de pomme. Comme nos breuvages sont d'une teinte brun chocolat au fond et rose pétillant sur le dessus, je présume qu'il s'agit de cidre de framboise.

Je me glisse à côté d'elle. Elle me prend le visage entre ses mains, fouille mon regard et presse son front contre le mien.

— Gigi, les gars qui font pleurer les filles, ils craignent !

Je hoche la tête contre son front.

Elle m'embrasse les joues et sèche mes larmes.

— Tu as déjà été folle de certains types, des mecs merdiques t'ont fait du mal, mais tu n'as jamais pleuré comme ça, reprend-elle.

— Tu es amoureuse de lui, c'est ça ? intervient Kat, comme si elle me demandait quelque chose d'aussi simple que : « Comment s'est passée ta journée ? »

Je croise le regard de chacune. Marron, bleu et gris, les couleurs qui contribuent à insuffler de la vie dans mon monde. Je peux me mentir sans fin, me répéter que je n'ai pas de sentiments pour lui, qu'il ne compte pas. Je suis incapable de leur mentir à elles.

Dans un affreux accès d'honnêteté et de bouillonnement de colère, je réponds dans un cri :

— Oui, bordel ! (Je gémis et agrippe ma pinte avec une telle force que j'aurais aimé la voir se briser.) Je ne le veux pas, mais oui, je le suis !

Je presse deux doigts sur mes tempes, mais la douleur refuse de céder. Elle est toujours là. Il est toujours là, son visage plein de chagrin, brisé et confus alors que je lui hurle dessus dans la rue… Il continue de me railler.

— Pourquoi tu ne le veux pas, ma chérie ? s'enquiert Bree. Cela fait un bail que tu n'as pas été amoureuse. C'est pour ça que le gros vilain te fait pleurer ? Si ça peut te réconforter, je botterai les fesses de cette saleté de beau gosse jusqu'à la semaine prochaine.

Elle tiendrait parole. Elle ouvrirait une boîte de violence gratuite à son intention et il serait incapable d'éteindre ce minuscule pétard à mèche.

— Voilà exactement pourquoi elle ne veut pas être *in amor* de lui, Bree, répond Ria à ma place. Le dernier homme qu'elle a aimé l'a fait souffrir… *muy mal*, vraiment beaucoup.

Son accent espagnol ressort davantage quand elle est bouleversée.

Elle sait exactement ce que je ressens, tout comme je perçois ses sentiments pour Tom.

— C'est pire que ça, les filles. Il a posé un ultimatum au PDG de la fondation. Soit il arrangeait la situation avec moi, soit Chase quittait son poste de président du conseil… et adieu sa donation annuelle de quarante millions de dollars. Cet argent finance la moitié de nos coûts opérationnels.

Je prends une longue goulée de ma Poor Man et laisse la boisson mousseuse apaiser mes nerfs à vif.

— Waouh. Il a fait ça ? fait Kat, sidérée, les yeux écarquillés.

— Pire. La directrice RH a été virée et j'ai été promue directrice associée aux contributions, je ricane en buvant une nouvelle lampée.

— Je dois avoir manqué quelque chose, intervient Bree. Ça m'a plutôt l'air bien. Félicitations !

— Je n'ai pas eu cette promotion parce que je la méritais, mais grâce à l'influence de Chase. Il m'a même sorti : « Jamais une femme qui sort avec moi ne doit être obligée de choisir entre son travail et moi », blablabla, je réplique en imitant une voix masculine, autant que faire se peut.

— Il est sacrément amoureux de toi.

Je fais pivoter ma tête vers Kat et rejette ce qu'elle vient de dire.

— Excuse-moi, Kat, mais ça te vient d'où, cette idée qu'il est amoureux de moi ? je grommelle en prenant une profonde inspiration. J'ai tout simplement obtenu de l'avancement parce que je baise avec le chef, telle une catin de base.

— *Jesús Cristo, cara bonita !* Qu'est-ce qu'il ne faut pas entendre comme conneries. Tu l'as méritée, cette promotion. Tu leur as rapporté des millions de *dinero* au cours de ces deux années ! s'exclame Maria.

— Mais ce timing n'est pas une coïncidence. Le directeur a fait ça pour s'attirer les bonnes grâces de Chase.

Je me recroqueville, mes épaules s'affaissent. Je me sens écrasée sur mon siège. Le poids de ce qui s'est passé avec Chase, de notre dispute, est paralysant.

— Et alors ? N'empêche que tu la mérites. Tu as l'occasion de le prouver à tous, y compris à Chase et à toi-même, objecte Bree.

J'ai droit à plusieurs tournées de « pauvre Gillian » avant de parvenir à la conclusion que je dois parler à Chase. Mon portable sonne. En le sortant de mon sac, je découvre qu'il s'agit de lui. Je suis un peu surprise qu'il lui ait fallu si longtemps pour me contacter.

À : Gillian Callahan
De : Chase Davis
Je suis désolé. Je ne sais toujours pas ce qui s'est passé. S'il te plaît, viens au penthouse, qu'on puisse en discuter. Je suis perdu sans toi.

C'est la chose la plus proche d'un « je t'aime » que je puisse obtenir pour le moment. Je ne sais même pas si je veux qu'il m'avoue un amour indéfectible, à présent. Cela ne fait que quelques semaines. Les papillons dans mon ventre et la douleur dans mon cœur ne peuvent être apaisés que par un salaud égoïste, riche, surprotecteur, maniaque du contrôle et beau à couper le souffle. Et il est tout à moi.

J'embrasse chacune de mes amies que je serre dans mes bras comme si je les voyais pour la dernière fois. Je ne sais pas où je serais si je ne les avais pas pour m'éloigner des à-pics de la vie.

Nous échangeons une tournée de « *besos* » et je m'en vais héler un taxi. Le chauffeur s'enquiert de ma destination.

Il n'y a qu'un endroit où j'aie besoin d'être en ce moment.

— Davis Industries, s'il vous plaît.

15

À peine le taxi s'est-il arrêté devant l'immeuble que je cours vers les ascenseurs. Jack est assis sur le banc qui les jouxte. Il se lève quand j'appuie sur le bouton.

— Il vous attend, lâche-t-il, avec dédain.

— Il vous a obligé à rester ici à m'attendre, c'est ça ?

Vu le froncement de sourcils permanent qu'il arbore, je devine déjà la réponse.

— Vous ne disposez pas d'un accès au penthouse. On va rectifier cette situation sur-le-champ.

Il est manifestement irrité. Il tire une petite boîte noire de sa poche – un écran LED avec les contours d'une empreinte digitale.

— Placez votre pouce droit sur ce panneau, m'indique-t-il.

Je m'exécute et l'écran scanne mon pouce. Il le retire, fait apparaître un clavier minuscule et tape « Gillian Callahan » à côté de l'empreinte.

— Selon la requête de monsieur Davis, vous avez désormais un accès total à son penthouse.

— Autrement dit, je peux entrer et sortir comme bon me semble ?

— Tout à fait. Je vous prie toutefois de prendre en considération le fait qu'il vous confie l'accès à ses quartiers privés. Si vous amenez qui que ce soit, je dois être au courant à l'avance, afin de pouvoir procéder aux vérifications de ses antécédents, précise-t-il, revêche, d'un ton monocorde.

— Sérieusement ?

Il hoche la tête.

— Vous avez vérifié mes antécédents, à moi aussi ?

— Bien sûr, répond-il, comme si je lui avais demandé si le ciel était bleu et non s'il avait violé ma vie privée et des informations que j'aurais voulu garder secrètes.

— Je pourrais voir ce que vous avez dégotté ?

Il secoue la tête.

— Ces renseignements ont été obtenus par monsieur Davis. Si vous voulez voir ce qui vous concerne, vous, ou qui que ce soit en lien avec vous, il faudra le lui demander directement.

— Pardon ? Qu'est-ce que vous voulez dire par « qui que ce soit en lien avec moi » ?

Il voit bien que je suis tout sauf ravie et que je commence à m'énerver. J'ai une main sur la hanche et le gaillard est penché, prêt à en découdre.

— Monsieur Davis fait vérifier les antécédents de toutes les personnes avec qui il entretient des contacts réguliers. Nous avons donc effectué des recherches sur mademoiselle De La Torre, mademoiselle Bennett, mademoiselle Simmons, monsieur Redding, monsieur Parks et quelques autres.

Je ferme les yeux et prends une profonde inspiration pour essayer de comprendre sans m'émouvoir pourquoi Chase s'est montré aussi intrusif avec mon intimité et celle de mes amis.

— Il y a des tas de gens qui seraient aux anges de voir monsieur Davis gravement sali, blessé, mutilé, voire mort. Comme je suis son conseiller en sécurité, j'insiste sur la nécessité d'une vérification systématique de toutes les personnes avec qui il entre en contact.

Les mots « mutilé, voire mort » résonnent bruyamment à mes oreilles, atténuant le choc initial. Il marque un point. La richesse extrême présente ses inconvénients.

— C'est tout, Jack ?

Je souffle ma frange de sur mes yeux. J'ai hâte de voir Chase. Je dois mettre les choses au clair avec lui.

— Non, répond-il, le regard soudain dur. (Les poils dans ma nuque se hérissent sous ce regard glacial.) Le petit numéro que vous avez fait dans la rue ce matin était puéril et immature, assène-t-il d'un ton acerbe.

— Franchement, Jack, ça ne vous regarde pas, je rétorque, pleine d'assurance, même si je sais qu'il a raison.

C'était en effet quelque peu puéril.

— Tout ce qui concerne monsieur Davis me regarde. Je suis à ses côtés depuis qu'il a sept ans. Je n'ai pas l'intention de laisser qui que ce soit le faire de nouveau souffrir.

On dirait un père surprotecteur.

— Vous n'êtes pas son père, vous êtes son garde du corps. Il vous paie pour être ici.

Je vois que mon assertion fait mouche.

— Non, je ne le suis pas. Son père était un monstre. (Et il ne développe pas davantage.) J'espère que vous êtes la bonne personne, mademoiselle Callahan, parce que cela fait très longtemps qu'il n'a pas autorisé une femme à s'approcher de cette maison, sans même parler de son cœur. Ne lui faites pas regretter sa décision.

— Je n'en ai aucunement l'intention. Maintenant, si vous voulez bien m'excuser.

J'entre dans l'ascenseur et les portes se referment sur Jack qui me dévisage. Je place mon pouce droit sur la boîte LED, la lumière rouge scanne mon pouce et la lumière passe alors au vert. L'ascenseur s'élève vers le penthouse. Ah, la technologie moderne… Incroyable.

Jack est un mystère que je ne parviendrai pas à comprendre, même au terme de mon existence. L'espace d'un instant, il a la dureté et l'aspect acéré d'un clou. L'instant d'après, il est paternel et protecteur. Je me repasse la conversation que je viens d'avoir avec l'armoire à glace et mon ventre se serre. Je ne sais vraiment pas à quoi m'attendre de la part de Chase, maintenant. Je l'ai laissé le nez dans la poussière après qu'il a fait ce qu'il pensait juste. Après que je lui avais promis, dans la sécurité de ses bras, pas plus tard que la nuit dernière, que je ne m'enfuirais plus. J'aurais bien aimé qu'il ne se serve pas de son influence pour dévaluer tous les efforts que j'ai mis dans ma carrière et le temps que j'ai passé à la fondation En lieu sûr. Je leur dois tant. J'ai travaillé comme une dingue pour faire mes preuves. Mais je ne veux pas non plus que ces efforts ruinent ce qu'il y a entre nous.

Les portes de l'ascenseur s'ouvrent et je sors. Je porte toujours mes vêtements de la réunion de ce matin. Je passe les mains sur ma jupe. Vêtements chiffonnés et yeux bouffis, voilà ce qu'il y aura au menu de ce soir. S'il me reste une touche de maquillage, elle a dû baver. Je donne vraisemblablement l'impression d'avoir forcé sur la bouteille. À ma grande surprise, sa porte est déverrouillée. J'entre et regarde alentour. J'entends de la musique au loin, si bien que je me dirige vers l'endroit d'où elle provient.

Un feu crépite dans le salon principal. Chase me tourne le dos, installé dans son luxueux canapé d'angle. Il sirote un verre de vin en écoutant de la musique en son surround. La voix envoûtante de Christina Perri chante « The Lonely » et les larmes me montent aux yeux. Cette chanson fait ressurgir de pénibles souvenirs dans mon esprit. Je l'ai passée tant de fois, après que Justin m'avait battue, pour essayer de comprendre comme je pourrais lui échapper. Pourquoi tant de brutalité dans une relation amoureuse où l'amour n'existe pas ? Ça me tue de savoir que Chase se sent aussi mal à cause de moi.

C'est fini. Je ne peux pas le supporter. La tristesse me submerge. Je me dirige vers le canapé. Il lève les yeux de son verre de vin. Son visage exprime une telle torture que le voir m'anéantit. Ses yeux sont voilés, mais une minuscule étincelle allume la glace bleue de ses prunelles quand elles se posent sur moi.

— Tu n'es pas seul, je lui chuchote.

S'emparant de la télécommande, j'éteins la musique. Il pose son verre de vin.

— Vraiment ?

Son visage est stoïque et pâle, vide d'émotion.

Je secoue la tête. M'approchant de lui, je m'arrête entre ses jambes ouvertes. Il m'attrape impérieusement par les hanches et pose la tête sur mon ventre. Il se blottit contre moi sans rien dire. J'éprouve le besoin insupportable de purifier la douleur qui jaillit de ses entrailles.

— Je suis amoureuse de toi.

Ça n'a pas été dit plus fort qu'un murmure, mais il l'entend. Chase se cramponne encore plus à moi. J'ai une frousse de tous les diables et je ne peux plus reculer ni me cacher mes sentiments plus longtemps. S'il n'éprouve pas la même chose, j'affronterai la vérité. Je n'apprécierai pas, cela me fera un mal de chien, mais au moins, je saurai que je l'ai dit et que je le pense.

Son étreinte se resserre jusqu'à me faire presque mal, puis il lève les yeux vers moi, fouille mon visage. Son regard est à la fois ouvert et brisé. Je n'arrive presque plus à respirer devant cette véritable peur et ce chagrin d'amour. C'est presque trop pour que je puisse le supporter.

Il me jauge. Je peux presque le sentir essayer de soupeser la vérité de ma déclaration.

— Répète, lâche-t-il d'une voix aussi rauque que si son œsophage avait été frotté au papier de verre – lourde et abrasive.

— Je suis amoureuse de toi, Chase.

Les mots ont jailli telle une prière.

Il ferme les yeux et relève ma jupe. Sa bouche ardente plante de doux baisers partout sur ma peau nue, avant de remonter, baiser après baiser, le long de ma poitrine, par-dessus mon chemisier, jusqu'à ce qu'il se tienne debout devant moi, ses yeux vrillés dans mon âme.

— Encore, chuchote-t-il contre mes lèvres.

— Je t'aime, Ch…

Avant que j'aie pu achever son nom, ses lèvres sont sur les miennes, à me dévorer. Il prend mes joues entre ses mains pour me rapprocher de lui. Son baiser est long et profond. Je ne sais pas si c'est lui ou moi qui mène la danse et ça n'a aucune importance. Il me fait pivoter la tête pour y plonger, y glisser la langue, goûter, boire, laper ma bouche comme si c'était la dernière fois. Mais ce n'est pas le cas. Ce ne sera jamais plus le cas. Je suis perdue face à lui et je me contenterai de ce qu'il voudra bien me donner. Il s'écarte pour mieux écraser nos poitrines l'une contre l'autre dans une étreinte brutale, de celles que vous donnez aux gens que vous n'avez aucune intention de laisser partir. Je ferme les yeux pour savourer la beauté de lui appartenir. C'est un sentiment chaud et sécurisant.

— J'avais tellement peur que tu ne veuilles plus de moi, me souffle-t-il à l'oreille.

Je secoue la tête et l'embrasse dans le cou pour réaffirmer mon lien avec cet homme. *Mon homme.*

— Qu'est-ce qu'on fait, maintenant, bébé ?

— Ça dépend de la réciprocité de tes sentiments pour moi.

Ma confiance faiblit. J'ai besoin de savoir si je signifie autant pour lui que lui pour moi. C'est la condition sine qua non pour que nous puissions aller de l'avant.

— Tu plaisantes ? (Il cherche mon regard, un rictus de surprise sur les lèvres.) Tu ne le sais donc pas ?

— Qu'est-ce que je suis censée savoir ?

Je sens ma poitrine se serrer, faute de deviner ce qu'il va dire.

— J'ai su que tu étais la bonne quand l'hôpital m'a appelé, à Chicago. Le monde entier a sombré dans l'obscurité au moment où ils m'ont annoncé que tu avais été attaquée. J'étais fou d'inquiétude. Je ne te connaissais que depuis peu, mais ce coup de fil m'a démoli. (Son visage se tord au récit de cette expérience. Je comprends parfaitement ce sentiment.) Bon sang, Gillian, je ferais n'importe quoi pour toi. Dire « je t'aime » ne me semble pas suffisant pour qualifier ce que je ressens pour toi.

Je lui offre un sourire si large que j'en ai mal aux joues.

— Dis-le quand même, j'insiste.

Il me caresse les joues et m'embrasse tendrement. Puis il recule et plonge ses magnifiques yeux bleus dans les miens.

— Gillian Callahan, je t'aime. Tellement que ça me flanque une frousse atroce.

Les larmes me montent aux yeux quand il dépose un baiser sur chacune de mes joues.

— Je t'en prie, cesse de fuir ce sentiment. C'est nouveau pour moi. Je sais que je ne prendrai pas toujours les meilleures décisions dès l'instant où elles te concernent. Tu fais ressortir le maniaque du contrôle qui sommeille en moi. Je veux que tu sois en sécurité. Je veux te protéger et subvenir à tes besoins. Je veux te donner tout ce que ton cœur désire.

Plaçant deux doigts sur ses lèvres, je lui ouvre mon cœur et laisse la vérité s'en échapper.

— Je ne veux que toi.

Il ferme les yeux pour m'embrasser les doigts, puis il me conduit dans sa chambre, sa main étreignant la mienne.

— Nous en reparlerons, mais pour le moment, je ne peux penser qu'à une chose : au désir que j'éprouve, au besoin que j'ai de te sentir et de m'enfouir si profondément dans ma bien-aimée qu'elle ne saura plus où elle commence et où je finis.

Ce n'est pas de la poésie, mais la réalité. C'est Chase. Je ne peux pas être plus d'accord avec lui.

*

Il est tard et, couché sur le flanc, Chase caresse mon bras nu, tout en me serrant contre lui.

— Qui est Justin Durham ?

Mon corps entier se tend. Des alarmes retentissent à la volée dans le silence de la chambre.

— Comment es-tu au courant, pour Justin ?

La mention de ce nom m'envoie un coup de piolet dans le ventre.

— Tu as obtenu une ordonnance restrictive contre lui. C'est ressorti quand Jack a vérifié tes antécédents. Il existe plusieurs rapports de police à son sujet, dont les charges ont finalement été abandonnées. Elles ont toutes à voir avec des faits de violence domestique.

Dieu du ciel, il sait.

Il suit la cicatrice sur ma hanche. Elle mesure dix centimètres. Le renflement de peau officie comme le rappel physique de quelque chose que je préférerais oublier.

— Justin est l'un de mes ex.

— Pourquoi tu as demandé une ordonnance restrictive contre lui ?

Ses doigts continuent de m'apaiser, en totale opposition avec la honte et la peur qui décrivent des spirales à travers mon esprit.

— Crois-moi, tu n'as pas vraiment envie d'entendre parler de ça, surtout maintenant. Ce n'est pas une conversation à avoir après une nuit d'amour incroyable… et j'ai bien dit « amour ».

Je souris. Il me serre dans ses bras et dépose de délicats baisers sur mon épaule nue. C'est devenu l'endroit qu'il préfère embrasser, chez moi.

— Dis-moi, insiste-t-il.

Je sais qu'il n'abandonnera pas, et plus je lui cache cette histoire, plus j'essaie de faire en sorte qu'elle disparaisse, plus grand sera le nombre de squelettes à sortir du placard. Il est temps de les mettre en lumière moi-même, sans halo de malheur. Je suis plus forte à présent. Ça s'est passé il y a des années. Même si ça me touche toujours, je ne peux laisser ce souvenir prendre racine dans mes pensées et raviver de vieilles blessures. J'y réfléchis pendant un moment, avec Chase pelotonné contre mon flanc.

— Rien de ce que tu diras ne diminuera mon amour pour toi, Gillian.

Je porte des bagages sacrément lourds, avec Justin. Il se peut que Chase revienne sur cette promesse. Je suis en guerre contre le fait que, pour avoir une relation honnête, je doive partager cet aspect de moi. Cependant, même si c'est une partie malheureuse de mon passé, elle définit la personne que je suis aujourd'hui, la manière dont je gère mes relations, la manière dont je lui réponds, maintenant encore, des années plus tard. Chase mérite d'être mis au courant de ce qui déclenche la douleur, chez moi.

— Qui est-ce ? répète-t-il.

— Une erreur. (Je lui prends la main et frotte ma tête contre sa poitrine : j'ai besoin de cette connexion pour m'embarquer dans ce récit.) Je l'ai rencontré quand j'avais dix-huit ans. Il avait cinq ans de plus que moi. Je me sentais si mature, d'emménager avec un homme de quelques années mon aîné. (Chase éclate de rire : voilà que je répète l'expérience, j'ai vingt-quatre ans et il en a près de trente.) Visiblement, c'est une espèce de schéma récurrent, chez moi, je lâche en souriant.

— Continue, m'enjoint-il d'un baiser sur l'épaule.

— Pour commencer, Justin était tout ce que je croyais vouloir chez un homme. Beau. Intelligent. Fort. Quand nous avons emménagé ensemble, après quelques mois à nous fréquenter, je venais de commencer l'université. Mes notes au lycée étaient exemplaires et j'ai eu la chance de m'assurer une bourse complète à l'université d'État de Californie, à Sacramento. Donc j'étudiais et lui payait les factures.

— Comme c'était son devoir.

J'ai beaucoup de mal à me retenir de lever les yeux au ciel, sachant que je ne risque pas de payer une addition ou de m'acheter quoi que ce soit en présence de cet homme. Il est vieux jeu, de ce point de vue. J'ébouriffe ses cheveux et dépose un baiser sur ses lèvres.

— Ne t'arrête pas à cause de moi. Je veux savoir tout ce qu'il y a à savoir sur toi.

Je m'assieds et tire la couverture sur ma poitrine dénudée.

— Chase, tu me vois comme une femme forte, indépendante, parce que c'est ce que je veux te montrer.

Les larmes reviennent. Il va penser que je suis faible, maintenant. Je ne veux pas redevenir cette femme, et surtout pas que lui la connaisse. Cela étant, il est important qu'on en finisse. Il doit connaître la vérité.

— Justin a passé ces années-là à me réduire en une putain de bouillie. Pire… Je l'ai laissé faire.

Ses yeux s'écarquillent, ses narines se dilatent et ses mâchoires si sexy se serrent.

— Il a posé la main sur toi ?

Sa voix est calme, mais intense, retenant ce qu'il comptait ajouter.

Je me sens alors immensément reconnaissante. Le cœur lourd, j'admets sur un profond soupir ce que Justin m'a fait.

— Chase, il m'a battue si souvent que c'est devenu la norme. Os cassés, côtes brisées, œil au beurre noir étaient monnaie courante à cette époque de ma vie. La cicatrice que tu as suivie du doigt sur ma hanche, elle date du jour où il m'a balancée sur la table basse. (Il recule de dégoût.) À cette époque, je pensais mériter chaque coup que je recevais. Il veillait à ce que j'en sois persuadée.

Les poings de Chase se serrent et il les presse sur ses orbites. Ça le met en colère, mais je dois terminer. *Arrache le pansement au plus vite.*

— Pendant des années, c'est allé vraiment mal. Mais rien de comparable avec ce qui s'est produit au cours des derniers temps. (Je prends une profonde inspiration pendant qu'il entremêle nos doigts. Je ferme les yeux avant de reprendre :)

Une nuit, il s'est imaginé que je le trompais… Mais cette fois, c'était différent. Je…

Les larmes ruissellent sur mes joues.

Chase prend mes joues entre ses mains et essuie mes larmes de ses pouces. Je sens sa tendresse, sa force, son amour.

— Tout va bien, bébé. Dis-moi tout. Je dois savoir, me dit-il doucement.

Je pose ses mains sur mes genoux, en les serrant si fort que mes articulations blanchissent.

— Je lui ai appris que j'étais enceinte. (Chase pousse un cri de surprise. Ses yeux ont la taille de deux soucoupes.) Il ne voulait pas croire que cet enfant était le sien. Nous utilisions tout le temps des préservatifs, mais une fois où il était saoul, nous ne l'avions pas fait. Ça avait eu lieu après des coups particulièrement brutaux. Je me rappelais à peine avoir couché avec lui. J'avais tellement mal. Je l'ai laissé faire son affaire. Au moins, pendant qu'il prenait son pied, il ne me frappait pas.

Chase grimace.

— Bon sang, Gillian…

Il se cramponne à mes hanches, immobilisant ses mains dessus. Je poursuis, car si je n'en viens pas à bout maintenant, je n'y arriverai jamais.

— Il a affirmé que ce gosse n'était pas de lui et m'a traitée de pute.

Je hausse les épaules tandis que mes larmes coulent et mouillent les avant-bras de Chase qui retiennent mes hanches. Il appuie son front contre le mien. C'est la force dont j'ai besoin.

— Il me traitait tout le temps de putain. (Chase a beau être secoué de tremblements, il ne pipe mot.) Cette nuit-là, il a été à deux doigts de me tuer. Il m'a rouée de coups dans le ventre, m'a étranglée et cogné la tête à plusieurs reprises contre la porte. Je me suis évanouie. Il a sans doute pensé que j'étais morte, parce qu'il m'a laissée allongée par terre, dans une flaque de sang. Quand je suis revenue à moi, il était parti. Ça m'a pris du temps, mais j'ai rampé jusqu'au téléphone pour appeler En lieu sûr. J'avais préenregistré le numéro de la fondation dans mes raccourcis. À travers le voile de confusion qui m'enveloppait, c'est tout ce à quoi j'ai pu penser. Ce bouton de raccourci était mon unique obsession. J'avais appelé tant de fois les flics, au cours de ces années, que je pensais sincèrement pouvoir mourir avant qu'ils arrivent. (Chase me caresse, mais avec la douceur d'une plume.) En lieu sûr m'a envoyé des bénévoles spécialistes de scènes traumatiques pour m'aider. (Il ne semble pas surpris par ce détail, sans doute parce qu'il s'occupe de cette partie du protocole.) L'équipe était composée d'un mari et de sa femme. L'homme m'a portée jusqu'à la voiture. Je ne pouvais presque plus marcher après tous ces coups que je m'étais pris dans les côtes et le ventre. La femme a réuni assez d'affaires pour qu'elles me durent deux semaines et tout l'argent que j'avais planqué çà et là dans la maison, quand Justin n'y prêtait pas attention. Puis ils sont restés à mes côtés à l'hôpital et m'ont tenu la main quand les médecins ont réparé mes os et recousu mes blessures.

Sans même m'en apercevoir, j'ai commencé à me balancer d'avant en arrière. Chase interrompt mon mouvement, m'attire dans son cocon protecteur et enroule mes membres autour de lui, histoire que je fasse office de couverture Gillian sur son ventre. Il me serre dans ses bras, pour m'envelopper dans sa chaleur.

Dès que j'ai reposé la tête sur son épaule, je poursuis :

— Ensuite, on m'a dit que j'avais perdu le bébé. (Mes larmes roulent le long de son dos, que je finis par essuyer avec mon bras.) Quand j'ai été rafistolée, on m'a emmenée dans l'un des refuges d'En lieu sûr. On m'y a admise, on m'a donné une chambre et les éducatrices m'ont aidée à me remettre d'aplomb. J'avais du chagrin d'avoir perdu ce bébé et elles m'ont permis de réaliser que ce que Justin m'avait fait n'était pas normal. Elles m'ont aidée à comprendre que je valais mieux que ça. C'est là que j'ai rencontré Maria. Elle faisait partie des victimes, elle aussi.

Les yeux de Chase sont tout près quand je détourne le visage du réconfort que le creux de cette nuque me procure toujours. Il prend une profonde inspiration.

— Gillian, bon sang… (Il me serre avec vigueur dans ses bras, pour me tenir contre son torse.) Plus personne ne te fera du mal. Je suis tellement désolé que tu aies eu à endurer toutes ces souffrances.

— Je vais bien, maintenant, épargne-moi ta pitié, mais il fallait que tu saches qui je suis et ce que j'ai vécu. Confier mon corps à un homme ne m'a apporté que de la douleur. Ma seule défense, c'est la fuite.

Je vois mes mots passer un à un sur ses traits, tandis qu'il les assimile pour mieux les disséquer. Il a les sourcils froncés et le sourire sexy que j'en suis venue à adorer retrousse ses lèvres.

— Je suis moi-même un excellent coureur. Je te rattraperai et te ramènerai à la maison. À moi. À ça. À nous.

Aucun homme ne m'a jamais procuré un tel sentiment de sécurité. Aimée. Je l'embrasse doucement.

— Promis ?

— Oui, je te le promets, répond-il avec un large sourire.

— C'est pour ça qu'En lieu sûr a une telle importance pour moi. Ce n'est pas seulement un travail. Ils m'ont sauvé la vie. En fait, ta fondation, c'est la raison pour laquelle je suis toujours ici. Je vous suis tellement redevable, à eux et à toi.

— Gillian, je comprends ce que tu es en train de me dire, mais je ne suis pas le moins du monde désolé d'être intervenu aujourd'hui. Cette femme cherchait à te nuire à cause de moi. Elle ne méritait pas de conserver son poste. Tandis que toi, si. De même que ta promotion. L'argent que tu as apporté à la fondation pendant ces deux dernières années a doublé les levées de fonds du département par rapport aux cinq années précédentes.

Je laisse échapper un grognement.

— À propos de ça, j'ai parlé aux filles et suis parvenue à une conclusiòn.

Il hausse un sourcil.

— Indépendamment de tout ce qui s'est produit et de la manière dont c'est perçu, j'ai justement l'intention de prouver, à moi-même et à tout le monde, que je suis la bonne personne pour ce poste. Quiconque aurait un avis différent se tromperait.

Il sourit, m'attire dans une nouvelle étreinte et m'embrasse.

— Ça m'a l'air d'être une excellente idée.

Maintenant que nous avons eu notre scène, parlé de mon passé et résolu la débâcle du jour, je veux en savoir davantage sur lui. « Son père était un monstre. » J'entends encore les propos de Jack dans ma tête.

— Parle-moi de ton père. Tu ne m'as jamais dit pourquoi tu avais vécu chez ton oncle quand tu étais enfant.

Chase se rallonge sur le lit.

— Gillian, tu viens de me révéler des tas de choses. Je ne sais pas si c'est le moment idéal pour que je partage ce conte sordide avec toi.

— On ne se cache pas et on ne s'enfuit pas, tu te rappelles ? C'est juste toi et moi.

— Mon histoire est semblable à la tienne, commence-t-il en s'adossant à la tête de lit. Ma mère se faisait battre par mon père biologique. Sauf qu'elle n'est pas partie.

Il détourne le regard, perdu dans ses lointains souvenirs.

— Que s'est-il passé ? je fais, essayant de ne pas pousser trop loin.

— Mon père avait la mauvaise habitude de mélanger de grosses quantités d'alcool avec des méthamphétamines. Elles l'ont rendu psychotique. Il était déjà diabolique, mais les drogues et l'alcool lui causaient des hallucinations, il parlait à des gens qui n'étaient pas là. (Il tord les lèvres en une grimace.) Et il avait le désir dévorant de réduire en bouillie tout ce qui se trouvait sur son passage. Autrement dit, ma mère et moi.

Je lui caresse le bras, désireuse de l'apaiser comme il l'a fait avec moi. Être là pour lui quand il ressasse son passé torturé.

— Je me rappelle la nuit où tout est parti en cacahuète. C'était le soir de mon septième anniversaire et il venait de perdre son travail. Il est rentré à la maison et m'a tiré par l'oreille à travers la maison. En entendant mon hurlement, maman est sortie en courant de la cuisine. Elle confectionnait mon gâteau d'anniversaire et avait un couteau de boucher à la main. (Il prend une profonde inspiration et sa voix se fait plus profonde, tandis que ses yeux s'emplissent de larmes.) Elle l'a supplié de ne pas me faire de mal, lui a répété que c'était mon anniversaire. Alors il m'a balancé un revers en me poussant vers ma mère. Elle a laissé tomber son couteau. (Sa voix tremble, mais il continue.) Il s'est approché de maman et l'a frappée si fort qu'elle est tombée à la renverse. Elle avait du sang qui lui jaillissait du nez et me coulait dessus. Je suis tombé avec elle, ma main a touché le manche du couteau. (Je me tiens parfaitement droite, des ruisseaux de larmes dégoulinant sur mes joues.) J'étais tellement idiot, bordel, je me suis imaginé que je pouvais l'empêcher de lui faire du mal. J'ai attrapé le couteau et le lui ai planté dans la cuisse. La lame n'est pas entrée loin, c'est à pleine si elle l'a blessé. Mais ça a redoublé sa fureur. Il a menacé de me tuer. Alors quand il a approché le couteau de mon cou, maman s'est jetée entre nous et a pivoté pour me pousser à l'autre bout du couloir. J'ai entendu son cri, à vous glacer le sang, quand j'ai repris mon équilibre. Il l'avait poignardée dans le bas du dos. Elle s'est effondrée au sol et il a retiré le couteau. Je me rappelle encore le bruit que cela a fait quand il l'a ressorti de son corps. Ce bruit de ventouse me hante. (Il prend une profonde inspiration, puis sa voix se fissure.) Il a continué à la poignarder sans relâche, comme dans un film d'horreur déjanté. Je me répétais : « Ce n'est pas vrai, c'est pour de faux », mais c'était bien réel.

Chase se met à pleurer, se cramponnant à moi à mesure que le souvenir de cette journée le déchire. Je l'attire à moi et le berce d'avant en arrière, embrassant ses tempes, son front, ses lèvres.

— Il y avait du sang partout, Gillian, partout, bordel. Il a continué à la taillader tant qu'elle a crié. Et moi, je me tenais là, impuissant. Elle m'a hurlé de m'enfuir, d'aller chercher de l'aide, alors j'ai filé dans ma chambre, verrouillé la porte et sauté par la fenêtre. Au moment où je me suis retrouvé de l'autre côté, j'ai entendu mon père. Il avait ouvert la porte d'un coup de pied et il hurlait à mon intention.

— Comment a-t-elle survécu ?

Il renifle et s'essuie les yeux de ses mains.

— Les voisins ont appelé les flics. Il l'avait laissée pour morte, mais les urgentistes sont arrivés et elle s'en est sortie. Elle a survécu contre toute attente. Trente-sept coups de couteau, pourtant, elle est toujours là. Ça a été un miracle. Après cette agression, elle a passé une année dans le coma et une autre en thérapie. Finalement, elle n'a jamais remarché.

— Et ton père ? je demande en chassant une mèche marron chocolat tombée sur ses sourcils avant d'en glisser une autre derrière ses oreilles.

Si j'agis ainsi, c'est surtout pour le toucher, ce qu'il apprécie, je le sais.

— Il a été coffré dans un bar du coin. Le barman a appelé les flics en le voyant arriver, couvert de sang. Le salopard a eu l'audace de se pointer et de commander une boisson. Le barman l'a gardé jusqu'à l'arrivée de la police. Il est au centre pénitentiaire de Joliet, dans l'Illinois, pour double tentative de meurtre.

— Chase, je n'en avais aucune idée. Ça n'est pas ressorti quand je t'ai googlé.

— Naturellement. Mon nom a toujours été Davis, mais à ma naissance, je portais un nom composé de celui de mon père et de ma mère. James-Davis. Mon oncle l'a raccourci en Davis et a dépensé pas mal d'argent pour s'assurer que les deux noms disparaissent de tous mes papiers. Comme j'étais mineur, les enregistrements sont restés sous clé. Ce serait un sacré scandale si toute l'affaire sortait maintenant.

Je passe une jambe par-dessus la sienne et reprends la position dans laquelle il m'a tenue pendant que je lui racontais mon histoire. Quand il se rallonge, je le suis, pour le couvrir encore une fois de mon corps, telle une couverture, avec ma tête dans son emplacement favori, sur son torse, contre son cœur. Il glisse sensuellement les mains sur mon dos dénudé. Ce n'est plus l'heure des histoires. Elles nous ont laissés ravagés, à vif et ultrasensibles. Ce soir, nous avons permis au laid de s'évacuer de nous. Notre passé est derrière nous, notre amour entre nous. J'embrasse son torse au niveau du cœur. Il est à moi.

— Merci, je chuchote tout contre ses lèvres.

Il plonge les mains dans mes cheveux et presse mon visage contre le sien pour un baiser doux et profond. Un baiser de renaissance, la conscience du cadeau que constitue la certitude d'être tous les deux des survivants ayant gagné, contre toute attente. Exactement comme notre relation.

— Merci pour quoi ? demande-t-il.

— Pour m'avoir écoutée sans me juger. Pour m'avoir confié ton passé et permis d'être une partie de ton futur.

Je cherche son regard et ses yeux étincellent dans la lumière tamisée. Nous nous allongeons, dans les bras l'un de l'autre, jusqu'à nous endormir, complètement fourbus de ce dévoilement, heureux de savoir que demain sera plus lumineux puisque nous sommes ensemble.

16

Les quelques semaines qui suivent nous plongent dans un tourbillon d'activités. Chase et moi passons la plupart de nos nuits ensemble, tantôt chez l'un, tantôt chez l'autre. Je ne cesse de m'étonner que cet homme habitué au luxe puisse avoir envie de séjourner dans mon appartement exigu, dont il doit de plus partager l'espace avec ma colocataire foldingue. Il ne semble pas non plus préoccupé par les fréquents marathons sexuels entre Maria et Tom, lors de certaines soirées que nous passons avec eux. Maria et moi avons essayé de planifier les nuits chez nos petits amis respectifs, afin de nous accorder mutuellement un peu d'intimité, mais ça n'a pas fonctionné au moins deux fois par semaine. La plupart du temps en raison de l'emploi du temps aléatoire de Chase. Tout le monde, moi y compris, veut confisquer une partie de son attention.

Depuis que nous nous sommes dévoilé nos démons, nous sommes inséparables. Du moins autant que faire se peut, vu qu'il voyage et participe à des réunions jusque tard dans la soirée. Nous ne nous sommes pas redit le mot en « A » après cette nuit si profondément chargée en émotions, au cours de laquelle nous avons chacun dévoilé notre passé. Je pense que nous avons trop peur, lui et moi, de rompre le charme. D'une certaine manière, nous avons accepté le passé de l'autre exactement comme… notre propre passé. Nous avons choisi de ne pas le laisser souiller la relation que nous avons construite. Je suis submergée de boulot, bien décidée à prouver que je mérite mon nouveau titre et ma promotion. J'ai des réunions régulières avec monsieur Hawthorne et Taye à propos des initiatives et des événements liés aux levées de fonds à venir, sur lesquels nous sommes en train de travailler. Cette semaine, accompagnée de Taye, je me vais me rendre à ma première grande visite de prospection chez un potentiel donateur. Taye va m'apprendre l'art délicat de soutirer à un homme fortuné des dizaines de milliers de dollars pour la fondation. Je suis aussi excitée que terrifiée.

Le seul problème qui se pose à moi maintenant, c'est d'annoncer à mon petit ami ultra-protecteur que je vais m'absenter quelques jours et rencontrer un riche étranger en privé. Deux choses qu'il aura du mal à accepter. Dans une relation normale, ça ne devrait pas poser de problème, mais Chase et moi sommes tout sauf normaux. Ce n'est pas comme s'il n'effectuait pas des dizaines de voyages d'affaires de son côté. Je ne sourcille pas quand il s'envole pour éteindre le feu dans l'une de ses entreprises à l'autre bout du pays, ou du monde d'ailleurs. Bien évidemment, il me manque terriblement quand il n'est pas là, mais quelque génie philosophique n'a-t-il pas dit que l'absence renforçait l'attachement du cœur ? Je pense que c'est vrai, parce que quand Chase n'est pas là, je pense constamment à lui. À tel point que les filles devinent quand il a quitté la ville, à mes bouderies dépressives et à mon manque d'entrain à sortir en leur compagnie. Elles comprennent que je suis profondément éprise de lui et me taquinent comme des dingues à ce sujet. Il me faut un certain temps pour reprendre mon sang-froid, mais finalement, j'en viens à la conclusion que le meilleur moyen d'affronter ce voyage, c'est de ne pas en faire toute une affaire. Je me rends à New York avec Taye, que Chase approuve ou pas. Je me contente de lui envoyer un rapide texto et ce sera terminé.

À : Chase Davis
De : Gillian Callahan
Dimanche, je quitte la ville pour aller rendre visite à un donateur. Taye m'accompagne. Je suis surexcitée ! Je ne suis jamais allée à New York.

Je relis le message. Le ton est direct, efficace. Rien de spécial, pas de sens caché. Je clique sur « Envoyer » et me tourne vers mon ordinateur pour effectuer des calculs. Depuis ma promotion il y a quelques semaines, j'ai été jetée dans l'univers du budget et des prévisions. Au début, il s'agissait d'un monde intimidant, avec lequel je n'étais pas familière, mais j'ai découvert que je suis plutôt bonne dans ce domaine. Je suis capable de déceler les domaines où nous pouvons augmenter nos levées de fonds aussi bien que les secteurs préoccupants qui exigent plus d'attention. Mon téléphone bipe.

À : Gillian Callahan
De : Chase Davis
Je préférerais que tu n'y ailles pas seule.

Si je suis honnête avec moi-même, je me doutais qu'il ne serait pas ravi de me voir quitter San Francisco, mais je ne serai pas seule.

À : Chase Davis
De : Gillian Callahan
Je ne serai pas seule, je serai avec Taye.

Je lui envoie le message et me remets à mes calculs. Je suis interrompue encore une fois par le « bip » de mon téléphone. Je lève les yeux au ciel et regarde l'écran.

À : Gillian Callahan
De : Chase Davis
Ça n'arrange rien. Je vais faire affréter l'un de mes jets pour nous trois. Fin de la discussion.

« Fin de la discussion » ? Il débloque ? Il sait que ça va me mettre dans tous mes états. Je n'ai pas l'intention de faire tapisserie. Je peux me débrouiller seule. Même si je ne peux pas dire que je trouverais quoi que ce soit de déplaisant à me retrouver dans la ville qui ne dort jamais en compagnie de mon homme sexy. Mon esprit revient à ce matin, au long martèlement de son sexe en moi, à l'eau chaude de la douche qui ruisselait dans mon dos et venait ajouter du feu à celui qui faisait rage dans nos corps en fusion. Sa bouche s'est posée sur la mienne, sa langue est entrée en moi pour la même danse d'accouplement, rude et rapide, que celle de la partie inférieure de nos corps. Le désir que je viens d'éprouver à repenser à nos étreintes me rend complètement stupide. Je lui tape un texto aussi vite que mes doigts en sont capables.

À : Chase Davis
De : Gillian Callahan
Je n'ai pas besoin de chaperon. Je suis une grande fille.
Je peux me débrouiller seule.

J'attends avant qu'il me réponde. N'a-t-il pas un empire à diriger ?

À : Gillian Callahan
De : Chase Davis
Je n'arriverai pas à dormir en sachant que tu es à New York
sans moi. Je viens avec toi. J'y possède un appartement.
On dînera avec mon cousin.

C'est vrai ! Son cousin Craig vit à New York. Je ne l'ai pas encore rencontré. Naturellement, il sait que la perspective de rencontrer sa famille va me convaincre et scellera l'affaire. Le sournois.

À : Chase Davis
De : Gillian Callahan
D'accord.

Pas de smiley qui envoie des baisers, pas de XOXO. Une réponse désinvolte, c'est tout ce à quoi que je parviens. Même si je suis contrariée de le voir veiller moi comme une mère poule sur son gamin de cinq ans, j'aime passer du temps avec lui. La perspective de découvrir son appartement new-yorkais est exaltante, elle aussi. C'est drôle, il ne l'a jamais mentionné auparavant. Je me rappelle l'avoir entendu parler d'une maison à Chicago et, bien sûr, il y a le penthouse de San Francisco. Combien de maisons possède-t-il, d'ailleurs ? Il faudra que je le lui demande, plus tard. Il ne me texte plus et je lui en suis reconnaissante. Il doit probablement jubiler d'avoir gagné, cette fois du moins.

Au terme d'une rude journée passée sur des opérations, feuilles de calcul après feuilles de calcul, j'ai besoin d'un verre. En entrant à l'appartement, je tombe sur Maria et Tom qui se pelotent sur le canapé. Il a insinué une main sous son chemisier, pour presser en rythme sa généreuse poitrine. Sa main à elle est fourrée dans son sous-vêtement à lui, où elle caresse sa virilité. Je reste plantée à les observer, bouche bée sous l'effet du choc. Des picotements d'excitation me courent sur la peau. La scène que j'ai sous les yeux est sacrément torride. Maria plonge la langue dans sa bouche, tandis qu'elle ondule du bassin contre son aine. *J'aurais dû aller chez Chase au lieu de rentrer chez moi.* À l'heure qu'il est, je serais en train de chevaucher mon homme à moi. Non, sans doute que non. Il a affirmé qu'il devait travailler tard.

J'essaie de me faufiler discrètement dans ma chambre, histoire de leur laisser un peu d'intimité, mais ma mallette percute le mur et racle le stuc. Merde ! Je me tourne lentement : le couple s'est redressé. Ils tentent tous les deux de reprendre leur souffle. Maria croise les jambes avec douceur.

— Gigi, je ne pensais pas que tu rentrais, ce soir, lâche-t-elle entre deux halètements.

Un sourire se dessine sur mon visage.

— C'est bien ce qui me semble, je réplique, taquine.

Elle a une lueur de satisfaction au fond des yeux. Sa petite exhibition sexuelle ne l'embarrasse nullement. Elle est très à l'aise avec sa sexualité et ne s'en excuse pas. Tom, en revanche, a viré au rouge carmin, tandis qu'il tente de dissimuler une érection des plus impressionnantes à l'aide de sa main.

— J'en ai pour une minute. J'ai besoin d'un verre de vin, je leur explique, tout en m'engageant dans le couloir.

Je fais exprès de mettre plus longtemps que d'habitude pour me débarrasser de mes affaires et passer un pantalon de yoga ainsi qu'un débardeur. Quand je regagne le salon, j'entends un rire monter de la cuisine. Contournant l'îlot central, je pose mon postérieur sur l'un des tabourets de bar. Maria est occupée à ouvrir mon vin favori. Tom se tient derrière elle, les mains sur ses hanches, pour l'embrasser malicieusement dans la nuque. Elle sourit et trémousse son popotin de façon provocante contre lui. Il s'efforce de reculer son bassin, histoire d'éviter tout contact. Elle sait la torture qu'elle lui inflige. Le pauvre garçon n'a pas la moindre chance.

Depuis mon perchoir, un coude sur le plan de travail et le menton dans ma main, je les regarde s'asticoter. Voir Maria heureuse et amoureuse est un rêve devenu réalité. À une époque, je n'étais pas certaine que l'une de nous deux puisse connaître un jour une fin heureuse. Elle a connu son lot d'hommes merdiques par le passé. Antonio était du même acabit que Justin, mais Tom, lui, semble être le bon.

Finalement, je m'éclaircis la voix. Ils tournent tous les deux vers moi un regard plein de sourires. Maria se déplace d'un pas nonchalant pour donner à son homme un aperçu de son postérieur.

Les yeux rivés sans vergogne sur son fessier, il n'en perd pas une miette.

— Dis donc, toi, tu sais le bouger, ce cul ! lance-t-il sans la moindre retenue.

— En effet, réplique-t-elle avec impertinence. (Sur un éclat de rire, j'accepte le verre qu'elle me tend.) Bon alors, *bonita*, il est où, ce Chase ? demande-t-elle.

— Il travaille tard. Il va sans doute venir ici, ce soir.

À cet instant précis, le téléphone fixe se met à sonner. Maria décroche.

— *Hola*. (Elle écoute quelques secondes, pendant lesquelles Tom et moi attendons.) *Hola, sexy hombre de negocios*. (Impossible de me rappeler ce que signifie « *negocios* », mais j'ai saisi la partie où elle disait : « Bonjour, homme sexy ».) *Estoy bien, verdad ?* continue-t-elle dans sa langue maternelle. (Elle renvoie un sourire sournois à mon regard plein de questions.) *Ella está aquí. Qué tan malo es lo que quieres hablar con mi hermosa ?* demande-t-elle d'un ton de défi. (Elle dit quelque chose sur le fait de parler à sa copine, puis me tend le téléphone.) C'est pour toi, achève-t-elle avec un sourire.

Je lui adresse une grimace, à quoi elle me tire la langue. La seule personne de ma connaissance capable de parler espagnol aussi bien qu'elle, c'est Chase.

— Bonjour ?

— Bonsoir, beauté fatale.

Cette fois, je souris en entendant son nouveau petit nom. « Chaton » est tombé, Dieu merci, aux oubliettes. Je n'étais pas fan de celui-là. « Mon petit cœur » est allé et venu. « Bébé » et « beauté fatale » semblent installés sur la durée. Je ne vais pas m'en plaindre.

— Bonsoir. Qu'est-ce qu'il y a ? je demande.

— Vu que tu n'as pas répondu à mon texto, je me suis dit que je ferais mieux d'appeler sur ton fixe. Je dois m'envoler pour Toronto, ce soir. Il y a eu un tragique accident sur l'une des tours que je suis en train de faire construire. Apparemment, l'un des membres de l'équipe ne s'est pas harnaché à l'échafaudage et il est tombé. Il est mort sur le coup. Je dois gérer la situation avec l'architecte, le contremaître, la compagnie d'assurances, la plupart des personnes impliquées dans l'accident, sans même parler du fait que je veux m'entretenir avec la famille.

— Oh, non, je suis vraiment désolée de l'apprendre. Tu le connaissais ? je demande d'un ton grave.

— Qui ça ?

Je l'entends qui brasse de la paperasse et se déplace pendant qu'il me parle. Son souffle est irrégulier, comme s'il venait d'achever une séance de sport. Il doit être en train de réunir ses affaires pour partir au plus vite.

— L'homme qui est mort, je précise.

— Oh, non. J'emploie environ cinquante mille personnes, Gillian. Je ne connais personnellement que les directeurs de mes entreprises et quelques cadres supérieurs.

Ben oui, c'est logique. Puis l'idée me frappe : cinquante mille personnes ? Bon sang, ça fait un tas de gens qui comptent sur lui et sur le succès de son entreprise. J'ai coutume de plaisanter sur le fait qu'il gère un empire, mais il a en effet beaucoup de pain sur la planche.

— Oui, évidemment. Vas-y, ne te soucie pas de moi. Je ne pars pas pour New York avant deux jours.

— C'est la raison de mon appel. Jeudi matin, l'un de mes jets sera prêt pour vous emmener à New York, monsieur Jefferson et toi. Jack viendra vous prendre à l'aéroport. Il déposera monsieur Jefferson à son hôtel, puis il te conduira à moi.

La déclaration est entrelacée de désir et de besoin, ce qui accélère les tambourinements de mon cœur et trempe mon entrejambe.

— C'est bien ça ? Il me conduira à toi ?

J'essaie d'insuffler autant de sensualité que possible dans mon intonation. Il pousse un grognement tentateur.

— Oui, il m'amènera ma femme, confirme-t-il en insistant sur le « ma ».

— Deux jours, ça fait longtemps à attendre, je le préviens.

Il y a des semaines que nous n'avons pas passé une nuit séparés. Je ne suis pas sûre de me rappeler ce que ça fait de dormir seule. Je suis quasi certaine d'être passée en mode bouderie parce que Maria surgit en arrière-plan et mime le symbole du canard avec les mains en articulant : « *Que ?* »

— Mais le jeu en vaudra la chandelle. Et tu sais quoi, Gillian ?

— Dis-moi, Chase, je réponds, légèrement haletante.

Je me tortille sur mon siège, excitée à l'idée de retrouver mon amant dans une nouvelle ville, mais aussi prête à tout pour me retrouver dans ses bras.

— Ne porte aucun sous-vêtement. J'ai l'intention de te baiser à la seconde où tu franchiras le seuil de mon appartement.

Le désir se répand dans tout mon corps et vient se nicher dans mon sexe. Je suis incapable de parler. Des visions de ce qu'il me fera exactement quand je le verrai volettent et forment une petite série d'images pornographiques dans mon esprit. J'essaie de les chasser, de prêter attention à ce qu'il me dit, mais en vain. Bon sang, comme j'aimerais qu'il soit ici, en ce moment !

— À très vite, beauté fatale, rappelle-toi les règles, m'intime-t-il d'une voix rude et tendue. Ton plaisir m'appartient. Interdiction de te toucher, me prévient-il.

Cette demande manque de me faire jouir. Purée, il sait comment jouer avec moi jusqu'à ce que je pleure de désir.

— Et qu'est-ce qui se passera si je le fais quand même ? Si je ne peux pas m'en empêcher ? je demande avec effronterie.

— Je le saurai et je ne serai pas content, répond-il d'un ton sans réplique.

— Je ne le ferai pas, je m'empresse de murmurer.

Je veux qu'il soit heureux, tout le temps et sur tous les plans.

— Bonne nuit, bébé, me susurre-t-il avant de raccrocher.

Je repose le téléphone sur son socle et je m'évente. Comme

Maria me scrute, je prends une grosse rasade de vin frais, dans l'espoir que cela apaise le feu qui fait rage au fond de mes entrailles.

Deux longues journées sans le sentir, sans me réveiller près de son corps nu et chaud. Je soupire et me réprimande. Qu'est-ce que je suis en train de faire ? Je me fais peur toute seule. Je peux supporter la situation. Ce ne sont que deux jours, nom d'une pipe.

— C'est quoi le problème, *cara bonita* ? s'enquiert Maria.

Tom a l'air préoccupé.

— Chase doit s'envoler pour Toronto. Un ouvrier qui travaillait sur l'un de ses immeubles a fait une chute mortelle aujourd'hui.

Maria pousse un cri de surprise et Tom pose les mains sur ses épaules. Ce mouvement ne passe pas inaperçu. Il est totalement amoureux d'elle. Je me demande si c'est réciproque. Hmm. On dirait bien que nous avons besoin de temps entre filles…

— Je sais, c'est triste. Il me retrouvera cependant à New York jeudi. Donc il va falloir que vous me supportiez deux jours de plus, je conclus en m'esclaffant.

— *Chica, esta es tu casa…* ta maison. Si on veut être seuls pour faire des galipettes, on peut toujours aller chez lui.

Elle pointe le pouce par-dessus son épaule en direction de Tom, lequel se met à rigoler en entendant la façon unique qu'elle a de désigner l'acte sexuel.

— Merci, ma puce. Bon, c'est pas tout, ça, mais qu'est-ce qu'on a pour le dîner ? je demande tout en sachant qu'elle ne cuisine que rarement.

Elle me jette un regard plein de sous-entendus.

— Je ne sais pas. Qu'est-ce qu'on a pour le dîner ?

Évidemment, c'est moi qu'elle regarde. Je lève les yeux au ciel.

— Ça vous dirait une bonne pizza à la mode d'antan ? propose Tom. Je connais le meilleur endroit pour ce genre de régals. Je peux aller les chercher, ce qui vous laissera un peu de temps à toutes les deux pour discuter.

Au diable Maria, je pense que j'aime cet homme ! Un type qui devine quand des femmes ont besoin d'un moment entre elles et propose d'aller chercher de la nourriture mérite d'être épousé.

— Tu es trop bon pour moi, *Papi*.

Elle tourbillonne et l'embrasse. *Papi* ? Le surnom qu'elle lui a choisi me fait rigoler. Il lui rend son baiser, rougissant de nouveau. C'est vraiment adorable, ce qu'il y a entre eux. Je me demande si mes amies pensent la même chose de Chase et moi. Nous avons eu un début plutôt mouvementé, mais mis à part la manière démonstrative dont il essaie de se frayer un chemin dans ma vie, nous sommes réellement heureux. Tom va dans l'autre pièce et je l'entends commander des pizzas, puis farfouiller parmi les clés qui se trouvent dans le bol sur la table basse. La dernière chose que j'entends, c'est la porte qui se referme : le signal que j'attendais pour bondir.

— Dis donc, Ria, vous avez l'air vraiment bien ensemble.

Un immense sourire se dessine sur son visage.

— Il me rend heureuse et le sexe, *cara bonita*, le sexe est *caliente* ! se confie-t-elle.

— Tu l'aimes ? je demande en retenant mon souffle.

Les mains sur le plan de travail, elle incline la tête sur le côté. Elle réfléchit un instant en se mordillant la lèvre.

— Je pense que oui, parce que je ne veux personne d'autre. (Je hoche la tête pour lui montrer que je comprends.) Tu sais comment c'est, Gigi. J'ai du mal à donner mon cœur. Il m'a dit qu'il m'aimait, en revanche, nuance-t-elle.

— Oh, bon sang ! Et tu m'as fait des cachotteries. Pourquoi, merde ? Je suis ta meilleure amie, je la houspille. Tu lui as répondu que toi aussi ?

Elle secoue la tête.

— Pourquoi ?

— Je ne sais pas. Faut croire que je m'attends à ce que les choses tournent au vinaigre. Qu'il finisse par *joder*, conclut-elle.

— Il ne va pas tout foutre en l'air ! Pas de *joder* ! je hurle, avec autant de conviction que possible, même s'il manque l'intonation espagnole dans la prononciation de mes mots.

— Peut-être, mais je n'en suis pas là, pour l'instant.

Elle rassemble ses longs cheveux en une queue-de-cheval en utilisant l'élastique qu'elle a autour du poignet.

— OK, OK. Mais n'attends pas trop longtemps pour le lui dire, Ria. Ne te sabote pas sous prétexte que tu as peur d'être heureuse.

J'ai appuyé là où ça fait mal.

Elle hoche la tête, des larmes plein ses yeux bleu glacier.

En deux enjambées, je suis devant le plan de travail pour la serrer fort dans mes bras.

— J'aime la façon dont il te regarde, comme s'il n'y avait personne d'autre que toi dans la pièce. Il est mordu, frangine. Ne va pas t'imaginer qu'il est moins épris que toi.

— Tu crois ? demande-t-elle d'une toute petite voix.

Rien à voir avec sa personnalité tapageuse habituelle.

— J'en suis certaine. (Je lui soulève le menton pour plonger mon regard dans le sien.) J'en suis certaine, je répète, en essuyant une larme qui roule sur sa joue.

Elle hoche la tête et me serre encore une fois dans ses bras.

*

Je passe les deux jours qui suivent à me préparer pour mon voyage. Maria et moi nous rendons au studio de Bree pour pratiquer une espèce de yoga *hard-core* et retrouver Kat. Nous dînons dans nos vêtements de sport sales et rattrapons tout notre retard question potins. Kat nous apprend que tout va bien entre Carson et elle et qu'elle aussi est en train de tomber amoureuse de lui. Bree nous informe que les choses progressent avec Phillip, mais plus lentement que nos trois relations. Nous la rassurons en lui certifiant qu'il est très intéressé par elle, mais que les pères célibataires ont des tas de sujets de préoccupation, en plus de froisser les draps d'une blonde sexy. Elle se sent mieux, mais s'avoue frustrée que leur relation ne soit pas encore passée au niveau supérieur. Maria et Kat lui donnent des idées pour le séduire. Je ne m'en mêle pas. Ce serait comme parler de la manière de faire prendre son pied à mon frère. La discussion me semble poisseuse et dégoûtante. Ce soir, je me rends au sport pour une dernière séance avant mon vol de demain matin.

Courir est exactement ce dont j'ai besoin pour relâcher la frustration sexuelle qui s'accroît au fil de ces deux journées d'abstinence. J'augmente l'inclinaison du tapis de course et mon cœur tambourine au rythme de mes pieds qui frappent sur le tapis rotatif. « Hey Mama » des Black Eyed Peas retentit dans mon lecteur MP3 au moment où j'atteins le pic d'euphorie du coureur. Des images de Chase courant à mes côtés s'insinuent dans ma vision. Son torse lisse et humide, la douche à deux une fois que nous avons poussé nos corps jusqu'à leurs limites, le pilon de son sexe contre la paroi de la douche, cerise sur le gâteau de notre séance d'entraînement. Je soupire et augmente encore une fois l'inclinaison du tapis.

Après une bonne heure à ce régime, je presse enfin le bouton « Stop » et saute de la machine. Les endorphines se diffusent dans mon organisme. J'incline la tête en arrière, à deux doigts de gémir. C'est l'état le plus proche de l'euphorie que j'éprouve depuis trois jours. Je me suis habituée à ce que Chase me donne du plaisir au point de me rendre folle chaque nuit et j'ai du mal à trouver le sommeil sans ce soulagement ou la chaleur de ses bras qui m'enveloppent. Faire de l'exercice physique est ma seule option jusqu'à demain. Je brûle d'impatience de le revoir.

— Gillian ? fait une voix grave dans mon dos.

J'ôte mes écouteurs, arrête les Black Eyed Peas et me tourne pour découvrir Daniel, mon dernier ex en date. Je fais de mon mieux pour ne pas grimacer. Il y a près d'un an que nous ne nous sommes pas parlé.

— Daniel, ça fait un bail ! je m'exclame.

Il m'attire contre son corps massif tout transpirant. Je me raidis à l'instant où nos poitrines entrent en contact. La seule sueur masculine que je veux sentir, c'est celle de Chase, et le plus souvent quand je la lèche sur son torse dénudé.

— Cela fait combien de temps, six mois ? demande-t-il.

— Plutôt un an ? je demande poliment, car je ne veux pas vraiment lui parler.

Même s'il me traitait comme une princesse, j'ai dû rompre avec lui. Notre rupture a été embarrassante, car il en a été sincèrement affecté. Je n'arrivais pas à digérer son commentaire – « Tu veux être baisée comme une pute » – quand j'avais tenté de lui suggérer de pimenter notre vie sexuelle. Pour dire les choses simplement, j'avais envie de jouir et il n'était pas capable de m'amener à l'orgasme. Le sexe avec lui était trop gentillet et n'était pas rehaussé par de grands sentiments de mon côté. Pour jouir, j'ai besoin d'être investie, sentimentalement, et avec Danny, le problème, c'est que je ne l'étais pas. Il me répétait souvent qu'il m'aimait. Pour ma part, je n'avais jamais prononcé ces paroles. Après moins d'un mois avec Chase, je lui donnais mon cœur à jamais. Ça doit vouloir dire quelque chose.

— Soit. Qu'est-ce que tu fais, en sortant d'ici ? demande-t-il tandis que nous nous dirigeons vers les vestiaires.

— Je rentre chez moi. J'ai un vol pour New York, tôt demain matin.

Pas question que j'aille prendre un verre avec lui ou quoi que ce soit d'approchant un rendez-vous. Jamais de la vie.

— Oh, travail ou plaisir ? demande-t-il.

In petto, je gémis. Je me contente d'attraper mon sac pour partir.

— Un peu des deux. Je rends visite à un donateur pour la fondation, mais j'y retrouve aussi mon petit ami, je réponds avec nonchalance.

Daniel se passe une main dans les cheveux et secoue la tête.

— Tu as un nouveau petit ami ? demande-t-il avec une pointe de surprise. (Il a l'air sincèrement étonné par mon aveu.) Qui ?

Je ne reconnais pas l'intonation qui transparaît dans sa voix.

— Chase Davis, je réponds avec assurance.

Eh oui, mon gars, quelqu'un a voulu être avec moi. *Une pute*. Mon esprit revient à notre dernière expérience sexuelle, quand Daniel m'a dit qu'il ne me baiserait pas comme une chienne et qu'il n'arrivait pas à croire que je veuille être traitée comme une pute. Ça avait été la goutte d'eau pour moi. Il avait beau se comporter avec moi comme si j'étais une reine, il pouvait trouver quelqu'un qui aime la stricte position du missionnaire pour le restant de ses jours, s'il trouvait trop cochon de me baiser par-derrière. Je me sens mal pour la femme qui partagera sa vie après moi. C'est monsieur « Danny pas d'orgasme ».

— Le milliardaire ? demande-t-il, choqué.

— Lui-même. Bon, Danny, ça m'a vraiment fait plaisir de te revoir, mais j'ai des tas de choses à faire. Il faut que j'appelle Chase. On se revoit à l'occasion.

Je me hâte d'entrer dans le vestiaire des femmes, sans attendre qu'il me dise « au revoir ». La dernière chose dont j'aie envie, c'est tailler une bavette avec mon ex. Plutôt aller chez le dentiste. Par-dessus le marché, Chase serait absolument furieux s'il savait que cet homme m'a serrée aussi fort dans ses bras.

Tout en sifflotant une petite mélodie pour moi-même, je constate que je viens de voir Danny, un homme avec lequel j'ai passé un an, sans éprouver la moindre émotion. Pas même de la culpabilité pour avoir rompu avec lui. C'est agréable de savoir ce que je veux dans la vie : un homme de plus d'un mètre quatre-vingts, large d'épaules, avec des yeux océan et une attitude qui proclame : « Je vais te baiser jusqu'à ce que tu hurles. » Chase. Il suffit que je pense une seconde à lui pour tressaillir sexuellement. J'ai besoin de lui. Demain semble ne devoir jamais arriver.

17

L'avion s'immobilise en rugissant. Taye et moi avons passé six heures merveilleuses à parler de tout, depuis ses enfants foldingos et sa femme, Melody, jusqu'à mes amies ingérables et leurs constantes manigances. Nous n'avons consacré que peu de temps à préparer notre entrevue avec Theodore Vandegren, notre donateur potentiel. Les signaux montrant des ceintures de sécurité s'éteignent et le capitaine se présente à nous.

— Mademoiselle Callahan, c'est un plaisir de vous revoir, dit-il.

— Plaisir partagé. Le vol a de nouveau été parfait et l'atterrissage irréprochable.

Je serre la main de l'homme, rayonnante.

Nous quittons l'avion et, conformément aux dires de Chase, Jack Porter se tient à côté de la limousine, guettant notre arrivée. Il empoigne nos bagages et se dirige vers le coffre.

— Bonjour, Jack, je lance, par-dessus le vacarme des avions.

— Mademoiselle Callahan. Je suis content que vous soyez arrivée saine et sauve. Monsieur Davis en sera enchanté. Il était anxieux.

Je repère une esquisse de sourire au coin de son visage austère. Taye et moi prenons place dans la limousine.

— Ça doit être chouette d'avoir un petit ami disposant de

tout ce superflu. Mel a été sidérée d'apprendre qu'on allait voyager en jet privé et être conduits à l'hôtel en limousine.

Je souris. Taye est vraiment stupéfait devant tout ce luxe, qui continue à m'émerveiller aussi.

— Je n'y suis pas habituée, moi non plus, mais ça va avec l'homme en question, alors je m'en accommode. (Je désigne Jack.) De même pour cette armoire à glace, j'ajoute assez fort pour que l'intéressé entende.

Jack remonte la vitre de séparation. L'homme me caresse à rebrousse-poil plus souvent qu'à mon tour. Il a décrété qu'il ne voulait pas m'apprécier et ça m'agace. Tout le monde m'apprécie. La fille en moi qui veut plaire aux gens est frustrée qu'il soit aussi difficile de percer sa carapace. Je me suis engagée à venir à bout de ses réticences. Un jour, Jack Porter sera mon ami ou, au minimum, amical à mon endroit.

— Ça doit compter pour une femme comme toi, fait Taye en connaissance de cause.

Depuis Justin, je me flatte d'être en mesure de prendre soin de moi-même. Je n'ai pas besoin qu'un homme s'en charge, mais je veux Chase. Or Chase est un homme qui a besoin de prendre soin de sa femme. Alors je fais avec.

— En effet, mais il faut que je m'y habitue. Chase doit prendre en compte le fait que des gens veulent lui nuire. Je leur offre une possibilité unique de l'atteindre, si bien qu'il se montre exagérément protecteur à mon endroit. Par ailleurs, vu ce qui s'est produit lors de notre dernier déplacement professionnel, il ne veut courir aucun risque.

Je frotte la cicatrice au-dessus de mon œil, laquelle n'a pas encore disparu. Chase affirme qu'il me la fera ôter de façon permanente si elle continue à m'inquiéter. Il déteste la voir tout autant que moi. Pas parce qu'elle abîme mon visage, mais pour ce qu'elle représente. Idem pour la cicatrice en zigzag sur ma hanche. Il veut la faire enlever, mais je m'y refuse. J'ai besoin de ce rappel de l'expérience à laquelle j'ai survécu.

— Je ne peux que l'en féliciter. Tu sais combien je t'aime, fillette. Tu es comme ma fille. On dirait que Chase sait reconnaître une femme bien quand il en voit une.

Taye sourit et me caresse le genou.

Au fil de ces deux dernières années, je me suis attachée à lui. Il est vraiment le père que je n'ai jamais eu. Gentil, attentionné et se souciant sincèrement de ma vie et de moi.

— Merci, Taye.

Je regarde par la vitre : la limousine se gare devant un immense hôtel. Le portier ouvre la portière et mon compagnon de voyage descend.

— On se voit demain après-midi, avant le dîner. On se retrouve vers 16 heures, dans le hall d'entrée ?

— Ça me semble bien. Je t'aurais bien proposé qu'on dîne ensemble ce soir, mais je suis presque sûr que ton gars a d'autres projets pour toi.

Il secoue la tête sur un éclat de rire et se dirige vers l'entrée.

Jack engage la limousine dans les rues très fréquentées de New York. J'abaisse la vitre de séparation.

— On se dirige vers quel quartier, Jack ?

— Park Avenue, répond-il d'un ton brusque.

J'ai besoin de toute ma force de volonté pour ne pas laisser échapper la chanson du générique des *Arpents verts*. Où un milliardaire irait-il vivre, si ce n'est sur cette avenue ? Je me retiens de lever les yeux au ciel et regarde dehors.

Sur toute la longueur de l'avenue, le terre-plein central est garni de fleurs luxuriantes et de petits arbres qui lui donnent son nom. Malgré le tohu-bohu de Manhattan, la circulation semble s'écouler avec fluidité. Le tapis de verdure qui partage les flots de circulation allant dans des directions opposées confère au trafic un côté yin et yang adorable. Je suis tirée de ma rêverie par le « bip » de mon téléphone. Cet homme est incroyable ! Il est d'une anxiété inimaginable. Je regarde l'écran et fronce les sourcils en découvrant un numéro inconnu.

À : Gillian Callahan
De : Inconnu
Ne t'absente pas trop longtemps. J'attends.

C'est étrange. Je clique sur le nom « Inconnu », mais aucun numéro ne s'affiche. Qui m'attend ? L'une des filles a-t-elle fait l'acquisition d'un nouveau téléphone ? Je décide de répondre dans la foulée.

À : Inconnu
De : Gillian Callahan
Qui est-ce ?

Ça devrait m'aider à comprendre qui est ce mystérieux appelant. Le téléphone bipe. Les poils se hérissent dans ma nuque et mon ventre se contracte.

À : Gillian Callahan
De : Inconnu
Tu sauras tout quand nous serons en tête à tête.

Chase doit être en train de se jouer de moi, de me faire une blague. Cela fait trois jours que je n'ai pas senti ses bras autour de moi. Je repousse cette impression bizarre, c'est sûrement sans importance. Sans doute une erreur de numéro. Inutile de s'emballer pour rien. En plus, je suis sur le point de revoir Chase. L'excitation enfle et pèse lourdement entre mes cuisses. Quand Jack immobilise la voiture, je bondis avant même qu'il puisse ouvrir ma portière. Les sourcils froncés, il se saisit de mes bagages.

— Vous pouvez entrer. Prenez l'ascenseur, m'intime-t-il en m'indiquant le portier qui tient le battant ouvert.

L'homme incline son chapeau quand je passe devant lui. J'ai les jambes qui flageolent tant je suis impatiente.

— Quel étage ? je demande à Jack par-dessus mon épaule,

trop excitée pour m'arrêter complètement et attendre qu'il me rejoigne.

Comme il ne me répond pas, je me retourne. Jack me dévisage avec dédain.

— Le penthouse, mademoiselle Callahan. Utilisez votre pouce. C'est la même marche à suivre qu'à San Francisco.

Je lui jette un regard noir et plante les poings sur mes hanches. Ce petit effet dramatique ne sera pas de trop pour asseoir mon point de vue.

— Pas la peine de vous comporter comme un connard pour autant !

Il hausse les sourcils tandis que le portier s'étrangle de rire. Lui, il me plaît bien. Je lui souris et entre d'un pas nonchalant dans l'ascenseur. Le pouce sur l'écran, j'attends que l'appareil ait fini de le scanner et que la lumière verte s'allume. L'effet en est chaque fois incroyablement cool, d'autant que ça marche même à des milliers de kilomètres de distance. Les portes se referment, puis l'ascenseur entame sa montée vers le dernier étage. Il faut que je trouve comment conquérir Jack. La tension entre nous est aussi épaisse qu'un double hamburger, mais pas aussi savoureuse.

Je rajuste ma jupe, m'assurant que tout est en place. Dans la perspective de trouver Chase, j'ai choisi une jupe noire évasée toute simple, qui s'arrête aux genoux et que j'ai associée à un chemisier de soie crème boutonné, sans manches. J'ôte mon blazer chocolat ajusté et le suspends à mon bras. Mon impatience de revoir Chase me rend fébrile. J'ai relevé mes cheveux en un chignon, retenu par une élégante barrette que j'ai insérée au centre de la masse. En jetant un coup d'œil à mes pieds, je remercie le dieu des chaussures pour ces sandales à lanières au talon vertigineux. Elles vont mettre Chase à genoux. Mes orteils sont vernis d'un rose pâle absolument parfait. Une visite hier au salon me garantit que mon corps tout entier est poli, exfolié et épilé. Je tenais à m'assurer qu'il ne subsiste aucune aspérité, rien que des surfaces planes et douces. Je brûle de les frotter contre les reliefs nervurés du corps de mon homme.

Les portes de l'ascenseur s'ouvrent et j'ai le souffle coupé. Il est là à m'attendre. L'homme que j'ai retrouvé dans tous mes rêves et fantasmes au cours des trois dernières nuits. Il est adossé au mur opposé, les bras croisés, son élégante chemise tendue sur ses muscles. Son beau pantalon bleu marine descend bas sur ses hanches appétissantes. Il ne porte pas de cravate et les trois premiers boutons de sa chemise sont ouverts, m'offrant un aperçu de son torse magnifique. Je plonge mon regard dans le sien. Ses yeux brûlent d'un feu ardent : plus de bleu océan, mais un gris fumé.

Avec autant de grâce et d'élégance que je peux en rassembler, je marche d'un pas nonchalant vers lui, avant de laisser tomber mon sac et ma veste par terre. Je m'arrête à un pas de lui, assez près pour sentir la chaleur qui irradie de son imposante carrure. Même avec mes talons de dix centimètres, Chase me surplombe de toute sa hauteur. Je prends une profonde inspiration, aussitôt assaillie par son parfum de bois de santal et d'agrumes qui m'emplit d'un désir et d'un besoin incroyables. Je me passe lentement la langue sur les lèvres, et c'est parti. Il se déplace à la vitesse de l'éclair. Ses mains puissantes m'enserrent la taille pour m'attirer contre lui. Elles remontent le long de mon dos, trouvent ma nuque, et alors les lèvres de Chase se jettent sur moi, mues par un désir impétueux. Sa langue suave envahit ma bouche. Son goût m'appelle, m'enveloppe et me pousse vers lui. C'est comme être plongée dans l'eau bien chaude d'un bain. Je suis perdue dans la sensation.

Il écarte ses lèvres des miennes et les promène lentement le long de mon cou.

— Bon sang, bébé, tu m'as manqué.

Son souffle est brûlant contre le lobe de mon oreille, hérissant d'excitation les petits poils de ma nuque. Ses dents effilées se referment sur la chair tendre, à l'endroit où bat mon pouls, déclenchant toute une série de secousses qui se propagent jusque dans mon ventre.

Je suis incapable de parler, de penser. Je ne peux que suivre les glissements de sa langue le long de la clavicule, ce qui me fait perdre le fil de mes pensées. Les boutons de mon chemisier s'ouvrent comme par magie et ses grandes mains pressent et soupèsent mes seins. Ils sont gonflés, les tétons durcis, dressés par leur besoin d'être touchés. Les doigts de Chase s'activent sur l'agrafe frontale de mon soutien-gorge, puis sa bouche vient engloutir l'une des pointes douloureusement tendues. Fermant les yeux, je suis assaillie par son désir sauvage, brûlant, et sa passion à l'état brut, qui me traversent le corps comme un éclair.

— Bon sang, Chase, je gémis, tout en me remerciant moi-même d'avoir eu la clairvoyance de porter un soutien-gorge à ouverture frontale.

À l'instant où il plante ses dents dans la peau tendre, je laisse échapper un cri de pure extase. Mes doigts se perdent dans sa chevelure tandis que je me cabre pour offrir plus généreusement mes seins à sa bouche. Il grogne de contentement, acceptant mon offre avec voracité.

En deux mouvements lestes, il inverse nos positions. Mon dos est à présent plaqué contre le mur et son corps ferme se presse fort contre le mien. Je déboutonne sa chemise avec dextérité et griffe la bande de peau nue, masculine et dorée, qui s'offre ainsi. De ses deux mains, il relève ma jupe et s'arrête sur mes fesses nues.

— Oh, bravo ! Tu as bien suivi mes instructions. (Il empoigne mes globes à pleines mains pour me hisser contre le mur et presser son érection parfaitement positionnée contre mon sexe.) Tu mérites une récompense, dit-il, ses lèvres collées aux miennes.

Il frotte son érection à mon sexe nu. Il n'en faut pas plus pour y allumer en moi un feu si dévorant que je referme étroitement les cuisses autour de sa taille et donne un coup de langue dans sa bouche, scellant nos lèvres en un baiser torride.

Je m'écarte brusquement de ses lèvres gonflées.

— Baise-moi, Chase. Je ne peux plus attendre.

Il frotte encore son érection contre moi, m'envoyant valser hors de tout contrôle. Je serre sa taille de toute la force des muscles de mes cuisses et bascule mon sexe contre son érection, en quête d'une pression plus forte. De quelque chose capable de soulager la douleur accablante des trois jours passés sans plus jouir de ce que Chase peut faire à une femme. Mes talons s'enfoncent dans la chair molle de ses reins.

— Bébé, grogne-t-il, j'adore quand tu me supplies de te remplir.

Il me soulève d'une main tandis que, de l'autre, il déboutonne son pantalon qui glisse le long de ses jambes. Son sexe engorgé se dresse devant mes yeux. Chase agrippe mes fesses et, d'un mouvement rapide, il bascule le bassin et attire mes hanches sur son érection, s'enfonçant en moi, dilatant les parois de mon sexe, m'envahissant si profondément que l'arrière de ma tête cogne contre le mur.

— Ahhh, bon sang, Chase ! je hurle, en proie à un doux soulagement.

Je n'arrive même pas à me souvenir de ce que peut bien être la vie sans cette sensation de plénitude et d'accomplissement.

L'ascenseur fait entendre son tintement, et nous interrompons notre va-et-vient. Les poils se dressent dans ma nuque, comme quand on se sent observé et que c'est terrifiant. Nos souffles semblent produire un véritable vacarme tandis que nous haletons dans l'espace silencieux. Je cache mon visage dans le creux du cou de Chase – mon paradis, l'endroit où je trouve mon réconfort.

Chase tourne la tête vers l'intrus.

— J'imagine que j'aurais dû attendre un peu plus

longtemps pour monter, fait Jack qui ouvre la porte juste à côté de nous et s'empresse de disparaître.

Chase s'esclaffe et recommence exactement là où il s'était arrêté, attirant mes hanches à lui et frappant contre moi.

Avant que je puisse comprendre que Jack vient de nous surprendre en pleine action, mon homme accélère le mouvement de ses hanches. Ses poussées énergiques me pressent contre le mur, mon dos crisse en frottant sur la surface lisse. Des élancements de douleur fusent sur ma peau, mais meurent instantanément avec une autre délicieuse ondulation de ses hanches vers mon sexe. Chacune de ses poussées m'éloigne de la pensée que nous venons d'être surpris dans une position compromettante et je m'abandonne à la passion. Il y a trop longtemps que nous ne nous sommes pas vus. Ces trois jours paraissent avoir duré trois ans quand on a été privée d'un dieu du sexe comme Chase Davis.

Chase capture ma bouche. Nos langues dansent le tango, nos lèvres se bécotent et nos dents mordillent et écorchent nos chairs échauffées. Il accélère le rythme de son pilonnage. J'accueille chacun de ses coups de boutoir en cambrant les hanches, afin que chaque poussée vienne frapper contre mon tendre faisceau de nerfs. Il frotte et pénètre si profondément en moi et avec une telle force que j'ai l'impression de le sentir extraire physiquement ma libération, par sa seule volonté. Mon corps se tend, un poil trop, prêt à partir en vrille. Son bassin s'écrase encore une fois contre mon clitoris et je crie, une litanie de jurons manifestant mon plaisir. Il continue ses coups de hanche sans ménagement, aussi durement qu'il cherchait à pénétrer mon âme.

— Encore, bébé, jouis encore une fois pour moi, chuchote-t-il à mon oreille.

Ses dents se referment sur mon épaule.

Et juste quand je crois que je ne pourrai pas éprouver plus de plaisir dans l'immédiat, il me soulève plus haut. La nouvelle position permet à son sexe épais de stimuler au mieux le point magique au fond de moi. Je me cabre avidement, je lui grimpe presque dessus, rebondissant sur lui comme sur un bâton sauteur en me servant de ses épaules comme d'un levier. Il me baise si fort que le revêtement mural m'enflamme la peau. Seulement, au lieu de me faire mal, les petites étincelles de douleur me poussent plus loin dans les abysses.

— C'est ça, bébé. C'est ce que je veux. Jouis pour moi, rien que pour moi, m'enjoint-il sur un coup de reins particulièrement profond qui écrase mon clitoris entre nos corps.

Mon cerveau est rendu stupide par la lubricité. J'oublie tout, à part le fait que je suis avec lui, à recevoir le plaisir qu'il me donne. Tout mon corps est en feu. Je ne peux rien faire d'autre qu'obéir à ses ordres.

Tandis qu'il continue à me pilonner, j'entends le bruit humide de nos corps qui se collent l'un à l'autre avant de se séparer à chaque pénétration et ondulation de ses hanches. Finalement, il se montre clément et, glissant une main entre nous, il caresse mon clitoris de la pulpe de son pouce, en petits cercles vertigineux. Je deviens dingue et manque de l'étouffer à force de serrer mes cuisses autour de lui. Il me mord les lèvres afin de capter mon attention. Mes yeux croisent les siens pour leur formuler un ordre silencieux. Je jouis si fort que j'en perds l'ouïe. La bouche de Chase se déplace, mais je n'entends rien. Je vois juste ses beaux yeux où tourbillonne une faim sauvage. Mon corps et mon esprit sont focalisés sur le point entre mes cuisses, là où son pénis frappe sans relâche, tandis que ses doigts décrivent les cercles qui me précipitent dans une délicieuse inconscience. Mon deuxième orgasme se mue en un troisième. Chase se montre implacable. Je suis complètement molle tandis qu'il me torture de ses coups de boutoir, de ses doigts agiles et de sa bouche bénie.

Je hurle quand il enfonce ses dents dans mon épaule et retrouve mes esprits au moment où lui perd les siens. Son corps se raidit, aussi tendu qu'un tambour, ses muscles se contractent et frémissent au moment où il libère son sperme en moi, cramponné à mes hanches au point d'y laisser des bleus. Je sens chaque frisson, chaque sursaut de son sexe alors qu'il étouffe son cri dans le creux de mon cou. Splendide abandon. Dieu que je l'aime.

Une fois que nous avons repris notre souffle, je dénoue mes jambes de sa taille. Il m'embrasse avec tant de passion que j'ai envie de lui regrimper dessus et de le chevaucher à nouveau, mais je suis épuisée. Il plonge son regard dans le mien tout en me tenant par les épaules et en agrippant ma nuque. Il presse son front contre le mien.

— Trop de jours sans toi, je n'aime pas ça.

— Tu m'as manqué toi aussi, mon homme, je réplique en déposant un baiser sur le bout de son nez.

Il sourit jusqu'aux oreilles.

— Viens, je nous ai fait préparer à dîner par un chef de renommée mondiale. (Il remonte son pantalon.) Nous avons le temps de prendre une douche et tu pourras passer quelque chose de plus confortable.

— Qu'y a-t-il de plus confortable que ça ? je demande tout en connaissant déjà la réponse, mais j'adore jouer avec lui.

— Je me disais que le petit ensemble coquin que j'ai laissé sur le lit serait parfait pour ce soir, rétorque-t-il.

— Je doute fort que la lingerie que tu as demandé à Dana d'acheter à mon intention soit idéale pour manger les plats concoctés par un chef de renommée mondiale, j'objecte.

— En fait, ce vêtement, je l'ai choisi et acheté moi-même, spécialement pour toi, pendant que j'étais à Toronto, réplique-t-il. Il allait avec une robe de chambre parfaitement assortie et j'aimerais que tu les portes.

J'attrape son bras et frotte ma tête contre son épaule.

— Je ferai tout ce que tu veux, bébé, je chuchote en l'embrassant dans le cou.

Il ouvre la porte et nous entrons, bras dessus, bras dessous. Nous déambulons dans un vaste appartement, très différent de sa maison de San Francisco. Cette demeure-ci est bien plus froide. Les sols sont couverts de marbre blanc. Tous les murs, à l'exception d'un seul, sont d'un blanc immaculé, ornés de photos en noir et blanc suspendues çà et là. Le dernier mur constitue une touche de couleur éclatante. Le pan de mur le plus proche est bleu roi avec une image en plein milieu. Le pan le plus éloigné, jaune canari, comporte des photos d'objets variés – la roue d'une voiture, l'avant d'un train, le hublot d'un avion. Cet endroit ne ressemble pas du tout au Chase que je connais et que j'aime. Sa maison de San Francisco est pleine de livres et de babioles rapportées de ses différents voyages. On s'y sent accueilli avec chaleur. Ici, on a l'impression de se trouver dans un musée.

— C'est toi qui as conçu cet appartement ?

— Non, c'est un de mes amis. Je le déteste, pour tout te dire, mais je n'ai pas eu le cœur de le modifier. Je ne veux pas blesser mon ami, admet-il sèchement.

Je savais que cet homme avait un cœur, mais il pousse un peu trop loin les scrupules en matière d'amitié. Au lieu de gâcher l'ambiance, je comprends qu'il vaut probablement mieux laisser tomber et le suivre dans sa chambre.

Nous prenons une longue douche bien chaude, refaisant connaissance avec le corps de l'autre, maintenant que notre besoin initial a été assouvi. J'examine la lingerie noire que Chase a choisie pour moi. Elle est magnifique et de très bon goût. Un débardeur de dentelle à bretelles spaghetti et ouverture échancrée avec un short en dentelle assorti. La robe de chambre de satin qui accompagne ces sous-vêtements descend jusqu'au sol et me couvre des épaules jusqu'aux chevilles. J'enfile rapidement la lingerie qui me va comme un gant. Chase a le don troublant d'évaluer mes mensurations.

Dès que je suis habillée, je démêle mes cheveux humides. Chase vient se planter derrière moi et enroule ses bras autour de ma taille pour m'étreindre. De nouveau, il se penche vers le creux de mon cou pour en respirer l'odeur et y déposer des milliers de petits baisers.

— Tu sens toujours tellement bon.

— Merci. Alors, qu'en est-il de ce dîner ? Je suis affamée.

Je gonfle ma lèvre inférieure et le contourne pour l'enserrer par la taille. Il porte un pantalon de pyjama qui présente une ressemblance suspecte avec l'ensemble qu'il a laissé pour moi. Chase me mordille la lèvre avant que j'aie le temps de reprendre une contenance normale.

— Après toi, ma douce.

Il me cède le passage, même si je n'ai pas la moindre idée de l'endroit où nous nous rendons. « Ma douce » ? Encore un nouveau petit nom. Je souris. Finalement, il repasse devant, agrippant ma main pour m'entraîner dans une salle à manger. Encore une pièce blanche ennuyeuse, avec des photos d'objets en noir et blanc pour orner les murs. Sauf que ces images sont pires. Une cruche de lait d'antan, un compotier et un cliché de couverts dépareillés. Il faudrait vraiment que Chase ait une petite conversation avec cet architecte d'intérieur.

Le chef qu'il a embauché mérite vraiment sa renommée mondiale. Chaque bouchée est meilleure que la précédente et j'ai l'impression que je peux mourir heureuse, maintenant que j'ai goûté à une nourriture aussi incroyable, après avoir été aussi pleinement satisfaite par mon homme.

— Qui vas-tu démarcher, demain ? me demande Chase après avoir pris une bouchée de pain frais.

Je sirote mon vin en le retenant quelques secondes sur ma langue pour en apprécier les lourdes notes de framboise.

— Theodore Vandegren.

Il plisse les paupières.

— C'est l'ami d'un ami d'un ami de Taye qui nous a organisé cette entrevue, j'explique, incapable de masquer l'excitation que suscite en moi cette première visite à un donateur.

— Pas question que tu rencontres Theo, Gillian, déclare Chase avec raideur.

Des signaux d'alarme se déchaînent et je hausse un sourcil, attendant qu'il reformule sa requête, ce qu'il ne fait pas.

— Qu'est-ce que tu veux dire par : « Pas question que tu le rencontres » ? Tu le connais ?

Il opine du chef.

— Theo est un partenaire en affaires. Il a probablement accepté cette entrevue parce qu'il sait que je suis président du conseil d'administration et que c'est ma fondation.

— Et alors, où est le problème ? Taye dit qu'il est incroyablement riche et fait des dons à des tas d'organismes de bienfaisance. Nous aurions beaucoup de chance si nous faisions de lui l'un de nos plus gros donateurs, Chase.

Je pose une main sur son bras pour lui rappeler la raison de mon rendez-vous avec cet homme.

— Theo est un coureur. Dès qu'il aura posé les yeux sur toi, il fera tout ce qui est en son pouvoir pour te séduire et coucher avec toi. Je ne le tolérerai pas.

Il prend une gorgée de vin et repose sa fourchette qui claque en heurtant son assiette. Il se tourne vers moi, les bras croisés.

Je passe la langue sur mes lèvres et prends une profonde inspiration. J'ai appris une chose ou deux sur Chase au cours de ces derniers mois. Quand il se sent menacé par un type qu'il suspecte d'avoir des vues sur moi, il perd complètement le sens de la mesure. Jamais je n'ai laissé entendre que je pourrais vouloir un autre homme que lui, mais quelque chose en lui le rend jaloux. Je vais devoir aller au fond des choses. Pour le moment, il faut que je le remette à sa place.

— Ce n'est pas toi qui décides qui je vois dans mon activité professionnelle. Tu es mon petit ami, pas mon chef. Tu as accepté de ne pas t'impliquer davantage dans mon travail, je lui rappelle, en essayant de garder mon calme. (Il prend une profonde inspiration, puis sa mâchoire, cette mâchoire si sexy qui a frotté contre ma peau d'une manière aussi délectable juste une heure plus tôt, se durcit.) N'oublie pas que pour que les choses fonctionnent entre nous, il va falloir que tu acceptes de me laisser faire mon travail. Tu ne peux pas me protéger de tout.

— Putain ! s'exclame-t-il, furieux. Cet homme fera tout ce qui est en son pouvoir pour te baiser. Je connais bien ses pratiques, Gillian. J'avais les mêmes, avant.

J'agrippe son bras pour le forcer à abandonner sa position défensive. Je prends sa paume dans les miennes. Aussitôt, son pouce se met à dessiner mon motif favori sur le dessus de ma main. C'est bien. Le Chase que j'aime est en train de revenir. Ça l'aide, de me toucher. Je souris intérieurement pour éviter de lui révéler que j'ai mes propres voies secrètes pour l'apaiser.

— Je serai avec Taye. Je dois apprendre et la fondation me paie pour que j'assiste à cette entrevue. Maintenant, j'aimerais bien qu'on arrête de parler de ça et qu'on profite du reste de notre soirée.

Chase se saisit de ma main.

— D'accord, mais Jack t'y conduira et attendra devant le restaurant jusqu'à ce que tu t'en ailles pour te ramener à moi.

Son intonation s'est refaite exigeante et inflexible. C'est le meilleur compromis que je puisse obtenir et la seule manière de sauver notre soirée.

— Marché conclu, je déclare en souriant. (Il prend une profonde inspiration, destinée à le purifier, mais son irritation transparaît sur ses traits.) Comment est ton plat ?

Je vois nettement qu'il lui faut toute la maîtrise dont il dispose pour contrôler sa réponse. J'éprouve un sentiment de joie ridicule en découvrant que je parviens à me faire comprendre de lui. Il commence finalement à avoir confiance dans la place que nous occupons chacun dans la vie de l'autre et à réaliser que je n'ai pas l'intention de partir où que ce soit. Je ne me suis plus enfuie depuis le jour où je me suis vu décerner ma promotion. Et maintenant, il n'y a rien qui puisse me forcer à m'enfuir loin de lui.

*

Je serre la main de Theodore Vandegren. Elle est moite et me donne aussitôt des frissons. Il est grand, élancé et très beau. Rien d'approchant de mon Superman personnel, mais alléchant pour la femme adéquate. Son sourire est charmant et je vois ce qui inquiète Chase. Cet homme exsude le sexe, depuis son veston blanc jusqu'à son regard langoureux. Même ses cheveux blonds sont soigneusement ébouriffés.

Son regard se promène sur mon corps, de la pointe de mon crâne à mes orteils et inversement, pour atterrir sur mes seins, où il s'arrête bien plus longtemps qu'il n'aurait été convenable. La robe de cocktail noire que je porte est la moins suggestive de toutes les tenues que j'ai apportées. Chase a passé toute ma garde-robe au peigne fin et insisté pour que je choisisse celle-ci, juste après avoir appelé Dana afin qu'elle me commande de nouvelles tenues à livrer dans son appartement new-yorkais. La robe tombe délicatement sur mes genoux, couvre l'essentiel de ma poitrine, ne laissant qu'une petite bande de peau à reluquer. Néanmoins, elle moule mes courbes d'une façon qui m'amène à me sentir jeune, sexy et professionnelle.

Pendant le dîner, Theodore ne cesse de me dévisager, ignorant de façon éhontée la présence de Taye. Aucun doute, c'est un riche connard de classe mondiale. Je reste silencieuse, essayant de ne pas donner l'impression d'être intéressée par autre chose que sa donation.

— Je suis quelqu'un de très occupé, monsieur Jefferson. Pourriez-vous en venir au fait ? lance-t-il à Taye, les yeux toujours rivés sur moi.

Si seulement je n'étais pas venue. Chase avait raison. J'entends vaguement Taye lui servir son petit discours et lui demander un don pour notre fondation. Theodore agite la main sous le nez de Taye, pour l'obliger à s'interrompre.

— Écoutez, monsieur Jefferson, je donnerai vingt-cinq mille dollars à votre fondation si cette charmante jeune femme m'accompagne pour prendre un verre après ce dîner… mais sans vous. Je remettrai ce soir même mon chèque à mademoiselle Callahan.

Vingt-cinq mille dollars pour un verre ? Ce mec est complètement taré, mais si ça le chante…

— OK, je réponds fermement, avec un haussement d'épaules.

Taye fronce les sourcils et une ride creuse son front.

— Gillian, tu es sûre ? Tu n'es pas obligée, objecte-t-il.

Un verre ne peut pas me faire de mal. Finalement, il n'a pas grand-chose d'abominable, ce Theodore, à part qu'il est visqueux et un peu direct.

— C'est bon. Je t'appelle demain, j'annonce à Taye. Jack peut te ramener à l'hôtel.

Taye se lève et quitte le restaurant. À travers la vitre, je le vois qui échange quelques mots avec Jack, lequel secoue la tête et s'assied à l'avant de la limousine. Taye lève alors la main pour héler un taxi.

J'observe Theodore, sans vraiment savoir quoi dire. Le serveur apporte une bouteille de vin et remplit nos verres.

Mon téléphone bipe.

— Veuillez m'excuser.

À : Gillian Callahan
De : Chase Davis
Pourquoi es-tu restée seule avec lui ? Jack me dit que Jefferson est parti et que tu n'as pas regagné la voiture.

Ignorant le texto de Chase, j'active le mode silencieux et remise mon téléphone dans sa pochette, avant de ranger mon sac. Monsieur doit apprendre à me faire confiance.

Vingt minutes et deux cocktails plus tard, j'écoute Theodore jacasser sans relâche sur son succès, son argent, sa Ferrari, et je suis à deux doigts de mourir d'ennui. Il se lève, je l'imite, prête à aller retrouver mon maniaque du contrôle avant qu'il ne pète un câble. Je ne peux qu'imaginer le nombre de textos qui m'attendent quand je vais être en mesure de les consulter, dans la limousine.

Au moment où nous sortons du restaurant de l'hôtel, Theodore m'agrippe par le coude pour me conduire vers une rangée d'ascenseurs. Je tente de me dégager, mais sa poigne est ferme.

— Viens, chérie. Il faut que je te donne ce chèque de vingt-cinq mille dollars. Pendant que je le signerai, tu pourras ôter ta robe. Ça nous fera gagner un peu de temps.

— Pardon ?

Je m'arrache d'un coup sec à son emprise moite. Il s'imagine que je vais coucher avec lui parce qu'il fait un don à notre organisation caritative ? Les signaux d'alarme retentissent haut et fort, mais j'aurais bien aimé qu'ils se déclenchent plus tôt. Merde ! Chase avait raison.

— C'est ça. Je donne, tu donnes. Si tu es bonne dans ton rayon, mon cœur, je ferai en sorte que ton chef apprenne à quel point tu es convaincante et je donnerai davantage.

Il m'attire contre son torse et agrippe mes hanches sans ménagement. Il promène son menton le long de mon cou avant de me mordre violemment.

Des frissons se succèdent le long de mon échine et ma poitrine se serre. La panique commence à me chatouiller les sens.

— Mais il va d'abord falloir que tu t'agenouilles et que tu bosses, conclut-il avec suffisance.

Il me tient si fort que je vais avoir des bleus, j'en suis sûre.

J'éprouve une sensation de pincement et de tuméfaction autour de mon biceps quand j'essaie violemment de le lui arracher, juste assez pour être capable de reculer une jambe et d'envoyer un coup de genou dans son entrejambe. Il hurle et tombe à la renverse, mais il ne me libère pas pour autant. Alors même qu'il essaie de m'attirer à lui, un bras solide, passé autour de ma taille, me tire en arrière. Je suis écartée de plusieurs mètres tandis qu'un poing surgi de nulle part entre en contact avec le visage de Theodore. Mon agresseur tombe comme une masse sur le sol en criant de douleur. Du sang lui ruisselle du nez, ce qui crée un contraste saisissant avec son veston blanc.

— N'approche jamais de ma petite amie, Theo. Je ne te le répéterai pas, putain, hurle Chase.

Il a le visage rougi, les joues gonflées par la colère. Sa mâchoire sexy fait des heures supplémentaires, secouée par son tic avec la régularité d'une horloge.

Je suis immédiatement sous le choc de sa présence. Je ne l'ai même pas vu arriver derrière nous. La fureur de Chase est palpable quand il se penche au-dessus de la silhouette gisante de Theodore. Puis je me rends compte qu'un bras passé autour de ma taille est toujours en train de me retenir. Un bref coup d'œil au-dessus de mon épaule m'indique qu'il s'agit de Jack. Son bras est verrouillé autour de moi, sans la moindre intention de bouger.

Theo lève les yeux vers Chase et prend conscience de ce qui se passe. Ses traits se font arrogants, ses sourcils se redressent tandis que ses lèvres se tordent en un sourire plein de sournoiserie.

— Comment j'étais censé savoir que ce joli petit cul était à toi ? fait-il d'une voix nasale, tandis qu'il se pince les ailes du nez. (Chase se jette à nouveau sur lui, les doigts autour de son cou.) Eh, mec, OK, OK. Elle ne portait pas d'anneau ou de pancarte autour du cou disant qu'elle appartenait à Chase Davis. Laisse-moi respirer, putain !

Il attrape la main de Chase et la repousse.

Mon homme se soulève pendant que Theodore s'appuie contre le mur, de façon à instaurer le plus de distance possible entre eux.

— Plus jamais, Theo. Elle est à moi.

En quelques étapes, Chase me jauge. Son regard se bloque sur la marque rouge qui enlaidit mon bras. Avec vénération, il prend mon menton dans ses mains, le soulève et tourne ma tête sur le côté. Il caresse l'endroit sensible où Theodore m'a mordue.

— Je vais le tuer, putain, grogne-t-il.

— Bébé, non, je murmure. Ramène-moi à la maison.

Je lève les bras vers le beau visage de l'homme que j'adore.

Chase m'agrippe la main, me fait pivoter et me serre contre son flanc tandis qu'il se dirige vers la sortie. Il n'a plus aucune pensée pour l'homme qu'il laisse, couvert de sang.

J'essaie toujours de me faire à l'idée de ce qui vient juste de se produire et de la manière dont Chase a réussi à arriver aussi vite au restaurant tandis que mon chevalier en rayonne étincelante me pousse énergiquement dans la limousine. Je me glisse à l'intérieur en tremblant. Il m'installe sur mon siège, puis claque la portière et se tourne vers moi. Ses yeux sont noirs, affamés, emplis de désir.

Alors que l'écran de séparation remonte, j'avise l'énorme renflement de son pantalon.

— Tes sous-vêtements. Enlève-les. Tout de suite ! ordonne-t-il.

Je n'ai encore jamais entendu un ton aussi impérieux sortir de sa bouche. Ses narines se dilatent tandis que ses yeux se plissent, l'iris ayant viré au noir onyx. Vite, je relève ma robe et me trémousse pour me débarrasser de mes sous-vêtements. Il me force à suivre une ligne floue, entre excitation et peur. Avec des mouvements saccadés, il déboucle sa ceinture et abaisse son pantalon. Son sexe apparaît, tendu, gorgé de sang. La petite fente au bout du gland est humide. Une gouttelette perle au sommet de son énorme érection. Cette vision me fait saliver et je ne veux rien tant qu'emboucher son dard de chair et sentir le goût de son désir. Son pantalon sur les chevilles, il m'attire dans son giron. En une seconde, il est en moi, fiché jusqu'à la garde. Je crie, le plaisir et la douleur ne faisant qu'un.

— Bordel ! grogne-t-il.

Je ne suis pas préparée à sa pénétration. Pas de préliminaires ni de baisers, juste son besoin charnel de s'accoupler. Après que la sensation brûlante de son entrée brutale a reflué, je glisse de haut en bas sur sa longueur, dans un lent balancement. Je l'agrippe de mes muscles internes et me cramponne à ses épaules pour me soulever. Il cherche à croiser mon regard, comme pour mémoriser chaque facette de mon visage. Puis il scelle nos lèvres en un baiser sans douceur, en emprisonnant ma nuque d'une main.

Ses mots sont une incantation contre ma peau sensible.

— Je t'aime, je t'aime, je t'aime, répète-t-il tout en mordant, léchant et suçotant la peau qu'il peut atteindre.

C'est l'homme que je connais. Mon Chase. Il me saisit par la taille, me soulève et m'abaisse sur son sexe en poussées destinées à me punir. Le plaisir brut que je retire de ce coït n'a rien à voir avec ce que nous avons connu jusqu'à présent. Il y a quelque chose de sauvage, d'animal dans son besoin, qui le réduit à vouloir. À désirer une seule personne qui semble être moi.

— Tu es mienne, putain ! siffle-t-il à travers ses dents serrées, la mâchoire contractée. Tu comprends ça ?

Il soulève son bassin, pénétrant incroyablement loin.

Je pousse un cri de pure extase tandis que je grimpe tout en haut avant de basculer dans le précipice.

— Dis-le, ordonne-t-il sur une nouvelle poussée pleine de brutalité.

Alors je crie, secouée par un orgasme qui ne veut pas finir :

— Je suis tienne, Chase. Éternellement tienne. (Des larmes

me picotent le coin des yeux.) Je t'aime, Chase. Je t'aime, je hurle alors que ses poussées ne cessent d'aller plus profond.

Je me penche en arrière, les mains sur ses genoux derrière moi, histoire de modifier son angle de pénétration et de lui permettre de me pénétrer davantage. Il gémit, va et vient sans ménagement. Ses doigts se crispent sur la chair de mes cuisses. Son érection, dure comme le roc, ne cesse de me pilonner. Je sens chacun de ses centimètres d'acier glisser contre mes parois sensibles et enflammées.

— Jouis, bébé. Jouis encore une fois pour moi, dit-il sur un ton que je reconnais, un ton aussi intime que ma propre voix.

Je jouis longuement et lentement, mon sexe se resserrant en contractions nonchalantes sur le sien pour le faire basculer avec moi dans le précipice. Allongée sur sa poitrine, j'attends que l'orage passe. Il me caresse le dos en cercles paresseux, mais reste silencieux.

— Qu'est-ce qui vient de se passer, Chase ? je chuchote contre son torse.

Cette étreinte a été pleine de colère et de possessivité.

— J'ai perdu le contrôle.

18

Une fois au penthouse, nous ne discutons pas de ce qui s'est passé avec Theodore le « mollusque » Vandegren ou dans la limousine. Chase m'envoie au lit, invoquant du travail.

Au lieu de me parler, il choisit d'intérioriser ses problèmes et de s'isoler dans son bureau. Ça me fait mal et me donne l'impression que nous reculons au lieu d'avancer. Je me sens seule, tel un bouchon de liège dansant dans une mer de déception. Je pensais que nous avions dépassé le gros de nos problèmes de communication. Rien n'était plus faux. Chaque fois qu'ils ressurgissent, c'est comme une casserole de lait oubliée sur une plaque brûlante, qui finit par déborder sous l'effet de la chaleur. Je me couche seule, épuisée par les événements de la journée. Quand je me réveille, la déception s'abat de nouveau sur moi. Il m'a laissée seule. Je ne sais même pas s'il a dormi à mes côtés, bien qu'il ait déposé un message sur son oreiller.

Gillian,
J'ai du travail aujourd'hui. Dîner ce soir avec Craig et sa femme à 19 heures. Jack te conduira là où tu veux aller dans la journée. Je t'appelle plus tard.
Bien à toi,
CD

Au moins, il a laissé un message. Je ne peux m'empêcher d'espérer que le « Bien à toi » signifie quelque chose. Cette nuit, c'est la première fois depuis des mois qu'il a prononcé les trois petits mots. Vu les circonstances, j'aurais préféré qu'il s'en abstienne.

Nous ne sommes pas non plus revenus sur ce que nous avons révélé de nos passés depuis cette fameuse nuit. Est-ce que je regrette de lui avoir parlé de mon passé ? De l'aimer ? Non. Je ne pourrai jamais regretter une chose pareille. La nuit dernière, quand je lui ai crié mon amour, pendant qu'il me prenait dans la limousine, c'est la seule autre fois où ces mots sont sortis de ma bouche. Quel soulagement ça a été ! On aurait dit que nous retenions cette nuit et ces révélations comme si elles n'avaient jamais eu lieu. Même la partie « amour ».

Alors que je me prépare pour la journée, je décide de ne pas rester ici, à attendre le retour de Chase. J'appelle le portier et commande un taxi. L'heure venue, je saute dans le véhicule qui m'attend, non sans adresser un petit signe de la main à la sentinelle de Chase, assise sur son perchoir à côté de sa voiture.

Jack me jette l'un de ses regards noirs brevetés. Il se penche vers le taxi, mais pas assez vite. Alors que nous prenons de la vitesse, je promets au chauffeur un supplément de vingt dollars s'il appuie sur le champignon. Je souris avec une humilité feinte en voyant Jack plaquer son téléphone à son oreille. J'utilise mon pouce et mon auriculaire pour lui faire le signe de l'appel téléphonique et j'articule : « Appelez-moi », ce qui ne fait que rajouter à son irritation. Il semble vraiment agacé. Mission accomplie. Je me sens légitime et libre. Et maintenant, un peu de temps pour moi. J'ai besoin d'espace pour mettre les choses en perspective.

Par ailleurs, je refuse d'être véhiculée dans New York par le soldat personnel de Chase qui va lui rendre compte de mes faits et gestes.

Mon téléphone sonne. Je réponds, d'une voix suave.

— Bonjour, mon chéri.

— Qu'est-ce qui te prend de sortir sans Jack ? fait-il d'une voix heurtée et tranchante. Tu n'as pas eu mon message ?

— Si.

— Qu'est-ce que tu fabriques sans protection, bordel ?

— Écoute, Chase, tu n'es pas mon grand protecteur…

— Ce n'est pas ce que j'ai été, hier soir ? me coupe-t-il. Je t'ai protégée d'une potentielle agression sexuelle.

— La nuit dernière a été… (j'ai du mal à trouver les termes exacts)… difficile. (Je choisis un mot léger, sans malice.) Aujourd'hui est une nouvelle journée et je me sens plus à l'aise toute seule. Je te retrouve au penthouse, assez tôt pour avoir tout le temps qu'il faut pour se préparer au dîner de ce soir.

Sa voix se fait plus grave.

— Je serais plus tranquille si Jack…

Je suis fatiguée de sa manie de tout contrôler. Il ne peut pas me laisser dormir seule et frigorifiée dans son lit, puis espérer que je me plie à ses exigences.

— Chase Davis… je ne suis pas ta propriété, mon cher.

— Pour le moment, grogne-t-il.

Secouant la tête, j'essaie de digérer ce qu'il vient de dire. Non. Ça refuse toujours de faire sens.

— Quoi ?

— Tu n'es pas ma propriété… pour le moment, précise-t-il avec raideur.

Je sens qu'il contient tout juste sa colère.

— Quoi qu'il en soit, Chase, on se voit ce soir.

Sur quoi je raccroche exactement comme il le fait avec moi, sans dire « au revoir », juste en coupant la communication. Ça lui apprendra.

Je me sens en fait assez fière de moi. C'est lui qui m'a évitée, la nuit dernière. Je ne sais même pas si nous avons dormi dans le même lit. Plus que toute autre, cette pensée me navre. La dernière chose dont j'aie besoin en ce moment, c'est de me mettre à douter de ma place dans sa vie et dans son lit. Une journée de shopping va me requinquer. Faire des emplettes à New York, c'est exactement ce dont rêve toute Californienne. Je demande au chauffeur de me conduire aux magasins. Plus je m'approche de ma thérapie par le shopping, plus je commence à me détendre. Je vais m'acheter une robe super canon pour ce soir et en mettre plein la vue au caractériel monsieur Davis. Lui rappeler ce qu'il a pour lui faire passer l'envie de s'isoler encore une fois de moi.

*

Je sens sa présence avant de le voir. Il est assis dans le fauteuil en face du lit de sa chambre, quand j'entre, chargée des bonnes affaires que j'ai réalisées aujourd'hui. La pièce est plongée dans l'obscurité. Il a les coudes sur les genoux, la tête qui oscille, soutenue par la pointe de ses doigts. Les rideaux qui obstruent la fenêtre derrière lui sont néanmoins assez ouverts projeter une bande de lumière en travers de ses sourcils froncés.

— J'étais inquiet, lâche-t-il brusquement.

Déposant mon butin sur le lit, je me tourne vers lui, les mains plantées sur les hanches.

— Je t'ai dit que je serais rentrée à temps pour le dîner. Je tiens mes promesses, Chase.

— Rien que de t'imaginer dans cette ville, sans savoir où tu étais, si tu étais en sécurité…

Il incline la tête sur le côté.

Me préparant pour la bataille, je redresse les épaules, même si je rechigne à me disputer avec lui juste avant de rencontrer sa famille.

— Tout s'est bien passé. J'ai fait des courses et je me suis acheté une robe pour ce soir, je réplique en essayant de changer de sujet.

Je fouille dans mes sacs, à la recherche de la tenue que je projette de porter.

— Tu t'imagines que je ne suis pas au courant ? Ça n'a pas été bien difficile de mettre un traceur sur ta carte de crédit.

Il y a de la nonchalance dans son aveu, et pas la moindre pointe d'excuse, en tout cas.

Je tourne vivement la tête vers lui, pour le fixer. Les sacs que je lâche s'amoncellent à mes pieds.

— Tu as fait quoi ?

— Tu m'as bien entendu. Et c'est moi qui ai payé tout ça.

Il désigne mes achats. Je suis sur le point de répliquer quand il m'arrête en levant les mains et en dépliant les doigts, à mesure de ses déclarations.

— J'ai remboursé les débits de tes cartes de crédit et déposé une grosse somme sur ton compte courant.

Il parle calmement, en espaçant ses mots avec régularité. Cependant, ce n'est pas ainsi que mon cerveau tourmenté les interprète. Il dit « remboursé » et mon esprit le transforme en « dû ». Il dit « grosse somme » et mon esprit comprend : « Tu m'appartiens. »

Je n'arrive pas à respirer. C'en est fini de ma capacité de parler. La seule chose dont je sois capable, c'est de rester plantée sans bouger avec ce qui doit être une mine stupéfaite sur le visage. De nouveau, j'ouvre la bouche et la referme plusieurs fois pour essayer de formuler une réponse, mais rien ne sort. La panique bouillonne comme de l'acide liquide dans mon ventre, envoyant des piques de peur marteler mon cœur. Pour me protéger, je me cramponne à mon ventre et à ma poitrine.

— Une femme qui m'appartient ne se privera jamais. Une femme qui m'appartient ne vivra jamais au jour le jour. (Il se lève brusquement et s'approche de moi.) Une femme qui m'appartient n'aura jamais besoin de faire ses emplettes dans une friperie quand elle peut avoir à ses pieds tout ce dont elle rêve !

Une grimace lui déforme les traits, tandis que ses belles lèvres expriment quelque chose qui approche le dégoût.

— C'étaient des boutiques, pas des friperies, et c'est quoi, le problème ? je m'insurge.

Il passe les mains autour de ma taille. Fronçant les sourcils, je m'écarte de lui. Il ne relâche pas son étreinte, mais la renforce au contraire. Ses doigts magiques se déplacent, tentateurs, sur le tissu qui couvre mes hanches avant de remonter vers mes côtes. Je ferme les yeux, en proie à un mélange de frustration et d'excitation, à mesure que la panique se mue en désir. Je veux être en rogne contre lui. Je le suis, d'ailleurs, mais quand il pose ses mains sur moi, je deviens un tas de gelée. Chase ne m'a pas touchée depuis la nuit dernière dans la limousine, et même si cette étreinte a été satisfaisante, il s'est produit quelque chose en lui. Depuis cet instant, nous avons perdu l'équilibre qui était le nôtre. La preuve en est sa réaction d'il y a quelques instants.

Il ignore complètement ma question. Ses mains tracent un sillon de feu le long de mes flancs et sur mes seins gonflés qu'elles empaument fermement. Je pousse un cri de surprise.

— Et une femme qui m'appartient ne sera jamais sans protection quand je suis près d'elle.

Il glisse les doigts sous les bretelles de ma robe et les abaisse sur mes épaules. Le tissu léger forme une mare de coton en tombant à mes pieds.

— Je ne suis pas à toi, Chase.

Les mots ont franchi mes lèvres dans un murmure haletant, dénué de conviction.

— Non ? demande-t-il d'un ton sec, en titillant du pouce mes tétons pointés en quête d'attention.

Il sait qu'il me perturbe. Le sourire qui se dessine sur son visage est plein d'assurance, de suffisance. Oh, le séduisant salopard ! Mes tétons deviennent des pics incroyablement durs sous ses caresses, qui se dressent dans mon soutien-gorge blanc sans bretelles. Mon entrejambe est détrempé, mouillant le semblant de string assorti. Il prend une profonde inspiration et plante son regard dans le mien, droit dans mon âme. Il glisse sa main droite sur le renflement de mes seins avant que la pointe de ses doigts n'effleure ma peau pour y tracer le symbole de l'infini. Des frissons me remontent le long du dos. Le mouvement de ses doigts m'évoque une bouffée de parfum dans la brise, trop vite disparu pour qu'on en situe l'origine. Je laisse échapper mon souffle en saccades tandis qu'il passe entre mes seins et descend le long de mon ventre. Je suis couverte de chair de poule, mais je n'ai pas froid. Loin de là. Un feu flambe si fort dans mon ventre qu'un seul être est en mesure de l'éteindre et il se trouve juste devant moi, occupé à s'amuser de mon corps. Il le sait, lui aussi. Il est intimement conscient du pouvoir qu'il exerce sur moi.

— Tu es à moi et je le prouverai.

Sur quoi il plonge la main dans ma culotte et, sans préambule, enfonce deux doigts en moi.

Je crie et me cramponne à ses épaules. Un bras solide, déjà passé autour de ma taille, me retient. Il ne me laissera jamais tomber, même un instant.

— Tu vois comme tu mouilles pour moi ?

Je ferme les yeux. En dépit des mots qui peuvent sortir de ma bouche, mon corps est un Judas, un traître qui œuvre pour lui et il ne le sait que trop bien.

— Chase…, je halète, essayant de dire quelque chose, n'importe quoi, avant de perdre complètement la bataille.

Ses doigts s'enfoncent plus profondément et, d'une poussée, il m'oblige à m'allonger. Il s'agenouille sur le lit à la surface duquel je flotte sur un voile de désir. Il est un marionnettiste qui contrôle les réactions de mon corps et je suis sa poupée consentante.

— Je ne sais pas pourquoi je dois passer mon temps à me répéter.

Il glisse les doigts sous les bords de mon string et le fait descendre le long de mes jambes qu'il attrape et écarte plus brusquement que je ne m'y attendais. Remontant sur mes cuisses, il se dirige vers mon sexe. Lentement, ses pouces écartent mes lèvres, histoire de m'exposer complètement à son regard. Il pousse un grognement sourd devant ce qu'il voit.

Il penche la tête et prend une profonde inspiration.

— Je n'oublierai jamais ton odeur. J'aime savoir que je suis le seul homme à faire l'expérience de ce morceau de paradis.

Puis il est partout à la fois, donnant de longs coups du plat de son incroyable langue, depuis la minuscule rosette qui envoie des picotements chaque fois qu'il me touche de ce délectable organe, jusqu'à l'endroit où j'ai le plus besoin de lui.

— Encore, je chuchote.

— Pardon, bébé, qu'est-ce que tu as dit ? (Il fait tournoyer sa langue autour de mon clitoris engorgé.) Parce qu'il m'a semblé entendre que tu en voulais encore.

Il l'enfonce dans mon sexe, allant et venant. Sa bouche me baise là où je voudrais que soit son sexe.

— Bon sang, Chase !

Je pousse un cri perçant et ondule des hanches contre son visage pour obtenir davantage de pression, plus de langue, plus de lui, plus, tout simplement.

— Dis-moi ce que je brûle d'entendre, beauté fatale, et je te donnerai ce que tu veux, réplique-t-il avec une assurance inébranlable.

Pour toute réponse, je gémis. Il triche. Il sait que je vais céder. Écartant largement mes fesses, il décrit avec sa langue des cercles autour de mon anus, titillant son orifice serré, et me voilà à me tortiller de plaisir. Il humecte abondamment la zone, puis remplace sa langue par la pointe douce de son pouce, qui presse le muscle contracté afin qu'il s'ouvre pour lui.

— Un homme a-t-il déjà eu ton cul, Gillian ? demande-t-il.

Je secoue la tête à plusieurs reprises, perdue dans la sensation obscure qui rugit à travers moi.

Il sourit.

— C'est bien, vraiment bien. Je veux être le seul homme à t'avoir eue de toutes les manières possibles.

Mes mains se soulèvent d'elles-mêmes pour venir se poser sur mes seins. Repoussant mon soutien-gorge, je tords et tire leurs pointes dressées. L'affirmation de sa propriété sur moi, la force avec laquelle il énonce sa revendication, d'une façon que je n'avais pu que fantasmer jusqu'à présent, me font perdre la tête de lubricité. Puis je prends conscience, avec la soudaineté du soleil qui pointe derrière de sombres nuages, que je suis en train de décider de le laisser me contrôler, de lui confier mon corps, mon esprit et mon âme.

C'est mon choix.

Il appuie plus fort sur mon orifice le plus privé et pousse jusqu'à franchir l'anneau étroit du muscle. Une sensation de brûlure me carbonise les entrailles, avant de se dissiper en un plaisir chauffé à blanc. Il retire lentement son pouce pour mieux le renfoncer. La sensation est intense, inhabituelle, mais si agréable que je commence à m'empaler moi-même dessus, pour qu'il me pénètre plus profondément.

— Putain, bébé, tu es stupéfiante. J'adore te baiser. Tu me rends si dur, fait-il en passant la langue sur ses lèvres.

Sa langue se remet à jouer et à tournicoter autour de mon clitoris gonflé, effleurant et râpant tour à tour, exactement comme il faut. Deux doigts de son autre main s'insinuent en moi et frottent contre le bouton du plaisir, loin au fond de moi. Chase pénètre mon sexe et mon anus tout en léchant et en mordillant mon clitoris. Je me sens emplie de lui. Si emplie que je suis sur le point d'exploser. Sans éprouver la moindre honte, je m'enfonce sur ses doigts et son pouce, pendant qu'il suce et lape mon clitoris. Sa bouche se referme sur le bouton surexcité et il aspire fort pour me précipiter dans un orgasme aveuglant qui me fait hurler son nom à pleins poumons. Il se montre implacable quand il s'agit d'étirer mon plaisir aussi longtemps que possible, et sa langue ne cesse sa torture sur mon clitoris. J'entortille mes doigts dans ses cheveux, emprisonne sa tête et referme mes cuisses autour, pendant que mon orgasme déferle d'une explosion de plaisir infinie à l'autre. Il maintient la pression tant qu'il ne m'a pas procuré deux orgasmes d'affilée, qui me laissent telle une chiffe molle, bras et jambes écartés sur son matelas, mon soutien-gorge entortillé autour de ma taille.

Il a le regard d'un prédateur quand il retire sa chemise et son pantalon et baisse les yeux sur moi qui gis devant lui.

— Et maintenant, ose me répéter que tu n'es pas à moi, exige-t-il.

Je ferme les yeux et accepte mon sort.

— Je ne peux pas, je réplique, réalisant que je n'ai jamais eu d'autre option.

À l'instant où j'ai rencontré Chase, j'étais à lui.

Je prends alors conscience que la sensation de ses doigts sur mon visage n'était que le fruit de ma rêverie. Son sexe pouce contre ma fente et cherche à entrer en moi. Il ne me donne sa large queue que centimètre après centimètre, comme pour me taquiner avec. Puis il est enfin fiché jusqu'à la garde. Tout l'air que j'ai dans les poumons me déserte d'un coup quand sa poitrine nue rencontre la mienne. Cœur contre cœur.

— Bon sang, que je t'aime.

Son souffle effleure mes lèvres quand il est complètement enfoncé en moi.

Des larmes roulent sur mes joues. J'ouvre les yeux et vois la vérité briller dans les siens. J'ai attendu des mois pour l'entendre me refaire cet aveu.

Enroulant mes jambes autour de sa taille, j'enveloppe entièrement cet homme que j'adore.

— Je t'aime encore plus.

*

Faire l'amour nous met en retard de vingt minutes pour le dîner avec son cousin Craig et sa femme, Faith. Craig est grand et a l'air plus distingué que Carson, même si ses sourires sont aussi larges et aussi fréquents que ceux de son frère. Sa femme est une brune élégante dont les lèvres charnues s'étirent en un sourire sincère quand elle m'offre un siège à ses côtés.

La conversation est aisée et les rires fusent autour du repas. J'apprécie vraiment Craig et Faith. Ce sont de jeunes parents qui nous abreuvent de contes hystériques sur Caden, leur fils de neuf mois.

Des histoires qui horrifient Chase et m'amusent à mort. Il faut dire que j'ai toujours voulu avoir des enfants.

Le téléphone de Chase retentit plusieurs fois pendant le dîner. Finalement, je l'encourage à prendre l'appel et à régler le problème, sans quoi il continuera à être distrait. Il sourit et m'embrasse sur la tempe, tout en s'excusant.

Sitôt qu'il est hors de portée d'oreille, Faith passe à l'attaque.

— Dis donc, ça semble plutôt sérieux entre Chase et toi.

— Faith, voyons ! C'est la première fois que tu la rencontres, la réprimande son mari. Je suis désolé, Gillian. Elle est incapable de s'en empêcher. C'est une entremetteuse dans l'âme.

— Je veux juste que tout le monde soit aussi heureux que je le suis avec toi, mon cœur, réplique-t-elle avec un sourire malicieux, non sans battre des cils.

Il lève les yeux au ciel, clairement épris de sa femme.

— Ça ne me dérange vraiment pas, Craig. Chase et moi profitons du temps que nous passons ensemble et sommes engagés l'un envers l'autre, je réponds, en le cherchant du regard.

Chase déambule aux abords du bar. Il a posé une main sur l'épaule d'une femme. De temps à autre, il sourit et rejette la tête en arrière sur un éclat de rire. La femme se tourne et ce que je vois me déconcerte. Elle est grande, avec un corps tout en courbes, moulé dans une jupe de soie bleue. D'une main délicate, elle rejette ses longs cheveux roux derrière une épaule. Elle me ressemble beaucoup, au point que nous pourrions être sœurs.

— Qu'est-ce qu'elle fabrique ici ? s'enquiert Craig avec une pointe de colère. Excusez-moi.

Il se lève et se dirige vers Chase et la mystérieuse femme.

— Qui est-ce, Faith ? je demande sans quitter Chase et l'inconnue des yeux.

Il ne cesse de la toucher, lui agrippant le coude ou déplaçant une mèche de son visage. Ce geste est trop intime pour être adressé à une simple connaissance. La jalousie dresse sa tête hideuse, que je repousse dans les cavités obscures de mon subconscient.

Faith se mordille la lèvre tandis que j'attends sa réponse.

— C'est Megan O'Brian, répond-elle en examinant la femme avec un regard plein de mépris qui lance des dagues à travers le restaurant.

— Et pourquoi est-elle aussi importante ? Chase semble bien la connaître, je constate d'une voix tranquille, en essayant de supprimer toute note inquiète de mon intonation.

— Bien sûr qu'il la connaît. C'est Megan, « la » Megan, répond-elle en soulignant « la » de guillemets imaginaires, comme si ça expliquait tout.

Je secoue la tête et hausse les épaules.

— Son ex-fiancée, son premier amour… Cette Megan-là ! explique-t-elle.

Je suis certaine d'avoir pâli. Faith observe l'interaction entre Chase et Megan avec un regard noir.

— Je la déteste. Elle a failli détruire notre famille.

Elle dévisage Chase, Craig et « la » Megan.

Je n'ai toujours pas réussi à formuler une réponse, tant je suis sidérée par sa révélation. Il a été sur le point de se marier ? Avec elle ?

Faith décolle enfin les yeux du trio et reporte son attention sur moi. Son visage est livide.

— Oh, merde. Tu l'ignorais ?

Elle baisse les yeux.

M'efforçant de faire comme si la nouvelle de l'engagement de Chase auprès d'une autre femme ne m'écorchait pas à vif, je secoue la tête.

Je me lève et me dirige vers le groupe. En m'apercevant, Craig écarquille les yeux. Il recule à la seconde où j'arrive, lâchant quelques mots sur la nécessité de retourner auprès de Faith et de régler l'addition. Chase ne me jette pas le moindre regard, ses yeux sont rivés à la beauté devant moi. Et c'est en effet ce qu'elle est : une pure beauté. Ses cheveux sont d'un roux flamboyant quand les miens ont davantage un acajou profond. Elle a des yeux de gazelle d'un bleu ciel saisissant. Les miens ont la couleur de l'émeraude. Elle a des lèvres pulpeuses, d'un rose soutenu.

Elle ne cesse d'y passer subrepticement la langue, mais je remarque son petit manège. Elle flirte sans vergogne avec Chase quand je tapote l'épaule de mon homme. Elle me reluque pour me jauger de la tête aux pieds. Les yeux de Chase s'écarquillent au moment où il tourne la tête vers moi : le regard d'un daim pris dans la lumière de phares ou d'un enfant pris la main dans la bonbonnière, ou toute autre comparaison pour dépeindre quelqu'un qui s'est fait attraper la main dans le sac.

— Euh, Gillian, euh, voici Megan… Megan O'Brian, bafouille-t-il.

C'est la première fois que je l'entends vraiment chercher ses mots.

Je serre la main de la femme, même si je préférerais lui envoyer mon poing dans la figure pour la simple raison qu'elle existe.

— Ravie de vous rencontrer.

Je passe une main autour de la taille de Chase et me pelotonne contre lui, qui referme son bras sur mes épaules.

— Je suis désolé, Chase ne m'a encore jamais parlé de vous, je lâche, avec l'intention de laisser transparaître une indifférence que je suis à mille lieues d'éprouver.

Au fond de moi, je suis à l'agonie.

— Ça ne m'étonne pas du tout. Ce qu'il y a eu entre nous, c'était… (Elle marque une pause et regarde tout au fond des yeux de Chase.) C'était très spécial, achève-t-elle, haletante.

J'entends le cœur de Chase marteler sa poitrine, même s'il me maintient fermement contre son flanc. Pour une raison que j'ignore, cette femme continue de le toucher au cœur.

— C'était il y a longtemps, réplique-t-il sévèrement.

Elle prend un air faussement pudique.

— En effet, admet-elle en se mordillant les lèvres et en tortillant ses cheveux. Pourtant je me rappelle tout.

Il se hérisse.

— Bien, on se voit donc aux soixante ans de mon oncle la semaine prochaine ?

Sur quoi il recule d'un pas et nous fait pivoter, lui et moi.

— Je ne manquerai ça pour rien au monde, répond-elle en rejetant ses cheveux en arrière avant de prendre le chemin de la sortie. À bientôt, beau gosse, lance-t-elle sans même un hochement de tête dans ma direction.

M'écartant de Chase, je m'empresse de regagner la table pour récupérer mon sac à main. Mes mouvements sont saccadés et un peu fatigués. Je tente de masquer du mieux que je peux l'émotion qui m'accable.

— On te revoit la semaine prochaine, n'est-ce pas, Gillian ? demande Faith. C'est bien le week-end prochain qu'on prend l'avion pour cet anniversaire grandiose, mon chou ?

Craig opine du chef.

Avant que je puisse répondre à Faith que non, en fait, je n'étais pas invitée à cette fête et n'en avais pas entendu parler avant que Megan ne la mentionne, Chase me devance :

— Bien sûr qu'elle sera à mes côtés. Aujourd'hui, demain et pour toujours, répond-il doucement.

Je suis certaine qu'il s'agit d'une tentative pour calmer mes émotions irrationnelles. Il pose une main au creux de mes reins et, même si je me sens mieux, je bouillonne toujours.

Nous sortons, Chase et moi, séparés en permanence d'une cinquantaine de centimètres. J'ai du mal à le regarder tant je redoute de me mettre à pleurer. Nous demeurons silencieux dans la limousine qui nous ramène au penthouse. L'éléphant qui déambule autour de nous me prive d'air comme le ferait un serpent étroitement enroulé autour de moi.

J'entre en trombe dans la chambre et jette mon sac sur le lit. Je tourbillonne sous les yeux d'un Chase planté là, qui m'observe sans piper mot.

Les lignes sur son visage semblent s'être creusées, tandis que ses yeux expriment la plus grande confusion.

— Je suis désolé de ne pas t'avoir parlé de Megan, commence-t-il.

Tu m'étonnes !

— Et qu'est-ce que tu m'as caché d'autre ? Qu'en fait, tu es marié ? Que tu as deux enfants dont je devrais connaître l'existence ?

Les mots s'échappent de mes lèvres sur des ailes enduites d'acide.

Chase secoue la tête et fronce les sourcils.

— Écoute, Gillian, ça remonte à loin. À une éternité.

— Tout à l'heure, vu la façon dont tu la reluquais, on aurait dit que ça datait d'hier. Tu l'aimes encore, je conclus d'une voix qui se brise.

Chase plisse les paupières et son froncement de sourcils initial se mue en un regard des plus noirs.

— Non, je ne l'aime pas, j'ai aimé l'idée que je me

faisais d'elle. (Il s'arrête et prend une profonde inspiration.) Écoute, tout ce que tu dois savoir, c'est que Megan et moi ne sommes plus ensemble et ne le serons plus jamais. Elle m'a trop fait souffrir.

Il ôte sa veste et la jette sur le fauteuil. La cravate suit, mais glisse et tombe par terre.

— J'ai vu la façon dont tu la dévisageais. Il m'a semblé par moments que c'était précisément la façon même dont tu me regardes.

Même si des larmes me montent aux yeux, je ne les laisse pas couler. Il s'approche et me prend dans ses bras pour me serrer fort.

— Gillian, je ne le dirai qu'une fois : Megan, c'est de l'histoire ancienne. Elle n'est pas dans ma vie, alors que toi, si. Tu es la seule femme que je veux. (Il plonge ses yeux dans les miens tandis que mes larmes coulent.) Tu me fais confiance ? demande-t-il – la question piège du siècle.

— J'en ai envie, je réponds doucement alors que de nouvelles larmes ruissellent sur mes joues.

Il les éponge de baisers.

— Je m'en contenterai… pour le moment.

Chase prend son temps pour m'embrasser les lèvres avec la plus grande douceur. Son baiser a un goût de promesse. Pour le moment, je m'en contenterai.

19

La semaine suivante, je me jette dans le travail et passe tout le temps nécessaire avec mes amies. Ces derniers mois ont changé ma vie, semant le chaos dans des sentiments que je pensais enfouis depuis longtemps. Quand j'ai coupé les ponts avec Justin, j'ai évité les choses et les gens susceptibles de précipiter mes pensées et mes émotions dans un état de flottement. Malheureusement, impossible d'échapper à Chase Davis et, franchement, rien ne pourrait me protéger de cet homme. Il me possède de toutes les bonnes façons. Même avec ses manières à lui, autoritaires, possessives, démonstratives, je continue à le désirer. À avoir besoin de lui. À le vouloir dans ma vie, maintenant et si possible pour toujours.

Il y a quelques années, quand je participais à une thérapie de groupe, je me suis promis, croix de bois croix de fer, que je ne voudrais jamais, que je ne pourrais jamais laisser un homme me contrôler. Avec Chase, c'est différent. Il n'use pas de son pouvoir pour me faire du mal. Il ne me touche jamais quand il est furieux. Est-ce qu'il m'utilise ? Oui, souvent et des façons les plus délectables. Il utilise mon corps et mon amour pour mon bien-être et mon bonheur, et non en guise de punching-ball, pour prendre son pied ou se sentir plus viril.

Le seul problème, c'est qu'après New York, j'ai vu surgir toutes sortes de pensées et de scénarios négatifs tournant autour des raisons qui l'empêchent de m'aimer comme je l'aime. Ça me dérange qu'il choisisse et sélectionne les informations à partager avec moi, sans jamais me dire comment il se sent. On dirait qu'il présume que je sais. Après des années au cours desquelles on m'a répété que j'étais une nullité, une pute, rien qu'un jouet sexuel ou, à l'opposé, on m'a traitée comme une poupée de porcelaine, je suis un peu détruite sur le plan émotionnel. Chaque jour, j'espère qu'il va me dire ce qu'il ressent. Pour moi. Pour nous.

— La terre à Gigi, lance Bree par-dessus son thé chai.

Mes trois comparses, les sœurs que je n'ai jamais eues, les meilleures amies qu'une fille puisse rêver d'avoir sont en train de me dévisager.

— Désolée, les filles. Je n'arrête pas de me repasser ce voyage

Je secoue la tête et prends une gorgée de paradis. Le *latte* à la vanille est mousseux à la perfection, avec la dose exacte d'onctuosité pour apaiser et réchauffer mon âme.

— Je ferais comme toi, si Tommy se servait de moi pour remplacer son ex.

Maria lâche la bombe à laquelle tout le monde pense, moi y compris, depuis mon retour, quelques jours plus tôt.

Je ferme les yeux et prends une profonde inspiration.

— Je ne peux pas être le substitut de Megan. Nous avons traversé trop de choses au cours des derniers mois. Je lui ai dit que je l'aimais. Il m'a répété ces mots, lui aussi. Et quand il les a prononcés, je l'ai cru. (Je grimace en déchirant le napperon sous mon *latte*.) Je ne peux pas servir de remplaçante à la Garce, pas vrai ?

— Bien sûr que non, Gigi ! s'exclame Kat qui joue l'avocat du diable. On a toutes vu la manière dont il te regarde. Il t'a dit qu'il t'aimait. (Son petit sourire est doux et plein d'affection. Exactement ce que j'attends de la personnalité optimiste de notre groupe.) Même Carson affirme qu'il n'a jamais vu Chase aussi heureux, or il le connaît depuis toujours.

Grâce à ses paroles, je me sens un poil mieux. Je pose la main sur son bras où j'exerce une pression rassurante.

— Peut-être qu'il voulait dire : « de nouveau aussi heureux » ? Depuis Megan, objecte Maria.

Mes lèvres tremblent et je me dissimule derrière mon *latte*. Il arrive qu'avoir pour meilleure amie une fille ayant traversé le même enfer que vous puisse jouer en votre défaveur. C'est pour cette raison que nous avons Kat et Bree, afin de contrebalancer nos expériences souillées.

— Ce n'est pas juste, Ria. C'est peut-être une coïncidence si elles se ressemblent autant. Nous fréquentons des hommes qui ont plus ou moins toujours la même apparence. Chacun a son type préféré. Il se trouve que les rousses sexy, c'est celui de Chase, déclare Bree avec assurance, tout en me souriant, pleine de compassion.

Elle marque un point indéniable.

— Merci, les filles, j'apprécie vraiment votre soutien.

Je serre les mains tendues de Bree et de Kat, de chaque côté de moi.

Maria s'assied de l'autre côté de la table, les bras croisés. Un regard noir et lourd vient gâter son joli visage.

— Ne me remercie pas. J'ai toujours l'intention de botter son petit *maravilloso culo* ! persifle-t-elle. Son *culo* est à moi ! Attends juste que je me trouve une *pieza*.

— Euh, non. Son *culo*, son cul, il est à moi, *chiquita* ! je feins de m'insurger.

Les filles éclatent de rire devant notre affrontement. Maria esquisse un léger sourire. Elle est en colère contre lui, or qui sème le vent récolte la tempête. Elle finira par avoir deux mots avec Chase et je n'ai pas hâte de connaître les conséquences de cette discussion. Deux personnalités au tempérament de feu qui s'affrontent. En fait, ça mériterait une provision de pop-corn. Je pourrais même vendre des tickets pour le spectacle et me faire quelques dollars.

— Ne t'inquiète pas de voir la Garce ce week-end, me réconforte Kat. Rappelle-toi que je serai là avec Carson. Je surveillerai tes arrières.

Dieu merci ! Je ne peux imaginer assister à cet événement en sachant que mon double, la femme qui a occupé ma place avant moi, sera là dans toute sa glorieuse splendeur. Si seulement je savais ce qui s'est passé entre eux. Le cas échéant, cela m'aiderait à croire qu'il n'y a plus rien entre eux, maintenant.

— C'est vrai. À présent, il ne me reste plus qu'à trouver la robe la plus incroyable. Quelque chose qui fasse honte à la Garce.

— Oh, putain, oui ! s'exclame Bree en me tapant dans la main. Tu as un corps à tomber.

Elle scrute mes formes et hoche la tête.

— C'est grâce à tout le sport qu'elle fait avec Chase, plaisante Kat en gloussant.

Je lui jette ma serviette.

— Tais-toi. Comme si tu n'avais pas passé toutes tes nuits avec Carson depuis que je vous ai présentés !

— À ce propos, il nous faut les détails, exige Maria, tout en faisant craquer son cou de gauche à droite.

Elle a l'air fatiguée, lessivée. Le spectacle auquel elle participe a fait un malheur, même si elle ne se plaindra jamais.

— Disons qu'on s'amuse bien lui et moi, répond Kat en s'empourprant. Beaucoup. Ce mec est un véritable étalon. Il me fait des choses que je… (Elle s'évente le visage.) Bref, il est plutôt multitâche. Il sait toujours quoi faire avec ses mains quand les autres parties de son corps sont occupées.

Elle vire au pourpre.

— *Fantástico* ! s'écrie Maria.

Parler de sexe l'a mise de bonne humeur, notre petite nympho.

— Et toi, Bree ? demande Kat. Comment se porte notre sexy Phil ?

J'attends patiemment sa réponse. Je ne tiens pas vraiment à connaître les détails de la vie sexuelle de Bree et Phillip, mais pour être une amie loyale, je vais absorber le truc et faire face à ce qu'il y a de gênant. C'est la même chose que de découvrir que votre frère sort avec votre meilleure amie. L'analogie n'est probablement pas la meilleure qui soit, vu que j'ai perdu ma virginité avec Phillip. Je condamne l'endroit dégoûtant où mon esprit est parti et je force à me reconcentrer.

— Nous n'avons pas vraiment… (Bree s'arrête face aux trois femmes qui la contemplent, sidérées.) Nous avançons pas à pas.

— Tu n'as pas couché avec lui ? je ne peux m'empêcher de lâcher d'un trait.

Elle regarde autour d'elle.

— Chuuut. Nom d'une pipe, tu penses qu'ils t'ont entendue, en France ?

Bree se mordille la lèvre et enroule une mèche de cheveux autour de son doigt. Oh, bon sang ! Elle est embarrassée. Nerveuse plutôt.

— Nous avons fait tout le reste.

— Est-ce que son *pene* est *roto* ? demande Ria.

— Non ! Son pénis est en état de marche, Ria ! Nous prenons juste notre temps, explique Bree. Nous n'avons passé que très peu de temps en tête à tête. J'ai été occupée comme une dingue au studio et les jours où je suis disponible, il a Anabelle. Il ne veut pas qu'on couche ensemble avec elle à la maison.

Elle croise les bras et envoie un souffle d'air sur sa frange.

— Oh, ma chérie ! je m'exclame. Il faut que les grands-parents de sa fille viennent la garder un week-end, pour que vous puissiez avoir ensemble le temps dont vous avez tant besoin. Je lui suggérerai l'astuce. (Le reste des filles acquiesce.) Ton anniversaire tombe dans deux semaines. Ce serait le moment parfait, j'ajoute. Et puis, nous autres, nous pourrions sacrifier une soirée ici ou là pour vous accorder un peu de temps à tous les deux. OK ?

Kat et Maria hochent la tête de concert et acceptent de faire office de baby-sitter. Nous sommes toutes fans d'Anabelle. Elle est véritablement angélique.

— Merci, les filles, ça me ferait très plaisir, dit Bree en jetant un coup d'œil à sa montre. Merde ! J'ai un cours dans quinze minutes. Il faut que je file. (Elle bondit et nous serre chacune tour à tour dans ses bras.) *Besos !*

Trois séries de « *Besos !* » lui font écho. De notre côté, nous finissons notre café et partons rejoindre nos hommes respectifs. Il faut que j'achète une robe renversante, puis que je passe à l'appartement pour récupérer quelques vêtements en vue du week-end avant de retrouver Chase. J'appréhende de revoir la Garce, mais j'ai l'intention de les impressionner, Chase et elle, avec ma tenue.

Mon téléphone bipe. En baissant les yeux, je m'aperçois qu'il s'agit du farceur inconnu.

À : Gillian Callahan
De : Inconnu
N'oublie jamais à qui tu appartiens. Je ne vais pas attendre plus longtemps.

Qu'est-ce que ça signifie ? Chase sait que je lui appartiens. Il est terriblement possessif, mais je ne peux l'imaginer m'envoyer des messages bizarres pour me faire penser qu'il peut être non conformiste par moments. Quoi qu'il en soit, je referme le téléphone et pars pour ma mission. Je n'ai pas de temps à perdre avec des messages cryptiques concoctés par des personnes bizarres.

*

Je trébuche en pénétrant chez moi, munie de ma nouvelle robe qui m'a coûté une fortune. Chase n'a pas menti quand il a affirmé verser de l'argent sur mon compte. Quand je suis allée retirer de l'argent au distributeur, le reçu m'a montré que ce fou avait déposé cent mille dollars sur mon compte en banque. La pensée de tout cet argent m'a portée au bord de la nausée. Ma voiture ne vaut même pas dix mille dollars, et cent mille dollars, c'est plus que je gagne en une année. Fidèle à sa parole, il a remboursé tous les débits de mes cartes de crédit.

Désormais pourvue de tout cet argent nouveau, j'ai foncé chez Gucci et acheté une robe à cinq mille dollars et une paire de chaussures assorties à sept cents. Chase va être enchanté de découvrir que je me suis enfin résolue à faire fumer ma carte bleue. Pourtant, la pensée d'avoir dépensé autant d'argent dans une seule tenue me donne envie de vomir. Le résultat justifiera la dépense, je ne cesse de me le répéter. Il faut que je plaise non seulement à Chase, mais à sa mère et à sa famille, afin de vouer la Garce à la honte. Elle n'est pas la seule rousse capable de faire tourner quelques têtes. J'ai des formes généreuses et, ce soir, tout le monde va le savoir, surtout mon homme.

Depuis notre retour de New York, je n'ai passé qu'une soirée avec Chase. Les filles et moi avons échafaudé un plan pour que j'en vienne à lui manquer. Il s'agit d'instaurer une petite distance entre nous. Je veux le rendre fou de désir, le temps que la fête se déroule.

Au cours de la semaine passée, j'ai trouvé toutes les excuses possibles pour ne pas passer chaque nuit avec lui. Nous sommes rentrés dimanche soir de New York et, mardi, il a insisté pour que je passe la nuit avec lui. C'était adorable. Nous avons dîné sur sa terrasse et fait l'amour à deux reprises, histoire de réduire à néant tout sentiment d'étrangeté susceptible de persister après New York et la rencontre avec mon double.

Après quoi, j'ai fait en sorte que les filles aient besoin de moi pour tout un tas d'activités aléatoires m'empêchant d'être disponible pour lui. Chase n'a pas été ravi. Les deux premiers jours, il a même été carrément indigné. Je devais me montrer prudente, car je ne voulais pas que ma ruse le rende hostile à l'égard de mes sœurs d'âme. C'est la dernière chose dont j'aie besoin. Au lieu de quoi, je lui ai promis qu'il serait récompensé de son attente et de la confiance qu'il me manifestait. L'utilisation du mot « confiance » est très importante entre nous.

Je pose les sacs sur la table et Maria pénètre dans le salon, le corps et les cheveux enroulés, l'un comme les autres, dans une serviette. Elle ressemble à une déesse. La satanée gonzesse pourrait être mannequin pour des maillots de bain, avec sa peau café au lait, ses longs cheveux et son corps de danseuse. Je l'aime et la déteste en même temps.

— Eh, *bonita*, des fleurs sont arrivées pour toi quand j'étais à la maison. (Elle désigne la table de la cuisine.) On dirait bien que l'opération « Manque » produit son petit effet.

Elle ondule des hanches, le doigt vers la table.

Deux douzaines de roses rouges à longue tige se dressent, fières et heureuses. Je les regarde et grimace, avant de m'obliger à sourire. Je déteste les roses, mais c'est l'intention qui compte.

Continue à te le répéter, Gigi, et tu finiras par y croire.

C'est l'intention qui compte.

Je décroche mon téléphone et compose le numéro de Chase tout en tripotant le carton d'accompagnement. Son « Bonjour, mon joli cœur » me fait fondre. Visiblement, il a trouvé un nouveau petit nom à tester.

— Merci pour les fleurs, je lance avec un sourire au combiné.

— Quelles fleurs ? demande-t-il, perplexe.

— Les deux douzaines de roses qui sont arrivées pendant

que j'étais sortie aujourd'hui, je réponds tout en retournant le carton.

— J'aimerais bien m'attribuer le mérite de ces fleurs, bébé, mais je n'aurais jamais choisi des roses. Je sais que tu préfères par-dessus tout les marguerites. (Rien ne pourrait faire disparaître le sourire de mon visage à la pensée qu'il connaît mes fleurs préférées.) Qui te les a envoyées ? demande-t-il d'une voix où perce la jalousie.

— Je ne sais pas. Attends, je regarde.

Je me sens mal à l'aise que ce ne soit pas lui qui me les ait envoyées. J'ouvre le carton, le lis et reste plantée là, stupéfaite. La carte tombe de la table, dans une lente virevolte qui s'apparente à la chute d'une feuille à la fin octobre. Les poils de ma nuque se hérissent et mon ventre se serre.

— Gillian, de qui viennent ces fleurs ? répète Chase dans mon oreille.

Je fixe le carton sans rien dire. Une peur panique rampe le long de ma colonne vertébrale et m'enserre le cœur dans ses anneaux.

— Gillian ? Qu'est-ce qui se passe ?

Je ne l'entends pas vraiment. J'ai l'impression d'avoir eu les oreilles frappées par un souffle d'air, si bien que tout alentour produit le son d'une grosse caisse super bruyante.

Je ferme les yeux et prends une profonde inspiration.

— Euh, euh…, je bredouille.

La voix de Chase me parvient à travers le bruit.

— Bébé, lis-moi cette carte, vite.

Son intonation est énergique et saccadée. Quand Chase se fâche, il devient extrêmement vif et direct.

Gillian,

Tu ne lui appartiens pas. Tu m'appartiens, à moi. Je t'aurai. Ce n'est qu'une question de temps.

Tu es à moi... salope !

Je lui lis le carton et des frissons se déchaînent le long de mon échine tandis que la peur s'empare de moi. Maria vient arracher la carte de ma main tremblante pour la lire. Son dos se raidit. Elle arrache le téléphone de mon autre main. J'entends les explosions de Chase à l'autre bout du fil, mais je suis incapable de comprendre quoi que ce soit. Je reste immobile. La peur m'enveloppe et me glace les os. Je suis secouée de tremblements en écoutant la conversation de Maria avec Chase.

— À tout à l'heure. Dans vingt minutes. Je ne la laisserai pas seule. J'appelle Tommy de ce pas, promet-elle en raccrochant.

Elle me conduit jusqu'au canapé et m'y assied. Attrapant le plaid du dossier, elle l'enroule autour de mes épaules.

— Ça va ? s'enquiert-elle en quêtant mon regard.

Il se peut que j'aie acquiescé ou balbutié quelques mots, mais je ne m'en souviens pas. Tout devient indistinct, couleurs et sons semblent apparaître et disparaître.

Elle quitte la pièce, son téléphone à l'oreille.

— Tommy, j'ai besoin de toi… Maintenant ! souffle-t-elle à l'appareil.

Je n'entends pas le reste de leur conversation car elle entre dans sa chambre. Sitôt que je réalise que je suis seule dans le salon, la peur me submerge. Je regarde autour de moi, scrutant chaque recoin. Maria revient au bout de quelques minutes, vêtue d'un pantalon de yoga et d'un chemisier trop grand qui lui pend sur une épaule. Dessous, un débardeur couvre sa poitrine pulpeuse. Un look très *Flashdance*. Elle repousse ses cheveux humides, pendant qu'elle m'examine en tapotant du pied.

— Je te prépare un thé ? demande-t-elle.

Elle doit avoir interprété mon silence comme une approbation, car au cours des minutes qui suivent, je la vois s'affairer dans la cuisine. Quand mon cœur arrête de marteler à toute allure, la peur provoquée par le message qui accompagne ces fleurs commence à se dissiper. Je prends une profonde inspiration dans l'espoir de calmer mes nerfs ébranlés. Qui pourrait m'envoyer un truc pareil ? Justin est le seul nom qui me vienne à l'esprit. Tout à coup, des coups frappés sans relâche me font sursauter et je referme mes bras autour de mes jambes. Un tremblement me secoue de la tête aux pieds tandis que je ramène mes jambes contre ma poitrine et que je me cramponne à mes mollets pour former une boule protectrice.

Maria se précipite vers la porte et j'entends la voix de Chase.

— Où est-elle ? demande-t-il, bouleversé.

Il court presque en pénétrant dans la pièce. Je bondis sur mes pieds à l'instant où je le vois. Ses bras s'enroulent aussitôt autour de moi pour me serrer fort. Je frotte ma joue contre son torse d'acier. Il m'enlace le cou et me serre contre lui. Dans son dos, j'entends Jack et Maria qui discutent. Elle lui montre les fleurs et le message. Pendant qu'il prend des clichés des deux, je me colle encore plus fort contre Chase. Un autre coup frappé à la porte me fait sursauter une fois de plus.

— Bébé, tu frissonnes, constate-t-il avant de me ramener au canapé.

Je lui grimpe sur les genoux comme un enfant. Il ne semble guère s'en soucier : au contraire, il continue à me serrer contre lui, m'effleurant les cheveux et m'apaisant de longues caresses dans le dos.

Tom arrive avec un policier en uniforme. Je me cramponne encore plus énergiquement aux bras de Chase. Voir la police chez moi me rappelle des épisodes que j'aurais préféré oublier. J'ai trop souvent reçu la visite d'un policier – homme ou femme – venu prendre ma déposition après l'une des roustes de Justin ou un appel des voisins. Je grimace à ce souvenir et j'essaie de trouver la force dont j'ai besoin pour affronter l'épreuve.

Tout se passe si vite que je n'ai qu'à suivre le mouvement. Le policier prend ma déposition. Le carton est placé sous scellé et emporté en qualité de preuve. Même si la situation n'est pas urgente, les policiers ne souhaitent prendre aucun risque, vu que Tom est un inspecteur connu et respecté depuis longtemps et que Chase est un ami personnel du préfet de police.

— Le suspect vous a-t-il déjà contactée, avant aujourd'hui ? demande le policier.

Je secoue la tête.

— Non, je réponds avant de m'immobiliser quelques instants.

Les étranges textos me reviennent à l'esprit.

— Qu'est-ce qu'il y a, bébé ?

— Euh, peut-être que si. Chase, tu peux attraper mon téléphone ?

Il fronce les sourcils, la mâchoire serrée en une ligne sinistre. Il déniche mon téléphone dans mon sac et me le tend. Mes mains tremblent, mais je réussis à retrouver les textos.

Chase s'est emparé de mon portable avant que j'aie pu le passer au policier et il examine chacun des messages à toute allure.

— Putain, Gillian. Il y en a trois et ça a commencé il y a plus d'une semaine ! s'insurge-t-il. Pourquoi tu ne m'en as pas parlé ?

Il secoue la tête, les poings serrés, puis il tend le téléphone au policier. Lequel lit et prend des notes.

— Je ne pensais pas qu'il y avait de quoi fouetter un chat. Et je… (Je ravale la boule dans ma gorge en réalisant que mon silence était une mauvaise idée.) Je pensais que quelqu'un s'était trompé de numéro et je n'y ai plus pensé jusqu'à ce que je reçoive un nouveau message aujourd'hui ainsi que les fleurs. J'étais… J'étais occupée. J'ai simplement ignoré ces textos.

Je me sens complètement idiote à présent. Chase aurait-il pu faire quelque chose plus tôt ? Il est évident que cette personne craque pour moi. Un admirateur secret, peut-être ? À moins qu'il ne s'agisse de Justin, et si c'est le cas, il n'y a pas grand-chose à faire. Il me trouvera et, le cas échéant, il pourra faire pire que me battre. Il est le seul homme à part Chase à avoir employé le mot « posséder » en référence à ma personne.

— Je vais conserver ce téléphone, afin de voir si nous pouvons tracer ces textos, déclare le policier. Ça donnera peut-être quelque chose, mais il est fort probable que votre harceleur ait utilisé un appareil prépayé qu'on peut acheter dans n'importe quel grand magasin pour trente dollars et s'en soit débarrassé ensuite.

Répliquer semble inutile pour le moment. Chase va passer avec son rouleau compresseur et je suis incapable de rassembler assez de forces pour résister. Je préfère me trouver dans ses bras, à me sentir saine et sauve, plutôt que de gérer les conséquences des agissements d'un obsédé.

— Ne t'inquiète pas pour ton téléphone, je t'en ferai livrer un nouveau au penthouse demain. Un appareil muni d'un traceur et d'un nouveau numéro, précise Chase.

— Merci, je fais d'une petite voix, choisissant de ne rien objecter à cette mesure de sécurité supplémentaire.

S'il s'agit bien de Justin, j'en aurai en effet besoin.

— Nous en avons terminé ? J'aimerais juste prendre une douche et aller au lit.

— Pas question que tu fasses ça ici. Vous ne restez pas dans cet appartement, ni l'une, ni l'autre, décrète Chase en nous désignant, Maria et moi.

Maria rechigne et proteste, mais Tom l'interrompt sans attendre.

— Toi, tu viens chez moi, lui intime-t-il. Au moins jusqu'à ce qu'on mette la main sur ce connard.

Maria lève les yeux au ciel et se dirige vers sa chambre,

tout en maugréant en espagnol. Je décide de ne pas polémiquer avec ces deux mâles alpha hyperprotecteurs. Mon expérience m'a appris que la combinaison pouvait s'avérer explosive. Tom suit Maria dans sa chambre et je vais dans la mienne, où j'attrape la valise que j'ai vidée quelques jours plus tôt pour la laisser tomber sur mon lit. Chase, qui m'a emboîté le pas, s'adosse au mur. Il est plus débraillé qu'à l'accoutumée : l'état de ses cheveux suggère qu'il les a coiffés aux doigts une fois de trop.

— Je vais rester combien de temps chez toi ? je demande par-dessus mon épaule, pour savoir combien de vêtements emporter.

— Le temps que ça prendra... Toujours peut-être.

Il s'arrête quand je lève les yeux pour essayer de jauger sa sincérité. Tout va bien trop vite à mon goût.

— Chase..., je commence.

Mais je suis interrompue par ses bras qui s'enroulent autour de ma taille et son menton qui se niche dans le creux de mon cou. Je referme mes mains sur les siennes et m'appuie contre lui. Je me sens toujours en sécurité dans ses bras. Mais je ne m'installe pas définitivement chez lui, il doit en avoir conscience.

— Je ne vais pas emménager chez toi parce qu'un amoureux transi immature a choisi de me prendre la tête.

— C'est ce qu'on verra, réplique-t-il évasivement.

Je lève les yeux au ciel avant de lui faire face. Je le gratifie d'un baiser profond et il en profite pour mordiller ma lèvre inférieure, histoire d'alléger notre humeur pesante. Je ne l'en aime que plus.

— Merci d'être venu aussi vite.

— Gillian, je me précipiterai toujours à ta rescousse, ne l'oublie jamais. (Il sourit et m'embrasse avec douceur.) Allez, prépare tes affaires.

Il m'aide à rassembler assez de vêtements pour tenir une bonne semaine. Il m'assure qu'il s'occupera de tout le reste.

Un coursier viendra récupérer notre courrier tous les jours et nous l'apporter, à Maria et à moi. Nos plantes seront arrosées et notre appartement surveillé. Si le cinglé essaie de pénétrer chez nous, les hommes de Chase seront avertis.

*

Les quelques jours qui suivent se déroulent comme dans un brouillard. Chase a élevé la surprotection à un niveau inégalé. Vendredi matin, à la première heure, je fais la connaissance de mon garde du corps personnel. Austin a des airs de Sylvester Stallone sous stéroïdes. Son nez a connu des jours meilleurs et semble avoir été cassé plusieurs fois. Ses épaules font un bon mètre de large pour une taille avoisinant les deux mètres. L'homme ne doit pas avoir dépassé la trentaine, pourtant, il a servi dix ans dans les forces armées. Même si je me suis opposée à Chase sur cette idée de protection personnelle, je préfère Rambo à l'armoire à glace qui me déteste. Au moins Rambo ne me regarde-t-il pas avec mépris et répond-il poliment à toutes les questions que je lui pose, les assortissant de « Oui, madame. Non, madame. » Son accent traînant du Sud m'a tout d'abord surprise, avant que je le trouve attendrissant.

— Allez-vous prendre votre déjeuner sur place, madame ? demande-t-il en me conduisant au bureau.

— Je retrouve mes amies, mais je prendrai un taxi, je lui réponds.

— Non, pas possible, madame. Je suis désolé, mais ce ne sont pas les ordres.

— Quels ordres ? je demande.

— Monsieur Porter et monsieur Davis m'ont informé de la situation. Vous me précisez à quelle heure vous avez besoin de vous trouver à quelle adresse et je vous attends à la réception. Je ne quitte pas le bâtiment. Les premiers jours, j'effectuerai des rondes, pour surveiller la zone, afin de vérifier que personne ne peut entrer et sortir sans être annoncé.

L'information est aussi ahurissante qu'ennuyeuse. Je décide de ne pas m'y opposer. Espérons que mon admirateur ou mon harceleur, comme Chase l'a désigné, sera pincé au plus vite. Honnêtement, toute l'affaire me paraît des plus ridicules. Je n'arrête pas de penser que s'il s'agissait de Justin, il aurait déjà abattu ses cartes. Il n'a jamais été patient. Il prenait ce qu'il voulait quand il le voulait. Rien ne lui aurait fait obstacle, même si un clone de Rambo aurait certainement pu contrarier ses tentatives.

— Bien, dans ce cas, venez me prendre à 11 h 45. Je retrouve mes amies à l'heure du déjeuner, je lui précise.

— Une mademoiselle De La Torre, une mademoiselle Simmons et une mademoiselle Bennett, lit-il sur un bloc-notes qu'il a installé sur le siège passager.

— Tout à fait, je confirme en entrouvrant la portière.

Il bondit du véhicule, le contourne et achève de l'ouvrir. Il scrute les alentours.

— Madame, je vous en prie, ne sortez pas de la voiture tant que je n'ai pas vérifié que l'endroit est sans danger. C'est toujours moi qui ouvrirai votre portière, sans parler du fait que ma mère me donnerait une bonne fessée si je ne tenais pas la porte à une dame, quand bien même ce ne serait pas dans le cadre de mon travail.

Il sourit. J'apprécie de plus en plus mon Rambo, qui est doux, sans rapport avec ce cul serré, ce snob de Jack, cette armoire à glace en costar.

Austin me fait entrer et, alors que je suis sur le point de prendre congé de lui, on nous ouvre la porte en verre de mon bureau. Ma promotion a été couronnée par l'attribution d'un petit cabinet d'à peu près la moitié de celui de Taye, mais situé juste à côté.

— Je connais mon chemin, je m'esclaffe.

— Madame, j'aimerais voir votre siège, votre environnement, etc., afin de les mémoriser.

Il est tellement sérieux ! Il scrute les couloirs. Globalement, il a un air plutôt effrayant. Car, encore une fois, Chase n'aurait jamais employé quelqu'un qui ne soit pas parfaitement formé, doté des références idoines. Qui touche sans doute deux fois mon salaire, par ailleurs.

Je décide de le tester pendant que nous cheminons vers mon bureau.

— Alors, quel est mon deuxième prénom ?

— Grace, répond-il.

— Et le deuxième prénom de mes meilleures amies ? je m'amuse.

— Bree Elizabeth, Kathleen Michelle et mademoiselle De La Torre n'en a pas, débite-t-il, sans même réfléchir une seconde.

— Purée, vous êtes sacrément fort, je constate, sidérée.

Le gars a bien appris sa leçon.

— Merci, madame, réplique-t-il, intimidé, les joues légèrement rosies.

Le sosie de Rambo qui s'empourpre. Bienvenue dans ma vie.

— Encore une chose. (Il opine du chef pendant que nous continuons à nous rapprocher de mon bureau.) Vous prendriez une balle pour moi ?

— Oui, sans l'ombre d'un doute, répond-il d'un ton catégorique.

Je suis interloquée par sa réponse.

— Sérieusement ? Pourquoi ?

— Mon travail est de vous protéger, donc si cela signifie prendre une balle, je le ferai. Ça m'est déjà arrivé et je recommencerai.

Nous atteignons la porte de mon bureau. Je suis sincèrement étonnée par son aveu. Pour qui a-t-il pris cette balle ? Était-ce pendant qu'il a servi comme soldat ? Ou comme garde du corps pour quelqu'un d'autre ? À quel endroit a-t-il reçu cette balle ? Un million de questions fusent dans mon esprit pendant que j'ouvre la porte avant de me figer. Deux douzaines de roses sont couchées en plein milieu de mon bureau, tel le fanal des enfers. Austin, qui perçoit mon malaise, me fait aussitôt passer derrière lui. Sa main droite se porte à l'étui de revolver sur sa hanche. Je ne me doutais même pas qu'il se trimbalait avec une arme. Il balaie la pièce du regard.

— Ces fleurs ne devraient pas être ici, je fais en désignant les roses.

Il hoche la tête, tire son téléphone et le porte à son oreille dès qu'il a pressé une touche.

— Monsieur Porter, nous avons un problème, annonce-t-il. Elle a encore reçu des fleurs, mais à son travail, cette fois.

Il a les lèvres pincées quand il prend la carte qu'il ouvre sans me demander la permission. Je pourrais me plaindre, mais je suis trop effrayée et je choisis de le laisser prendre les choses en main, optant pour un complet silence.

— Elle est là. Je préférerais ne pas lire le message en sa présence, lâche-t-il dans le combiné.

Je lui arrache le carton des doigts à la vitesse de l'éclair. Il me jette un regard noir.

— Ce message m'est adressé. J'ai tout à fait le droit de savoir ce qu'il dit, Austin, je rétorque.

Il a la politesse de paraître désolé.

Gillian,
Tu ne peux pas te cacher de moi. Je sais où tu travailles. Je sais où tu vis. Si je ne peux pas t'avoir bientôt, je ferai en sorte que personne d'autre ne le puisse.
Tu es à moi... salope !

Je me laisse tomber dans mon fauteuil et enfouis mon visage entre mes mains. Austin lit la carte à Jack au téléphone.

— Oui, je comprends, monsieur. Je la lui ramène tout de suite. (Il raccroche.) Nous devons partir sur-le-champ. Jack va gérer la situation, mais monsieur Davis veut vous voir dans l'heure à Davis Industries.

À ce stade, je me contente de hocher la tête et de rester plantée là, complètement engourdie.

— Voulez-vous récupérer quelque chose, mademoiselle Callahan ? Vous ne remettrez pas les pieds ici avant longtemps.

Je ferme les yeux et prends une inspiration destinée à m'apaiser. Je rassemble mon ordinateur portable, les dix dossiers de donateurs potentiels sur lesquels j'étais en train de travailler et quelques notes préparatoires concernant d'autres projets. Je pourrai me faire apporter le reste plus tard, par coursier. Je suis sûre que Chase appellera monsieur Hawthorne et lui expliquera la situation et la nécessité pour moi de travailler à distance pendant un certain temps.

Austin me conduit au pas de course vers la voiture, avant de m'y faire entrer. Le trajet jusqu'au bureau de Chase se déroule comme à travers un épais brouillard. J'ai l'impression d'être coincée dans un cauchemar ambulant. Avant que je puisse saisir où je me trouve, l'ascenseur tinte et Austin m'entraîne dans le couloir qui mène au bureau de Chase. Je le suis comme une somnambule, sans ouvrir la bouche. Il agrippe fermement mon bras pour me conduire vers ce bureau où je suis déjà allée un million de fois. Ce n'est pas que j'aie besoin d'être escortée, mais pour être honnête, cette main me maintient et me pousse à continuer d'avancer. J'ai juste besoin de voir Chase. Mon roc. J'aperçois Dana qui bondit de son bureau et se précipite sur la porte pour nous l'ouvrir.

— Elle est ici, Chase, lance-t-elle tandis qu'Austin me fait franchir le seuil du bureau.

— Merci, Dana et monsieur Campbell. Ce sera tout, leur lance-t-il en se dirigeant vers moi.

Je l'ai vu ce matin, mais jamais il n'a été aussi beau. À mesure qu'il s'approche, mon visage se défait et je perds pied. Dans mon dos, la porte se referme, me faisant tressaillir. Ses bras m'enveloppent, me tiennent, m'insufflant de la lumière, de la chaleur et le sentiment de sécurité dont j'ai tant besoin et que je n'éprouve que dans les bras de cet homme.

— Bébé, tout va bien, je suis là.

Les larmes ruissellent au rythme de mes sanglots contre sa poitrine. Le sens de la situation m'atteint enfin. Quelqu'un veut me faire du mal. Encore une fois.

— Je ne sais pas quoi faire, je renifle. (Il me tend un mouchoir.) Je n'ai aucune idée de l'identité de ce type ou de la raison pour laquelle il s'en prend à moi.

Les larmes dégoulinent le long de mon visage, que Chase essuie de ses pouces.

— Tu n'as rien fait de mal, bébé. Ne t'inquiète pas, mes gens vont s'en occuper. Il suffit que tu fasses profil bas pendant quelque temps. En attendant, tu peux travailler dans un bureau vide, ici, pendant que monsieur Campbell et Jack sont sur l'affaire pour s'assurer que tu es en sécurité.

Frottant mon nez contre son torse, je le serre fort dans mes bras. Il suffit que je passe les ongles le long de ses flancs pour qu'il réagisse à mon contact et que son sexe durcisse. Une sensation puissante déferle dans mon organisme et, au fond de moi, quelque chose se rompt brusquement.

Contrôle. Il faut que je contrôle quelque chose. Je relève la tête et pose mes lèvres sur les siennes, pour lui donner un baiser profond. Je commence à reculer vers son long canapé à mesure que notre baiser devient plus brûlant. Sitôt que je sens le renflement de cuir contre mes mollets, je me retourne pour le pousser sur le canapé. Il s'y laisse tomber, m'offrant un sourire paisible mais sexy. De mes deux mains, je lui écarte les genoux et m'agenouille entre ses jambes écartées.

Même s'il est en train d'évaluer mon humeur, il me laisse prendre le contrôle des opérations.

— Qu'est-ce que tu fabriques, ma coquine ? demande-t-il en souriant.

En général, il utilise ce petit nom quand nous sommes en train de faire l'amour.

— Je prends ce qui m'appartient, je réponds en débouclant sa ceinture et déboutonnant son pantalon.

Je frotte ma main contre l'énorme renflement qui distend le coton et le regarde fermer les yeux et rejeter la tête en arrière dans un grognement.

— Qu'est-ce que tu veux ? feint-il d'ignorer alors qu'il sait exactement ce que je vais faire.

Il joue le jeu et je ne l'en aime que plus.

Je glisse les mains sur les côtés de son pantalon pour le faire descendre sur ses cuisses, tout en tirant son boxer de façon à libérer son érection avide. Dès qu'il a son pantalon sur les chevilles, j'admire sa queue. Elle est large, longue, et assez épaisse pour me remplir entièrement. Mais pas maintenant. J'ai d'autres idées en tête. Une gouttelette de liquide perle à la jolie pointe rosée de ce sexe. Je me penche, les mains sur ses hanches. J'inhale son odeur musquée de mâle qui me fait saliver. Il me regarde, tandis que je sors le bout de ma langue pour capturer son essence et me lécher les lèvres en gémissant.

— Bon sang, tout ce qui me vient à l'esprit, c'est de remplir ta jolie petite bouche avec ma queue.

Ses paroles sont alourdies et gorgées de lubricité. Elles portent mon désir à un point de fusion.

J'incline la tête pour passer la langue sur toute sa longueur, ravie de l'entendre gémir en récompense de mes efforts. Je mordille et lèche chaque centimètre carré de sa virilité. Aucun espace n'échappe à ma langue. Il monte le bassin vers mon visage, mais sans attirer ma tête vers le bas. Ses doigts s'entremêlent légèrement à mes cheveux pour m'effleurer le crâne. Ce n'est ni ce que je veux, ni ce dont j'ai besoin en cet instant.

Je prends son sexe dans ma bouche aussi loin que possible dans cette position et aspire en remontant. Ses fesses se soulèvent presque du canapé, tant il rechigne à laisser mes lèvres abandonner sa hampe.

— Merde, Gillian, grommelle-t-il.

— Je ne veux pas que tu y ailles en douceur, Chase. Je veux que tu baises ma bouche, et sans pitié. J'en ai besoin.

Je ne reconnais pas ma propre voix. Chase ne se le fait pas dire deux fois. Quand je place mes lèvres autour de sa queue, ses mains se posent dans ma nuque et il m'attire contre son corps. Son sexe s'enfonce dans ma gorge avant de ressortir. Je fais tourbillonner ma langue autour de sa pointe et grogne alors qu'il se balance en rythme au fond de ma gorge, sans presque me laisser le temps de respirer avant de m'emplir à nouveau de sa queue. Avant que j'aie pu le faire jouir, il repousse ma tête en arrière, de façon que mes lèvres humides se retrouvent à la pointe de son sexe. Puis il tire d'un coup sec sur mes cheveux et s'empare de ma bouche.

— J'ai besoin de te baiser, fait-il. De te marquer, parce que tu es mienne.

J'acquiesce, car je comprends parfaitement son besoin. Nous avons lui et moi la ridicule manie de la possession et ce harceleur la fait ressortir, avec une force décuplée.

Il se lève et me hisse sur mes pieds. Puis il me penche sur le bras du canapé, relevant brutalement ma jupe. Je n'entends que sa respiration saccadée et le craquement de la dentelle quand il déchire les côtés de ma culotte. Deux doigts plongent par-derrière au fond de mon sexe détrempé. Je hurle de plaisir. Il enfonce profondément ses doigts plusieurs fois, en même temps que je recule à la rencontre de leur exploration. Il me pénètre plusieurs fois ainsi, pour me préparer, puis il les retire. Je miaule de protestation quand la large tête de son pénis vient heurter ma fente, avant de m'empaler dessus d'une violente poussée. Ses doigts se cramponnent autour de ma taille tandis qu'il pousse fort, car sa position lui permet de ficher toute sa longueur en moi.

— Tu es à moi et je suis à toi, rugit Chase en tenant mes mains derrière mon dos pour m'obliger à me cambrer.

Ses doigts s'agrippent violemment à ma taille, cherchant à me tirer en arrière, à la rencontre de ses poussées brutales.

Il me baise plus fort qu'il ne l'a jamais fait, implacable. Ses testicules frappent contre mon sexe, faisant gonfler mon clitoris que traversent de douloureux picotements. Chacun de ses coups de boutoir semble vouloir me déchirer en deux. Il humecte son pouce avec lequel il trace ensuite des cercles autour du minuscule orifice de mon anus. D'une poussée énergique, il l'y enfonce et m'arrache un cri tandis qu'il me pénètre par les deux trous sans ménagement. Je ne peux plus voir, je ne peux plus penser, je peux seulement ressentir chaque merveilleux centimètre de sa queue buter en moi sans répit, pour m'amener jusqu'au point de non-retour.

— Tu es… (une poussée) ma… (une poussée) femme !

Sur ce dernier mot, il me percute si fort que mes dents grincent. Nous jouissons tous les deux, hurlant dans le vaste bureau. Son corps s'effondre par-dessus le mien et ce n'est pas une mince affaire que d'éviter de tomber du bras du canapé. Nous aspirons l'air à grandes goulées, pour essayer de descendre des hauteurs où nous planons, sans vouloir pour autant quitter le paradis.

— Merde, bébé, je ne sais pas ce qui m'a pris, fait-il. Ça va ? Je t'ai fait mal ?

Sa voix, animée d'une préoccupation sincère, déchire le brouillard post-orgasmique où je me trouve.

— Est-ce que j'ai l'air de souffrir ? (Je souris avec impertinence et me lève.) Je ne me suis jamais sentie mieux. Je suis désolée moi aussi d'être arrivée dans cet état. Je n'avais pas du tout l'intention d'avoir cette réaction quand je suis venue.

Je remets ma jupe en place avant de me diriger vers la salle de bains de l'autre côté de la pièce.

Il remonte son pantalon et me suit, restant près de la porte à m'attendre. Je fais ce que j'ai à faire, en me demandant s'il est content de ce qu'il voit, mais je garde ces pensées pour moi. Il me tend une serviette chaude et humide afin que j'élimine tout ce qui pourrait subsister de notre étreinte.

— Quand tu veux, bébé, fait-il en me souriant avec malice. Chaque fois que tu voudras profiter de moi sexuellement, considère ça comme une invitation permanente.

Il s'esclaffe.

Nous remettons de l'ordre dans nos tenues et Chase m'informe qu'il doit régler deux ou trois choses avant que nous puissions partir. Je décide de rendre visite à Phillip, au vingtième étage, histoire de faire le point avec lui. Je téléphone à Maria pour lui expliquer ce qui s'est passé, que j'ai reçu une deuxième livraison de fleurs et que je ne les retrouverai pas pour déjeuner aujourd'hui. Elle promet d'en informer les filles, mais s'attend à ce que je la rappelle pour qu'on se retrouve ce week-end.

*

Phillip me serre dans ses bras pour un énorme câlin et je lui rends son étreinte un peu plus fort que d'ordinaire. Il m'emmène à la cafétéria pour une conversation autour d'un sandwich. À mi-chemin, il se rend compte que nous sommes suivis.

— Gigi, il y a un type immense que je n'ai jamais vu et qui nous suit. Il nous regarde depuis qu'on s'est retrouvés au vingtième étage. Il a pris l'ascenseur avec nous et maintenant, il se tient contre le mur latéral, à t'observer comme un aigle. En fait, je crois que c'est plutôt moi qui l'intéresse.

Je pouffe de rire en le voyant remarquer mon Rambo. J'agite la main à l'intention d'Austin, qui m'adresse un petit signe du menton sans cesser de scruter la salle, toujours sur ses gardes.

— C'est Austin Campbell, mon garde du corps personnel, offert par un petit ami fortuné, maniaque du contrôle.

Je souris et Phillip s'esclaffe tout en saluant Austin. Notre déjeuner nous permet de faire le tour de toutes les nouvelles. Je lui explique ce qui s'est passé à New York avec la Garce, puis je lui raconte les deux livraisons de fleurs, ainsi que la peur qui commence à me paralyser et à me voler ma liberté. M'entendre parler de la Garce lui déplaît, tout comme le fait qu'elle me ressemble. Les motivations de Chase lui semblent suspectes, par ailleurs. Il ne connaît pas mon homme aussi bien que moi, cela dit. Même si les deux derniers mois lui en ont offert plus d'une occasion, Bree et lui ne se sont pas plu comme je l'aurais aimé. Ce qui ne m'empêche pas de continuer à espérer.

— Bon alors, Phil, vous en êtes où, Bree et toi ? je demande, bien décidée à aller droit au but, même si c'est d'une façon différente d'avec Chase. (Je souris en me rappelant son sexe fiché bien profond dans ma gorge.) Je n'arrive pas à croire que tu n'aies pas encore couché avec elle.

Il en reste bouche bée.

— Elle te l'a dit ?

Il se passe une main dans les cheveux avant de se gratter la nuque.

— Tu plaisantes, crétin ? Elle nous a raconté à toutes qu'au bout de quatre mois, tu ne l'avais toujours pas attirée dans ton lit. C'est quoi, le problème ? Maria pense que tu as des soucis de quéquette.

— Purée, ce que c'est embarrassant. (Il secoue la tête et se plonge dans la contemplation de sa nourriture.) C'est juste… Je ne sais pas. Je me sens timoré depuis Angela. Bree est différente. Elle est le genre de filles qu'on épouse, pas celui qu'on aime et qu'on quitte.

Je comprends soudain.

— Tu ne veux pas tomber amoureux d'elle ? Tu penses que ce serait trahir Angela ?

Il hoche solennellement la tête.

— Quelque chose dans le genre, oui, admet-il.

C'est un homme tellement étonnant. Il ne veut pas souiller la mémoire de sa défunte femme ou la relation qu'ils avaient en s'autorisant à aimer de nouveau.

— Phil, Angela t'aimait et aurait tenu à ce que tu sois heureux. Elle aurait voulu que tu trouves de nouveau l'amour. Bree n'essaie pas d'être Angela. Elle sait qu'elle ne pourra jamais l'être et elle n'essaiera jamais. Elle veut t'aimer à sa façon, partager une relation avec toi, une relation qui n'existera qu'entre elle et toi.

— J'imagine. C'est juste… Je ne suis pas prêt pour un autre mariage.

— Ce n'est pas nécessaire. Bree n'est pas prête non plus. Contentez-vous de vous amuser. Profite du bonheur de tomber amoureux. (Il m'honore d'un petit sourire.) Et pour l'amour du ciel, trouve-toi une putain de baby-sitter et baise cette femme comme il se doit, je lui lance avec toute l'obscénité que je parviens à mobiliser.

Il s'étrangle sur son soda. Je lui donne quelques tapes vigoureuses dans le dos, alors qu'il tousse et hoquette.

— Bon sang, Gigi. OK, c'est bon !

— Son anniversaire tombe dans deux semaines. Je serais très déçue si tu ne planifiais pas quelque chose de spectaculaire pour elle, et ce n'est pas à un cadeau que je pense, je conclus avec un petit coup de coude dans son flanc.

— C'est bon, du calme, docteur Ruth. Il faut que je retourne travailler.

Ses yeux étincellent quand il me serre dans ses bras avec des manières d'ours qui lui sont propres – enveloppement de bras avec une petite dose de compression.

— Et moi, je retourne au penthouse pour y prendre un bon

bain chaud. Je t'aime, je lance en déposant un baiser sur sa joue avant de le serrer dans mes bras.

— Ne laisse pas la Garce t'atteindre, demain. La plupart des femmes sont ternes devant ta beauté et ton intelligence. Et si Chase a besoin d'un bon coup de pied au cul pour lui rappeler la valeur de ce qu'il possède, fais-moi signe.

Il entre dans l'ascenseur et descend.

J'appelle la cabine pour monter au penthouse.

— Où allez-vous maintenant, mademoiselle Callahan ? demande Austin au moment où je pose mon pouce sur l'écran LED, afin d'accéder au penthouse.

L'appareil scanne mon empreinte digitale et l'ascenseur s'élève.

— Je vais au penthouse pour prendre un bon bain. Vous allez me regarder ? je lui demande avec un clin d'œil.

Il vire au rouge vif.

— Euh, non, madame. Je vais juste vérifier les lieux et attendre dans le poste d'observation de sécurité, près de l'entrée. Si vous décidez de sortir, vous savez où me trouver, ajoute-t-il avant de poursuivre : Vous restez à la maison pour la soirée ?

« À la maison. » Les mots se balancent sur ma langue. La pensée qu'il s'agit de ma maison n'est pas totalement déplaisante. Elle est même franchement séduisante. Je m'habitue de plus en plus à partager le même espace que Chase et j'apprécie de me réveiller chaque matin à côté de lui. Être embrassée chaque jour jusqu'à plus soif avant qu'il parte au travail n'est pas non plus une manière trop désagréable de commencer une journée.

— Oui, Austin, je crois que je vais rester à la maison ce soir.

20

J'applique la dernière touche à mon maquillage, puis m'offre un long regard dans le miroir. Ma robe noire en dentelle de chez Gucci moule mes courbes comme une seconde peau. Comme la combinaison en dessous est blanche, elle brille à travers les grandes échancrures dans la dentelle. Grâce à cette sous-couche blanche, mes seins et mes hanches sont soulignés, exactement le résultat que je recherchais. Le col bateau traverse mes clavicules de façon charmante. Mes seins ressemblent à deux pêches mûres demandant à être croquées. Je pivote sur moi-même et examine mon dos. La robe plonge très bas sur une ouverture profonde en forme de U. Ses bords festonnés provoquent des effets coquins sur la ligne de mon dos, soulignant sa cambrure. Chase adore les dos nus. J'imagine déjà la pointe de ses doigts glisser sur ma peau nue et suivre la ligne de mon échine.

La robe s'arrête délicatement au-dessus des genoux. Je glisse le pied dans mes nouveaux escarpins. Ce sont des plateformes qui ajoutent douze centimètres à ma taille. J'ai bien l'intention de surplomber la Garce, ce soir. Mes cheveux tombent en longues boucles acajou autour de mon visage. Une Veronica Lake des années 1940. Un petit sérum leur a conféré un éclat bienvenu. Une dernière touche de gloss « Pêche perfection » et je suis prête à éblouir. Quand j'arrive au salon, Chase est au téléphone. Je l'écoute un moment.

— Oui, nous partons sous peu. Gillian est presque prête. (Il se tourne et demeure bouche bée en me découvrant.) Euh, oui, euh, on se voit là-bas, balbutie-t-il à son interlocuteur avant de raccrocher. (Il se dirige lentement vers moi, les yeux rivés aux miens.) Gill… Bon sang, Gillian, tu es belle à couper le souffle, fait-il d'une voix grave, saccadée.

Ce son m'emplit de chaleur, diffusant un sang chaud dans mes veines comme un whisky de vingt ans d'âge.

Chase est lui-même à croquer. Il porte un pantalon de smoking noir, une chemise blanche et une veste noire. Une cravate noire est rentrée dans sa veste. Il est incroyablement beau et, pour la énième fois, je me rappelle à quel point je suis chanceuse de l'avoir. L'espace d'un instant, j'imagine que c'est le jour de mon mariage et que Chase me regarde comme si j'étais tout ce qui a jamais compté en ce monde. Sauf que ce n'est pas le jour de mon mariage. Mais il ne m'en dévisage pas moins avec une admiration qui me fait battre le cœur à un rythme soutenu.

— Je suis un sacré veinard, dit-il en me prenant une main pour en embrasser la paume. J'aime ton odeur, constate-t-il en inhalant le parfum à mon poignet.

Et il dépose un baiser brûlant sur la peau sensible.

Je me laisse attirer entre ses bras en souriant et pose les mains sur son torse aux muscles ciselés. J'ajuste sa cravate, pour m'assurer que tout est parfait. Sa tenue l'est déjà, mais m'affairer m'aide à me sentir plus à l'aise.

— On va bien s'amuser, ce soir, me promet-il.

Même si j'en doute, je garde la pensée pour moi.

— Madame ? demande-t-il en me présentant son coude avec solennité.

Avec un sourire, je referme le bras autour du sien.

— Comme cette soirée est énorme, nous aurons Jack et monsieur Campbell dans les parages. De cette manière, peu importe où nous nous trouverons, nos arrières seront couverts.

Je lève les yeux au ciel, sans pour autant répliquer. Je ne veux pas penser à mon harceleur pour le moment, mais je suis heureuse qu'il prenne des précautions.

— Il y a eu de nouveaux textos ? je demande.

Chase se raidit. Je le regarde avec méfiance, souhaitant sans le formuler qu'il se contente de me dire la vérité et ne me taise pas quelque chose d'aussi important pour moi.

— Oui, pour tout te dire, il en a eu un depuis le jour où tu as reçu les fleurs.

— Et que contenait-il ?

Il s'arrête et place une main sur mon menton.

— Bébé, je ne te le dirai pas. Non que je ne veuille pas être honnête avec toi, mais pour que tu n'aies pas ce genre de choses en tête. Elles sont dans la mienne, et ça me tue. OK ?

À part le jour où il m'a parlé de ses parents, il n'a sans doute jamais été aussi honnête et ouvert avec moi.

— Je te fais confiance pour prendre soin de moi, je chuchote.

Il déglutit. Son regard, intense, soutient le mien pendant ce qui me semble durer une éternité. Là, maintenant, je sens tout. Son amour. Sa peur. Sa haine pour l'homme qui me menace.

— Je prendrai toujours soin de toi, Gillian. Personne ne te blessera plus jamais, promet-il.

Et je sais que si c'est en son pouvoir, c'est la vérité. Le truc, c'est que tout ne sera pas toujours en son pouvoir, quelle que soit sa fortune. L'argent n'est pas le début et la fin de tout. Il y a parfois des gens vraiment malades et tordus en ce bas monde, or malheureusement, l'un d'eux veut un morceau de moi et j'ai bien peur qu'il y parvienne.

— Rien qui mène à Justin ?

Il grimace et se dirige vers la porte.

— Malheureusement, non, mais j'ai vingt gars sur l'affaire.

Vingt ? Bon sang ! Je hoche la tête tandis que nous nous approchons de l'ascenseur. Nos gardes du corps attendent. Austin ouvre ma portière.

— Vous êtes ravissante, ce soir, mademoiselle Callahan, me glisse-t-il tandis que j'entre dans la limousine étirée.

— Eh bien, merci, Austin. C'est très gentil à vous.

Je souris et me faufile dans le véhicule. Chase tapote malicieusement l'épaule d'Austin.

— Vous savez qu'elle est prise, n'est-ce pas ?

Il incline la tête et sourit.

— Oh oui, monsieur. Je sais que c'est votre dame. Je n'avais pas l'intention de…

— Il plaisante, Austin, vous pouvez vous détendre.

Je secoue la tête. Le pauvre. Même quand il ne fait que plaisanter, Chase réussit à être autoritaire.

— OK. Rien d'autre, monsieur Davis ? demande Austin.

— Comme l'a dit ma femme, détendez-vous, mais pas trop. Elle est votre priorité numéro un. Rien ne doit lui arriver, c'est vu ?

Et revoilà mon maniaque du contrôle surprotecteur. J'ai trop apprécié le Chase plaisantin. Je savais pourtant que le Chase obsessionnel n'était pas loin.

— Bien entendu. Personne à part vous ne l'approche, répond Austin.

Chase lui agrippe l'épaule.

— Bien dit, fait-il en tapant au plafond de la limousine. Jack, nous sommes prêts à partir ?

Le molosse entre dans la limousine, suivi d'Austin, sur le siège passager.

— Nous arriverons à bon port dans trente minutes, monsieur Davis, annonce Jack.

Le trajet est fluide. Chase me tient la main tandis que nous demeurons dans un silence agréable. Finalement, Chase prend un appel professionnel, ce qui ne me dérange pas vraiment. Je pensais que son besoin d'être disponible en permanence pour son travail allait semer la discorde dans notre relation, mais en règle générale, il sait plutôt bien l'éviter.

Nous arrivons au manoir Davis. Un immense chapiteau blanc recouvre le terrain. De grosses lampes en forme de lanternes chinoises forment une boucle autour des jardins dans différentes nuances de blanc, bleu, vert et rose. La limousine s'arrête et Austin nous ouvre la portière. Nous sommes accueillis par des serveurs tenant des flûtes de champagne. Je choisis l'un des verres remplis d'un breuvage rosé, avec la sensation d'avoir opéré un choix typiquement féminin. Nous déambulons dans un manoir immense qui grouille de monde. De la musique retentit au loin. Chase me tient la main et je le suis à travers la foule, examinant sans rien dire ce cadre opulent.

— C'est la maison de ton enfance ? je demande à Chase qui opine en souriant. C'est très… grand et magnifique.

— Mon oncle m'a appris très tôt à profiter de ce qu'il y a de meilleur dans la vie.

Il a sans doute été littéralement nourri à coups de petites cuillères en argent. J'imagine un petit garçon à visage de chérubin, avec des boucles brunes qui lui tombent sur les yeux, en train de courir dans cette vaste demeure.

Nous sortons dans le jardin qui n'en est pas vraiment un. Il a la taille d'un terrain de football, environné d'une verdure luxuriante et de fleurs de toutes sortes. Des statues de marbre parsèment la pelouse, ici ou là. Une immense fontaine crache de l'eau à trois cents mètres dans le ciel. La lumière rebondit sur l'eau, ce qui teinte le ruissellement de toutes les couleurs de l'arc-en-ciel. Chase me conduit vers un grand groupe d'hommes en smoking. J'y distingue son oncle Charles, au centre, en train de raconter une histoire. Chase se fraie un chemin à travers l'assistance pour se retrouver étroitement serré dans les bras de son oncle.

— Chase, mon garçon, lance-t-il joyeusement. Je vois que tu as amené cette adorable mademoiselle Callahan, ce soir.

Il relâche Chase et attrape ma main pour la porter à ses lèvres.

— Bon anniversaire, monsieur Davis. Merci de me recevoir, je réplique.

— Tout le plaisir est pour moi et vous pouvez m'appeler

Charles. J'imagine que « monsieur Davis », ça peut s'avérer compliqué quand vous avez déjà votre propre monsieur Davis à affronter, ajoute-t-il en inclinant la tête vers Chase.

À l'évidence, il adore son neveu et ça me réchauffe le cœur de savoir que mon homme a vécu chez cet oncle pendant son enfance.

— Chase parle de vous en termes très élogieux, je déclare.

Il observe l'intéressé avec un sourire.

— Vraiment ? Tu dévoiles mes secrets, Chase ?

Pour le moment, j'apprécie vraiment sa famille. Bon, je n'ai pas passé beaucoup de temps avec Cooper, sauf pendant le dîner caritatif. Et sa mère n'y avait pas semblé enchantée de ma présence, mais le reste du clan Davis est de premier ordre.

Carson surgit dans mon dos.

— Gillian, aussi époustouflante que d'habitude, fait-il en venant me serrer dans ses bras.

Kat est juste derrière moi, beauté fatale à tomber. Elle porte une robe à paillettes argentées qui moule ses formes, avec une frange étincelante à mi-cuisses. Ses jambes sont interminables, encore allongées par des escarpins argentés à lanières.

Enroulant mes bras autour d'elle, je la serre contre moi.

— Kat, waouh ! C'est toi qui as conçu cette robe ? je demande en l'écartant de moi pour mieux jauger son allure.

— Oui, fait-elle avec un large sourire. Si tu t'approches, tu verras de minuscules paillettes roses mêlées aux argentées, ajoute-t-elle.

En me penchant, je procède à un examen attentif et trouve ce que j'espérais : une facture impeccable. Il ne fait aucun doute qu'elle sera une styliste de stars, un jour.

— C'est incroyable. Je suis fan de la frange. C'est si classe, si actuel ! je m'extasie.

— Ton jugement est partial, réplique-t-elle sans conviction, incapable de dissimuler l'immense sourire qui se dessine sur son visage. J'aurais juste bien aimé avoir eu la chance de dessiner ta robe, ajoute-t-elle avec une petite moue. Même si Gucci fabrique des choses merveilleuses pour les courbes qui sont les tiennes. Bon sang, ma fille, tu es archi sexy !

Je lui offre un large sourire pendant que nous occupons les minutes qui suivent à inspecter nos tenues respectives dans leurs moindres détails. Puis Carson entraîne Kat pour la présenter pour la première fois à sa famille en qualité de compagne. J'observe la scène à distance, en me tenant à une rampe en béton. Chase profite de la compagnie de son oncle et de ses amis. Je souhaite avant tout qu'il prenne du bon temps sans m'avoir collée à son flanc. Je sirote mon champagne en me délectant de la vue du luxuriant jardin et de l'odeur de jasmin qui embaume l'air. L'endroit m'évoque ce à quoi devait ressembler le *Songe d'une nuit d'été* de Shakespeare.

— Vous êtes plus jolie que je ne m'y attendais.

Une voix dans mon dos me fait sursauter. Je fais volte-face et me retrouve nez à nez avec Megan la Garce O'Brian. Les dents serrées, j'attends qu'elle poursuive, sachant qu'elle est sur le point de cracher quelque chose de méchant via sa jolie moue.

— Je suis surprise par les ressemblances entre nous. (Elle incline sa tête sur le côté.) J'imagine qu'il n'a jamais tiré un trait sur moi. Ce qui est bien, très bien.

Son intonation cinglante est pleine de suffisance.

J'ai envie d'envoyer ma pochette dans sa face moqueuse aux traits parfaits. Vu qu'il sera assez difficile d'y ouvrir une brèche ou, au minimum, de lui flanquer la frousse, je choisis de voir ce qu'elle veut.

— Et pourquoi cela ? je demande, parfaitement consciente que je mords à l'hameçon.

— Parce qu'il sera à moi.

Une réponse pleine d'assurance, qui va droit au but. J'envisage brièvement de la frapper, mais ce geste donnerait une trop mauvaise impression de moi, et non d'elle. Honnêtement, je suis sidérée par l'audace de cette femme. Megan continue, sans se décourager :

— Oh, je suis sûre que vous êtes plutôt gentille, à l'évidence assez jolie, mais j'ai été son premier amour. La femme qu'il a été sur le point d'épouser, précise-t-elle.

— Vous êtes son passé, rien de plus qu'un lointain souvenir.

Quelle sensation agréable que de lui rentrer dedans, même si chacune de ses paroles m'agace les nerfs comme une éponge à récurer, alimentant directement mon sentiment d'insécurité.

— Mais vous êtes au contraire la preuve vivante qu'il n'en a pas fini avec moi. Sans quoi, pourquoi aurait-il choisi d'amener chez lui une femme qui pourrait être ma sœur ? Avant vous, il n'est sorti qu'avec des blondes. J'ai continué à suivre ses faits et gestes dans les tabloïdes. J'ai compris qu'il était temps de revenir dans sa vie quand j'ai vu une photo de vous deux, il y a quelques mois, dans la chronique mondaine. J'ai alors réalisé qu'il n'avait pas digéré notre histoire.

Elle m'adresse un sourire diabolique.

— Pensez ce que vous voulez, Chase m'aime, je rétorque avec assurance.

— Et vous y croyez, vous ? Il sort qu'il les aime à toutes les filles qu'il veut baiser. Il vous a probablement dit que vous étiez à lui, non ?

Mes yeux s'écarquillent.

— Vous n'êtes qu'un petit cul, à ses yeux. Il vous a sans doute baisé en répétant : « Tu es mienne, mienne, mienne ! »

Je manque de vomir quand ces mots franchissent ses lèvres roses au dessin parfait.

— Allez vous faire foutre, je lui lance en dévalant les escaliers.

Les larmes me montent aux yeux tandis que le monde autour de moi s'écroule. Putain de merde. Il a fait tout ce qu'elle a dit. Jusque dans le moindre détail. Il m'a dit qu'il m'aimait, puis il m'a baisée. Il ne l'a dit que deux fois, mais chaque fois, c'était avant ou pendant que nous faisions l'amour. Il ne l'a jamais dit à la froide lumière du jour. Je me cogne à plusieurs personnes en essayant de m'éloigner autant que possible. Une clairière s'ouvre devant moi, où je suis baignée par la lumière de la lune. J'inspire une grande bouffée d'air pour essayer de reprendre mon souffle et d'apaiser l'angoisse qui plante ses griffes diaboliques dans mon cœur et mon esprit.

Je repense à plusieurs de nos moments d'intimité et aux paroles qu'il a prononcées.

Tu es à moi.

Tu es ma femme.

Je ferme les yeux et laisse couler mes larmes pendant que je revis les nombreux épisodes où il m'a revendiquée. J'ai cru à chacun de ses mensonges. Il cherche juste une remplaçante à… à Megan. Qu'est-ce que je vais faire, bon sang ?

— Salut, la rouquine, chuchote une voix profonde à mon oreille.

Je me retourne vivement, si vite que je perds mon équilibre quand la pointe d'un de mes escarpins se coince entre les pavés de l'allée.

Cooper tend un long bras qui s'enroule autour de ma taille. Il plaque sa main dans mon dos dénudé.

— Eh bien, maintenant que je t'ai dans mes bras, qu'est-ce que je vais faire ? demande-t-il avec de ces sourires démoniaques typiquement masculins.

— Merci de m'avoir rattrapée.

Je m'écarte de lui et essuie mes larmes.

— Pourquoi une aussi belle femme pleure-t-elle dans des circonstances aussi heureuses que celles-ci ? Faut-il que je botte les fesses de mon cousin ? (Je souris. Peut-être Cooper n'est-il pas aussi mauvais que Chase l'a insinué ?) Parce que ça ne me poserait pas le moindre problème, ajoute-t-il en macho. Qu'est-ce qui t'arrive, ma belle ?

Je regarde vers l'endroit où se trouve Megan. Elle n'a pas bougé, sauf que cette fois, Chase est à ses côtés. Il ne faut pas longtemps pour qu'il lui sourie et mon cœur se brise.

Elle pose une main sur son épaule avant de la faire glisser le long de son bras, jusqu'à son coude. Ce simple contact, plein d'intimité, cause ma perte. Chase se laisse toucher par elle comme par moi, comme le ferait une maîtresse. C'est terminé.

— Hmm, rien. C'est juste que je…

Mes épaules s'affaissent et je commence à sangloter. Il me prend dans ses bras.

— Eh, eh, ça va…

Je passe plusieurs minutes à pleurer contre le torse de Cooper. Il me tient par la taille et caresse doucement la peau nue de mes reins. Ce contact intime m'envoie des frissons dans le dos. Et je réalise alors que j'ai appuyé mon visage contre son torse et qu'il me chuchote à l'oreille que je suis sacrément jolie, que je mérite quelqu'un de mieux, quelqu'un comme lui. Merde de merde ! Ce n'est pas en train d'arriver.

Je lève les yeux vers le visage de Cooper qui m'observe, les yeux brûlants de désir. J'ai déjà vu ce regard de nombreuses fois, mais il n'est pas l'homme que je veux.

— Tu n'as pas besoin de lui, il ne fera que te briser le cœur, murmure-t-il.

— Éloigne-toi d'elle, bordel de merde !

La voix tonitruante de Chase retentit à trois cents mètres environ de nous.

Cooper m'attire encore contre lui.

— Pourquoi ? Tu es le gars qui la fait pleurer, qui lui brise le cœur.

Chase me regarde : la peur et la colère se livrent bataille dans ses yeux océan. Je suis certaine que mes propres yeux sont rouges et gonflés à force d'avoir pleuré, avec mon maquillage étalé qui me rend méconnaissable. J'ai le souffle court, mon nez coule. Quand il croise mon regard, il me sonde mais, incapable de soutenir cet examen, je détourne les yeux. J'entrevois la Garce qui rapplique, dévalant les marches dans son sillage.

— De quoi tu parles, Cooper, bordel de merde ? demande-t-il.

— À toi de me le dire, cousin. Cette belle femme pleure et toi, tu étais où ?

— Avec moi, répond Megan depuis les escaliers non loin de l'endroit où nous nous trouvons. Chase, mon chou, tu n'as pas besoin de sucrettes quand tu peux avoir du vrai sucre.

Elle vient se planter derrière lui pour poser les mains sur ses biceps.

Il se débarrasse d'elle.

— Gillian, viens avec moi. Tout de suite. (Il s'approche de moi et attrape ma main.) Et si tu la touches encore, ou ses cheveux, ou sa tête, je te détruis, Coop. Reste à l'écart de ma femme !

Il m'entraîne dans l'escalier, son emprise autour de ma taille plus forte que jamais.

— Chase, tu n'as pas besoin d'elle quand tu m'as, moi, intervient Megan.

Je tente de me dégager, pour ne pas entendre Chase la choisir à mon détriment. Je ne pourrai pas le supporter, mais il me retient, m'interdisant toute retraite. En fait, il me plaque contre son flanc, comme il l'a fait tant de fois auparavant.

Chase examine Megan de la tête aux pieds, en lui jetant un regard noir plein de férocité.

— Je t'ai eue, comme tous les hommes de cette putain de soirée. Tu es une putain ! Pour rien au monde je ne poserai encore une fois les mains sur toi. (Les yeux de Megan s'écarquillent.) Tu m'as brisé le cœur il y a dix ans. Je suis passé à autre chose. Et tu dois faire de même. Pourquoi n'irais-tu pas baiser encore un coup avec Cooper ? Il est disponible, poursuit Chase depuis le sommet de l'escalier.

« Baiser encore un coup avec Cooper » ? Oh, mon Dieu, elle a couché avec Cooper. Est-ce que ça s'est passé avant leurs fiançailles ? En cet instant, j'accorde une importance extrême aux détails.

Chase ne ralentissant pas, j'en viens à regretter tout l'argent que j'ai dépensé pour ces stilettos, car je chancelle et dois lutter pour conserver mon équilibre. L'allée pavée s'avère si impraticable que je redoute de me casser la cheville.

— Arrête-toi, Chase. (Il tire toujours violemment sur mon bras, qu'il emprisonne dans un étau.) Merde, je vais tomber si tu ne ralentis pas, putain !

Je hurle et tire sur son bras. Au lieu de ralentir, il s'immobilise, se tourne vers moi et me charge sur ses épaules, à la manière d'un pompier : j'ai les fesses en l'air et la tête qui se balance dans son dos.

— Je ne te laisserai pas la possibilité de t'enfuir, cette fois, marmonne-t-il tout en traversant le jardin, puis la maison.

Les invités se figent et observent le spectacle, bouche bée, apparemment éberlués par ce qu'ils voient. Tous, sauf son oncle Charles et son cousin Carson, qui affichent au contraire un sourire jusqu'aux oreilles.

— Ne la laisse pas partir, mon garçon, lui lance son oncle.

Chase lève la main pour le saluer quand il passe devant lui. Son autre main est solidement agrippée à mes fesses. J'entrevois sa mère, dans sa chaise roulante, à côté de Charles, qui a l'air absolument furieuse du comportement d'homme des cavernes de son fils.

Nous parvenons à la limousine où il me fait entrer.

— Qu'est-ce que c'était, ça, bordel ? je m'insurge alors que Jack accélère. Tu as cherché à me mettre la honte de ma vie ? Parce que si c'était le cas, tu as brillamment réussi.

Je bouillonne, prête à lui arracher les yeux à la pince à épiler.

— Et toi, tu faisais quoi, serrée contre Cooper ? réplique-t-il d'un ton froid et accusateur.

— Je n'étais pas serrée contre lui, votre seigneurie. (C'est sorti de ma bouche avec mépris.) Il me consolait après que Megan la Garce m'a démontré que notre relation était une imposture.

Chase se prend la tête à deux mains avant d'en passer une dans ses cheveux indomptables.

— Et tu l'as crue ? Après tout ce que nous avons traversé ?

Ses yeux cherchent les miens. Sa voix est brisée, presque chagrinée.

— Je n'avais pas le choix. Elle a dit des choses, Chase. Des trucs intimes, que je croyais nous être réservés. Et elle m'a expliqué que tu les sortais à chaque fille que tu voulais mettre dans son lit.

Ma voix se brise.

— Gillian, j'ignore la teneur de ses inepties, mais sache que je ne t'ai jamais rien dit que je ne pense.

Ses yeux semblent honnêtes. On dirait qu'il est sincère, mais mon sentiment d'insécurité refuse de se calmer et je suis terrifiée.

— J'ai besoin d'un peu de temps pour réfléchir.

Je croise les bras, pour me protéger, me blottis contre la portière et regarde par la fenêtre. Sur le restant du trajet, la seule chose que j'entends, ce sont nos souffles étranglés.

Une fois au penthouse, il me suit dans sa chambre et me plaque contre le mur. Son corps se presse contre le mien, poitrine contre poitrine, cœur contre cœur. De si près, je vois bien qu'il souffre, mais moi aussi. Le moment est trop important pour reculer maintenant. Il va falloir que ça sorte une bonne fois pour toutes, si nous voulons avoir une chance d'aller de l'avant.

Son souffle soulève une mèche de ma joue.

— Gillian, je ne vais pas laisser cette putain s'interposer entre nous. Ce que nous avons, c'est du solide. Plus solide que tout ce que j'ai jamais connu.

— Elle prétend que tu répètes ces paroles à toutes les filles. D'après elle, tu leur sors à toutes qu'elles sont à toi.

Des larmes me montent aux yeux, que je ravale dans un sanglot. Il claque une main sur le mur derrière ma tête, ce qui m'effraie. Sa réaction ressemble trop à celle de Justin, autrefois, qui utilisait ses poings pour souligner son propos. Alors je sursaute et porte instinctivement les mains devant mon visage pour me protéger.

— Bébé, je suis désolé, je ne veux pas te faire peur. Jamais je ne te ferai du mal, jamais. C'est juste… Cette situation me met dans une telle rage.

Je hoche la tête tout en ramenant les bras le long de mon corps. Ma respiration est laborieuse, sortant en saccades. Mon cœur bat si fort que je redoute de le voir transpercer ma poitrine. Il m'entraîne vers le lit et m'y assied. Puis il fait la seule chose que je n'aurais jamais pensé le voir faire en plusieurs milliers d'années : il s'agenouille à mes pieds. Ce n'est pas une position de pouvoir ou d'autorité, mais celle d'un homme à genoux devant la femme qu'il chérit. Il me masse fermement les cuisses, pour se reconnecter avec moi.

L'air a une pesanteur qu'il n'avait pas auparavant. Je sens des picotements dans mes avant-bras, dont les poils se hérissent, et des frissons remontent le long de ma colonne. Il me regarde avec tant d'amour que je suis incapable de détourner les yeux.

Emprisonnant mes mains, Chase y trace le symbole de l'infini avec son pouce. Mes yeux se brouillent devant ce geste.

— Gillian, je te veux. Je t'ai voulue dès l'instant où j'ai posé les yeux sur toi. (Il a les yeux pleins de larmes et je suis paralysée par l'émotion quand il ajoute :) Je te l'ai déjà dit et je vais te le redire : tu es à moi. Je te veux dans ma vie, je te veux dans mon lit et je te veux à mes côtés. Toujours, pour toujours, pour l'éternité, bébé. (Il prend mes joues entre ses mains, avec son pouce qui effleure mes pommettes, puis il plonge son regard dans le mien.) Je t'aime, Gillian Grace Callahan. Je t'aimerai toujours. Je te courrai toujours après, toujours vers toi, quoi qu'il arrive.

— Chase…, je commence en me passant la langue sur les lèvres.

— Non, laisse-moi finir. Ce qu'il y a eu entre Megan et moi s'est terminé la veille de notre mariage, quand elle a couché avec mon cousin Cooper. (Il baisse la tête et prend une profonde inspiration.) J'étais impatient que nous soyons le lendemain matin, pour être enfin marié avec elle. Je voulais l'embrasser pour lui souhaiter bonne nuit. Quand je suis entré dans sa chambre, j'ai entendu rire et ensuite… (Il met un peu de temps à se ressaisir.) J'ai entendu gémir. (Pas besoin d'être un génie pour deviner ce qui suit : je ferme les yeux, éprouvant la douleur qu'il a dû ressentir cette nuit-là.) Quand j'ai ouvert la porte, Cooper était dans la femme que j'étais censé épouser le lendemain matin. Je ne peux oublier cette image. Je ne leur pardonnerai jamais, ni à lui, ni à elle. J'ai su à cet instant qu'elle ne m'avait jamais vraiment aimé. Je représentais simplement celui qu'elle devait épouser et avoir dans sa vie.

— Je suis désolée, Chase.

Ses larmes repartent de plus belle et gouttent sur ses mains. Il ferme les yeux.

— Mes sentiments pour toi sont bien plus forts que tout ce que j'ai pu ressentir pour elle, Gillian. Ne pas t'avoir dans ma vie, à mes côtés, ce serait la fin pour moi. Tu ne comprends donc pas ? Je t'aime. Je veux que tu deviennes ma femme, implore-t-il. Ne me quitte pas. S'il te plaît, promets-moi que tu ne me quitteras jamais.

Il ne reste plus qu'une larme pour sillonner sa joue. Je me penche et la sèche d'un baiser, pour goûter à l'océan de sa tristesse.

— Je ne te quitterai pas, je te le promets.

Cette fois, je sais que je dis vrai. Je ne pourrai jamais le quitter. Je ne supporterai pas de me retrouver sans lui. Il fait partie de moi. Chase sera toujours une partie de moi. Impossible de le nier, maintenant : il n'existe nul endroit où je puisse m'enfuir dont il ne me débusquerait pour me ramener à la maison.

— Tu veux bien m'épouser ? demande-t-il en cherchant mon regard.

— Chase, je ne vais pas t'épouser maintenant. Nous ne sommes ensemble que depuis quelques mois. En plus, si tu me fais cette demande, c'est uniquement à cause de ce qui s'est passé ce soir.

Je soupire, relâchant le souffle que je retenais depuis que les mots « Tu veux bien m'épouser » sont sortis de ses appétissantes lèvres.

— C'est ce que tu crois ?

Il bondit sur ses pieds et se dirige vers son placard. Quand il revient, c'est pour s'agenouiller à nouveau devant moi. Il sort une boîte de velours noir et je sens mes paumes devenir moites.

— Tu crois que j'agis sur un coup de tête ? (Il secoue la sienne en souriant.) J'ai déjà la bague, beauté fatale. Je l'ai achetée il y a deux semaines. J'attendais le moment propice. En ce moment, tu mets en doute mon amour, mon engagement, alors j'ai envie de renoncer à la romance pour la réalité. Je te veux pour toujours. S'il te plaît, sois mon toujours.

Il ouvre la boîte de velours noir : un anneau de platine serti de diamants se tient en son centre. Il est constitué de trois rangées de gros diamants étincelants qui en font le tour. C'est incroyable, à mille lieues de ce que j'ai déjà vu.

— Chaque bande représente quelque chose de spécial. (Du bout de l'ongle, il touche une bande délicate.) Une pour notre passé, une pour notre présent et une pour notre futur.

Je baisse la tête, en quête de ses yeux. Comme avec mes sœurs d'âme. La trinité.

— Je veux être une partie de ton tout. Épouse-moi.

Ses yeux étincellent du bleu le plus intense que j'aie jamais vu.

— Oui, je murmure.

Il rejette la tête en arrière, soutenant mon regard.

— « Oui », pour « Oui, je t'épouse » ou « Oui, je te crois » ?

— Oui, je vais t'épouser, et oui, je te crois.

Le poids et la profondeur de ma réponse ne m'effraient pas le moins du monde. Chase et moi sommes faits pour être ensemble.

Il passe l'anneau à ma main gauche et l'embrasse.

— Je vais te rendre très heureuse, Gillian, je le jure !

Ses lèvres suaves se penchent sur les miennes. Il met tout dans ce baiser et j'accepte tout ce qu'il me donne. Sa manie du contrôle, son attitude, ses frustrations, son côté surprotecteur, sa séduction et, plus que tout, son amour éternel pour moi. Tout ce qu'il me donnera, je me l'approprierai et je le lui rendrai au centuple.

Il s'empresse de s'écarter.

— Marions-nous demain ! suggère-t-il, tout excité.

— Non, je réplique d'un ton catégorique.

Il cille à plusieurs reprises.

— La semaine prochaine ? insiste-t-il, plein d'espoir, comptant sur son petit sourire en coin, si sexy.

— Non. Dans un an à partir d'aujourd'hui.

— Une année entière ? Tu veux m'obliger à attendre un an pour te faire mienne ?

Il y a de la perplexité dans sa voix.

— Si tu m'aimes, tu attendras.

Il devine que je ne reviendrai pas sur ma décision. Il m'a amenée à accepter ce mariage. Il va devoir prendre le temps de me prouver son engagement.

— Dans ce cas, emménage chez moi ? marchande-t-il.

Cet homme est toujours en train de négocier. C'est sans doute pour ça qu'il est aussi démentiellement riche.

— OK.

Le compromis me semble convenir.

— OK ? répète-t-il d'une voix pleine d'espoir.

— J'emménagerai avec toi, mais tu vas devoir installer

Maria dans l'un de tes immeubles sécurisés avec vidéosurveillance et portier… oh, et pour un loyer raisonnable.

— Marché conclu. Elle ne paiera pas un centime.

Je prends une profonde inspiration.

— Ce n'est pas ce que je t'ai demandé, je proteste en levant les yeux au ciel.

— Bébé, je te donnerai le monde. (Il m'embrasse et glisse les mains sur mes jambes, pour tomber sur le tissu de dentelle qui enserre mes cuisses.) Tu portes des bas ?

Je souris contre son baiser. Il gémit.

— Tu sais ce qu'on dit d'une femme qui porte des bas ? Qu'elle invite un homme à visiter sa partie la plus privée…

— Oh, tais-toi et embrasse-moi.

*

Je souffle sur mon *latte* à la vanille du matin, apporté par l'adorable Bentley. Chase avale son quatrième cookie tout juste sorti du four. Je le regarde qui trempe son gâteau dans son café. Note à moi-même : ne jamais partager ma tasse de café avec mon fiancé. Il risquerait d'y avoir des miettes de cookie dedans. J'observe Chase pendant qu'il feuillette le journal du dimanche. Il est plus qu'heureux, ce matin. Après tout ce qui s'est produit la nuit dernière, je me sens encore un peu à cran et j'ai besoin de son attention, mais faire pivoter la bague de fiançailles qui orne mon doigt m'aide vraiment à apaiser mon sentiment d'insécurité. J'aime en sentir le poids sur ma main, savoir ce qu'elle signifie et anticiper notre avenir commun. C'est le matériau dont sont faits les rêves devenus réalité et je m'apprête à en savourer chaque instant.

— Un paquet est arrivé pour vous, mademoiselle Callahan, annonce Austin en entrant dans la pièce pour poser une boîte sur la table du salon

Chase se pelotonne contre moi et m'embrasse dans le cou. Je lève la main pour regarder ma bague de fiançailles qui étincelle dans le soleil matinal entrant par les fenêtres. Il sourit dans mon cou.

— Elle est du meilleur effet sur toi, me murmure-t-il à l'oreille.

Je me retourne et dépose un petit baiser sur ses lèvres, avant de m'arracher à son étreinte. Il ne me facilite pas la tâche. Je déballe la boîte en retirant le papier de soie. À l'intérieur, je découvre une poignée de photos en noir et blanc. Ce sont de très gros plans de Chase et moi. L'une a été prise il y a un mois, et les autres au cours des dernières semaines. Sur chaque image, la tête de Chase a été coupée ou barrée d'un X rouge sang. Mes mains commencent à trembler tandis qu'il bondit sur ses pieds et attrape les photos pour les examiner en silence.

— Putain, Jack ! hurle-t-il.

Jack et Austin se précipitent dans la pièce. En ôtant le papier de soie au fond de la boîte, je sens comme de la dentelle couverte d'une substance visqueuse. Je me rends compte qu'il s'agit d'une de mes culottes ainsi que du soutien-gorge assorti, d'un violet soutenu. Je laisse tomber les sous-vêtements sur la table et examine ma main. Mes doigts sont empoissés d'une saleté gluante. Chase m'attrape le poignet et examine longuement la substance. Ses narines se dilatent, son visage blêmit de rage. Sur ses mâchoires contractées, son tic de colère palpite au rythme de sa fureur. Aussitôt, je comprends de quoi il s'agit : c'est le sperme de mon harceleur.

Je ferme les yeux, pour tenter de maîtriser les pointes de dégoût qui me taraudent, mais mon corps en a décidé autrement. Mes frissons démarrent lentement pour se muer, en quelques secondes, en un tremblement généralisé de tout mon corps. Le harceleur est venu dans mon appartement, il a trouvé mes sous-vêtements et s'est branlé dessus avant de me les envoyer par la poste. Chase m'entraîne dans la cuisine pour placer mes mains sous l'eau. Il verse du savon dessus pour que je les frotte. Empoignant l'éponge, je récure ma peau sans ménagement avec sa face rugueuse, jusqu'à ce que mes deux mains soient rouge vif.

— Gillian, arrête. C'est bon, tu es propre, me rassure Chase en écartant mes mains de l'évier pour les embrasser sur toute leur surface. Prends quelques longues respirations.

Il me montre l'exemple et nous effectuons cinq longues respirations. La panique reflue, de sorte que je suis bien plus calme quand nous regagnons le salon.

— Il gagne en assurance, annonce Jack qui tient le nouveau message de mon harceleur.

— Lisez-le, je lui ordonne.

— Bébé, je ne pense pas que ce soit une bonne idée, me susurre Chase.

— Lisez-le, Jack. Tout de suite !

Chase passe un bras autour de ma taille. Sa force, contre laquelle je m'appuie entièrement, me rassure.

— Allez-y, Jack, lui intime Chase. Elle doit savoir à qui nous avons affaire.

Garce,
Je t'ai prévenue que tu ne pourrais pas te cacher de moi. Tu seras mienne. Rien ni personne ne fera obstacle à nos retrouvailles.
XOXO

Je ferme les yeux pour essayer de modérer ma colère. Une rage bouillonnante déferle en moi, m'obligeant à arpenter la pièce. Le négligé en satin que Chase m'a offert à New York traîne au sol derrière moi. Je le ramasse et le referme autour de moi tandis que je change de direction dans mes déambulations. Des larmes traîtresses me montent aux yeux. Je suis à deux doigts de crier à pleins poumons. Pourquoi maintenant ? Pourquoi ça m'arrive à moi ? N'ai-je pas assez souffert ? N'est-ce pas mon tour d'être heureuse ? Les larmes ruissellent sur mes joues, que j'essuie, hérissée d'indignation.

— Bébé, ça va. Je vais prendre soin de toi. Rien ne t'arrivera, maintenant que je m'occupe de toi.

Il enroule les bras autour de moi pour m'attirer dans la sécurité de son amour.

Je hoche la tête contre son torse en me cramponnant à lui. Je suis tellement lasse de tout ça.

— Fini de rigoler. Doublez le nombre des gars. Jack, je veux des infos là-dessus. Austin, elle ne va nulle part – et je dis bien : « nulle part » – sans vous. Vous êtes officiellement son ombre. Si cette responsabilité est au-dessus de vos compétences, je trouverai quelqu'un d'autre qui sera au niveau.

Sa voix est tendue, sans appel.

— Monsieur, je ferai tout ce qu'il faudra pour qu'elle ne coure aucun danger. Je la protégerai au prix de ma vie, réplique Austin, du haut de ses deux mètres, le torse bombé.

Sa mâchoire est crispée, ses poings serrés. Chase l'examine de haut en bas pendant un moment. Il lui lance ce hochement de tête typiquement masculin qui se débrouille pour en communiquer bien davantage que des mots.

— Laissez-nous, leur ordonne Chase par-dessus mon épaule.

Il appuie son front contre le mien. De nouvelles larmes coulent et tombent tandis qu'il me soutient et que nous respirons ensemble.

— Je vais m'occuper de ça, Gillian. Tu es en sécurité avec moi. Nous allons avoir un long et bel avenir, toi et moi. OK ?

Quand il parle avec cette détermination dans la voix, je le crois.

— Ne t'inquiète pas de ça, m'enjoint-il en fourrant le visage dans mon cou pour déposer un doux baiser derrière mon oreille. Je t'aime, chuchote-t-il.

— Je t'aime encore plus.

Une fois que je suis calmée et qu'il a effectué une série de dix respirations avec moi, je me sens un peu plus moi-même.

Nous nous installons sur le canapé, sur lequel il me câline un long moment.

— Bon, maintenant, est-ce qu'on pourrait célébrer nos fiançailles, s'il te plaît ? Je brûle de les annoncer aux filles.

Je souris alors qu'il m'enserre le cou entre ses deux mains et s'esclaffe. Il est si beau quand il rit.

— Ça me semble une excellente idée, mais pour commencer, on va fêter l'événement en privé.

Il agite ses sourcils et m'adresse un petit sourire content de lui avant de m'attirer contre sa poitrine.

L'une de ses mains s'enfouit dans mes cheveux, derrière ma nuque, pour incliner ma tête en arrière et me donner un baiser profond qui dure une éternité. Des frissons me courent sur tout le corps, jusqu'à la pointe de mes orteils.

Nous passons le reste de la matinée à célébrer notre amour. Il est persuadé que son équipe va mettre la main sur ce harceleur, et sans tarder. Pour la première fois de ma vie, je vais laisser quelqu'un d'autre prendre soin de moi. Remettre ma sécurité et mon bonheur entre les mains de l'homme que j'aime. Plus question de vivre dans le passé et de redouter le futur. À partir de maintenant, je vais me concentrer sur la vie que je construis avec des gens que j'aime et me sentir en sécurité parce que je sais qu'aujourd'hui, le présent est magnifique.

Fin… pour le moment.

Remerciements

À mon mari **Eric** : je t'aimerai toujours plus. Merci pour ton courage sans faille et tes encouragements à poursuivre mes rêves.

À mon mentor **Jess Dee** : tu as été la première à me dire que ce roman avait besoin d'être retravaillé. C'est cette première critique qui m'a embarquée dans ce travail et m'a définitivement marquée. Je te serai toujours redevable pour avoir pris le temps de me donner ton avis, de me relire et de m'inciter à poursuivre mon rêve. Je t'adore et je fais tout mon possible pour devenir un jour une aussi bonne narratrice que toi. Merci, mon amie. www.jessdee.com.

À ma partenaire de critique **Sarah Saunders** : ta confiance en moi est impressionnante. Merci de déceler quelque chose de spécial dans mes histoires et de vouloir contribuer à les rendre meilleures. Je t'aime, fillette.

À mes relecteurs, **Alfie Thompson** : merci d'avoir mis ce livre en lambeaux non pas une, mais deux fois. En définitive, ceci a fait de moi un meilleur écrivain.

Helen Hardt : pour t'être assurée que toutes les parties mal placées avaient fini par s'arrimer fermement à leur juste place, merci.

À mes sœurs **Jeana, Michele** et **Denise** : j'espère que vous avez retrouvé autant de maman que j'ai cru en percevoir dans ce premier livre. J'aimerais penser qu'elle a été ma muse pour ce roman, qu'elle m'a sans cesse aiguillée tout le long de sa rédaction. Il me semble qu'elle aurait été fière du résultat final.

À mes bêta lectrices :

Jeananna Goodall : ma plus grande fan. Je ne sais pas ce qui serait advenu de cette expérience si je ne t'avais pas eue pour m'encourager et attendre avec impatience chacun de mes nouveaux chapitres. Je me réjouis de ton histoire d'amour avec mes personnages. On dirait qu'ils ont envie de te faire plaisir.

Ginelle Blanch : je suis certaine que tu gagnes tous les prix quand il s'agit de repérer l'erreur la plus inédite. Sans ton œil attentif aux détails, je recevrais bien plus de récriminations concernant ma syntaxe. Et puis j'aime tellement lire tes réflexions. Tu as un grand sens de la formule et tes retours me sauvent chaque fois la mise. Merci, madame.
Heidi Ryan : ouvrir tes comptes rendus, c'est comme ouvrir ma version personnalisée du Code typographique. Tu es désormais et pour toujours la reine de la Virgule. Merci de prendre le temps de lire et de corriger mes erreurs. Tu es un amour !
Emily Hemmer : parce que ma souffrance a besoin de compagnie, tout comme la tienne. J'aime t'avoir pour parler, vider mon sac, partager défis et réussites. On y figurera, un jour, sur cette fichue liste, copine ! www.emilyhemmer.com

Remerciements additionnels aux personnes suivantes :
Aux **Anges d'Audrey** : mon équipe officielle Audrey Carlan. Je suis incroyablement chanceuse d'avoir les femmes les plus incroyables pour me mettre du baume au cœur et m'encourager. Il n'est pas possible de vous remercier pour tout ce que vous faites pour moi. Mais au premier chef, merci d'être de belles et fortes femmes capables de vous soutenir et de prendre soin les unes des autres. Je vous aime toutes, et pas qu'un peu !
À **Drue Hoffman** : la meilleure organisatrice de tournées dans les blogs de l'univers. Elle assure une promotion incroyable des livres avec une affection toute particulière pour les auteurs indépendants. Visitez son site pour voir les prix et les services qu'elle offre. Vous ne le regretterez pas. www.druesrandomchatter.com
À **Rhenna Morgan** et **M. J. Handy** : merci pour votre première recension, vos retours et votre soutien quand je me frayais un chemin à travers ce monstre.
Et enfin, derniers remerciements, mais non des moindres, à toute l'équipe de **Waterhouse Press** pour avoir misé sur moi et sur mes histoires. Je vous serai toujours reconnaissante. *Namasté*.

Remerciements spéciaux

À mes âmes sœurs Dyani, Nikki et Carolyn.
Sans vous, je ne suis pas moi.
Sans votre amour et votre soutien sans faille, ce roman n'aurait jamais été publié.
Sans toi, Dyani Gingerich, il n'y aurait pas eu de Maria De La Torre.
Sans toi, Nikki Chiverrell, il n'y aurait pas eu de Bree Simmons.
Sans toi, Carolyn Beasley, il n'y aurait pas eu de Kathleen Bennett.
Sans mes âmes sœurs, ce livre n'aurait pas été aussi spécial.
Je vous aimerai toujours plus.
BESOS
Sœurs d'âmes – Éternellement – Liées